Bookspot
EDITION 211

GEORG BRUN

LIEBE meine FARBEN

Nathan Weiß ermittelt

Bookspot
EDITION 211

© Jeannine Bachmann

In München im Jahr 1958 geboren, ist **Georg Brun** mit einigen Abstechern stets ein »Münchner Kindl« geblieben. Auf mehrere Jahre im Bayerischen Landeskriminalamt und das Jura-Studium folgte eine langjährige Tätigkeit im Wissenschaftsministerium. Als Georg Brun im Jahr 1988 mit »Das Vermächtnis der Juliane Hall« sein erstes Buch veröffentlichte und dafür den Bayerischen Förderpreis für Literatur erhielt, begann sein erfüllendes Doppelleben als Jurist und Schriftsteller.
Mit »Bodenloser Fall«, »Gewissenlose Wege« und »Grenzenlose Gier« erschien seine München-Krimi-Reihe rund um die junge Anwältin Olga Swatschuk. »Spüre meinen Zorn« war der erste packende Fall des pensionierten Kommissars Nathan Weiß, der in »Liebe meine Farben« nun seine Fortsetzung findet. Diese Bücher sind im im Bookspot Verlag erschienen.

Mehr über den Autor unter www.georgbrun.de oder auf Instagram unter: @brungeorg

1. Auflage

Lektorat: Johanna Gerhard
Korrektorat: Andreas März
Satz/Layout: Martina Stolzmann
Covergestaltung: Nele Schütz Design
Titelmotive: © Adobe Stock/Hixel

Druck: CPI – Clausen & Bosse, Ulm
Made in Germany

ISBN 978-3-95669-200-0
www.bookspot.de

Die Begehrlichkeit kennt keine Schranken, nur Steigerung.

Seneca, *Abhandlungen*

In freundschaftlicher Verbundenheit
Herrn Professor Wolfgang Schürer zugeeignet.

1

Roland Kundl saß auf der Holzbank vor der Kaimauer und beobachtete die Einfahrt der *MS Sonnenkönigin*. Das hochmoderne Schiff faszinierte ihn jedes Mal, wenn er es sah. Was für ein Kontrast zwischen dem im Sonnenlicht flirrenden Bootskörper und dem altehrwürdigen bayerischen Steinlöwen, der die Lindauer Hafeneinfahrt bewachte. *Tradition und Moderne auf einen Blick*, schwärmte Kundl und vergaß für einige Augenblicke seine Sorgen. Wie in Zeitlupe drehte die *Sonnenkönigin* im engen Hafenbecken, näherte sich mit dem Heck der Kaimauer und legte längs an dem Steg an. Schon wurden die beiden Gitterbrücken auf den Landungssteg geschoben und die ersten Passagiere verließen das Schiff.

Kindheitserinnerungen wurden wach. Als kleiner Bub war Kundl mit seiner Großmutter oft Dampfer gefahren, von Lindau hinüber nach Rorschach in die Schweiz, um dort einzukaufen. Heute konnte man sich das gar nicht mehr vorstellen. Heute fuhren die Schweizer mit ihrem wertvollen Franken nach Bregenz oder Lindau zum Shoppen. Damals war vieles in der Schweiz deutlich billiger als in Deutschland gewesen, und die Oma hatte unter anderem stets einige Kilogramm Butter gekauft. Der kleine Roland hatte eine Tafel Schokolade als Belohnung dafür bekommen, dass er Großmutter begleitete.

Diese Fahrten über den Bodensee, hinüber zu seinem Südufer, waren für Kundl wie Reisen in eine andere Welt gewesen. Selbst heute hatten die Erinnerungen noch den Anstrich von einem Aufbruch in die weite Welt. Damals wie heute fand Roland Kundl die Schiffspassagen aufregend. Allerdings war aus Omas Butter in den letzten Jahren Bargeld geworden, das er ohne die vorgeschriebene Deklarierung über die Grenze brachte. Diese Botengänge bereiteten ihm zunehmend Kopfzerbrechen und trugen zu den Sorgen bei, die ihm durch den Kopf schwirrten, nachdem die meisten Passagiere die *Sonnenkönigin* verlassen hatten. Kundl trug sich mit dem Gedanken, sich bei der Zoll- und Steuerfahndung als Kronzeuge zur Verfügung zu stellen, um den eigenen Kopf aus der Schlinge zu ziehen, von der er ahnte, dass sie sich zuzog. In seiner privaten Telefonanlage vernahm er seit einigen Tagen ein verräterisches Knistern, wenn er ein Gespräch entgegennahm. Er hatte den Verdacht, abgehört zu werden. Ebenso war ihm in den letzten zwei Wochen ein betont unauffällig wirkender Mann aufgefallen, der ihm wie zufällig mal beim Einkaufen, mal in der Regionalbahn oder auf dem Schiff begegnete, und der ab und zu unter den Arkaden stand und Zeitung las, als wartete er nur darauf, dass Roland sein Büro verließ.

Ich werde überwacht, sorgte sich Kundl. Zwar hielt er diese Art der Beschattung für wenig professionell, schließlich stellte er sich vor, dass eine perfekte Überwachung vom Beschatteten nicht bemerkt wurde, aber seine langjährige Erfahrung hatte ihn gelehrt, wie stümperhaft die Behörden oftmals vorgingen. Daher war er sicher, die Zoll- oder Steuerfahndung am Hals zu haben. Wollte er heil davonkommen, halfen wohl nur eine Selbstanzeige und die Bereitschaft, als Kronzeuge auszusagen.

Die Nachmittagssonne tauchte den Hafen in mildes Licht, passend zu der lockeren Stimmung nach einem gedrückten Frühjahr, das von dieser unheimlichen Pandemie geprägt gewesen war. Nun genossen die Menschen ihre Freiheiten, und auch wenn man mit gewissen Einschränkungen leben musste, versprach dieser Sommer Lebensfreude und Frohsinn. Kundl wollte dieses wiedergewonnene Lebensgefühl genießen und sich von seinen Sorgen befreien. Später wollte er sich daher mit seinem Freund und Anwalt treffen, um über Art und Weise der Selbstanzeige zu beraten.

Der Löwe an der Hafeneinfahrt strahlte in einem leichten Honigschimmer. Kundl liebte diesen Anblick. Er achtete kaum auf den Mann, der sich mit einem knappen Kopfnicken neben ihn setzte. Vermutlich ein überängstlicher Zeitgenosse, denn er trug als einer der wenigen im Freien eine FFP2-Maske und weiße Handschuhe, stellte Kundl fest und erfreute sich weiter am Anblick des steinernen Löwen und altehrwürdigen Leuchtturms.

Der Maskenmann rückte näher an ihn heran. Aus dem Augenwinkel sah Kundl eine Ausholbewegung seines Nachbarn und spürte einen Stich im Nacken. *Schon wieder Mücken unterwegs*, ärgerte sich Kundl und schlug nach dem Insekt. Der Maskenmann stand auf und schlenderte Richtung *Sonnenkönigin*. Roland Kundl blickte ihm hinterher. *Komischer Zeitgenosse*, dachte er, dann kippte er langsam zur Seite.

•••

Michael Borrat saß an seinem Schreibtisch und schüttelte den Kopf. Soeben hatte er das Telefongespräch mit dem Lindauer Krankenhaus beendet. Er mochte es noch nicht wahrhaben, aber die Nachricht war niederschmetternd: Roland Kundl war tot. Zusammengebrochen am Hafen mit einem Herzinfarkt, die Reanimation war erfolglos geblieben.

Roland trug in seiner Geldbörse neben dem Organspenderausweis stets das Kärtchen bei sich, auf dem stand: *Bei Unfall o. ä. Rechtsanwalt Michael Borrat verständigen.* Und natürlich seine Kontaktdaten. Roland hatte keine nahen Angehörigen, daher musste Borrat mit der bei ihm hinterlegten Patientenverfügung ins Krankenhaus fahren und dort seine Zustimmung zur Organentnahme geben.

Borrat konnte es nicht fassen; sein Freund Roland war stets kerngesund und sportlich gewesen. Herzinfarkt? Aus heiterem Himmel? Unglaublich. Wieder schüttelte Borrat den Kopf. Er stand auf und holte Rolands Akte aus dem Wandschrank. Neben der Abschrift des bei einem Notar verwahrten Testaments fand sich die Patientenverfügung mit der ausdrücklichen Anweisung, bei Feststellung des Hirntodes alle brauchbaren Organe für die medizinische Spende freizugeben und auf künstliche lebensverlängernde Maßnahmen zu verzichten. Borrat schluckte. Das also war jetzt der letzte Freundschaftsdienst, den er Roland leisten musste. Eine bittere Pille. Dabei waren sie beide erst 49 Jahre alt, Freunde seit der ersten Klasse in der Grundschule, vielfach miteinander durch dick und dünn gegangen. Borrat spürte seine Augen feucht werden. *Armer Kerl,* dachte er, wischte sich eine Träne aus dem Augenwinkel, nahm die Unterlagen aus dem Aktenordner, steckte sie in die schmale Dokumententasche, schlüpfte in die Sommersandalen und verließ sein Büro.

Was hat ihn so aufgeregt, dass er aus den Latschen gekippt ist, fragte sich Borrat auf dem Weg ins Klinikum. Eigentlich hatten sie sich in rund einer Stunde zu einem rechtlichen Gedankenaustausch treffen wollen. Roland hatte es dringlich gemacht. Er war aufgeregt gewesen, aber er hatte nicht gesagt, um was es ging. Sorgen, ja, Sorgen hatte sich Roland in letzter Zeit viele gemacht, und Borrat hatte durchaus eine Ahnung, worüber.

Die Bandagen in Rolands Branche sind hart geworden, da kann man schon mal in die Bredouille geraten. Aber sich so aufregen, dass man mit einem Herzinfarkt am Lindauer Hafen zusammenklappt? So ein Infarkt müsste sich doch andeuten, überlegte er, schließlich war sein Freund ein passionierter Bergläufer und trotz seines Alters in der Lage gewesen, zweitausend Höhenmeter in drei Stunden hochzulaufen. Über Herzbeschwerden hatte er nie geklagt, im Gegenteil: Während er selbst den Puls oft bis zum Anschlag trieb, war Roland selten in den obersten roten Bereich gekommen, und auch beim gemeinsamen Mountainbiken auf den Pfänder hinauf, wenn sie mal richtig am »Kondition bolzen« gewesen waren, schien Roland im Gegensatz zu Michael immer locker geblieben und kaum aus der Puste gekommen zu sein.

Wie Borrat es auch drehte und wendete, er verstand es nicht.

Roland war einfach zu durchtrainiert gewesen, da starb man nicht in der Sonne am Hafenbecken. Oder?

Borrat mochte sich einfach nicht vorstellen, nie wieder mit seinem Freund aus Kindertagen auf der Terrasse ihrer Lieblingskneipe zu sitzen und über den Bodensee zu blicken, nicht mehr schwer atmend hinter ihm die Wege auf den Pfänder zu rennen oder mit dem Bike hinaufzustrampeln und vom Funkmast aus den Blick über den majestätisch unter ihnen liegenden See schweifen zu lassen. Konnte es wahrhaftig sein, keine Revanche mehr für das letzte Matt am Schachbrett zu erhalten? Eingefleischte Junggesellen, die sie beide waren, hatten sie ihre gemeinsamen Rituale gepflegt und sich mindestens einmal die Woche getroffen. Aus und vorbei. Es würde seine Zeit dauern, bis Borrat die Endgültigkeit begreifen und akzeptieren konnte. Er schluckte und wischte sich erneut eine Träne aus dem Augenwinkel, dann betrat er den Haupteingang des Klinikums und fragte sich zu der Station durch, auf der Rolands Körper versorgt wurde, um die Spenderorgane in gutem Zustand zu erhalten.

»Leider wurde der Notarzt zu spät alarmiert«, berichtete der Oberarzt der Intensivstation. »Der Patient wurde zwar reanimiert und mit Kreislauf eingeliefert, aber dann haben wir ihn verloren.«

»Was ist mit ihm?«, fragte Michael verzweifelt.

»Er ist tot, wird aber noch beatmet. Wir gehen davon aus, dass der Patient eine knappe Viertelstunde wie schlafend auf dieser Bank am Hafenbecken lag, ehe jemand den Notruf auslöste. Ein tragischer Fall. Wenn man sofort hätte handeln können …« Der Arzt beendete den Satz nicht. »Sie also sind der befugte Angehörige, uns die Freigabe für die Organentnahme zu bestätigen?«

»Ja, ich bin Roland Kundls bester Freund und von ihm mit diesen Aufgaben betraut worden.«

»Mein herzliches Beileid. Würden Sie mich bitte in mein Büro begleiten? Dort müssen wir den Papierkram erledigen.«

»Die Todesursache ist eindeutig?«

»Herzversagen«, bestätigte der Arzt, während sie einen schummrigen Flur entlangliefen. »Ihr Freund war im gefährlichen Alter. Ende 40 kommt das bei Männern gehäuft vor. Leider.«

»Aber Roland war sportlich, nicht übergewichtig, hat nicht geraucht und wenig Alkohol konsumiert, hat sich vernünftig ernährt und nie über Beschwerden geklagt«, wandte Borrat ein.

»Tja«, der Arzt zuckte mit den Achseln, »manchmal schlägt das Schicksal aus heiterem Himmel zu.«

• • •

Zufrieden beendete Lorenz Faltermeier das Telefongespräch. Er schob den Deckel des alten Nokia auf und nahm den Akku aus dem Mobiltelefon. Dann fischte er die SIM-Karte hervor und schnitt sie mit der Schere in vier Teile. Ein Teil warf er in den Abfalleimer, die drei anderen spülte er im Klo hinunter. Anschließend legte er den Akku ein und setzte das Handy auf die Werkseinstellungen zurück, ehe er es in der obersten rechten Schublade seines Schreibtischs verstaute.

Wieder ein Problem gelöst, freute sich Faltermeier und ging zum Wandschrank, in dem sich seine Hausbar befand. Ihm stand der Sinn nach einem Schluck Haselnuss.

• • •

Heinrich Koller hatte alle Hände voll zu tun. Kurz vor Feierabend trudelten einige Stammkunden ein, um sich fürs Wochenende mit Büchern zu versorgen. Seit Koller den *Lesertraum* wieder öffnen durfte, hatte sein Buchladen Konjunktur und seine Kunden erhöhten Beratungsbedarf.

»Nathan, kommst du bitte?«, rief er nach hinten. Sein neuer Geschäftspartner saß, wenn es ruhig war im Laden, gern hinten im Büro. Dort frönte er seiner eigentlichen Passion, Manuskripte meist junger Krimiautoren zu korrigieren, die bei unabhängigen Verlagen erscheinen sollten. Der frühere Mordermittler der Münchner Kriminalpolizei hatte Gefallen an dem Geschäft mit Krimis gefunden, und seit Nathan Weiß die Krimi-Ecke des *Lesertraums* betreute, waren die Verkaufszahlen der Thriller in die Höhe geschnellt.

Mit etwas zerzausten Haaren erschien Nathan in der Tür zum Verkaufsraum. Koller nahm den fragenden Blick wahr und deutete auf eine ältere Dame, die Hilfe suchend am Drehständer für Kriminalromane stand. Nathan nickte, strich sich die Haare nach hinten und trat an die Kundin heran.

»Wonach suchen Sie, wie kann ich Ihnen helfen?«

»Spannend soll's sein und gut geschrieben, außerdem muss es mit der Wirklichkeit übereinstimmen. Ein Geschenk für meinen Enkel, wissen S', der will nämlich zur Kripo gehen, da soll er keinen Schmarrn zum Lesen kriegen.«

Nathan lächelte und griff zielsicher nach einem Buch im Drehständer. »Dann nehmen Sie diesen Roman«, hielt er der Dame das Taschenbuch entgegen. »Da geht es um einen großangelegten Betrug und die mühevolle Kleinarbeit der Ermittler, Papierkram über Papierkram, unzählige Stunden im Büro und Kopfweh vom Recherchieren am Computerbildschirm.«

»Ist's denn spannend?«, fragte die Großmutter zweifelnd.

»Es gibt den einen oder anderen Knalleffekt. Ihr Enkel lernt die wahre Arbeit der Kripo kennen. Wenn er danach an seinem Berufswunsch festhält ...«

»Gell, Sie wissen, von was Sie reden? Sie sind doch der berühmte Mordermittler, oder?«

Nathan nickte zögerlich, dann breitete sich ein Lächeln auf seinen Lippen aus.

»Täten Sie mei'm Enkel ein Autogramm reinschreiben?«

»Wenn er dadurch ein guter Kriminaler wird.« Nathan grinste und ging mit der Kundin an die Kasse. Dort nahm er einen Kugelschreiber und setzte seinen Namenszug auf das Schmutztitelblatt.

»Danke vielmals.« Die Kundin gab ihm die Hand. »Wenn's ihm gefällt, schick ich ihn mal zu Ihnen.«

»Tun Sie das«, antwortete Nathan und schlurfte zurück ins Büro.

»Du bekommst eine richtige Fangemeinde bei mir«, bemerkte Koller, als er nach Ladenschluss aus dem Schrank zwei Nosing-Gläser und eine Flasche Lagavulin 16 holte. Er schenkte jedem einen Fingerbreit ein und setze sich zu Nathan an den Tisch. Sie prosteten sich zu und schmeckten schweigend dem rauchigen Abgang des Scotchs nach.

»Das war früher anders, vor allem bei den Mördern«, scherzte Nathan, aber es klang ein wenig wehmütig. »Mal wieder ein richtiger Fall«, fuhr er fort, »tät' mich reizen. Die Realität unterscheidet sich eben doch von den Romanen.«

»Nur Geduld«, erwiderte Koller. »Rechtsanwalt Dieter Bauer ruft dich früher an, als du denkst.«

»Schön wär's«, brummte Nathan.

•••

Der Abendwind summte sein Lied im Schilf. Ein Entenpaar raschelte zu seinem Schlafplatz in den Binsen, stolz zog ein Schwan am Ufer entlang. Sanft liefen die Wellen auf den schmalen Sandstreifen auf, der vor dem Schilfgürtel lag und auf dem Sophie in der untergehenden Sonne saß. Sie sog die Stimmung der friedlichen Dämmerung in sich auf. Seit ihrer Kindheit kam sie immer wieder an diesen Platz am Bodenseeufer. Kein Ort auf der Welt schien ihr geeigneter, um mit ihren Gedanken allein zu sein, als genau dieser versteckte Fleck, den man nur über einen kaum wahrnehmbaren Pfad erreichte. Mit geschärften Sinnen verfolgte sie das Schauspiel, wie die Dämmerung allmählich die Farben aus der Welt heraussaugte und sich das Dasein in ein Spiel mit den Grautönen verwandelte. *Eines Tages*, hoffte sie, *werde ich das Geheimnis dieses Augenblicks, in dem die Farben verschwinden, wahrhaftig auf die Leinwand bannen.*

Sie träumte seit Jahren von einem Gemälde voller Grautöne, das bunter erschien als die prächtigsten Farben. Noch glaubte sie daran, so ein Bild schöpfen zu können. Bisher allerdings war sie an dieser Herausforderung gescheitert. Umso erfreulicher, wie gut ihr die farbigen Gemälde gelangen. Endlich hatte sie den Fuß in der Tür zum Erfolg.

Sophie atmete die kühler werdende Luft ein und rieb sich die Hände. Vor ihr lag eine goldene Zukunft. Es tat gut, über den grau werdenden See zu blicken und durchzuatmen. Sie musste zu sich kommen, durfte den Boden nicht unter den Füßen verlieren. Die Summe, die sie heute Vormittag von Lorenz ausbezahlt erhalten hatte, war schwindelerregend. 60.000 für ihren ersten Gauguin. Kaum zu glauben. Dabei hatte sie keinesfalls einen Gauguin kopiert, nein, sie hatte einen völlig neuen Gauguin erfunden, den erotischen Akt einer fülligen Südseefrau im Stil des berühmten Franzosen. Eigentlich hatte sie das kleinformatige Gemälde mit ihrer eigenen Paraphe unterzeichnen wollen, doch als Lorenz das Bild betrachtet hatte, meinte er: »Signiere es als Gauguin.«

»Das ist Fälschung«, hatte sie erwidert.

»Ach was, ist doch eine völlige Neuschöpfung«, hatte er diesen Einwand abgetan, und so hatte sie Gauguins Signatur nachgeahmt.

Zwei Wochen später war Lorenz auf die Idee gekommen, das Gemälde in den Kunstmarkt einzuschleusen. »Niemand wird jemals erfahren, dass du die Schöpferin dieses wunderbaren verschollenen Gemäldes bist«, hatte er ihr versprochen und das Bild an sich genommen.

Das war vor einem halben Jahr gewesen und sie hatte es beinahe vergessen gehabt. *Na ja, nicht wirklich*, gestand sie sich ein. Jedenfalls hatte sie Lorenz nicht nach dem Verbleib des Werkes gefragt und versucht, so wenig wie möglich an die tropische Nymphe zu denken. Stattdessen hatte sie in den Farben von Kandinsky und Monet geschwelgt und mehrere neue Meisterwerke geschaffen, die noch ohne Signatur in der Abstellkammer ihres Ateliers lagerten. Das würde sich bald ändern, denn Lorenz hatte Appetit bekommen, seit es ihm gelungen war, Sophies Gauguin an einen Kunstsammler zu verkaufen.

•••

Michael Borrat schritt gerade durch den Haupteingang der Klinik, als er seinen Namen hörte. Er drehte sich um.

Der Oberarzt aus der Notaufnahme kam geschwinden Schrittes auf ihn zu. »Warten Sie«, rief er und winkte.

»Was gibt es noch?«, fragte Borrat müde. Er wollte nach Hause und allein sein. Vor einer Stunde hatte das Ärzteteam aus Augsburg Rolands Hirntod festgestellt. Diese Endgültigkeit hatte ihn erschüttert. Es war an der Zeit, den Freund zu betrauern.

»Irgendetwas ist seltsam«, antwortete der Arzt kurzatmig. »Ihr Freund ist zwar an Herzversagen gestorben, aber es war kein Infarkt.«

Schlagartig war Borrat glockenwach. »Das bedeutet?«

»Wir haben die Kriminalpolizei verständigt, denn nun ist die Todesursache unklar. Es könnte sich um einen unnatürlichen Tod handeln.«

»Also werden Sie eine Autopsie vornehmen?«

»Das entscheidet die Polizei beziehungsweise die Staatsanwaltschaft. Können Sie bitte hierbleiben? Vielleicht brauchen wir Sie noch.«

»Selbstverständlich«, sagte Borrat und begleitete den Arzt in dessen Büro. »Gibt es irgendwelche Hinweise für eine äußere Einwirkung?«

»Noch nicht. Wir warten ab, was die Kripo zu sagen hat.«

Zwei Stunden später gab die junge Staatsanwältin Rolands Leiche für die Organentnahme frei. Borrat wunderte sich zwar ein wenig über diese Entscheidung, aber er fand es tröstlich, dass ein kleiner Teil seines Freundes in anderen Menschen weiterleben würde. So wurde ein trauriger Tod nicht völlig sinnlos. Vermutlich hatte die Staatsanwältin in ihrer Abwägung zwischen forensischer Untersuchung und Organspende sich zugunsten der Empfänger entschieden. Oder hatte sie gar schon weitere Erkenntnisse?

Während Borrat noch über diese Frage nachdachte, machte sich das Team aus München an die Arbeit, Leber und Nieren zu explantieren. Später würden die Organe mit einem Kurier von Eurotransplant an ihren Bestimmungsort gebracht werden. Der Leichnam blieb beschlagnahmt; die Staatsanwältin wollte erst morgen endgültig über die Obduktion entscheiden. Borrat gab seine Einwilligung, dann ging er erschöpft nach Hause. Das Rätsel von Rolands Tod nahm er mit.

2

Werner Brückners Blick glitt hinaus auf den Kanal, dessen Wasser sich im Wind kräuselte. Die Sonne zauberte blitzende Reflexe auf den trägen Spiegel und adelte die Schönheit der königlichen Anlage, die Anfang des 18. Jahrhunderts als grandiose Blickachse vom Schloss in Richtung Stadt erbaut worden war. Er liebte den Blick auf dieses von zwei Alleen eingefasste städtebauliche Kleinod. Betrachtete er den Kanal, schenkte ihm dies Freude und Zuversicht, oder, wie in diesem Augenblick, zumindest Trost. Vor einer Stunde hatte ihn aus Lindau die Nachricht vom Tod Roland Kundls erreicht und erschüttert. Roland war einer seiner besten Studenten gewesen. Brückner hatte ihn gefördert und gefordert, hatte ihm in seiner Beratungsgesellschaft zuerst einen Praktikumsplatz und später eine Festanstellung verschafft, ehe Roland zur exklusiven Finanzmaklergesellschaft *InterFinance-Power* gewechselt war, der Brückner seit vielen Jahren einen Teil seines Vermögens anvertraute. Mit Roland verlor er nicht nur einen Schüler, sondern auch einen Vertrauten und wichtigen Geschäftspartner. Beinahe war es, als verlöre er einen Sohn. Sein Blick saugte sich am spiegelnden Windspiel des Kanalwassers fest. Traurig wartete der 72-jährige frühere Professor für Betriebswirtschaftslehre und Finanzwirtschaft auf die tröstende Wirkung dieses Anblicks. Noch blieb der Trost aus, noch hallten die Worte von Lorenz Faltermeier, dem deutschen Chef von *InterFinance-Power*, nach.

»Lieber Brückner«, hatte Faltermeier ohne lange Vorrede am Telefon gesagt, »ich muss Ihnen mitteilen, dass Roland Kundl am Freitag einem Herzversagen erlegen ist. Wir verlieren einen tüchtigen Mann, Sie verlieren einen herausragenden Schüler. Hierzu mein Beileid. Ab sofort werde ich Ihre Angelegenheiten persönlich betreuen.«

Immer der pragmatische nüchterne Erfolgsmensch, dieser Faltermeier, war es Brückner durch den Kopf geschossen, kaum hatte er das Telefonat beendet. Der Kern der Nachricht war nur langsam in sein Bewusstsein gesickert. Dann kam die Trauer. Er hatte Roland wirklich gemocht. Der Anblick des friedlich vor ihm liegenden Kanals tröstete ihn nicht.

•••

»Die Obduktion hat keine konkreten Hinweise erbracht, die auf eine Fremdeinwirkung schließen lassen«, teilte die Staatsanwältin aus Kempten am Telefon mit. »Die Leiche ist somit für die Bestattung freigegeben.«

»Aber finden Sie die Umstände nicht ungewöhnlich?«, wagte Borrat eine zweifelnde Nachfrage.

»Schicksal, Herr Kollege. Männer Ende 40 versterben schon mal an Herzversagen. Es gibt keinen Anlass für weitere Ermittlungen.« Mit diesen Worten beendete die Staatsanwältin das Telefonat.

Mit tiefem Unbehagen legte Borrat den Hörer auf die Gabel zurück. Irgendwo in seinem Hinterkopf regte sich Argwohn. Er konnte und wollte nicht glauben, dass sein Freund sang- und klanglos an Herzversagen gestorben war. Es war kein Herzinfarkt, hatte der behandelnde Arzt festgestellt. Wie dann hatte es zu diesem plötzlichen Herztod kommen können? Diese Frage ließ Borrat die nächsten Minuten nicht los und er beschloss, seinen Hausarzt zu befragen.

»Das gibt es durchaus«, erläuterte dieser am Telefon. »Gerade bei Sportlern taucht dieses Phänomen manchmal auf, oft unmittelbar nach einer besonderen Anstrengung. Meist handelt es sich um eine vorher unerkannte Herzerkrankung. Das sind tragische Schicksale.«

Der Arzt war kurz angebunden, gab zu verstehen, kein Kardiologe zu sein, und ließ Borrat ratlos zurück. Er wollte einfach noch nicht daran glauben, dass Roland auf einer Bank an der Hafenpromenade aus heiterem Himmel der plötzliche Herztod aus dem Leben gerissen hatte, und musste offensichtlich akzeptieren, dass es das gab. Trotzdem nagten die Zweifel in ihm weiter. Es dürfte eine Zeit dauern, befürchtete er, bis er den Tod seines Freundes verarbeitet haben würde, zumal er sich nun um die gesamten Nachlassangelegenheiten kümmern musste.

Um aus dem Grübeln herauszufinden, griff er zum Telefon und vereinbarte mit dem das Testament verwahrenden Notar einen Termin.

•••

Lorenz Faltermeier legte die Unterlagen über Werner Brückner in die oberste linke Schublade seines ausladenden Schreibtischs. Zum Glück hatte der Wirtschaftsprofessor die Nachricht von Kundls Tod gefasst aufgenommen und zugestimmt, dass sich Faltermeier persönlich um seine Belange kümmern würde. Brückner war ein wichtiger Kunde, der von Kundl gehegt und gepflegt worden war. Brückners Kontakte in alle Welt hieß es zukünftig noch besser zu nutzen, nahm sich Faltermeier vor und überlegte, wie er sein persönliches Verhältnis zu Brückner intensivieren konnte. Nach kurzem Grübeln hatte er eine zündende Idee.

Er rieb sich die Hände und widmete sich die nächste Stunde einer schwäbischen Unternehmungsgründung, die er in das Portfolio des neuen, grünen *IFP*-Fonds aufnehmen wollte. Die beiden jungen Unternehmer spezialisierten sich mit ihrem Start-up auf eine nachhaltige und klimaneutrale Produktion von Bratlingen für Veggie-Burger und suchten einen Investor. Auch wenn Faltermeier selbst keinerlei Bezug zu veganem Essen hatte, hielt er die Geschäftsidee für erfolgversprechend. Außerdem fuhren immer mehr wohlhabende Menschen auf nachhaltige Anlageformate ab, und bei den sogenannten grünen Fonds hatte *Inter-*

FinancePower noch Nachholbedarf. Das Konzept überzeugte ihn. Er bat seine Sekretärin, einen Termin mit den Jungunternehmern zu vereinbaren, dann machte er sich auf den Weg zum Mittagessen. In einer halben Stunde war er in seinem Lieblingsrestaurant am See mit Sophie verabredet.

Sie sah bezaubernd aus in ihrem knielangen orangen Kleid. Als sie fünf Meter von seinem Tisch entfernt war, stand Lorenz auf, ging ihr zwei Schritte entgegen und umarmte sie. Nach zwei hingehauchten Küsschen zog er ihren Stuhl vom Tisch zurück, damit sie bequem Platz nehmen konnte. Er strich ihr zärtlich über den Hinterkopf, dann setzte er sich ihr gegenüber.

»Schön, dich zu sehen«, bemerkte er und reichte ihr die Speisekarte. »Such dir was Leckeres aus.«

»Fein, dass du Zeit hast«, erwiderte sie. »Wähl du für mich, ich will heute verwöhnt werden.«

»Nehmen wir das Tagesmenü und dazu eine Flasche Chardonnay.«

Sophie liebte Jakobsmuscheln, die hier auf einem roten Kartoffelpüree mit grünem Gemüse serviert wurden. Ein herrlich leichter Hauptgang für diesen Sommertag, umrahmt von einem Gemüsesüppchen und der Apfeltarte als Dessert, gerade das Richtige für seine reizende Geliebte.

Einmal mehr konnte er sich nicht sattsehen an ihrem hübschen Gesicht mit den hochstehenden Wangenknochen, die ihre ukrainische Mutter verrieten. Stilsicher trug sie orangerotes Lipgloss und einen geheimnisvollen grünen Lidschatten. Lorenz bewunderte ihre virtuosen Farbkombinationen und konnte sich das Kompliment nicht verkneifen: »Du siehst fantastisch aus.«

Sie schenkte ihm einen Kussmund und legte ihre Hand in die Mitte des Tisches. Er streichelte Finger für Finger und bemerkte erfreut, wie sich ihre Härchen auf ihrem Unterarm aufstellten.

Eine sanfte Erregung trieb seinen Puls an, und er überlegte, ob er nach dem Dinner mit zu ihr gehen könnte. Dummerweise stand ein Termin im Kalender, den er an sich nicht platzen lassen durfte, aber die Verlockung, noch ein Schäferstündchen mit Sophie zu verbringen, war allzu groß.

»Hast du wieder etwas für meine Kunstliebhaber?«, lenkte Faltermeier seine Aufmerksamkeit vom Amourösen auf das Geschäftliche.

»Eigentlich nein«, sagte sie und schüttelte den Kopf, doch ein Flackern in ihren Augen verriet ihm ihr Interesse. Sie hatte Blut geleckt.

Der Gauguin war eine famose Initialzündung gewesen. Faltermeier hatte einen siebten Sinn dafür, bei anderen die Gier nach mehr zu spüren, ehe diese sich ihres Begehrens bewusst waren. *Du willst Geld scheffeln, meine Süße,* dachte er. *Du bist aus dem gleichen Holz geschnitzt wie ich. Wir geben ein tolles Paar ab.* Er hielt ihre Hand fest und flüsterte: »Natürlich hast du was. Willst du es mir später zeigen?«

Sophie zögerte.

Für einen kurzen Moment wurde Faltermeier ungehalten; wollte sie ihn hinhalten? Den Preis in die Höhe treiben? Mit ihm spielte man nicht, weder große noch kleine Spielchen. Er verstärkte den Druck seiner Hand und sagte: »Es wäre mir eine große Freude, gerade heute.«

»Warum?«

»Du musst mich trösten«, erwiderte er und machte eine betrübte Miene. »Gestern ist mein bester Mitarbeiter verstorben.«

Sophie schlug die Hand vor den Mund. »Oje, um Gottes Willen. Wer denn und warum?«

»Der Kundl Roland, du kennst ihn sogar von unserer Bootsfahrt vor zwei Jahren. Hat einfach einen Herzinfarkt bekommen, gestern Nachmittag, am Hafen.«

»Der Arme, tut mir leid«, sagte Sophie und legte ihre Hand auf Faltermeiers Arm. »Natürlich habe ich etwas für dich.«

•••

»Werner Brückner hier, Grüß Gott, Herr Borrat«, eröffnete Brückner das Telefongespräch. »Wir kennen uns von den letzten Bodenseekunsttagen – Sie erinnern sich? Roland Kundl hat uns bekannt gemacht. Er hat stets viel von Ihnen gesprochen, Sie sind sein bester Freund … gewesen.« Brückner fiel es schwer, die Vergangenheitsform verwenden zu müssen. »Es ist sehr traurig und ich begreife es nicht. Darf ich Sie fragen, wie Roland gestorben ist? Man sagte mir, es sei Herzversagen gewesen. Roland? Ein kerngesunder, durchtrainierter Sportler? Ich kann es nicht glauben.«

»Es scheint so zu sein, Herr Professor. Auch ich bin fassungslos. Aber die Staatsanwaltschaft hat mir mitgeteilt, es gebe keinerlei Anzeichen für eine Fremdeinwirkung. Roland ist einem plötzlichen Herztod erlegen.«

»Also ist er obduziert worden?«

»Ja.«

»Dann müsste man die Vorerkrankung erkannt haben, die den plötzlichen Herztod ausgelöst hat. Was war es? Ich würde es gern verstehen.«

»Kann ich Ihnen nicht sagen. Jedenfalls war es kein Herzinfarkt.«

»Eigenartig«, flüsterte Brückner mehr für sich als für seinen Gesprächspartner und fragte dann laut: »Haben Sie den Obduktionsbericht gelesen?«

»Nein«, antwortete Borrat. »Dazu habe ich keine Veranlassung gesehen.«

»Darf ich Sie bitten, das nachzuholen?«

»Meinen Sie …?«

»Ich will es einfach verstehen. Er war mein bester Schüler. Wenn ich es genau verstehe, fällt mir das Abschiednehmen leichter.«

3

Schlank und hochgewachsen mit wachen blauen Augen stand der Professor neben dem Besprechungstisch und reichte Nathan Weiß die Hand. »Brückner, Werner Brückner. Sehr erfreut.«

»Nathan Weiß. Ganz meinerseits.«

Der kräftige, selbstbewusste Händedruck gefiel Nathan ebenso wie das gesamte Erscheinungsbild des elegant gekleideten Mannes, der Dieter Bauer um Hilfe gebeten hatte, die Umstände des plötzlichen Herztodes seines Lieblingsschülers aufzuklären.

Bauer hatte am Morgen bei Nathan angefragt, ob er eine Ermittlung übernehmen wolle. Begeistert hatte Nathan zugesagt und setzte sich nun neugierig an den Besprechungstisch in Bauers großzügigem Büro über den Dächern Münchens.

»Wie ich Ihnen, lieber Weiß, bereits am Telefon sagte: Es geht um einen mysteriösen plötzlichen Herztod. Professor Brückner argwöhnt, dass es bei dem Tod von Roland Kundl vor wenigen Tagen nicht mit rechten Dingen zugeht.«

»Sie müssen verstehen«, sprach Brückner mit sanfter, leicht rauchiger Stimme, »mein Schüler und Vertrauter in Finanzangelegenheiten war ein passionierter, durchtrainierter Sportler. Der kippt nicht einfach so auf einer Bank an der Hafenpromenade in der Sonne zur Seite und ist tot.«

»Der Obduktionsbericht, den ich gestern Abend von der Staatsanwaltschaft Kempten erhalten habe, ist äußerst dürftig«, ergriff Rechtsanwalt Bauer wieder das Wort. »Zwar stellt der Lindauer Arzt, der im Klinikum die Autopsie vorgenommen hat, keine äußeren Einwirkungen fest, aber es fehlt auch jeder Hinweis auf eine den plötzlichen Herztod erklärende Vorerkrankung.«

»Ein Herzinfarkt kann sicher ausgeschlossen werden?«, fragte Nathan und streckte die Hand nach dem Obduktionsbericht aus.

»Ja«, antwortete Brückner. »Mein Schüler war Organspender, daher haben die Ärzte im Klinikum sein Herz genau angeschaut.«

»Wurden Organe entnommen?«

»Leber und Nieren«, gab der Professor Auskunft.

Die Informiertheit Brückners beeindruckte Nathan. Er nahm sich vor, gründlich über seinen Auftraggeber zu recherchieren.

»Ich will Sie bitten, das Schicksal meines Schülers so genau wie möglich zu ermitteln. Zeit und Geld sollen keine Rolle spielen. Ich wünsche mir Gewissheit über die Umstände seines Todes. Das bin ich Roland schuldig.«

»Haben Sie denn Anhaltspunkte, die für eine Fremdeinwirkung sprechen?«

»An sich nein«, erwiderte Brückner. »Aber Roland hat in einem sensiblen Umfeld gearbeitet. Er dürfte als Anlageberater von *IFP* viel wertvolles Wissen angesammelt haben.«

»Wer oder was ist *IFP*?«

»Das ist die renommierte Finanzmaklergesellschaft *InterFinancePower* mit Sitz in Zürich. Roland hat für die deutsche Dependance in Lindau gearbeitet. Auch ich lasse einen Teil meines Vermögens von *IFP* verwalten.«

»Sensibles Wissen«, dehnte Nathan diese beiden Wörter. »Könnte das so gefährlich werden, dass jemand am Tod von Roland Kundl interessiert sein könnte?«

»Verstehen Sie mich nicht falsch: Meiner Ansicht nach ist *InterFinancePower* eine absolut seriöse Adresse, sonst überließe ich *IFP* keinen Cent. Aber es geht um viel Geld ... sehr viel Geld. Sie sollten sich die Leute anschauen, für die Roland gearbeitet hat.«

»Hm«, brummte Nathan. »Die Kriminalpolizei vor Ort war eingeschaltet, die zuständige Staatsanwaltschaft hat sich mit der Sache befasst, Sie haben keine unmittelbaren Anhaltspunkte für ein Fremdverschulden. Ehrlich gesagt, Herr Professor, ich weiß nicht, ob es sich lohnt, da nachzubohren. Ich verstehe Ihr Unverständnis – aber ist der Tod nicht immer etwas Unverständliches für uns? Besonders wenn ein Mensch mitten aus dem Leben gerissen wird? Unerwartet, völlig unerwartet. Da hätten wir gern Erklärungen ...« Nathan ließ den letzten Satz in der Luft hängen und las die erste Seite des Berichts. Typisches Medizinerdeutsch, es gab nichts, was Nathan an den dürren Worten des Obduzenten auffiel.

»Dieser Arzt«, wandte Brückner ein, »ist kein ausgebildeter Gerichtsmediziner. Er ist zwar auch Pathologe, aber eigentlich Internist. Er könnte etwas übersehen haben.«

Das war ein Argument, das Nathan von Brückners berechtigtem Argwohn überzeugte. Die forensische Autopsie war eine Kunst, auf die sich nicht jeder Arzt verstand. Während seiner Tätigkeit als Chef der Münchner Mordkommission hatte er zum Glück viele Jahre mit einer Koryphäe auf diesem Gebiet zusammenarbeiten können und von dem gutmütigen und gewissenhaften Dr. Sander viel gelernt.

»In Ordnung«, willigte Nathan daher ein. »Ich werde mich der Angelegenheit annehmen. Dazu brauche ich eine Liste aller infrage kommenden Ansprechpartner.«

»Das habe ich erwartet«, kommentierte Brückner prompt, zog ein Blatt Papier aus seiner Jackentasche und schob es Nathan über den Tisch. »Ihr wichtigster Ansprechpartner steht ganz oben auf der Liste: Rechtsanwalt Michael Borrat. Er war Rolands bester Freund und ist Testamentsvollstrecker und Nachlassverwalter.«

Respekt, der Professor ist ordentlich auf Zack, dachte Nathan und stellte sofort die nächste Frage: »Wissen Sie, wann Herr Kundl beigesetzt wird?«

»Herr Borrat hat die Beerdigung etwas hinausgeschoben und die Beisetzung für nächste Woche Dienstag terminiert.«

»Sehr gut«, sagte Nathan. »Dann werde ich unverzüglich nach Lindau fahren und mir die Sache vor Ort anschauen.«

»Das habe ich gehofft, Herr Weiß. Ich habe für Sie in einem kleinen aber feinen Hotel in Bad Schachen ein Zimmer reserviert.« Brückner schob eine Reservierungsbestätigung über den Tisch. »Dürfte ich mich nun noch nach Ihrem Honorarsatz erkundigen?«

Verblüfft schaute Nathan Dieter Bauer an, doch der zuckte mit den Schultern und grinste bloß. Nathan fasste das als Ermutigung auf zu pokern. »Was wollen Sie denn ausgeben?«

»Wenn Sie mich so fragen: Ich hielte einen Tagessatz von 1.200 Euro zuzüglich Spesen für angemessen. Einverstanden?«

Nathan stand auf und streckte die Hand aus. »Abgemacht. Bestellen Sie Herrn Borrat zum Abendessen zu mir ins Hotel.«

• • •

Zwei Stunden lang hatte sie die Signatur von Kandinsky geübt, nun war sie von ihrem Bleistiftstrich überzeugt. Sie trat an die Leinwand heran und unterschrieb mit dem Nachnamen dieses bisher verschollene Werk bunter Geometrie, ohne es zu datieren. Ein Geheimnis musste bleiben, wenn Lorenz das Gemälde in die Kunstszene einschleuste.

Sophie schmunzelte bei der Erinnerung an letzten Montag. Wie überschwänglich Lorenz diesen Kandinsky gelobt und ohne nachzudenken verlangt hatte, dass sie das Werk signieren und für einen Verkauf freigeben musste. Zufrieden ruhte ihr Blick auf ihrer Schöpfung. Kandinsky war ein dankbares Vorbild, allein schon, weil er seine Werke ziemlich unterschiedlich signiert hatte und durch die Wirren seiner Flucht aus Moskau und später aus Weimar eine zuverlässige Übersicht über sein Gesamtschaffen fehlt. Außerdem liebte Sophie Kandinskys Formen- und Farbensprache.

»Ich werde als Treuhänder eine alte Familiensammlung auflösen, weil die junge Generation andere Vorlieben entwickelt und an den Gemälden kein Interesse hat«, hatte Lorenz ihr seinen

Plan verraten und sie ermutigt, weitere unbekannte Kandinskys, Impressionisten und Expressionisten zu erschaffen.

Inzwischen hatte Sophie Gefallen an dieser Idee gefunden, auch, weil mit dem zu erwartenden Erlös ein sorgenfreies Leben winkte. *Dann kann ich später umso unbeschwerter eigene Bilder malen,* freute sie sich und verhüllte das soeben fertiggestellte Werk.

Sie ging hinüber in ihr lichtdurchflutetes Atelier und betrachtete ihren neuesten Versuch über die Welt in Grautönen. Das obere Bilddrittel beherrschten Gewitterwolken, in mannigfachen Grauschattierungen sich auftürmende Kumuluswolken über grauen Wäldern und Feldern, die quer von einer grauen Autobahn durchschnitten wurden. *Wie langweilig,* lästerte Sophie innerlich und spürte tief im Bauch Enttäuschung und Zorn. Warum wollte ihr nicht gelingen, was wirklich in ihr steckte? Warum gelang es ihr virtuos, sich den Schöpfergeist anderer anzueignen, wenn zugleich jeder Versuch, sich selbst auszudrücken, misslang?

Sie griff nach dem Teppichmesser, das stets auf ihrem Arbeitstisch lag. Das flaue Gefühl im Magen wich einem Kitzeln im Unterleib, langsam kroch eine schmerzende Hitze in den Brustkorb hinauf. Sophie spürte, wie sich ihr Hals rötete. Sie hasste dieses Gefühl, und mit dem aufsteigenden Brennen ihrer Haut hasste sie sich selbst. Kurz wog sie das Messer und überlegte, ob sie sich rasch dreimal quer über den linken Unterarm schneiden sollte.

Lorenz würde das nicht gefallen, er hatte sie bereits vor zwei Jahren inständig gebeten, mit dem Ritzen aufzuhören. Sie wollte Lorenz nicht enttäuschen, nicht jetzt, da sie am Anfang einer eigenartigen Karriere stand. Also lenkte sie ihre Wut auf die graue Leinwand und zerschnitt mit wildem Gefuchtel das abtörnende Grau in Grau.

Erst als die Leinwand in Fetzen hing, beruhigte sich Sophies

Raserei. Sie legte das Teppichmesser zurück und nahm das zerstörte Gemälde von der Staffelei. Beinahe zärtlich entfernte sie die Leinwand vom Holzrahmen und legte die einzelnen Fetzen in eine große Plastikmappe. Dann begann sie zu weinen.

•••

Nachdem er seinen kleinen Reiserucksack gepackt hatte, fuhr Nathan rasch bei Heinrich im *Lesertraum* vorbei.

Der Freund und Geschäftspartner grinste über das ganze Gesicht, als Nathan ihm von seinem Engagement in Lindau erzählte. »Habe ich dir doch gesagt: Der Bauer wird dich bald beschäftigen. Gratuliere. Ermittle schön und lass mich dann teilhaben an deinem detektivischen Abenteuer.«

»Wenn's hochkommt, bin ich drei Tage weg. Am Samstag stehe ich wieder mit dir hinter der Ladentheke«, versprach Nathan und machte sich auf den Weg an den Bodensee.

Auf der Autobahn schaltete er die Freisprechanlage an und wählte die Nummer des erfahrenen Rechtsmediziners Dr. Sander. Wie nicht anders zu erwarten, meldete sich die Sekretärin des vielbeschäftigten Pathologen. Sie wollte ihn schon abwimmeln, aber als sie sich zum zweiten Mal seinen Namen sagen ließ, erinnerte sie sich an ihn und stellte das Gespräch durch.

»Wen haben wir denn da? Den lieben Weiß persönlich, wohl immer noch umtriebig, der Gute«, begrüßte ihn der Forensiker fröhlich. »Womit kann ich dienen, mein Lieber?«

»Ein plötzlicher Herztod, werter Doktor. Wie wahrscheinlich ist der bei einem 49-jährigen sportlichen Mann ohne Vorerkrankungen?«

»Unwahrscheinlich. Aber es ist ziemlich wahrscheinlich, dass eine mitauslösende Vorerkrankung nicht erkannt wurde. Warum fragen Sie?«

»Man hat mich gebeten, einen plötzlichen Herztod näher anzuschauen.«

»Wurde obduziert?«

»Ja, aber von einem Arzt, der nicht zum Rechtsmediziner ausgebildet ist und eigentlich als Internist sein Geld verdient.«

»Ein Internist …« Dr. Sander zog das Wort verächtlich in die Länge und schwieg einige Augenblicke. »Das könnte Fehleinschätzungen erklären.«

»Würden Sie sich den Leichnam noch einmal anschauen?«

»Mein Terminplan ist zwar ziemlich voll, aber wenn Sie mir den armen Wicht morgen vorbeibringen …«

»Das wird schwierig. Der Tote liegt in Lindau im Leichenschauhaus.«

»Sie machen mir Spaß. Was haben Sie in der Hand?«

»Wenig bis nichts, aber immerhin einen knappen Obduktionsbericht und die Aussage zweier Freunde des Verstorbenen. Muss ein pumperlgesunder Mann gewesen sein.«

»Faxen Sie mir den Obduktionsbericht. Wenn was dran ist an Ihrem Argwohn, richte ich es mir morgen Abend ein.«

»Sie sind ein Engel«, rief Nathan und trat auf die Bremse, weil vor ihm ein Lastwagen auf die Überholspur ausscherte.

»Machen Sie halblang. Wir telefonieren morgen.«

Damit war das Telefonat beendet. Nathan ließ Sanders Antworten noch einmal Revue passieren und spürte, wie sich sein Puls beschleunigte. Er hielt es zunehmend für wahrscheinlicher, dass Roland Kundls Tod ein Fall war. Ein Fall für ihn, ein Fall für Nathan Weiß. Das Ermittlungsfieber hatte ihn wieder gepackt.

•••

Lorenz Faltermeier empfing den Studenten in seinem kleinen Seehaus nahe Wasserburg. Er hatte ihn unter drei Bewerbern ausgewählt, die sich auf sein Stellenangebot gemeldet hatten. Schüchtern saß Jonas Beuthen an dem Tisch vor dem Panoramafenster und spielte nervös mit dem Stapel Papier, den Faltermeier vor ihm ausgebreitet hatte.

»Sie wollen also ein besonderes Augenmerk auf die Zeitgeschichte legen für Ihr Masterstudium?«, fragte Faltermeier, obwohl er die Antwort bereits wusste. Schließlich war das bei den Auswahlgesprächen, die er vor zwei Tagen in Konstanz geführt hatte, ein wesentliches Kriterium gewesen.

»Ja, ich finde das 20. Jahrhundert superspannend. Deswegen freut es mich auch so, für Sie die Geschichte der Familie Hotterer recherchieren zu dürfen. Deutschlands unbekannte Milliardäre, wow, echt cool, dieses Thema.«

»Hier habe ich Ihnen einiges Material zusammengestellt«, gab sich Faltermeier väterlich. »Sie wissen: Sie müssen äußerst diskret recherchieren und dabei ein besonderes Augenmerk auf die Beziehung der Hotterer zur Kunst legen. Schauen Sie, welche Belege Sie für das versteckte Mäzenatentum dieser Unternehmerfamilie finden, und besorgen Sie sich möglichst viel Fotomaterial der Familie, insbesondere aus den Jahren 1923 bis 1945.«

»Also sind Sie auch an den Beziehungen der Familie zu den Nationalsozialisten interessiert?«

»Sehr sogar. Genau deshalb müssen Sie unheimlich diskret zu Werke gehen. Wie Sie gewiss von den bekannten Unternehmerfamilien der damaligen Zeit wissen, legen diese wenig Wert darauf, hinsichtlich ihres Verhältnisses zu den Nazis durchleuchtet zu werden.«

»Verstehe«, antwortete Beuthen und blickte sichtlich verständnislos drein.

»Ihre Diskretion ist vollumfänglich gefordert«, insistierte Faltermeier. »Also auch keine Gespräche über diese Arbeit im Kommilitonen- oder Freundeskreis. Sie arbeiten exklusiv für mich. Wenn Sie fertig sind, schauen wir, was sich daraus für Sie verwerten lässt, zum Beispiel mit einem spannenden Aufsatz in den Vierteljahresheften des Instituts für Zeitgeschichte.«

»Das wäre super«, rief Beuthen begeistert.

»Ich habe einen exzellenten Kontakt zu einem der Herausgeber«, behauptete Faltermeier. »Da lässt sich bestimmt etwas arrangieren. Aber erst einmal müssen Sie liefern. Was meinen Sie? Schaffen Sie erste Ergebnisse bis in maximal zwei Wochen?«

»Klar. Schließlich habe ich jetzt Semesterferien.«

»Sehr gut«, sagte Faltermeier und schob dem Studenten einen Briefumschlag zu. »Da ist Ihr Vorschuss. 500 Euro fürs Erste. Zufrieden?«

»Und ob. Vielen Dank.«

• • •

Nachdem er die Kanzlei des Rechtsanwalts Dieter Bauer in der Sonnenstraße verlassen hatte, schlenderte Werner Brückner durch die Fußgängerzone zum Marienplatz. Nach einem quälenden Pandemiefrühjahr atmete die Stadt auf, die Freude über die wiedergewonnenen Freiheiten war auf vielen Gesichtern zu lesen, die ihm begegneten.

Vermutlich sieht man mir auch meine Freude an, schmunzelte der emeritierte Professor der Betriebswirtschaftslehre. Er war heilfroh über die Bereitschaft von Nathan Weiß, sich um die genauen Umstände von Rolands Tod zu kümmern. Dessen Schicksal berührte Brückner nach wie vor sehr, vielleicht gerade deshalb, weil Roland ein ziemlicher Eigenbrötler und Einzelgänger ohne Familie gewesen war; das hatte von Anfang an ein besonderes Band zwischen Lehrer und Schüler geknüpft. Brückner war es Roland einfach schuldig, mögliche Ungewissheiten aufzuklären. Deshalb wollte er auch bald ein Treffen mit Lorenz Faltermeier arrangieren. Irgendetwas an der Art, wie der persönlich haftende Gesellschafter von *IFP* mit ihm Kontakt aufgenommen und ihm Rolands Tod mitgeteilt hatte, gefiel Brückner nicht; er konnte nur noch nicht sagen, was. Und obwohl er sich geehrt fühlen sollte, vom Chef der deutschen *IFP*-Niederlassung persönlich betreut zu werden, fühlte er sich bei diesem Gedanken unwohl und erwog bereits, sein Investment bei dem Finanzdienstleister trotz der guten Rendite zu beenden.

Vor dem Münchner Rathaus verharrte Brückner einige Minuten. Die märchenhaft anmutende neugotische Architektur begeisterte ihn stets aufs Neue. Er bedauerte es, zu spät dran zu sein für das berühmte Glockenspiel mit dem Reigen des Schäfflertanzes in der Empore. Beim Anblick des Rathauses wurde ihm seine Heimatverbundenheit bewusst, die ihn selbst in seinen rastlosen Jahren immer nach München hatte zurückkehren lassen. Jetzt, nachdem er seine Unternehmensberatungsfirma an würdige Nachfolger übergeben hatte, würde er endgültig in seiner Heimatstadt bleiben, auch wenn ihn sein ehrenamtliches Engagement für soziale und gesellschaftliche Zwecke weiterhin rund um den Globus führte.

Der Gang durch die von edlen Geschäften gesäumte Theatinerstraße war ihm wohlvertraut. Ehe er die Feldherrnhalle erreichte, bog er rechts in die kleine Viscardigasse ab, die jedem Münchner noch unter ihrem Spitznamen *Drückebergergasse* bekannt war. Weil zu Zeiten des Naziregimes an der Feldherrenhalle ein von einem SS-Doppelposten bewachtes NS-Ehrenmal gestanden hatte, vor dem Vorübergehende den Hitlergruß hatten zeigen müssen, hatten alle anständigen Münchner den Umweg über die Viscardigasse in Kauf genommen, um sich vor dem Nazigruß zu drücken. Brückners Eltern waren stets durch diese Gasse gegangen, und obwohl Brückner erst nach dem Zweiten Weltkrieg geboren worden war, setzte er zeitlebens die Tradition seiner Eltern fort. Gegenüber durchschritt er das Tor zum vorderen Innenhof der Münchner Residenz und schlenderte durch beide Höfe, ehe er am anderen Ende neben dem Haupteingang der Bayerischen Akademie der Wissenschaften die Residenz verließ und links Richtung Hofgarten abbog. Kurz blickte er hinauf zum Büro des Ministerpräsidenten, den er vor nicht allzu langer Zeit getroffen hatte, um über die Förderung einer internationalen Tagung zu den gesellschaftlichen Themen des 21. Jahrhunderts zu verhandeln. Stolz schritt er die Fassade des alten Armeemuseums ab, denn die erlangte Förderzusage gehörte zu den Highlights seiner an Erfolgen überreichen Karriere. Bis vor wenigen Tagen hatte er sich auf die Begleitung dieser Tagung besonders gefreut, weil seine Tochter Barbara die Leitung der Abteilung zu *Hate Speech* übernommen hatte und Roland in Lindaus sanierter Inselhalle einen Vortrag hätte halten sollen. Letzteres ein Gedanke, der ihn, während er zu der Unterführung hinablief, die ihn in den Englischen Garten bringen würde, schmerzte und traurig stimmte.

•••

Michael Borrat sortierte die Unterlagen, die er später dem Münchner Mordermittler Nathan Weiß übergeben wollte, der sich bereit erklärt hatte, Rolands Tod genauer unter die Lupe zu nehmen. Dreh- und Angelpunkt war zunächst der Obduktionsbericht, der in dürren Worten eine Beschreibung der untersuchten Organe sowie der äußeren Betrachtung des Leichnams enthielt. Borrat las den Bericht nun zum dritten oder gar vierten Mal und hielt ihn nach wie vor für zu oberflächlich. Allzu deutlich wurde für sein Empfinden, dass der obduzierende Arzt zwar auch den Facharzttitel für Pathologie führte, aber seit vielen Jahren ausschließlich als Internist praktizierte. Mochte die Autopsie auch formal korrekt abgelaufen sein, inhaltlich blieben erhebliche Zweifel, vor allem, weil keine Blutuntersuchung vorgenommen worden war. Michael war neugierig, wie Weiß die Sachlage bewerten würde, und hoffte auf eine abermalige Obduktion. Er als Testamentsvollstrecker würde nur allzu gern die erforderliche Einwilligung erteilen.

•••

Sophie saß auf dem Sofa in ihrem Wohnzimmer, die Arbeitsmappe mit den zerfetzten Teilen ihres Gemäldes in Grau auf den Knien. Nachdenklich betrachtete sie ein zwei Handteller großes Stück Leinwand, auf dem eine Kumuluswolke in mehreren interessanten Schattierungen ihre Gewitterdrohung ausstieß. Je länger sie diesen Ausschnitt betrachtete, desto besser gefiel er ihr. Gleichzeitig löste die düstere Wolke beunruhigende Erinnerungen aus. Aus dem grauen Nebel des Vergessens tauchte das Antlitz ihres Vaters auf, blicke ihr sein grimmig zugekniffener Mund entgegen; darüber die knollige Nase und wieder darüber die tief eingekerbte Zornesfalte, welche die halbe Stirn spaltete. Dieser grässliche Gesichtsausdruck, den er aufsetzte, wenn er mit ihr unzufrieden war. Und er war oft unzufrieden gewesen: Nie hatte sie es ihm recht machen können, egal was sie tat, es war nicht gut genug gewesen. Jahrelang hatte sie um väterliche Anerkennung gekämpft und nie welche erfahren. Dann, sie war gerade 18 Jahre alt geworden und vor dem Abitur gestanden, hatte ihn ein Schlaganfall aus seinem zornigen Leben gerissen. All die guten Noten, die in wenigen Wochen ihr Zeugnis schmücken würden, umsonst; Vater würde das Reifezeugnis nicht mehr sehen.

Sophies Trauer hatte sich in Grenzen gehalten, aber ihre Enttäuschung, definitiv keine väterliche Anerkennung mehr zu erleben, saß tief. Beinahe hasste sie ihn dafür, dass er gestorben war. Sie konnte sich des Gefühls nicht erwehren, dass er absichtlich gegangen war.

Eine drohende Wolke auf zwei Handtellern Leinwand, ein missbilligendes, zorniges Männergesicht: Sophie legte die Wolke auf den Wohnzimmertisch und schloss die Arbeitsmappe mit den übrigen Resten ihres Gemäldes in Grau. Diese Teile ihres Scheiterns wollte sie nicht mehr sehen.

Sie stand auf, ging ins Bad und wusch sich das Gesicht mit kaltem Wasser. Nun legte sie zart Rouge auf, tuschte die Wimpern, zog die Augenbrauen nach, legte etwas Kajal auf die Unterlider und zartblauen Lidschatten auf die Oberlider. Bald würde es an der Tür schellen. Lorenz. Für ihn wollte sie schön sein. Von ihm erhielt sie Anerkennung. Sanft zog sie den Lippenstift über die Lippen, betonte dezent deren Sinnlichkeit und lächelte sich so zu, wie es Lorenz gefiel.

Er war ein Geschenk des Himmels, vermutlich von einem Engel an jenem Freitagabend vor zweieinhalb Jahren in die kleine Galerie Liebler am Buttlerhügel geschickt, als sie mit ihrer Ausstellung *Givenchy ganz anders* bei der wohlwollenden Galeristin Linda Möhwald Vernissage gefeiert hatte. Frech und verzweifelt hatte sie einen Zyklus kleinformatiger Ölgemälde im Stil von Monet ausgestellt in der Hoffnung, von diesem publikumsgängigen Sujet einiges zu verkaufen. Damals war sie kurz vor der Pleite gestanden, hatte schon die Miete für ihr Atelier nicht mehr bezahlen können. Plötzlich war dieser drahtige Mann vor ihr gestanden, hatte sie mit einem selbstbewussten, bewundernden Blick umfangen und sie neugierig nach ihrer Ausbildung und ihren Vorbildern ausgefragt.

»Wenn ich drei Gemälde kaufe, gehen Sie dann mit mir aus?«

»Kommt darauf an, welche«, hatte sie keck geantwortet und sich sofort über ihre spontane Unbekümmertheit gewundert.

»Zeigen Sie mir die drei richtigen«, hatte er lächelnd erwidert und zehn Minuten später die drei teuersten gekauft.

Damit war die Miete für das nächste Jahr gesichert gewesen, und einige Tage später hatte er sie in Lindaus bestes Speiserestaurant eingeladen.

Jetzt läutete er an ihrer Tür. Zum Glück war sie mit Schminken fertig.

Er stand mit einem Strauß roter Rosen vor ihr. Seine Augen strahlten, sein Lächeln war betörend. »Du siehst einmal mehr umwerfend aus«, grüßte er sie und drückte ihr die Rosen in die Hand. Dann legte er einen Arm um ihre Taille, zog sie an sich und gab ihr einen fordernden Kuss.

Sie ging voraus ins Wohnzimmer, legte den Strauß auf den Tisch, holte eine Vase aus dem Schrank und befüllte sie in der Küche mit lauwarmem Wasser. Dann drapierte sie die Rosen auf einem Beistelltisch zu einem Blickfang für Verliebte.

»Danke.« Sie umarmte ihn. »Ich habe den Kandinsky signiert.«

•••

Roger Kleffners Blick schweifte über den aufgewühlten See und die am gegenüberliegenden Ufer steil aufragenden Berge. Ein starker Föhn klarte die Luft, alles schien unwirklich nah. Fast vermeinte Roger oben auf dem Kamm vom Zingel zum Gandisspitz Bergwanderer auszumachen, aber das war natürlich Einbildung. Selbst der kräftigste Föhn ersetzte am Vierwaldstätter See kein Fernglas, aber er rückte alles näher heran und zeichnete die dramatische Landschaft mit scharfen Konturen.

Diese Ausblicke liebte Kleffner; auch deshalb hatte er sich in Brunnen nah am Ufer die Dachterrassenwohnung gekauft. Auf einen Blick konnte er hier alles erfassen, was er besonders liebte: Bergsteigen und Segeln. Diesen beiden Hobbys würde er sich in den nächsten Jahren ausgiebig widmen.

Kleffner hatte sich vor gut einem Jahr zur Ruhe gesetzt. Zugegeben, etwas unfreiwillig, denn mit 52 Jahren fühlte er sich eigentlich zu jung für die Rente. Es waren widrige Umstände, die ihn gezwungen hatten, künftig von seinem Vermögen zu leben, und es war dieses Vermögen, dem die widrigen Umstände geschuldet waren.

In Deutschland wartete ein Strafverfahren auf ihn. Er hatte es vorgezogen, sich diesem Verfahren durch die Verlagerung seines Lebensmittelpunkts in die Schweiz zu entziehen. Weil er in den letzten Jahren Unsummen an steuersensiblen Finanzanlagen verdient hatte und lediglich derentwegen angeklagt war, musste er derzeit nicht befürchten, nach Deutschland ausgeliefert zu werden, zumal sein Einbürgerungsverfahren dank guter Kontakte voranschritt. Allerdings konnte er die Schweiz – zumindest auf dem Landweg – nicht verlassen, weil der ihn betreffende Haftbefehl von jedem Mitgliedsstaat der Europäischen Union vollstreckt werden würde.

Dieser Umstand führte bei Kleffner nicht nur zu einer allmählich anwachsenden Wehmut, sondern auch zu der Überlegung, ein Angebot der Frankfurter Staatsanwaltschaft anzunehmen, im Verfahren gegen seine Kollegen aus dem Investmentbereich als Kronzeuge auszusagen. Drei Tage noch, dann lief die ihm gesetzte Frist ab. Verrat und Straffreiheit oder jahrelang in der Schweiz eingesperrt. Welche der beiden Möglichkeiten würde ihm eine bessere Zukunft sichern? Seit einer Woche drehte und wendete er die Argumente Für und Wider, ohne zu einem eindeutigen Ergebnis zu gelangen.

Die Schweiz war ein wunderbares Land. Hier hatte er nichts zu befürchten. Mit See und Bergen vor der Haustür konnte er seinen Hobbys frönen. Mit der Bahn waren Luzern und Zürich nicht weit, falls er Stadtluft schnuppern oder gourmetmäßig speisen wollte. Aber die Schweiz war klein, und Kleffner war es gewohnt, die Welt zu bereisen. Augenblicklich ging das zwar kaum, aber so, wie sich die Zahlen entwickelten, könnte die Welt dieses fiese Virus bald abgeschüttelt haben. Dann lockten nicht nur London und Paris, sondern auch New York und Singapur, Sidney und Hongkong, und immer würde die Angst mitreisen, vielleicht festgenommen und nach Deutschland ausgeliefert zu werden.

Andererseits konnte er nicht absehen, wie seine Zunft der Finanzmakler und Börsenbroker und sein elitärer, aber delikater Kundenkreis auf einen Verrat reagieren würden. Einige seiner Kunden legten extremen Wert auf Diskretion. Was, wenn er als Kronzeuge gezwungen wäre, auch über den einen oder anderen Anleger auszusagen? Da entstand ein mulmiges Gefühl in seiner Magengrube. Nicht jeder duldet Verrat, und dieses Wissen machte ihm Angst. Trotzdem neigte sich seine innere Waagschale mehr und mehr auf die Seite, reinen Tisch zu machen und Frieden zu schließen mit der deutschen Justiz.

Draußen am See lag eine Zweimannjolle hart am Wind und pflügte spritzend an einem cruisenden *Daysailor* vorbei, der sich aufkreuzend dem Ufer näherte. Neidisch blickte Kleffner der Jolle hinterher. Gern würde er auch so am Wind segeln, aber dazu reichte sein Können nicht aus. Er war ein gemütlicher Segler und bevorzugte Sonne und ruhiges Wasser, das die rustikale Segelyacht gerade erreichte. Da stand ein Mann mit Fernglas an der Reling und schaute in seine Richtung. Kleffner versuchte, den Namen des luxuriösen *Daysailors* zu entziffern, und überlegte, ob er den Skipper kannte. Einer aus dem Yachtclub Brunnen? Nein, keiner in seinem Club besaß so eine Yacht, er würde dem Skipper nicht winken müssen. Außerdem legte der Mann das Fernglas ab und verließ seinen Platz an der Reling.

Kleffner blickte wieder der Zweimannjolle hinterher und sah, wie der Mann auf dem *Daysailor* zu einem Funkgerät griff. *So rasant segeln können wäre ein Traum,* dachte er und verlor allmählich die Jolle aus den Augen. Wenn er mit der deutschen Justiz Frieden schloss, könnte er wieder nach Lindau fahren und bei seinem dortigen Segellehrer noch ordentlich dazulernen.

Im Augenwinkel nahm er eine Bewegung wahr: Der Mann auf der kleinen Luxusyacht winkte. Kleffner wandte sich dem nah am Ufer dümpelnden Boot zu. Kannte er den Skipper doch? Wer könnte das sein? Langsam hob er den Arm und winkte zurück. Da traf ihn etwas am Kopf, kurz durchzuckte ihn ein stechender Schmerz, dann war es dunkel.

•••

Die Ecke mit dem runden Tisch lag windgeschützt auf der Terrasse des Hotelrestaurants in Bad Schachen. Nathan genoss die letzten Sonnenstrahlen und schaute dem Wasserspiel eines

Brünnleins zu. Schluck für Schluck trank er von der leckeren Holunderschorle. Der Sirup sei selbst gemacht, hatte die aufmerksame Bedienung ihm stolz erzählt. Die Schorle schmeckte und half gut gegen den Durst, der sich auf der Fahrt nach Lindau gemeldet hatte. In Gedanken ging Nathan noch einmal den knappen Obduktionsbericht durch, seinen ersten Anknüpfungspunkt für das Gespräch mit dem Rechtsanwalt Michael Borrat, der jede Minute eintreffen musste.

Ein zierlicher Mann schloss sein Mountainbike an den Fahrradständer, krempelte das rechte Hosenbein herunter und kam zielsicher auf Nathan zu. Er hob die Hand zum Gruß: »Sie müssen Herr Weiß sein. Ich bin Michael Borrat.« Die schmalen Lippen zeigten zwei Reihen ultraweißer Zähne, die Augen blitzten lebendig.

Der Anwalt war Nathan auf Anhieb sympathisch. Er deutete auf den freien Stuhl ihm gegenüber und sagte: »Schön, Sie zu sehen.«

Borrat nahm seinen Rucksack ab und lehnte ihn an ein Tischbein, dann setzte er sich und erkundigte sich, ob Nathan eine angenehme Fahrt gehabe habe, was dieser bejahte.

»Das Essen geht auf Rechnung von Professor Brückner«, bemerkte Nathan. »Das Gourmetmenü klingt verlockend. Sollten Sie es auch nehmen, hätten wir genug Zeit für unseren Gedankenaustausch.«

»Dann halte ich mit«, entschied Borrat. »Zunächst danke, dass Sie gekommen sind. Ich habe im Frühjahr von Ihrem letzten Fall gelesen; eine beeindruckende Ermittlungsarbeit, gratuliere. Vielleicht können Sie auch das Rätsel um den Tod meines Freundes lösen.«

»Keine Vorschusslorbeeren«, wehrte Nathan ab. »Nehmen wir lieber einen Aperitif.«

Als zwei Miniaturhamburger als Gruß aus der Küche serviert wurden, waren sich Nathan und Borrat bereits einig, den Münchner Rechtsmediziner Dr. Sander um eine weitere Autopsie zu bitten, und ehe der erste Gang serviert wurde, hatte Nathan dem Forensiker bereits eine entsprechende Kurznachricht gesendet.

»Nun erzählen Sie mir«, forderte Nathan den Rechtsanwalt auf, nachdem sie mit dem Kabeljau mit Estragon, Senfsaat, Weißwein und Blattspinat fertig waren, »was Sie für Anhaltspunkte haben, die für eine Fremdeinwirkung sprechen könnten.«

»Ausgangspunkt ist wie gesagt die Unwahrscheinlichkeit dieses plötzlichen Herztodes, der nicht durch einen Herzinfarkt verursacht wurde. Dann stellt sich die Frage: Wer hätte einen Nutzen von Rolands Tod, wer hätte ein Motiv, ihn zu töten? Konkret kann ich das nicht beantworten, aber abstrakt: Roland war für sehr reiche Menschen tätig, und nicht bei jedem seiner Kunden weiß man, woher das Geld kommt. Bei der Durchsicht von Rolands Bankunterlagen sind mir regelmäßige Bareinzahlungen aufgefallen. Das ist in Rolands Branche unüblich. Zudem ist er häufig mit dem Schiff in die Schweiz gefahren, keine Ahnung, zu welchem Zweck. In letzter Zeit hat er mehrere Andeutungen fallen lassen, dass ihn diese Ausflüge belasten. Zudem wirkte er in den zurückliegenden Wochen eigenartig bedrückt. Irgendetwas hat ihn bekümmert. Was, weiß ich nicht.«

»Kundl hat keine Familie?«

»Seine Mutter ist vor einigen Jahren gestorben, weitere Verwandtschaft gibt es nicht.«

»Wie sieht es mit einer Lebensgefährtin oder einem Lebensgefährten aus?«

»Fehlanzeige. Seit er sich vor gut zwei Jahren von seiner langjährigen Freundin getrennt hatte, lebte er wie ein eingefleischter Junggeselle. Keine Freundin, keine Affären.«

»Wer erbt?«

»Den größten Teil seines Vermögens hat er der Stiftung von Professor Brückner vermacht, dann gibt es noch eine Reihe weiterer Vermächtnisse, der Rest geht an mich.«

»Lebensversicherung?«

»Soweit ich es bisher überblicke: nein.«

»Hatte er Laster? Alkohol, Drogen, Spielsucht?«

»Nicht dass ich wüsste.«

»Hm«, brummte Nathan und kratzte sich am Kinn. »Was hat ihn dann in letzter Zeit belastet?«

»Das sollten wir herausfinden.«

• • •

Sie hatten gegessen und getrunken und waren rascher, als Lorenz Faltermeier gehofft hatte, im Schlafzimmer gelandet. Ihre Leidenschaft hatte etwas Animalisches gehabt. Die Zärtlichkeit hatte sich der Lust untergeordnet, und schneller, als Faltermeier lieb war, lag er erschlafft neben Sophie auf dem Bett und rang nach Atem. Sie kraulte zärtlich seine bereits ergrauten Brusthaare und blickte ihm intensiv in die Augen. Sie liebte ihn offenbar wirklich, und es tat ihm gut, das zu spüren.

Er liebte sie auf seine Weise, etwas distanziert und geprägt von erotischem Verlangen, stets darauf bedacht, unabhängig genug von den Gefühlen zu sein, die er empfand. Er begehrte ihren Körper und er mochte ihre Art, sich zu nehmen, was sie wollte und dann fallen zu lassen. Sie war spontan, ideenreich und hemmungslos, einfach das Beste, das ihm die letzten zehn Jahre im Bett begegnet war.

Faltermeier schnurrte. Er wusste, dass ihr das gefiel. Sie gab ihm einen Kuss. Ihre Lippen waren warm und weich, die Zunge keck. Aber jetzt konnte sie ihn beim besten Willen nicht mehr reizen, er war zu alt für übermütige Spiele.

Sie wusste und akzeptierte das, kuschelte sich an ihn und flüsterte: »Schlaf ruhig ein wenig, mein Bärchen.«

Er schloss die Augen und träumte sich hinein in die Zukunft mit Sophie. Sie war klug und kreativ, und sie begann gierig zu werden. Sie passte zu ihm und seinen Plänen. Selbstverständlich würde sie bei den Farben darauf achten, solche zu verwenden, die den Meistern zu ihrer Zeit zur Verfügung gestanden hätten, hatte sie gesagt. Das war die richtige Antwort auf die Frage gewesen, ob es bei dem Kandinsky etwas gebe, was sie verraten könne. Faltermeier jedenfalls war mit dieser Antwort zufrieden gewesen. Sie hatten mit einem süffigen Champagner auf das bisher verschollene Gemälde angestoßen und sich von der wachsenden Erregung ins Schlafzimmer locken lassen.

Schon eigenartig, dachte er, *dass mich der Reiz, Sophies Gemälde auf dem Kunstmarkt zu platzieren, sexuell erregt.* Er schlug die Augen wieder auf und umschlang seine Geliebte.

»Was meinst du?«, fragte sie. »Soll ich es einmal mit einem Paul Klee versuchen?«

»Wenn es zu der Privatsammlung passt, die ich auflösen muss«, sagte Lorenz und gab ihr einen Kuss.

»Natürlich. Deine Sammlerfamilie hatte ein Faible für Impressionisten und Expressionisten. Außerdem konnte man die damals kostengünstig erwerben. Du musst halt gut recherchieren, damit deine Familie nicht auffliegt.«

»Warte nur, bald erzähle ich dir mehr von unseren geheimen Sammlern«, raunte Lorenz und hoffte, dass der Geschichtsstudent gute Arbeit ablieferte. Schließlich musste seine Erzählung stimmig sein, um am Markt akzeptiert zu werden.

•••

Das letzte Glas Rotwein nahm Nathan mit hinauf in sein gemütliches Zimmer. Er setzte sich an den Schreibtisch und schlug den Aktenordner mit den Unterlagen auf, die ihm Borrat mitgebracht hatte. Außer einigen Erläuterungen hatte sich Borrat auf Nathans Wunsch zurückgehalten mit Interpretationen; Nathan wollte nach dem Gespräch mit Kundls bestem Freund möglichst unbefangen an das vorhandene Material herangehen. Er blätterte durch die Kopien, ohne sie genauer anzuschauen. Obenauf das

Testament, danach die Kontoauszüge einiger Konten bei unterschiedlichen Banken, ebenso Depotauszüge und Kreditkartenabrechnungen, dazu etwas Korrespondenz zwischen Kundl und seinen Stammkunden, Briefe, die Borrat in den privaten Unterlagen des Freundes gefunden hatte. *Ungewöhnlich, geschäftliche Post privat aufzubewahren,* dachte Nathan und beschloss, diese Kunden unter die Lupe zu nehmen. Jetzt aber griff er zum Telefon, um Gudrun anzurufen.

»Bist du wieder in deinem Element?«, neckte sie ihn.

Nathan ahnte, dass sie damit die Enttäuschung überspielte, ihn einige Tage nicht zu sehen. Ihm ging es auch so: Er hatte sich an das Zusammensein mit Gudrun gewöhnt. Die gemeinsamen Abende, wenn sie müde und gestresst vom Krankenhaus nach Hause kam und sich an den von ihm gedeckten Tisch setzen konnte, waren binnen weniger Wochen zu einem liebgewonnenen Ritual geworden. Mit einem mittleren Koffer Wäsche hatte sich Nathan bereits seinen Zweitwohnsitz in Gudruns Wohnung eingerichtet, auch aus praktischen Gründen, lag ihre Wohnung doch fußläufig nur fünf Minuten vom *Lesertraum* entfernt.

»Ich vermisse dich auch«, flötete er ins Telefon. »Und noch ist es gar kein richtiger Fall, höchstens ein Verdacht. Aber mein Auftraggeber spendiert uns damit einen feudalen Sommerurlaub. Lass dich überraschen.«

»Hallo, hallo«, sagte sie und lachte.

Nathan freute sich, dass sie nicht schmollte. Genau das liebte er an ihr, diese unprätentiöse Art, hemdsärmelig, zupackend, selbstständig, dabei war sie in seinen Augen auch noch ausnehmend hübsch. Während sie plauderten, machte sich Nathan einmal mehr bewusst, was für ein Geschenk diese Frau war. Obwohl ihm dieser Satz selten über die Lippen kam, verabschiedete er sich schließlich mit den geflüsterten Worten: »Ich hab dich lieb.«

4

Sophie ließ ihn schlafen. Sein tagsüber meist zerfurchtes Gesicht sah frühmorgens glatt und unschuldig aus, als würde sich über Nacht der erfolgreiche Geschäftsmann verflüchtigen und dem kleinen Jungen Raum geben, der Lorenz nur in seltenen Momenten inniger Lust sein konnte. In diesen Augenblicken mochte sie ihn am allermeisten, wenn er sich hingebungsvoll fallen ließ oder wenn er unschuldig schlief.

Sie hauchte ihm eine Kusshand zu und schlenderte auf die Terrasse vor ihrem Atelier. Noch lag die Dämmerung über dem See, eine graue Schläfrigkeit, die sie zu gern auf die Leinwand gebannt hätte. Kurz überlegte sie, die Mappe von gestern hervorzuholen, doch sie verwarf diesen Gedanken. Sie wollte sich nicht grämen. Jetzt wollte sie den erwachenden Tag genießen und sich daran sattsehen, wie das Licht die Farbe über die Welt goss. Die Begeisterung, die sie bei Lorenz mit ihrem Pseudo-Kandinsky ausgelöst hatte, und die Erwartung eines stattlichen Honorars versöhnten sie mit der Farbe in der Welt. Vielleicht könnte sie sich eines Tages sogar von ihrer fixen Idee lösen, das perfekte Gemälde in Grau zu malen.

Eigenartigerweise hatte sie bei dem Kandinsky, den sie im Übrigen für sehr gelungen hielt, kaum noch ein schlechtes Gewissen, es von Lorenz als echten Kandinsky verkaufen zu lassen. Das war bei ihrem Gauguin noch anders gewesen. Warum eigentlich? Die Welt gierte nach Sensationen, und jeder neu entdeckte Impressionist oder Expressionist war so eine Sensation. Wem schadete das schon? Diese verrückten reichen Sammler versteckten doch allzu oft ihre herausragenden Originale in bestens gesicherten Privaträumen und entzogen die Kunstschätze der Öffentlichkeit.

Sophie nahm erstaunt wahr, wie sich mit dem hereinbrechenden Tag ihre Skrupel verloren. Lorenz wollte ein gewinnbringendes Geschäftsmodell mit ihren Schöpfungen entwickeln, und sie würde Lorenz nach Kräften unterstützen.

• • •

Nathan war früh aufgestanden und hatte sich rasch an den Briefen Roland Kundls festgelesen. Sie waren erstaunlich lyrisch geschrieben und wollten ganz und gar nicht in Nathans Vorstellung der Finanzbranche passen. Schon nach der ersten oberflächlichen Lektüre gestern Abend hatte er in den Briefen verschlüsselte Nachrichten gesehen, aber er war zu müde gewesen, sich mit der Entschlüsselung zu befassen. Doch auch jetzt entzogen sich die Texte der Dechiffrierung, zu unsinnig schienen ihm die Beschreibungen von Bergwanderungen und Schiffspassagen im Zusammenhang mit Geldanlagen. Frustriert legte Nathan die Briefe zur Seite und ging hinunter in den Frühstücksraum. Er war der erste Gast und hatte ungestörte Auswahl am Büfett.

»Die Marmeladen sind alle selbst gemacht«, berichtete der Wirt stolz und riss Nathan aus seinen Gedanken. »Was darf ich bringen, Tee oder Kaffee?«

»Haben Sie Lapsang Souchong?«

»Oh, ein passionierter Teetrinker«, zeigte sich der Hotelier kenntnisreich, hob aber bedauernd die Hände. »Leider nein.«

»Dann gern Kaffee. Sagen Sie: Kennen Sie Herrn Professor Brückner näher?«

»Werner Brückner, selbstverständlich. Ein toller Mann, kommt oft zu uns, wenn er in Lindau ist. Hat Ihnen doch das Zimmer reserviert. Aber jetzt mach ich Ihnen rasch Kaffee.«

Mit diesen Worten verschwand er aus dem Frühstücksraum, und Nathan nahm sich Schinken, Käse und von der selbst gemachten Marmelade.

»Orangensaft auch?«, fragte der Wirt, als er den Kaffee brachte. »Natürlich frisch gepresst. Und der Brückner, wenn wir den nicht hätten. Er hat sein Herz an Lindau gehängt. Ohne den, das sage ich Ihnen, wäre unsere marode Inselhalle nie saniert worden.«

»Wie das?«

»Tja, der liebe Professor Brückner kennt Gott und die Welt. Er hat persönlich beim Ministerpräsidenten vorgesprochen für einen Zuschuss des Freistaats Bayern.«

»Das hat funktioniert?«

»Was der Brückner in die Hand nimmt, flutscht, sag ich Ihnen. Jetzt mach ich den Orangensaft.«

Nathan hörte den Stolz in der Stimme des Wirts und sah die wachen blauen Augen des Professors vor sich. Brückner war in der Tat ein Mann mit einer zupackenden Ausstrahlung, das hatte Nathan in Bauers Kanzlei eindrucksvoll erlebt. Natürlich hatte er seinen Auftraggeber gegoogelt, jedoch erstaunlich wenig gefunden. Im Gegensatz zu den meisten Professoren gab es von Brückner keinen Wikipedia-Eintrag, allerdings aus Anlass einer Ordensverleihung eine umfassende Würdigung in einer Pressemitteilung. Da hatte Nathan den Hut gezogen. Doch selbst in dieser Lobrede wurde deutlich, wie gern Brückner hinter den Kulissen die Fäden zog und es sichtlich vermied, öffentliche Aufmerksamkeit auf sich zu ziehen. *Ein geheimnisvoller Wohltäter,* hatte Nathan gedacht und war daher überrascht, dass der Wirt, der soeben mit dem frisch gepressten Orangensaft kam, so offen über Brückners Verdienste um Lindau sprach.

»Wissen Sie, was den Professor mit Lindau verbindet?«

»Freilich«, antwortete der Wirt bereitwillig. »Seine Großeltern lebten hier, hier hat er immer seine Ferien verbracht.«

Also eine emotionale Verbindung, stellte Nathan fest und fand diesen Umstand interessant. Wenn der Fall Kundl wirklich ein Fall war, dann konnten sich spannende Verknüpfungen ergeben. *Das darf ich nicht außer Acht lassen.*

Nach dem Frühstück ging Nathan gemütlich am See entlang auf die Lindauer Insel. Das Wasser lag ruhig im Morgenlicht, einige Schwäne zogen majestätisch am Ufer entlang und von Westen näherte sich ein großes Passagierschiff. Ein Regionalzug rollte über den Bahndamm, einige Radfahrer waren unterwegs, sonst herrschte kaum Betrieb, auch nicht, als Nathan die Altstadt betrat und über einige schmale Gassen Richtung Hafen ging. Das Städtchen erwachte erst, die Touristen schlemmten noch an den Frühstücksbüfetts. Auf den Hotelterrassen am Hafen tummelten sich bereits die Frühaufsteher.

Nathan hielt nach der Sitzbank Ausschau, auf der Kundl zusammengebrochen war, und entdeckte sie neben dem mittelalterlichen Mangturm unweit des Bootsanlegers für die größten Passagierschiffe. Nathan setzte sich und blickte auf die bekannte Hafeneinfahrt, gesäumt vom Löwen zur Linken und dem Leuchtturm zur Rechten. Bald würde das Schiff einlaufen, das er vom Bahndamm aus gesehen hatte. Ob Kundl auch auf ein Schiff gewartet hatte? Warum hatte er vor wenigen Tagen hier gesessen? Hatte er eine Verabredung gehabt? Oder hatte er einige Minuten entspannen und danach zurück ins Büro gehen wollen, das ganz in der Nähe lag? Was hatte Kundl in seinen letzten Lebensminuten vorgehabt?

Diese Fragen beschäftigten Nathan, als das weiße Motorschiff in der Hafeneinfahrt auftauchte und gemächlich zwischen Löwe und Leuchtturm ins Hafenbecken manövrierte. *München* stand in schwarzen Lettern am Bug und es wirkte majestätisch, wie sich das Dreideckschiff langsam dem Bootssteg näherte. *Ich werde herausfinden müssen,* nahm sich Nathan vor, *ob vor Kundls Tod ein Schiff angekommen ist.*

Die *München* legte an. Ein Matrose schob eine Brücke zum Steg, eine Handvoll Menschen verließ das Schiff; einige Personen liefen drei Minuten später hinter Nathan auf die Gassen der Altstadt zu. Nathan stand auf, schlenderte zum Bootsanleger und studierte die Fahrplantafel. Zu der Zeit, als Kundl zusammengebrochen war, war kein Linienschiff angekommen. *Also hat er auf niemand gewartet,* folgerte Nathan, *zumindest nicht von einem Schiff. Oder gab es Sonderfahrten? Das müsste ich noch herausfinden.* Nachdenklich machte er sich auf den Weg zur Kanzlei von Borrat. Er hatte einiges mit Kundls Freund zu besprechen.

•••

Oberleutnant Lukas Ruedi stand vor einem Rätsel. Vor zwei Stunden war die Meldung des Polizeipostens Brunnen gekommen, auf der Dachterrasse eines Appartementhauses am See liege eine Leiche. Ruedi hatte sofort den kriminaltechnischen Dienst alarmiert und sich gemeinsam mit seiner Kollegin, Leutnantin Denise Krapp, auf den Weg zum Tatort gemacht.

Normalerweise hätte Ruedi die Fahrt an den Vierwaldstätter See genossen, zumal das heutige Wetter die Berge von ihrer besten Seite präsentierte: Sonne, kleine Quellwölkchen über den südlichen Dreitausendern, klare Luft und auf dem See sich kräuselnde Wellen. Ruedi liebte den Vierwaldstätter See. Aber nicht, wenn er zu einem Mord gerufen wurde.

»Glatter Durchschuss, Kaliber 7,62, wir haben das Geschoss aus der Holzverkleidung dort geborgen«, meldete der Leutnant von der Spurensicherung und deutete auf die Wandverkleidung neben dem Panoramafenster. Dort zeigte sich ein helles Loch. »Vermutlich wurde vom Seeufer aus geschossen«, fuhr der Kriminaltechniker fort. »Sie werden alle Bootsbewegungen überprüfen müssen.«

»Mit einem Schuss?«

»Jedenfalls haben wir kein zweites Geschoss gefunden. Ein Präzisionsschütze, wenn Sie mich fragen, oder völliger Zufall.«

»Der Gerichtsarzt?«

»Noch nicht eingetroffen. Doktor Andenmatten ist angesagt.«

Immerhin. Ruedi mochte den drahtigen Andenmatten und

seine präzise Art. Sie würden nicht lange im Unklaren über den Todeszeitpunkt bleiben. Dann konnten die Ermittlungen Fahrt aufnehmen. *Aber wer zum Teufel,* fragte er sich, *wagt so einen riskanten Schuss? Und wer war das Opfer?*

»Denise, magst du bei den Nachbarn herumfragen? Ich kümmere mich um den Feldwebel, der den Toten gefunden hat.«

Aufgefunden hatte die Leiche allerdings die Putzfrau, eine Ivanka Petric, die beim Eintreffen der Polizei zusammengeklappt und ins Spital verbracht worden war. Feldwebel Berreiter hatte auf die Kriminalpolizei gewartet, ansonsten jedoch nichts unternommen und war Ruedi keine Hilfe. Besser stand es da um die medizinische Frage, denn Dr. Andenmatten legte sich auf den späten gestrigen Nachmittag als Todeszeitpunkt fest.

»Es hängt natürlich auch vom Wind heute Nacht ab, wie rasch die Auskühlung vorangeschritten ist«, erklärte der Rechtsmediziner. »Aber ich bin mir ziemlich sicher, dass der Tod vor 19 Uhr und nach 14 Uhr eingetreten ist. Recht viel genauer werde ich es auch nach der Autopsie kaum sagen können. Ein strammer Schuss, wenn Sie mich fragen.«

Denise Krapp kam ohne Ergebnisse von der Nachbarschaftsbefragung zurück. Mit Ausnahme einer Bankierswitwe im Erdgeschoss war niemand vor sechs Uhr abends zu Hause gewesen. Keiner hatte einen Schuss gehört oder etwas Auffälliges bemerkt, und die Bankierswitwe war auf ihrer Terrasse im Liegestuhl eingeschlafen. Den erschossenen Roger Kleffner kannte sie nur vom Grüßen im Treppenhaus oder der Tiefgarage, er sei ein freundlicher, ruhiger Deutscher gewesen.

Eine magere Ausbeute, befand Ruedi und ging mit Krapp in das großzügige Wohnzimmer des Verstorbenen. Auf einer Schleiflackkonsole leuchtete die rote Lampe eines Anrufbeantworters. Ruedi drückte die Taste und hörte die Nachricht ab: *Ihr Anzug wäre zur Abholung bereit.*

»Wir werden die Verbindungsdaten von Kleffners Telefonen benötigen«, bemerkte Ruedi.

•••

Gut gelaunt setzte sich Lorenz Faltermeier an seinen Schreibtisch. Der Morgen mit Sophie war ein Traum gewesen, selten war er so befriedigt in einen Tag gestartet wie heute. Wäre er jünger, bekäme er allein von der Erinnerung an die morgendliche Lust erneut eine Erektion. Aber das Älterwerden hatte auch sein Gutes, so konnte er sich mehr auf das Geschäftliche freuen, das mit Sophies neu entdeckter Lust auf die künstlerische Wertschöpfung zusammenhing. Die Aussicht, nach dem Versuchsballon mit Sophies Gauguin die Kunstwelt mit einer ganzen Reihe von neu- beziehungsweise wiederentdeckten Originalen expressionistischer und impressionistischer Meister zu narren, prickelte in Faltermeiers Magengrube.

Endlich hatte er eine besondere Herausforderung gefunden, Geld zu scheffeln, denn ehrlich gesagt war ihm das schnöde Anlagegeschäft schon vor einiger Zeit langweilig geworden, und er hatte stets nach Möglichkeiten gesucht, die Gewinnmaximierung für sich und seine Kunden mit intellektuellen und logistischen Herausforderungen zu verbinden. Das hatte ihm sein stattliches Vermögen, in letzter Zeit aber auch zunehmend Verdruss eingebracht. Es war an der Zeit, die Methoden zu wechseln und sich unauffällig von den alten Mustern abzusetzen.

Faltermeier rieb sich die Hände und wandte sich dem aktuellen Börsengeschehen zu. Bei allen Zukunftsplänen hieß es doch, die Gegenwart nicht zu vernachlässigen.

Der Börsenauftakt verlief beruhigend: Die Portfolios seiner drei wichtigsten Kunden entwickelten sich weiterhin prächtig. Nur, wie er künftig den Bargeldtransfer zu der kontoführenden Sankt Gallener Privatbank organisieren konnte, bereitete ihm Kopfzerbrechen. *Vermutlich ist es geschickter, die Transaktio-*

nen über mehrere Relaisstationen elektronisch abzuwickeln. Oder aber …

Ein Geistesblitz durchzuckte und elektrisierte ihn. Er hatte die Lösung!

•••

»Die Briefe an drei Kunden geben mir Rätsel auf«, stieg Nathan ohne lange Vorrede in die Besprechung mit Borrat ein. »Kennen Sie die Briefe, die Kunden? Können Sie mir dazu etwas sagen?«

»Da geht es Ihnen wie mir. Deshalb habe ich die Briefe für Sie kopiert, weil ich mir keinen Reim darauf machen kann. Roland war eigentlich ein nüchterner Mensch, die Briefe passen nicht zu ihm.«

»Besitzen Sie die Originale?«

»Nein, er hat Kopien in seinen Unterlagen. Daher gehe ich davon aus, dass er die Briefe tatsächlich abgeschickt hat.«

»Kennen Sie die Kunden?«

»Nein. Außerdem dürfte es sich bei den Anreden um falsche Namen handeln.«

Nathan kratzte sich hinter dem Ohr. So etwas hatte er sich bereits gedacht.

»Also fingierte Briefe mit chiffrierten Nachrichten.«

»Wahrscheinlich.«

»Zu was für einem Zweck?«

»Meine Vermutung ist, dass es sich um die Ausflüge in die Schweiz handelt. Ich erwähnte bereits, wie sehr ihn diese Ausflüge jüngst bedrückt haben.«

»Was kann man bei Schiffsfahrten in die Schweiz tun, das einen belastet?«, fragte Nathan.

»Geld transportieren, Bargeld. Ich befürchte, Roland war als Geldkurier unterwegs. Das ist illegal.«

»Verstehe. Damit kann man sich Feinde machen.«

»Vor allem, wenn man sich mit dem Gedanken trägt, aus dem Geschäft auszusteigen.«

»Meinen Sie, Kundl hatte das vor?« Jetzt war Nathan hellhörig. Egal um was für eine kriminelle Szene es sich handelte, Aussteiger lebten immer gefährlich. »Dann hätten wir ein Motiv für einen Mord.«

»Das befürchte ich, ja«, erwiderte Borrat und seufzte. »Besonders wenn er sein Vorhaben jemandem mitgeteilt haben sollte.«

»Hat er mit Ihnen darüber gesprochen?«

Borrat schüttelte den Kopf: »Nein, aber ich glaube, er hatte es vor. Er wollte sich mit mir am späten Nachmittag seines Todestags treffen, wegen eines rechtlichen Ratschlags.«

»Sie sagten, es habe bei Kundl ungewöhnlich viele Bareinzahlungen gegeben?«

»Das ist richtig. Ich glaube, die haben etwas mit seinen Kurierdiensten zu tun.«

»Wenn es solche gab.«

»Das müssten Sie herausfinden.«

»Es gibt ziemlich viel, was ich herausfinden soll«, knurrte Nathan. »Warten wir die Obduktion heute Abend ab.«

»Was wollen Sie in der Zwischenzeit tun?«

»Könnte ich mir Kundls Wohnung anschauen?«

»Selbstverständlich. Soll ich Sie hinbringen?«

Nathan nickte. Kurz fasste er in seine Jackentasche und fühlte das Blatt Papier mit der Namensliste möglicher Kontaktpersonen, die ihm Professor Brückner übergeben hatte; mit der Befragung dieser Menschen wollte er warten, bis er Gewissheit hatte, ob es überhaupt einen *Fall Kundl* gab.

15 Minuten gemächlicher Fußmarsch von Borrats Kanzleiräumen entfernt, erreichten sie das terrassenartig angelegte moderne Wohnhaus, in dem Kundl vor wenigen Jahren eine Dreizimmerwohnung erworben und seitdem bewohnt hatte.

»Nicht die schlechteste Adresse, wie mir scheint«, bemerkte Nathan, während Borrat die Haustür öffnete.

»Als das fertiggestellt wurde, waren die Wohnung mit das Teuerste, was man hier oben kaufen konnte«, bestätigte Kundls Freund. »Aber Roland hat ja auch gut verdient.«

Sie stiegen zwei Stockwerke hoch und standen bald in der lichtdurchfluteten Diele, die unmittelbar in ein großzügiges Wohnzimmer führte. Borrat ging voraus. An einem langen Sideboard blieb er unvermittelt stehen, zeigte auf eine heruntergekippte Blende und rief erstaunt: »Eigenartig. Ich bin mir sicher, dass ich diese Klappe vorgestern geschlossen hatte.« Er ging in die Knie und blickte in das Fach hinein. »Der Laptop ist weg!«

»Nichts anfassen!«, befahl Nathan geistesgegenwärtig und etwas barsch.

Borrat zuckte zusammen und sah Nathan fragend an. »Sind Sie sicher, dass der Computer fehlt?«

»Völlig sicher«, antwortete Borrat.

»Dann brauchen wir die Polizei und die Spurensicherung. Hier wurde eingebrochen.« Nathan kratzte sich hinter dem Ohr und wählte den Notruf. Allmählich kristallisierte es sich heraus: Es gab einen *Fall Kundl*.

• • •

Werner Brückner hielt es nicht mehr in seiner Wohnung aus. Es zog ihn hinaus an den Kanal, der heute als silbern glänzendes Band zwischen seinen beiden Alleen lag, eine anmutig aus der Zeit gefallene Huldigung an den längst verblichenen Schlossherrn von Nymphenburg. Nachdenklich schritt Brückner am nördlichen Ufer gen Westen auf das weit entfernt liegende Schloss zu und ließ das Telefonat nachwirken, das er soeben mit Lorenz Faltermeier geführt hatte. Bisher hatte er diesen als eher spröden, nüchternen Finanzmakler kennengelernt. Heute dagegen hatte Faltermeier überdreht gewirkt wie ein frisch verliebter

Teenager. Sein Angebot, sich bald einmal zu treffen, um gemeinsam die Möglichkeiten des Kunstmarktes für nachhaltige Vermögensbildung zu besprechen, mutete Brückner nachgerade unseriös an. Welcher Hafer hatte Faltermeier gestochen?

Besonders unangenehm hatte ihn Faltermeiers Pietätlosigkeit berührt; mit keinem Wort war er auf Rolands Tod eingegangen. Als wäre er nie Mitarbeiter bei *IFP* gewesen. Schlimmer noch, Brückner hatte den Eindruck gehabt, als wäre Faltermeier froh, Roland nicht mehr um sich oder zwischen sich und ihm zu haben.

Der Mann hat kein Gespür, ärgerte sich Brückner über die offensive Art, mit welcher der Finanzmakler mit ihm ins Geschäft kommen wollte, und beschloss, seine Anlagen von *IFP* abzuziehen. Trotzdem und aus reiner Neugierde würde er sich jedoch mit Faltermeier zu einem Gedankenaustausch über Kunst als Geldanlage treffen. *Morgen,* nahm sich Brückner vor, *morgen schicke ich dem Finanzrüpel einen Terminvorschlag.*

Nahe dem Ufer grundelten zwei Enten und streckten dabei ihre Pürzel in die Luft. Brückner blieb stehen und wartete, bis die Vögel wieder auftauchten. Der Erpel prangte mit kräftigen Farben und stellte die dezente braune Zeichnung seiner Gefährtin angeberisch in den Schatten. Als die beiden sanft aneinanderstießen, ehe sie wieder abtauchten, wischte sich Brückner rasch über die Augen. Die zärtliche Vertrautheit dieses Vogelpaares weckte die Erinnerung an Ines.

Er vermisste seine Frau und betrauerte diese Leerstelle an seiner Seite immer noch, obwohl er sie bereits vor drei Jahren zu Grabe getragen hatte. Es war ein anderes Leben, seit Ines fehlte; ein Stein lag seitdem in seinem Magen. Sein Drücken hielt diesen dumpfen Schmerz lebendig, der ihn wie ein Schleier begleitete.

So rational Brückner von Jugend an mit sich und der Welt umgegangen war, so fassungslos stand er gleichwohl der Endgültigkeit des Todes gegenüber. Von einem Tag auf den anderen ist ein geliebter Mensch einfach weg. Dabei war es ein monatelanger Abschied gewesen. Voll Zärtlichkeit und Zuneigung waren sie diesen Weg gemeinsam gegangen und hatten es vermieden, einander die Tränen zu zeigen, die unweigerlich kamen angesichts des erwartbaren Endes. Krebs ist ein grausamer Feind in seinem erbitterten Wüten, und doch hatte er Brückner und seiner Frau die Zeit für einen liebevollen Abschied gegeben.

Das Entenpaar schwamm einige Meter weiter, und Brückner schluckte die Traurigkeit hinunter. Gemächlich schlenderte er den Kanal entlang, immer weiter auf das Nymphenburger Schloss zu.

Gedanken entstehen in der Bewegung. Mit jedem Schritt weg von dem Entenpärchen verblasste die traurige Erinnerung an Ines. Brückners neuestes Projekt schlich sich in seinen Kopf, erst mit vagen Andeutungen, dann zunehmend konkreter, bis die Gesichter jener Menschen vor ihm standen, mit denen er in den nächsten Wochen verhandeln musste, um seine Idee in die Wirklichkeit umzusetzen.

Seine Tochter hatte ihn bereits vor Monaten auf das Phänomen der *Hate Speech* in den sozialen Medien aufmerksam gemacht. Seitdem trieb ihn dieses Thema um. Natürlich hatte er längst wahrgenommen, wie Hass und Lüge im Internet zunahmen und die Welt vergifteten, aber erst der Anstoß durch Barbara hatte es ihm zur Aufgabe gemacht, dagegen etwas zu unternehmen. Brückner war fest davon überzeugt, dass es nicht damit getan war, jene Menschen mit den Waffen des Strafrechts zu verfolgen, die Hass und Lüge im Internet verbreiteten. Nein, es musste Wege geben, das Übel an der Wurzel zu packen und die Menschen dafür zu sensibilisieren, auf diese zornige Hemmungslosigkeit zu verzichten.

Wir müssen bei den jungen Menschen ansetzen, überlegte Brückner, der sein Leben lang junge Menschen gefördert und unterstützt hatte. Mithilfe einiger einflussreicher Menschen wollte er ein Format entwickeln, das die Menschen zur Verständigung anstatt zur Ablehnung führte und hatte dies als einen Themenblock in den internationalen Kongress zu den gesellschaftlichen Themen des 21. Jahrhunderts integriert. Brückner ahnte: Das war eine gewaltige Herausforderung, aber gerade deshalb wollte er sie annehmen und über den Kongress hinaus versuchen, Wirksamkeit zu erzeugen. Wenn es gelang, würde er dieses Werk Roland widmen.

So ist es: Gedanken entstehen in der Bewegung. Jetzt sah Brückner Rolands Gesicht vor sich, wie er ernst und nachdenklich in die Welt hinausblickte. *Hoffentlich*, wünschte sich Brückner, *gelingt es diesem Mordermittler, die Umstände von Rolands Tod aufzuklären.*

• • •

Fasziniert beobachtete Nathan die Arbeit der Spurensicherung. Er fühlte sich zurückversetzt in seine aktive Zeit als Chef der Münchner Mordkommission. Obwohl er inzwischen nicht mehr an dem *horror vacui* litt, der ihn nach seiner Ruhestandsversetzung gepackt hatte, stimmte ihn die Erinnerung wehmütig. Zugleich spürte er die Belebung, die ihm dieser Auftrag verschaffte, Licht ins Dunkel von Kundls Tod zu bringen.

Nachdem Borrat bestätigt hatte, dass einige Unterlagen von Kundl nicht mehr dort zu finden waren, wo er sie noch vor zwei Tagen gesehen hatte, bestand für Nathan kein Zweifel mehr: Jemand war eingebrochen, und dieser Jemand hatte es nicht auf die klassischen Beutestücke von Einbruchsdieben abgesehen, sondern einzig und allein auf gewisse Informationen. Offensichtlich hatte sich Kundl Feinde gemacht, die zu allem entschlossen waren. Das war also die Aufgabe: diese Feinde zu finden.

»Wir haben jede Menge Fingerabdrücke«, berichtete der Kriminaltechniker. »Da werden wir im Ausschlussverfahren vorgehen müssen. Vermutlich sind die meisten Spuren vom Wohnungseigentümer selbst.«

»Sonst Auffälliges? Gewaltanwendung?«

»Das Schloss wurde ziemlich sicher mit einem Dietrich geöffnet, aber ansonsten nichts. Liefern Sie uns die Vergleichsabdrücke?«

Nathan nickte und verabschiedete die beiden Spurensicherer. Dann nahm er die Atmosphäre der Wohnung in sich auf. Gediegener Luxus ohne persönliche Note, die Wohnung strahlte etwas Unbelebtes aus. Da hatte einer zwar Geld in die Zimmer gesteckt, aber keine Liebe. Was war Kundl für ein Mensch gewesen? Nathan nahm sich vor, darüber mit Borrat zu sprechen, denn für ihn war es wichtig, möglichst viel über das Opfer eines Verbrechens zu erfahren. Meist erleichterte das die Suche nach dem Täter.

Es gibt einen Zusammenhang, folgerte Nathan, *aber ich muss die Schwachstelle von Kundl finden.* In was für Machenschaften war er verstrickt? Wer sind die Adressaten der drei Briefe? Welches waren die wirklich wichtigen Kunden? Er zog die Namensliste aus seiner Jacke. Ob Professor Brückner die richtigen Ansprechpartner notiert hatte? Morgen würde er beginnen, den Herrschaften auf den Zahn zu fühlen.

Jetzt aber beschäftigte sich Nathan mit Kundls Kleiderschrank. Bekanntlich machen Kleider Leute; so war es auch. Hinter verspiegelten Schiebetüren kamen beste Anzüge zum Vorschein: drei Dolce & Gabbana aus feinstem Tuch, vier Brioni im eleganten Schnitt und zwei zeitlos schöne Ermenegildo. Neben den Anzügen mehr als dreißig Hemden, akkurat auf Bügeln, nach Farben ausgerichtet, dazu jeweils passende Krawatten. In einem eigenen Abteil drei klassische Trachtenanzüge im Business-Style mit Hemden, Wams und Halstüchern. Nathan pfiff leise durch die Zähne: Geld und Stil perfekt verbunden. Hinter der nächsten Tür verbargen sich saloppe Klamotten, hauptsächlich Jeans und Rollkragenpullover, sportliche Hemden, jugendliche Blousons.

Und hinter der letzten Tür, die Nathan öffnete, fand sich Sportkleidung für alle Gelegenheiten: Biken, Skifahren, Running, Wandern. Kundl hatte also Beruf und Freizeit zu trennen gewusst, und in Sachen Kleidung und Ausrüstung war er ein Perfektionist gewesen. So ordentlich, wie alles seinen Platz hatte, hielt Nathan den Verstorbenen zudem für einen Pedanten.

Er wird sich auch über seine Geschäfte akribisch Notizen gemacht haben, folgerte Nathan und machte sich auf die Suche nach entsprechenden Unterlagen. Aber er fand keinen einzigen aussagekräftigen Aktenordner. Nathan ahnte, was der Einbrecher gestohlen hatte.

•••

Verblüfft und erschrocken las Oberleutnant Lukas Ruedi den Aktenauszug, der ihm vor einer halben Stunde von der Staatsanwaltschaft Zürich gefaxt worden war. Das Opfer vom Vierwaldstätter See war kein unbeschriebenes Blatt, im Gegenteil: Der Staatsanwaltschaft lag ein Auslieferungsgesuch der deutschen Strafverfolgungsbehörden wegen bandenmäßigen Steuerbetrugs vor, das allerdings abschlägig verbeschieden worden war. Roger Kleffner hatte lange vor dem gegen ihn ausgestellten deutschen Haftbefehl einen Antrag auf Einbürgerung in der Schweiz gestellt, der hinreichend Aussicht auf Erfolg gehabt hatte. Vermutlich wäre Kleffner wegen eines in Deutschland begangenen Steuervergehens, das keinen Bezug zu Schweizer Gesetzen hatte, niemals ausgeliefert worden.

So weit, so gut; das beunruhigte Ruedi noch nicht. Aber in einem weiteren Punkt von Kleffners Akte steckte Sprengstoff: Kleffner war angeboten worden, bei eigener Straffreiheit in einem wichtigen Prozess als Kronzeuge aufzutreten und eine Reihe hochkarätiger Angeklagter mit seinem Wissen um die Steuermanipulationen zu belasten. Musste Ruedi den Mörder Kleffners also in der internationalen Hochfinanz suchen?

»Dann gute Nacht«, murmelte er. Ermittlungen in diesen Kreisen stießen traditionell auf beinahe unüberwindbare Hindernisse. Am liebsten hätte er den Fall jetzt schon ad acta gelegt. Wenn er Pech hatte, würde dieser Mord zu seinem eigenen Karrieregrab werden. *Das*, beschloss der Oberleutnant, *werde ich vermeiden.*

•••

In den mehr als 25 Jahren seines Berufslebens hatte Lorenz Faltermeier sich die Fähigkeit erworben, Menschen hervorragend einschätzen zu können. Er konnte sowohl die Gier als auch die Angst seiner Kunden riechen, entnahm dem Klang der Stimme die Gemütsverfassung seiner Klientel, las aus der Körpersprache seiner Gesprächspartner deren Renditeerwartung heraus und bot somit jedem genau die Kapitalanlage an, die am besten zum Anlegerprofil passte. Außerdem war er ein genialer Verkäufer und profunder Kenner des internationalen Wertpapierhandels. Diese Mischung war das Geheimnis seines beinahe märchenhaften Erfolgs und ein steter Quell seines Stolzes. Längst hatte er allen bewiesen, was für ein Kerl er war. Trotzdem war er nicht rundum zufrieden. Irgendwo in seinem ausgeprägten Ego steckte ein schmerzender Stachel, der ihn antrieb, etwas Besonderes zu leisten. Ihm ging es um mehr, als Vermögen anzuhäufen. Er musste sich beweisen, dass er schlauer und durchtriebener agieren konnte als die überwiegende Mehrheit der Menschen, und er wollte es still genießen.

Faltermeier hielt wenig von nachdenklicher Selbstreflexion, es sei denn, die Analyse diente einer Verbesserung seiner persönlichen Vermögensperformance. Daher war es ihm egal, woher seine Gier nach Erfolg kam und sein Hunger darauf, andere gekonnt hinters Licht zu führen. Immer schon hatte er die Ärmel aufgekrempelt und die Dinge gemacht, die er wollte. Manchmal blitzte in seiner Eigenwahrnehmung auf, dass er ein auf sich fixierter Macher war, aber ehe sich irgendwelche Skrupel melden konnten, wischte er solche Gedanken beiseite und stürzte sich in die nächste Aktivität.

Jetzt aber, nachdem er das Telefonat mit Werner Brückner beendet hatte, grübelte er, wie der vermögende Professor auf seinen Vorschlag reagieren würde. Selten war Faltermeier so unschlüssig, wie er einen Klienten einzuschätzen hatte, wie bei Kundls Lehrer und Gönner. Würde Brückner anbeißen und Gemälde kaufen? Faltermeier spekulierte auf die hervorragenden Kontakte des Wirtschaftsprofessors, der weit über Bayerns Grenzen hinaus als Kunstkenner und Mäzen geschätzt war. Außerdem wollte Faltermeier an und mit dem Vermögen Brückners Geld verdienen. *Ich werde mich besonders um ihn bemühen müssen,* erkannte Faltermeier und überlegte, wie er den Professor umgarnen könnte.

• • •

Sie trafen im Kühlraum des Leichenschauhauses zusammen.

»Dann wollen wir mal sehen, lieber Weiß, warum Sie mich die Reise an den Bodensee machen lassen«, bemerkte der alte Rechtsmediziner Dr. Sander augenzwinkernd und stülpte sich die Operationshandschuhe über.

Auch Borrat und Nathan waren in Kittel geschlüpft und folgten dem Arzt in den separaten Untersuchungsraum, wo der Leichnam von Roland Kundl aufgebahrt lag.

Sander betrachtete den leblosen Körper nachdenklich. »Brustkorb fachmännisch geöffnet und wieder verschlossen«, stellte er flüsternd fest und nahm Kundls Hände in Augenschein. »Saubere Fingernägel. Haben wir die Abschabung bei den Asservaten?«

»Keine Ahnung«, antwortete Borrat leise, dem es sichtlich schwerfiel, an dieser Obduktion teilzunehmen. Er war kreidebleich.

Vielleicht wärst du besser draußen geblieben, dachte Nathan mitfühlend. Trotzdem konnte er verstehen, dass dies ein weiterer Freundschaftsdienst war, den Borrat Kundl erwies.

Dr. Sander nickte und inspizierte den Körper des Toten Zentimeter um Zentimeter. Plötzlich fuhr sein Kopf in die Höhe. Er deutete auf Kundls Hals.

»Sehen Sie das?«, fragte er.

Nathan trat näher und begutachtete den Hals. Er sah nichts. Borrat schüttelte nur den Kopf.

»Da ist ein Einstich. Sehr dünne Kanüle, aber immerhin. Weiß, betrachten Sie die Stelle genau. Da!«

Nathan beugte sich ganz nah heran, und nun sah er es: ein winziger dunkler Punkt in der Nähe des Kehlkopfs, an der rechten Seite des Halses.

»Meine Herren, unser bemitleidenswerter Freund hier hat eine Injektion erhalten. Wir werden eine Blut- und eine Urinanalyse benötigen«, sprach Dr. Sander und bereitete eine Spritze vor, um dem Toten Blut abzunehmen. »Zudem will ich eine Gewebeprobe aus der Leber entnehmen und mir das Herz genauer anschauen. Mein lieber Weiß, schnappen Sie sich die Kamera und fotografieren Sie den Einstich aus unterschiedlichen Blickwinkeln«, bat er Nathan und suchte am Oberschenkel des Toten eine geeignete Vene für die Blutentnahme. Mit der Ruhe und Routine jahrzehntelanger Autopsien gelang es dem Rechtsmediziner schließlich, eine halbe Spritze bräunlichen Blutes aus dem Leichnam zu ziehen.

»Und das können Sie noch auswerten?«, fragte Borrat ungläubig und vermied es dabei, den Leichnam seines verstorbenen Freundes genauer anzusehen.

Nathan sah dem Rechtsanwalt an, wie Trauer und Ekel in ihm arbeiteten. *Einer Obduktion beizuwohnen ist eben kein Zuckerschlecken,* ging es Nathan durch den Kopf. Er hatte schon manchen gestandenen Mordermittler mit bleichem Gesicht aus dem Präparationsraum stürzen sehen.

»Sie glauben gar nicht, was wir alles herausfinden können«, antwortete Dr. Sander, verpackte die Spritze mit der Blutprobe in einer Beweismitteltüte und legte sie in eine kleine Kühlbox. Als Nächstes holte er das vom ersten Obduzenten entnommene Herz aus der separaten Kühlbox und betrachtete die in Formalin haltbar gemachten Schnitte. Nachdenklich studierte er die deutlich sichtbaren Herzkranzgefäße, dann murmelte er: »Dieser Mann hatte ein erstaunlich gesundes Herz. Aber sagen Sie mir: Wo sind Leber und Nieren?«

»Roland war Organspender«, antwortete Borrat mit belegter Stimme.

Dr. Sander unterdrückte einen Fluch und machte er sich daran, am Leichnam den oberflächlich vernähten Y-Schnitt zu öffnen, um die nicht entnommenen Lungen zu betrachten und aus der Blase Urin zu gewinnen. »Das hättet ihr mir auch gleich sagen können. Die Leberprobe fehlt mir jetzt natürlich, dabei ist es besonders wichtig, herauszufinden, was Ihrem Freund injiziert wurde, und zwar nicht nur, um die Todesursache festzustellen; nein, das lässt in der Regel auch gute Rückschlüsse auf den Täter zu.«

»Wie das?«, fragte Borrat.

»Ganz einfach: Die wenigsten Gifte sind frei zugänglich, mein Freund«, brummte der erfahrene Rechtsmediziner und inspizierte sorgfältig die Lunge. Als Sander mit einem langsamen Schnitt einen Lungenlappen heraustrennte, wandte sich Borrat kreidebleich ab. Sander legte das Gewebe in eine formalingefüllte Schale, dann schnitt er das Organ längs auf und pfiff durch die Zähne. Jeden Handgriff dokumentierte er auf seinem Diktiergerät, um später einen ausführlichen Obduktionsbericht schreiben zu können. Etwas vom Lungengewebe füllte er in eine Beweismitteltüte. Er nickte stumm und widmete sich dem nächsten Lungenlappen.

Für Nathan war es eine Freude, diesem Profi, mit dem er als

ehemaliger Leiter der Münchner Mordkommission rund 15 Jahre zusammengearbeitet hatte, bei der Arbeit zuzusehen, und für einen Moment tauchte Wehmut auf, nun seit mehr als einem Jahr im Ruhestand zu leben. Doch Nathan wischte die Sentimentalität rasch beiseite. *Es geht mir gut,* munterte er sich selbst auf und genoss es, wieder einmal an einer Mordermittlung mitwirken zu können.

»Ich nehme die Proben mit nach München und gebe sie bei uns ins Labor«, riss Dr. Sander Nathan aus seinen Gedanken. »Erst, wenn wir die Ergebnisse haben, können wir sicher sagen, ob es ein Fremdverschulden gibt. Aber ich will nicht länger Sander heißen, wenn dieser arme Mensch hier eines natürlichen Todes gestorben ist. Lieber Weiß, ermitteln Sie.«

•••

Lorenz hatte angerufen und sich für diesen Abend entschuldigt. Das kam Sophie zupass; sie mochte es, nach einer Nacht mit ihrem Geliebten am nächsten Abend das Bett für sich alleine zu haben. Gerade jetzt, da sich eine bisher nicht gekannte Aufregung in ihr Leben schlich, brauchte sie Zeit für sich selbst. So setzte sie sich mit einem Glas leichtem Weißbier und einem Schnittlauchbrot auf die Terrasse vor ihrem Atelier und blickte hinunter auf den in der Dämmerung liegenden Bodensee. Noch glänzte die Wasserfläche silbern. Drüben am Schweizer Ufer lag ein goldener Faden auf der spiegelnden Fläche. Bald würde sich das Farbenspiel der hereinbrechenden Nacht beugen und jenem faszinierenden Grau in Grau weichen, das Sophie eines Tages mit unumstößlicher Gültigkeit auf die Leinwand bannen wollte. Nun aber hieß das Gebot der Stunde: Es muss Farbe auf die Leinwand.

Ob ich wirklich den richtigen Weg einschlage, fragte sie sich. Sophie ahnte, dass sie an einem entscheidenden Scheideweg stand. Seit dem Tod ihres Vaters vor nunmehr fast 20 Jahren war sie unbeirrt ihren Weg gegangen, folgte dem Ruf der Kunst und widersetzte sich den Verlockungen eines bürgerlichen Lebens. Nach der kargen Studentenzeit an der Kunstakademie in München hatte sich ihr durch das überraschende Vermächtnis einer Großtante die Möglichkeit geboten, die Atelierwohnung in Rickenbach zu mieten und nach ihren Vorstellungen einzurichten. Einige Jahre hatte sie fast sorglos in Lindau malen können, leider mit geringem wirtschaftlichen Erfolg. Die Ausstellung in der Galerie Liebler und Lorenz' großzügiger Kauf dreier Gemälde hatten sie vor der Pleite gerettet.

Sie musste Lorenz dankbar sein, nicht nur für die finanzielle Unterstützung, sondern auch für die Anerkennung, die er ihr schenkte. Außerdem war er ein erstaunlicher Liebhaber, geduldig, zärtlich und einfühlsam. Wenn sie es recht betrachtete, war Lorenz der erste Mann in ihrem Leben, der ihr das gab, wonach sie sich immer gesehnt hatte. Und jetzt verschaffte er ihr die Aussicht auf eine spannende Zukunft und jede Menge Geld.

Unrechtmäßiges Geld, schoss es ihr durch den Kopf, und sie spürte, wie das schlechte Gewissen ihren Bauch in Wallung brachte. Bisher war sie noch nie mit dem Gesetz in Konflikt geraten, ja, sie hatte noch nicht einmal einen Bußgeldbescheid wegen zu schnellen Fahrens oder einer anderen Verkehrsordnungswidrigkeit erhalten, und das lag nicht allein daran, dass sie seit drei Jahren kein eigenes Auto mehr besaß. Nein, Sophie war ein regeltreues braves Wesen; sie gab sogar einen Fünf-Euro-Schein, der im Supermarkt am Boden lag, als ehrliche Finderin an der Kasse ab.

Dann der Sündenfall, als sie Lorenz die füllige Südseefrau übergeben und ihre Schöpfung mit dem Signet des berühmten Postimpressionisten versehen hatte. Danach dieses Prickeln, als ihr Lorenz 60.000 Euro in bar ausgehändigt hatte; was für ein Packen Scheine! Ein Rumoren im Unterbauch, weil er sie ermahnt hatte, nur einen kleinen Teil auf ihr Konto einzuzahlen und den Rest nach und nach zur Bank und in die Geschäfte zu tragen.

Schmutziges Geld? Sie hatte es noch nie gewagt, Lorenz näher über seinen Beruf auszufragen. Ihr genügte es zu wissen, dass er ein einflussreicher Mann bei einer anerkannten internationalen Finanzagentur war. Trotzdem meldete sich ihr schlechtes Gewissen nicht nur wegen des falschen Gauguins, sondern auch wegen der großen Menge Bargeld. Doch das Geld bot den Weg in eine unbeschwerte Zukunft. Und das wollte sie. Endlich keine finanziellen Sorgen mehr. Etwas Luxus ins Leben lassen.

In diesen gut zwei Jahren, die sie schon mit Lorenz als ihrem Liebhaber verbrachte, war sie auf den Geschmack gekommen: Champagner schmeckte besser als der einfache Prosecco aus dem Supermarkt, das fünfgängige Gourmetmenü in Bad Schachen bereitete mehr Genuss als die Pizza Funghi bei Guiseppe um die Ecke, und in der dritten Reihe bei den Bregenzer Festspielen zu sitzen übertraf einen Stehplatz im Münchner Nationaltheater.

Leider vermieste dieses Virus die Theater- und Opernsaison, aber immerhin konnte man wieder gemütlich im Restaurant sitzen und den Sommer beinahe ungestört genießen; mehr denn je bot es sich an, ein wenig dem *dolce vita* zu frönen.

Sie müsse sich keine Sorgen machen, hatte Lorenz sie beruhigt und den Kandinsky mitgenommen. Er habe ein hervorragendes Netzwerk, über das er die überraschend aufgetauchten alten Sammlerstücke in den Kunstmarkt einschleusen werde. Niemand werde künftig die Herkunft der Bilder zu ihr zurückverfolgen können. Allerdings solle sie sich Gedanken machen, wie man auf die Rückseite der Gemälde Aufkleber bringen könne, die auch einer kritischen Prüfung standhielten.

Das war der Punkt, an dem sie sich überlegen musste, ob sie endgültig eine Fälscherin werden wollte. Quasi authentische alte Sammlungsaufkleber auf ihre Leinwände pappen: Damit wäre der Rubikon überschritten.

Sophie lächelte in sich hinein, als ihr die Lösung dieses Problems in den Sinn kam; sie würde organischen Leim aus Knochenmehl produzieren und für die Sammlungsaufkleber könnte sie vielleicht altes Papier aus verstaubten Archiven besorgen.

Als der Bodensee in dunklem Grau unter ihr lag und am Schweizer Ufer die Lichter angingen, trank sie ihr Glas leer und stand auf. Ja, so würde sie es machen; die Würfel waren gefallen.

•••

»Danke für die Benachrichtigung«, beendete Lorenz Faltermeier das Telefongespräch und lehnte sich zufrieden in seinem Bürostuhl zurück. Nach und nach verschwanden die Schatten der Vergangenheit aus seinem Leben, bald würde nichts mehr einer aufregenden Zukunft mit neuen Herausforderungen im Weg stehen.

Er nippte an dem milden Haselnuss-Schnaps und spürte den allmählichen Rückgang des Adrenalins, das ihn stets wie ein Stromstoß aufpeitschte, wenn das alte Nokia klingelte. Nur ein Handy, mit dem man nicht mehr machen konnte, als zu telefonieren, eignete sich seiner Meinung nach für jene Gespräche, die wirklich privat bleiben mussten – wie die Nachricht, die er soeben erhalten hatte. Erleichtert atmete Faltermeier auf und kippte den Schnaps hinunter. Langsam konnte er sich entspannen. Dann holte er die Prepaid-SIM-Karte aus dem Handy und zerschnitt sie wie immer in vier Teile. Ein Teil warf er in den Abfalleimer, ein Teil ins Klo, die zwei anderen Teile kamen in seinen Geldbeutel; nacheinander würde er sie in verschiedene Abfalleimer werfen, dann wäre die verräterische Karte sicher entsorgt.

5

Nach einem wiederum ausgezeichneten Frühstück machte sich Nathan auf den Weg in die Stadt. Dort wollte er mit der Rentnerin zusammentreffen, die vor einer Woche auf Roland Kundl aufmerksam geworden war und den Notarzt gerufen hatte. Danach würde er einen Termin bei der Finanzmaklergesellschaft *InterFinancePower* wahrnehmen und hoffte, mit Lorenz Faltermeier sprechen zu können.

Auf seinem Weg das Ufer entlang sog er den leicht brackigen Geruch des Wassers auf und hing seinen Kindheitserinnerungen nach, wenn er mit den Eltern am Ammersee gewesen war. Zunehmend häufiger kamen ihm Bilder aus seiner Kindheit in den Sinn und er fragte sich, ob das mit dem Ruhestand und dem Älterwerden zu tun hatte; in seiner aktiven Zeit als Mordermittler und Profiler jedenfalls waren ihm solche Gedanken fremd gewesen. Doch er wollte nicht mit sich hadern, schließlich hatte er vor einigen Wochen in einem langen Gespräch mit Gudrun die Erkenntnis gewonnen, dass sich das Altern mit Gelassenheit am besten ertragen ließ.

Gelassenheit und Geduld, dachte Nathan, *gehören nicht zu meinen herausragenden Tugenden.* Seufzend ließ er den Blick über den See schweifen und blieb an der imposanten Berggestalt des Säntis hängen. *Wirklich eine schöne Silhouette, vielleicht sollte ich hier bald mal einige Tage Urlaub mit Gudrun machen.* Sie fehlte ihm, seine reizende Krankenschwester, in die er sich vor einigen Monaten Knall auf Fall verliebt hatte. Er zog das Handy aus der Tasche, wollte sie anrufen, stellte jedoch fest: Es war zu spät, Gudruns anstrengender Alltag im Klinikum hatte längst begonnen.

Das silbrige Haar trug sie in kurzen Locken, die kleinen Augen blitzten unter hängenden Lidern hervor und der faltige Mund schien dauernd zu lächeln: Maria Tromle war eine sympathische alte Dame mit wachem Geist. Nathan verneigte sich zum Gruß vor ihr, dankte ihr für die Zeit, die sie ihm widmen würde, und folgte ihr in ein schlicht, aber geschmackvoll eingerichtetes Zimmer.

»Ja, dieser Mann«, begann sie mit erstaunlich klarer und hoher Stimme zu erzählen. »Er ist mir schon aufgefallen, als er sich auf die Bank neben dem Turm gesetzt hat. Ein sportlicher, drahtiger Mensch, wissen Sie, da erwartet man nicht, dass sich so einer vors Hafenbecken setzt und den Anblick genießt; das machen eigentlich nur die Touristen und wir alten Weiber, aber doch nicht so ein Bild von einem Mann.« Maria Tromle kicherte. »Da staunen Sie, gell? Aber selbst ich habe meine Freude daran, einen feschen jungen Mann anzuschauen.« Sie zwinkerte verschwörerisch. »Habe sogar meine Freundin Lina auf den Burschen hingewiesen, aber Lina ist arg kurzsichtig und auch schon 87 Jahre alt, der war der Adonis egal. Jedenfalls haben wir dann geratscht und unseren Kuchen gegessen. Erst als die *Sonnenkönigin* eingelaufen ist, habe ich wieder auf den Hafen geschaut. Der schlanke Mann saß immer noch auf der Bank. Kurz darauf hat sich ein kleinerer Mann neben ihn gesetzt. Der trug noch so eine Corona-Maske. Ja mei, hab ich mir gedacht, manche sind eben besonders vorsichtig. Dann hat die Lina mich ein wenig abgelenkt, jedenfalls war der sportliche Mann wieder allein, als ich das nächste Mal hingeschaut habe. Da hat er müde ausgesehen, und gleich darauf hat er sich so seitlich auf die Bank gelegt. Na ja, hab ich mir gedacht, der ist müde und will ein bisserl ausruhen.« Maria Tromle zuckte mit den Achseln. »Blöd, gell? Wenn ich da gleich stutzig geworden wär – vielleicht tät er jetzt noch leben. Armer Kerl!«

Sie schaute Nathan traurig an, schluckte und schwieg. Nathan drehte die Hände mit den Handflächen nach oben, wollte ihr signalisieren: So ist das Leben. Schwieg auch. Er wollte die alte

Frau nicht bedrängen. Mal sehen, was sie noch zu sagen hatte. Aber der Umstand, dass sich jemand neben Kundl gesetzt hatte und bald wieder gegangen war, elektrisierte ihn. Gut möglich, dass Maria Tromle Kundls Mörder gesehen hatte.

»Aber nach einer Viertelstunde lag der Mann immer noch so auf der Seite auf der Bank und irgendwie hat das eigenartig ausgeschaut, ich weiß auch nicht, aber jedenfalls sag ich zu Lina: Du, habe ich gesagt, mit dem jungen Mann stimmt was nicht, bin aufgestanden und zu der Bank gegangen. Da hab ich gesehen, dass er totenblass war und so eigenartig schlaff. Ich habe ihn angestupst, aber er hat sich nicht gerührt. Ich habe ihn nicht atmen gesehen, verstehen Sie, das war komisch. Da bin ich zurück auf die Café-Terrasse und habe die Bedienung gebeten, den Notarzt anzurufen. Das hat sie gemacht und wenige Minuten später war der Sanka da und bald darauf die Polizei. Die haben meinen Namen und meine Adresse aufgeschrieben und sich bedankt, dass ich was g'sagt hab.«

Sie schwieg wieder einige Sekunden. »Am nächsten Tag hat mich ein Polizist angerufen und gefragt, was ich alles gesehen hab. Da habe ich erfahren, dass der Mann gestorben ist. Herzversagen. Armer Kerl.«

»Haben Sie dem Polizisten gesagt, dass da ein zweiter Mann war?«, fragte Nathan vorsichtig.

»Jessas, nein«, rief Maria Tromle erschrocken. »Sehen Sie, das habe ich da vergessen. Ist das wichtig?«

»Wahrscheinlich nicht«, beschwichtigte Nathan wider besseres Wissen. Er wollte die Zeugin nicht beunruhigen. »Aber wie hat der Mann mit dem Mundschutz denn ausgesehen?«

»Ja, also, er trug so eine richtige Medizinermaske, und ja, weiße Handschuhe – jetzt fällt es mir wieder ein. Er war mindestens einen halben Kopf kleiner als der Mann, der gestorben ist, aber ziemlich kräftig; nicht dick, wenn Sie verstehen, was ich meine, eher muskelbepackt. Dunkle Haare hat er gehabt, fast schwarz. Kurze Haare. Aber sonst ...« Sie überlegte angestrengt und schüttelte den Kopf. »Nein, mehr kann ich zu dem nicht sagen.«

»Haben Sie gesehen, aus welcher Richtung der Mann kam?«

»Der ist das Hafenbecken entlanggelaufen. Vielleicht von der 2?«

»Und wo ist er hingegangen?«

»Tut mir leid, das habe ich nicht gesehen. Ich habe doch wieder mit Lina geratscht.«

»Wie war er denn angezogen, fällt Ihnen da noch etwas ein?«

»Tja, wie so ein Sommertourist, tät' ich sagen. Eine saloppe Jacke und eine bequeme Hose, beige, glaube ich, also vielleicht ein Sommeranzug. Aber so genau weiß ich das nicht, ich habe den anderen Mann besser und länger angeschaut, wissen Sie.«

Nathan nickte und bedankte sich.

»Wollen Sie nicht noch einen Kaffee?«, fragte Maria Tromle. Aber Nathan lehnte liebenswürdig ab und ging. In einer halben Stunde hatte er seinen Termin bei Lorenz Faltermeier, Kundls Chef in der Finanzfirma. Da wollte er sich nicht verspäten.

•••

Oberleutnant Lukas Ruedi hatte schlecht geschlafen, und als er endlich vor Erschöpfung die Augen zugemacht hatte, hatte sein vegetatives System hartnäckig den Wecker ignoriert. Kein Wunder also, dass er nun mit schlechter Laune den schmalen Besprechungsraum betrat und missmutig in die Gesichter der Kollegin Denise Krapp und des Kollegen Daniel Vomp blickte.

»Haben wir schon irgendwelche Anhaltspunkte?«, fragte er ohne Morgengruß, drehte seinen Stuhl um, setzte sich breitbeinig darauf und stützte die Arme auf die Stuhllehne.

»Der Schuss muss vom Seeufer aus abgefeuert worden sein«, antwortete Daniel eilfertig. »Vielleicht auch von einem Boot in Ufernähe, vermutlich einem größeren, das ruhig auf dem Wasser liegt, denn es war ein Meisterschuss. Absolute Präzision. Die Arbeit eines Profis.«

Alles Umstände, die Lukas Ruedi nicht hören wollte, sprachen sie doch für seine These eines Auftragsmords mit einem Hintergrund in der Hochfinanz.

»Ist das vielleicht eine Angelegenheit für die Bundeskriminalpolizei?« Ruedi schaute bei dieser Frage beinahe Hilfe suchend zu Denise und als sie ihm zulächelte, entspannte er sich in der freudigen Erwartung einer positiven Antwort.

»Die Bundeskriminalpolizei«, antwortete sie in ihrem unverkennbaren Züricher Zungenschlag, »könnte sehr wohl für den Mord an Herrn Kleffner zuständig sein, und wir sollten rasch an einem Hilfegesuch arbeiten. Doch wenn wir keine handfesten Hintergründe liefern können für den Verdacht, es mit der organisierten Kriminalität zu tun zu haben, läuft unser Gesuch ins Leere.«

Das war noch nicht die Antwort, die Ruedi hören wollte, aber immerhin ging es in die richtige Richtung. »Was müssen wir dartun, dass die den Fall an sich ziehen?«, fragte er übellaunig und reckte das Kinn vor.

»Dass er Kronzeuge in einem wichtigen Prozess werden sollte, ist ein wesentlicher Punkt. Dass wir es mit einem Scharfschützen zu tun haben, ebenso. Trotzdem sollten wir mindestens noch ein Indiz hinzufügen, das den Verdacht erhärtet, es handle sich um eine Tat im Umfeld der organisierten Kriminalität. Am besten, wir ermitteln das Schiff, von dem geschossen wurde.«

»Und wie sollen wir das herausfinden?«, bellte Ruedi ungehalten. Das war ihm alles schon zu kompliziert und zu risikobehaftet; nur die wirklich Reichen besaßen eine Yacht, die als ruhiger Ansitz dienen konnte, und genau mit dieser Klientel wollte er nichts zu tun haben.

»Wir haben vom Hafenamt das Material der Überwachungskamera angefordert«, ließ sich Krapp nicht aus der Ruhe bringen. »Sie wollen uns mittags eine CD liefern. Dann ist der Rest ein Kinderspiel.«

Ruedi schmatzte vernehmlich, was er immer tat, wenn ihm eine Idee gefiel, er aber unsicher war, ob der Gedanke wirklich zum Ziel führte. Daher fragte er kritisch nach: »Du meinst, wenn wir das Schiff haben, übernimmt die Bundeskriminalpolizei?«

»Sicher sagen lässt sich das nicht, aber dann hat unsere Anfrage Aussicht auf Erfolg.«

Verdammt, die Denise ist ganz schön schlau und am Schluss überholt sie mich noch, ging es Ruedi durch den Kopf, der schon seit geraumer Zeit darauf wartete, endlich befördert zu werden. Da konnte er keine Störungen dulden und keine Konkurrenz; wenn der Hauptmann feststellte, dass Denise die bessere Ermittlerin war ...

Ich muss Denise ein wenig einbremsen, beschloss der Oberleutnant, nahm Blickkontakt mit Daniel auf und sagte: »Daniel, dann übernimmst du die Filme und meldest das Ergebnis an mich. Du, Denise, fährst noch mal rüber nach Brunnen und klapperst die gesamte Nachbarschaft ab.«

»Was soll dabei herausspringen?«

Ruedi spürte ihre Unzufriedenheit und freute sich diebisch an seiner Antwort: »Das weiß man immer erst hinterher. Sprung auf, marsch, marsch.«

•••

Mit dem Kalendereintrag konnte Lorenz Faltermeier nichts anfangen; er kannte keinen Nathan Weiß, und es gab keinerlei Information, was dieser Kunde für einen Anlagewunsch hatte. Verärgert drückte er den Knopf an seinem Schreibtisch, der bei seiner Sekretärin die Warnlampe einschaltete – Warnlampe durchaus im Wortsinn, denn Frau Tögel wusste dann, dass sie sofort in sein Büro kommen musste, weil etwas Unangenehmes anstand.

Es gefiel Faltermeier, wie rasch es an der Tür klopfte und wie beflissen seine inzwischen ergraute Sekretärin fragte, was sie für ihn tun könne.

»Was soll dieser Termin?«, ließ Faltermeier einen barschen Bass ertönen. »Ohne Betreff können Sie doch niemand zu mir vorlassen, den ich nicht kenne. Wo sind Sie wieder mit Ihren Gedanken? Kann den nicht Herr Bösenecker übernehmen?«

»Tut mir schrecklich leid, Herr Faltermeier, aber Herr Weiß hat darauf bestanden, Sie persönlich zu sprechen – in einer sozusagen privaten Angelegenheit, die er mir nicht erläutern wollte.«

»Seit wann lassen Sie so was durchgehen?«

»Er war ungemein höflich und dabei sehr bestimmt. Ich dachte, es ist gut, ihm den Termin zu geben. Außerdem«, hier zögerte Angelika Tögel kurz, »außerdem hatte ich den Eindruck, Sie beide kennen sich vielleicht doch.«

»Gut, wenn er kommt, schicken Sie ihn auf die Dachterrasse und bieten ihm Espresso, Orangensaft und Sekt an. Mal schauen, was er wählt. Nimmt er den Sekt, komme ich raus, nimmt er den Orangensaft, übergeben Sie den Herrn an Bösenecker.«

»Was geschieht, wenn er den Espresso nimmt?«

»Dann entscheide ich spontan«, antwortete Faltermeier und lachte schallend, als er das verdutzte Gesicht seiner Sekretärin sah. *Schon herrlich,* dachte er, *wie ich sie immer noch verwirren kann.* Wirklich böse konnte er ihr nie sein, er hatte sich viel zu sehr an sie gewöhnt. *Aber ich muss wieder ein wenig strenger zu ihr sein,* nahm er sich vor. *In letzter Zeit hat sie ihre Rolle als mein Zerberus ein wenig nachlässig interpretiert.* Mit einer herablassenden Handbewegung schickte er seine Sekretärin hinaus und überlegte, ob ihm in den letzten Jahren ein Nathan Weiß untergekommen war. Aber er konnte sich nicht erinnern.

Eine Viertelstunde später klopfte es an der Tür, seine Sekretärin steckte den Kopf herein und flüsterte: »Er will einen Lapsang Souchong – was machen wir jetzt?«

»Bringen Sie ihm ein Glas Sekt und sagen Sie ihm, ich käme in fünf Minuten.«

Während Frau Tögel ihren Auftrag ausführte, warf sich Faltermeier sein Jackett über und verließ das Büro über den hinteren Ausgang, von dem er unmittelbar die Treppe zum Dachgeschoss erreichte. Von dort konnte er unbemerkt auf die Dachterrasse hinunterblicken und den unbekannten Gast in Augenschein nehmen.

»Lapsang Souchong«, murmelte Faltermeier amüsiert, »vielleicht will er dann auch einen Kandinsky oder Klee kaufen. Schauen wir uns den seltsamen Vogel einmal an.« Faltermeier stellte sich im oberen Besprechungsraum hinter die Gardine und blickte auf die Dachterrasse. Was er sah, erfreute ihn nicht.

Ein korpulenter Mann mit beginnender Stirnglatze, offensichtlich bereits im Rentenalter, lümmelte mit einem abgetragenen Anzug in einem der Korbsessel und würdigte das Sektglas keines Blickes. *Mit diesem Herrn ist kein Geschäft zu machen,* analysierte Faltermeier und überlegte, was der Mann von ihm wollte. Das rundliche Gesicht wirkte auf die Entfernung freundlich, beinahe bieder und auf eine undefinierbare Art Deutsch. *Jedenfalls weder ein Russe noch ein Italiener,* folgerte Faltermeier, den es in der Nase zu jucken begann. Er roch Ärger, und nach Ärger stand ihm heute gar nicht der Sinn. Aber irgendetwas an der Selbstverständlichkeit, mit der dieser Besucher in dem Sessel lümmelte, machte ihn neugierig, und so verließ er seinen Beobachtungsposten, schritt gemächlich die Treppe hinunter und über den Flur am Empfang vorbei zur Dachterrasse.

»Einen wunderschönen guten Morgen, Herr Weiß«, grüßte

er mit seiner freundlichsten Vertreterstimme und ging auf seinen Besucher zu. »Was verschafft mir die Ehre?«

Weiß erhob sich, neigte seinen Kopf zum Gruß und antwortete mit einer erstaunlich melodischen Stimme: »Roland Kundl.«

Ein schmerzhaftes Ziehen fuhr in Faltermeiers Bauch. *Ärger*, stellte er fest, *es gibt Ärger.* Er hob eine Augenbraue an, setzte sein gewinnendstes Lächeln auf, erwiderte mit Kopfneigen den Gruß, setzte sich auf den zweiten Korbsessel vorne auf die Kante und antwortete mit seidiger Stimme: »Der Arme. So ein Schicksalsschlag. Sind Sie mit ihm verwandt?«

•••

Nachdem Michael Borrat das Gespräch mit Nathan Weiß beendet hatte, ließ er die Neuigkeiten erst einmal sacken. Weiß hatte also mit der alten Dame gesprochen, die vermutlich Rolands Mörder gesehen hatte, denn dass sein Freund ermordet wurde, davon ging er nun zweifelsfrei aus.

Wer steckt hinter dieser Tat und warum? Es musste etwas mit Rolands Arbeit zu tun haben, aber was? Borrat war froh, sich frühzeitig mit Brückner ausgetauscht zu haben, und er war Brückner für dessen Initiative dankbar, Weiß eingeschaltet zu haben. Der frühere Chef der Münchner Mordkommission war der Richtige, um das Rätsel von Rolands Tod zu lösen. Borrat wollte den Kommissar im Ruhestand nach bestem Wissen unterstützen. Daher musste er sich nun an seinen alten Schulkameraden Anton Kindsmüller wenden, der bei der Stadtverwaltung auch für die Überwachungskameras in der Altstadt verantwortlich war. Zum Glück war Lindau ein kleines Städtchen; hier kannte beinahe jeder jeden.

»Kannst gern vorbeischau'n«, nuschelte Anton wie eh und je. »Aber wirscht seh'n, siehst nix mehr, denn wir heb'n die Aufnahmen meischt bloß ei' Woch' auf.«

»Gibt's eine Chance, dass ihr vom Hafen die Aufnahmen vom letzten Freitag noch habt?«, fragte Borrat verzweifelt.

»A kloine«, schwäbelte Anton ins Telefon. »Komm ei'fach vorbei.«

Borrat schwang sich auf sein Fahrrad und fuhr auf die Insel zum Rathaus. *Hoffentlich komme ich nicht zu spät,* flehte er inständig; denn es gäbe vermutlich nichts Wertvolleres als ein Foto von Rolands Mörder.

•••

Geplant war sein erster Verkauf als Testballon, was sich aktuell mit dem Zertifikat von *IFP* erzielen ließ. Doch er trat eine Lawine los. Werner Brückner saß überrascht vor seinem Computerbildschirm und verfolgte die Kaskade fallender Kurse des *IFP*-Zertifikats. Wie konnte der Verkauf einer Position, die kaum 50.000 Euro schwer war, dieses Wertpapier so in die Tiefe reißen? Brückner suchte das Basisinformationsblatt des *IFP*-Zertifikats heraus und fand die Börsenreaktion nun noch seltsamer, denn bei einem Volumen des Papiers von annähernd 100 Millionen Euro war sein vor einer Stunde getätigter Verkauf eine völlig vernachlässigbare Größe.

Wettete da jemand im Hintergrund gegen *InterFinancePower* und er, Brückner, hatte zufällig vor der negativen Kursrallye verkauft? Oder war das Papier marode und ein einziger Verkauf genügte, das Gebäude zum Einsturz zu bringen? Brückner überprüfte sein Cash-Konto und stellte erleichtert die Gutschrift für die veräußerten Wertpapiere fest.

Wenn, dann geht das Papier jetzt erst hops, dachte Brückner und nahm sich vor, bald alle seine Positionen bei *InterFinancePower* aufzulösen. Jetzt, da Roland nicht mehr bei *IFP* arbeitete, fehlten ihm der vertrauensvolle Ansprechpartner und die Motivation, dort investiert zu bleiben. Obwohl Brückner als Wirtschaftswissenschaftler selten Anlageentscheidungen aus dem

Bauch heraus traf und nüchtern alle Gefühle ausschaltete, wenn es um Vermögensangelegenheiten ging, ließ er sich von der wachsenden Antipathie leiten, die er gegenüber Faltermeier empfand. Ja, er würde das anstehende Gespräch abwarten, ehe er seine Anlagen bei *IFP* abzog, allein schon, weil er noch etwas über Rolands Verhältnis zu Faltermeier herausbekommen wollte, aber die grundsätzliche Entscheidung war gefallen.

In diesem Moment wurde der Handel mit dem *IFP*-Zertifikat ausgesetzt. Da war Brückner klar: Mit *IFP* und Faltermeier stimmte etwas nicht.

•••

Oberleutnant Ruedi wartete ungeduldig auf das Videomaterial des Hafenamts und überlegte, wie er diesen unangenehmen Fall schnellstmöglich an die Bundeskriminalpolizei abgeben könnte. Schließlich beschloss er, seinen früheren Kumpel Beat Näf anzurufen, mit dem er ein Jahr als Polizeiaspirant in Interlaken zusammengearbeitet hatte. Seit Beat bei der Bundespolizei Karriere gemacht hatte und zum Hauptmann aufgestiegen war, hatten sie sich etwas aus den Augen verloren; aber Beat würde vermutlich begeistert sein, wenn er einen Mord im Bereich des Finanzadels aufklären durfte.

»Griazi, Lukas«, meldete sich der Hauptmann mit freudiger Stimme, nachdem Ruedi von einer Sekretärin durchgestellt worden war.

»Griazi ,Beat, schön, dich zu hören«, revanchierte sich Ruedi ebenso freudvoll, zumal er überzeugt war, den Fall quasi schon abgegeben zu haben.

»Ziagts di' auf'n Berg, alter Schwede?«, fragte er und Ruedi erinnerte sich wieder daran, dass Beat auch das schweizerische Bergführerdiplom besaß.

»Eher auf einen kriminalistischen«, kam Ruedi sofort zur Sache. »Ich hab einen Mord aus der organisierten Kriminalität in Brunnen zum Aufklären. Das ist doch g'rad recht für dich, od'r?«

Es wurde still am anderen Ende der Leitung. Ruedi hielt den Atem an. Hatte er es falsch gemacht, war er zu sehr mit der Tür ins Haus gefallen?

Schließlich raschelte es in der Leitung und Beat seufzte hörbar: »Bei euch is' der Kleffner über die Klinge g'sprunga, od'r? Kannst dir 's Lob selber verdienen, Lukas; klär' mal d' Hintergründ' gut auf, bevor du uns die Sach' übergibst. Wenn du dann einmal klettern kommen willst, darüber könn' wir reden.«

»Ab'r 's isch doch eure Zuständigkeit«, griff Ruedi nach dem Strohhalm der Kompetenzverteilung.

Beat lachte. »Ja, für's Finish.« Dann legte er auf.

Ruedi blieb verdattert am Schreibtisch sitzen und starrte das Telefon an. So hatte er sich das Telefonat mit der Bundeskriminalpolizei nicht vorgestellt. Langsam dämmerte ihm, wie sehr er es mit diesem Anruf verbockt hatte. Wenn ein Hauptmann bei der Bundespolizei einmal Nein gesagt hatte, gab es kaum einen Weg zurück. Jetzt musste er mit seinem kleinen Team allein Kleffners Tod aufklären, ein beinahe hoffnungsloses Unterfangen. Ruedi sah seine Felle für seine eigene Beförderung zum Hauptmann schon davonschwimmen.

Laut fluchend stand er auf und ging hinüber ins Büro von Daniel. Der bemerkte Ruedis Eintreten nicht; er saß vor dem Bildschirm und betrachtete eine Szene wieder und wieder. Als Ruedi nah herantrat, um zu sehen, was sein Feldwebel da anschaute, schrak Daniel hoch.

»Um Gott's willen, hast du mich erschreckt, Boss«, rief er und deutete auf das Computerdisplay. »Wir haben ihn«, stammelte er aufgeregt. »Ich muss nur noch die richtige Stelle für den Screenshot festhalten.«

»Was ist das?«

»Ein schmucker *Daysailor* nah am Ufer in Brunnen, und da,

ein Mann winkt, und ich fress ’nen Besen, wenn der nicht dem Kleffner winkt, um seine Aufmerksamkeit zu erregen. Das ist das Signal für den Scharfschützen. Wir müssen diesen *Daysailor* finden.«

»Kannst du die Schiffskennzeichnung lesen?«

»Ja, das kommt in einer späteren Einstellung gut heraus.«

»Könnte aber auch purer Zufall sein, od’r?«

Daniel schüttelte energisch den Kopf. »Die Zeit passt und es ist das einzig Auffällige im gesamten Zeitraum. Nein, Boss, das ist kein Zufall. Wir müssen diesen *Daysailor* finden. Übrigens heißt die Yacht *Santa Maria.*«

•••

Nathan hatte mehr als einmal bei den Reichen und Schicken Münchens ermittelt, ihn konnte man mit einer Luxusfassade nicht beeindrucken. Die Chuzpe allerdings, mit der ihm die Empfangsdame ein Gläschen Sekt auf die Terrasse gebracht hatte, nachdem er sich ausdrücklich Tee – selbstverständlich seine Lieblingssorte – gewünscht hatte, brachte ihn beinahe aus der Fassung. Er fühlte sich in dem Korbsessel auf der Dachterrasse wie auf dem Präsentierteller und vermutlich war er das auch; jedenfalls strafte er den Sekt mit Nichtachtung, lümmelte sich betont gelangweilt in das Sitzmöbel und wartete geduldig, was auf ihn zukäme. Das war ein hochgewachsener, attraktiver Mann, der ihm mit einem überfreundlichen Lächeln entgegenging und etwas gestelzt fragte, warum Nathan hier war.

Als Nathan den Namen Roland Kundl erwähnte, sah er ein rasches Zucken im Gesicht des Finanzmaklers. Einem weniger Geübten wäre dieses winzige Erschrecken womöglich nicht aufgefallen, aber Nathan hatte in ungezählten Vernehmungen gelernt, auf jede noch so unscheinbare Reaktion zu achten. Jetzt wusste er schon zu Beginn des Gesprächs, dass dieser aalglatte Finanzhai keine einzige Frage, die sich auf Kundl bezog, offen und ehrlich beantworten würde. Damit war klar: Dieser Besuch würde sich lohnen.

Faltermeier saß auf der Kante seines Korbsessels. Die linke Augenbraue war immer noch hochgezogen. Die Stimme klang allzu süßlich, als er fragte, ob Nathan mit Kundl verwandt sei.

Nathan beantwortete diese Frage nicht, sondern erwiderte: »Roland Kundl war ein sehr guter Mitarbeiter von Ihnen, oder?«

»Einer meiner besten – aber verraten Sie mir, weshalb Sie sich bei mir nach ihm erkundigen.«

»Gern – es geht um seinen Nachlass. Da sind einige Fragen zu klären. Der Testamentsvollstrecker hat mich um Unterstützung gebeten.«

»Wie soll ich da helfen können?«, fragte Faltermeier und zog ein Gesicht, das sowohl Abwehr als auch Missmut zum Ausdruck brachte.

»Roland Kundl ist oft in die Schweiz gefahren. Was hat er dort getan?«

»Unsere Firmenzentrale ist in Sankt Gallen«, antwortete Faltermeier lapidar.

»Nur die Firmenzentrale?«

»Was soll diese Frage?«

»Ach, Herr Faltermeier, tun Sie doch nicht so. Da waren auch private Interessen im Spiel, oder?«

Jetzt hob der Finanzhai beide Augenbrauen an, ehe er mit der Schulter zuckte. »Sie meinen, eine Frau?«, fragte er gedehnt.

»Wissen Sie was davon?«

»Nein. Was sein Privatleben anging, war Kundl sehr reserviert.«

»Hat er sich mit seiner Arbeit Feinde gemacht?«

Faltermeier zuckte wieder kurz, ehe er mit einer Gegenfrage antwortete: »Was sollen diese Fragen? Sie klingen wie von einem Fernsehkommissar. Übrigens: Mögen Sie keinen Sekt?«

»Nein, danke. Tee hätte ich getrunken.«

»Lapsang Souchong, nehme ich an?«

Nathan lachte. »Hat Ihnen Ihre Sekretärin berichtet.«

»Klar. In meinem Geschäft ist es entscheidend, die Wünsche der Kunden zu kennen – am besten, bevor der Kunde sie selbst weiß. Aber bei Ihnen, das war einfach. Sie suchen keine Anlagestrategie und Sie haben nichts mit dem Nachlass von Roland Kundl zu tun. Was wollen Sie?«

Mit jedem Wort war etwas von Faltermeiers Freundlichkeit dahingeschmolzen wie Schnee in der Junisonne. Die Frage bellte er beinahe. *Wenige Minuten noch,* dachte Nathan, *dann wird er mich vor die Tür setzen.*

»Okay, machen wir es kurz: Was oder wer hat Roland Kundl so aufgeregt, dass er am Hafen eine Herzattacke erlitten hat und gestorben ist?«

»Wer sagt denn, dass er sich aufgeregt hat? Bekommen nicht die meisten gefährdeten Männer ihren Herzinfarkt, wenn sie entspannt sind? Gar im Schlaf?«

»Ist ein Investment schiefgegangen? Hat einer seiner Kunden große Verluste erlitten?«, fragte Nathan, ohne auf Faltermeiers Bemerkungen einzugehen.

»Nicht dass ich wüsste – und ich müsste es wissen. Sie vergeuden Ihre und meine Zeit!« Er spuckte den Satz verächtlich aus, griff das Sektglas, trank es mit einem Zug leer, drehte sich um und ging auf die Terrassentür zu. Kurz vor der Tür drehte er sich um. »Einen guten Tag noch, Herr Weiß.«

»Wissen Sie in Lindau eine gute Wäscherei?«, rief Nathan feixend und lag nicht daneben.

Faltermeier blieb wie angewurzelt stehen und kam dann langsam und drohend näher. »Was wollen Sie damit andeuten, Sie … Sie … Schnüffler.«

Nathan stand auf und ging Faltermeier zwei Schritte entgegen: »Feinde, Herr Faltermeier, hatte Kundl Feinde?«

Faltermeier gewann seine Fassung zurück, setzte ein freundliches Gesicht auf und erwiderte: »Jeder erfolgreiche Mann hat Feinde. Manchmal kennt man sie gar nicht. Tut mir leid, ich kann Ihnen nicht weiterhelfen. Richten Sie Herrn Borrat schöne Grüße aus. Wenn er mit dem Nachlass ein Problem hat, darf er persönlich zu mir kommen.« Mit diesen Worten drehte sich Faltermeier um und verschwand im Gebäude.

• • •

Genüsslich schlürfte Sophie ihren Kaffee und blätterte dabei im Ausstellungskatalog der Foundation Beyeler, die vor acht Jahren eine große Max-Ernst-Ausstellung gemacht hatte. Sie mochte diesen vielseitigen Maler, und nun, da ihr Ehrgeiz angestachelt war, unentdeckte Originale aus einer alten Familiensammlung auf den Kunstmarkt zu bringen, schien ihr Max Ernst ein besonders lohnendes Vorbild. Die Brüche in seinen unterschiedlichen Lebens- und Schaffensphasen und seine Variabilität waren wie geschaffen dafür, ihm das eine oder andere Werk unterzuschieben. Sophie rieb sich die Hände vor Vergnügen; endlich konnte sie ihr Talent ausleben und damit sogar richtig Geld verdienen.

Während sie sich vorstellte, einen *Forêt* von Max Ernst zu erfinden, kam ihr unvermittelt das Gesicht von Roland Kundl in den Sinn, und sie fragte sich, wann dessen Beerdigung war und ob sie Lorenz zur Beisetzung begleiten sollte; schließlich war Kundl sein bester Mitarbeiter gewesen. *Eigenartig*, dachte sie, *dass Lorenz seit unserem Mittagessen am See nicht mehr über Kundl gesprochen hat.*

Sie überlegte, wo und wann Kundl ihr begegnet war. Es musste bei einem Bootsausflug mit der *MS Sonnenkönigin* gewesen sein. Damals war sie mit Lorenz und einigen seiner Geschäftspartner von Lindau auf die Insel Mainau gefahren, es war ein vergnüglicher Tag gewesen und auf der Blumeninsel hatte

Sophie die Farbenpracht der Blüten genossen. Im Schmetterlingshaus hatte sie sich eine Weile mit dem sportlichen Anlagespezialisten unterhalten, der ihr seltsam gehemmt vorgekommen war. Auf der Rückfahrt hatten sie noch einige Minuten an der Reling zusammengestanden und sich beim Abschied kurz zugewinkt.

Ob Lorenz eifersüchtig gewesen war? Jedenfalls hatte er sie danach nur noch zweimal zu beruflichen Anlässen mitgenommen. Unwillkürlich schmunzelte Sophie. Die Idee vom eifersüchtigen Lorenz gefiel ihr. Sie mochte es, von ihm begehrt zu werden und Aufmerksamkeit und Anerkennung zu erfahren. Mit diesem Gedanken wischte sie die Erinnerung an Kundl beiseite und stellte sich einige dunkelgrüne Bäume vor. Bald würde sie versuchen, einen wunderbaren Max Ernst auf die Leinwand zu zaubern.

Sie schnalzte leise mit der Zunge und ging in ihr Atelier. Neben der Staffelei stand eine auf einen durchaus passenden Rahmen aufgezogene Leinwand, ein kleines Format, das bestens zu dem Plan passte, Max Ernsts Faible aus den 20er-Jahren um ein weiteres Ölgemälde zu bereichern. *Düster muss er sein, der Wald, und das Grün dunkel.* Sophie nickte. Viel Grau und düster, das kam ihr entgegen.

•••

Michael Borrat saß seit einer halben Stunde vor dem Computer der Lindauer Stadtverwaltung und verfolgte gebannt die ruckelnde Schwarzweiß-Aufnahme der Kamera, die vom Mangturm aus den Hafen Richtung Bahnhof überwachte. In der körnigen und unscharfen Aufnahme hatte Borrat vor wenigen Minuten verfolgen können, wie sich Roland auf die Bank am Kai gesetzt und entspannt – so schien es ihm jedenfalls – das Hafentreiben und das Einlaufen der *MS Sonnenkönigin* beobachtet hatte.

Nervös trommelte Borrat mit den Fingern auf der Unterkante

der Tastatur, als könne der Film dadurch rascher und ruckelfreier ablaufen, aber nein, immer wieder stockte das Bild, zeigte Streifen und Schlieren und verschwamm manchmal sogar komplett. *Wenn das so weitergeht,* resignierte Michael, *sind diese Aufnahmen alle unbrauchbar.*

Jetzt tauchte eine untersetzte Person auf, vom Bahnhof kommend, eine weiße Maske im Gesicht, vermutlich FFP2. Der kräftige Mann schlenderte auf die Bank zu, auf der Roland saß. Roland schenkte dem Fremden keine Beachtung, selbst dann nicht, als sich dieser neben ihn setzte.

Borrat stutzte: Der Mann trug weiße Handschuhe. Gebannt starrte er auf den Bildschirm. Da sah er eine Ausholbewegung; die linke Hand des Fremden berührte Roland am Hals oder Nacken, das war nicht genau zu erkennen. Eine rasche, beinahe flüchtige Bewegung, dann stand der Mann auf und ging gemächlich Richtung Bahnhof davon.

Borrat blieb beinahe das Herz stehen, als Roland wenig später langsam zur Seite kippte. Lief da noch ein Zittern durch Rolands Körper? Leblos lag er auf der Bank, unbeachtet von den Menschen ringsum. Borrat schossen Tränen in die Augen.

Er stoppte den Film. Aufgewühlt stand er auf. Er musste Anton Bescheid sagen; der Film war ein wichtiges Beweismittel. *Vielleicht,* hoffte Borrat, *kann Kommissar Weiß damit etwas anfangen.*

• • •

Zu dieser Zeit saß Nathan auf der feudalen Terrasse eines in den Hang gebauten Bungalows mit prächtigem Weitblick über den Bodensee. Sein Gastgeber Damian Schöll wippte lässig mit dem über den rechten Oberschenkel geschlagenem linken Bein. Schöll war der einzige der Brückner bekannten Kunden Kundls, der sich ohne Umschweife bereit erklärt hatte, mit Nathan über den verstorbenen Finanzexperten zu sprechen. Die anderen hatten seine Bitte um einen Gesprächstermin aalglatt und freundlich, aber unmissverständlich zurückgewiesen, kaum hatte er den Namen Roland Kundl erwähnt.

»Sie wollen mit mir also über den armen Herrn Kundl sprechen«, redete Schöll nicht lange um den heißen Brei. »Was wollen Sie wissen?«

»Roland Kundl war Ihr Anlageberater bei *InterFinancePower* und hat dort Ihr Portfolio betreut?«

»Ja, hat er gut gemacht. Ich werde ihn vermissen.«

»Wie war der Kontakt zu ihm? Gab es regelmäßige Besprechungen?«

»Wir haben uns gut verstanden, daher sind wir auch ab und zu gemeinsam laufen gegangen. Wegen der Vermögensverwaltung hatten wir einmal pro Quartal einen Jour fixe, das hat meistens ausgereicht. Nur bei besonderen Anlässen haben wir uns außer der Reihe beruflich getroffen.«

»Was waren besondere Anlässe?«

»Na ja, wenn ein Papier in den Keller fiel, haben wir gemeinsam entschieden, ob wir halten, verkaufen oder zukaufen.«

»Waren Sie mit den Vorschlägen von Herrn Kundl zufrieden?«

»Sehr sogar. Er hatte ein glückliches Händchen und eine Spürnase für Okkasionen.«

Nathan nickte. »Haben Sie nie Verluste eingefahren?«

»Es gibt immer wieder Positionen, die man mit Verlust abstoßen muss, aber Roland hat das stets mehr als kompensiert.«

»Wie das?«

»Ach, er hatte dann prima Gegengeschäfte in der Hinterhand«, antwortete Schöll mit einer wegwerfenden Handbewegung und trank von seinem Cappuccino. Spätestens jetzt war Nathan hellhörig. »Sie sagten, Sie seien ab und zu mit ihm laufen gegangen?«

Schöll nickte und wirkte ganz entspannt.

»War er fit?«

»Das will ich meinen! Wenn er gewollt hätte ... also, Roland wäre mir so was von davongelaufen, sage ich Ihnen.« Es klang aufrichtig bewundernd, und bedauernd setzte Schöll die nächsten Worte: »Und so einer klappt einfach mit Herzversagen zusammen; schon traurig.«

»Völlig unerwartet, oder?«

»Ja. Ich war fassungslos.«

»Hatte Kundl Feinde?«

Nathan bemerkte das kleine Zucken des linken Augenlids von Schöll. Diese Frage traf ihn sichtlich unerwartet und er zögerte etwas zu lange mit der Antwort.

»Nicht dass ich wüsste«, sagte Schöll schließlich.

»Könnte es sein, dass Kundl nicht für jeden enttäuschten Kunden ein lukratives Gegengeschäft in der Hinterhand hatte?«

Schöll schien einen Augenblick zu überlegen. »Nein«, erwiderte er dann. »Roland war äußerst zuverlässig darin, seinen Leuten Verluste aus Einzelpositionen zeitnah auszugleichen.«

»Kann man das wirklich immer?«, stellte sich Nathan ungläubig.

»Wenn man die richtigen Instrumente hat«, antwortete Schöll und grinste. »Sie werden verstehen, dass ich darauf nicht im Detail eingehen möchte.«

Nathan schlug sich feixend auf die Schenkel und lachte ein hoffentlich ehrlich wirkendes Lachen. »Logisch«, gluckste er. »Manchmal muss man das Finanzamt austricksen. Keine weiteren Fragen.«

Wieder bemerkte Nathan das leichte Zucken eines Augenlids, diesmal aber des rechten. Schöll schien erleichtert zu sein und Nathan beschloss, das Gespräch ausplätschern zu lassen.

»Werden Sie bei *InterFinancePower* bleiben oder suchen Sie sich eine andere Anlageberatung?«

»Vermutlich übernimmt Rolands Chef mein Portfolio, der

beherrscht das Geschäft selbstverständlich ebenso. Aber der geht mit mir nicht laufen«, sagte Schöll und lachte.

»Tja, es ist schon schade um Herrn Kundl«, murmelte Nathan und achtete auf die Reaktion seines Gesprächspartners.

Der nickte und fragte: »Warum wollten Sie das eigentlich wissen, das mit den Feinden und so?«

»Ach so, das habe ich Ihnen gar nicht gesagt: Wir gehen davon aus, dass Herr Kundl nicht am plötzlichen Herztod verstorben ist.«

Schöll öffnete den Mund, sagte aber nichts. Nathan glaubte ihm die Verblüffung und war davon überzeugt, dass er nichts mit Kundls Tod zu tun hatte. Aber er hoffte, mit dieser Aussage einen Stein in den verschwiegenen Teich der *IFP*-Kunden geworfen zu haben.

»Mord, Herr Schöll«, flüsterte Nathan und stand auf. »Roland Kundl ist ermordet worden.«

•••

Nach einer einfachen Portion Pasta alla Verdura im lauschigen Hinterhof seines Lieblingsitalieners beschloss Werner Brückner, nach Lindau zu fahren. Zum einen hatte Weiß etwas mit ihm zu besprechen, das sich nicht ohne Weiteres für das Telefon eignete, zum anderen wollte er versuchen, Faltermeier persönlich zu dem ungewöhnlichen Vorfall zu befragen, warum das *IFP*-Zertifikat aus dem Handel genommen worden war.

»Ich habe nachgedacht«, sprach er in sein Mobiltelefon, nachdem Weiß das Gespräch angenommen hatte. »Wir können uns heute Abend in Lindau in meinem Appartement treffen und alles in Ruhe erörtern.«

Nachdem das erledigt war, schickte er Faltermeier eine kurze E-Mail, in der er um einen nachmittäglichen Besprechungstermin bat. Dann legte er Fernando einen 20-Euro-Schein auf den Tisch und machte sich auf den Weg nach Hause.

»Grazie, Professore«, grüßte der Wirt und winkte.

Brückner winkte zurück und schlenderte gedankenversunken durch die sommerlich lebendige Stadt zum nächsten Taxistand und ließ sich nach Hause fahren.

Als er den kühlen Hausflur betrat, kam ihm seine adrette Nachbarin Weidenhiller entgegen. »Grüß Gott, Herr Professor!«

Ihre sympathische Stimme war glockenhell, ihr gewinnbringendes Lächeln machte ihn beinahe verlegen.

»Der Paketbote hat was für Sie abgegeben. Wollen Sie das Packerl gleich? Dann geh ich mit Ihnen noch mal rasch 'nauf.«

Wer schickt mir ein Paket, überlegte Brückner überrascht und fragte: »Von wem ist es denn?«

»Absender steht keiner drauf«, bedauerte die Nachbarin.

»Wenn es Ihnen nichts ausmacht«, erwiderte Brückner.

»Freilich net«, lächelte sie, drehte um und schritt vor ihm die Treppe hinauf. Brückner hatte Mühe, ihr zu folgen. Mit einem Mal spürte er sein Alter und ein mürrischer Gedanke durchzuckte ihn. *Lass das,* tadelte er sich sofort, denn er hatte sich vorgenommen, niemals mit dem Schicksal zu hadern, ganz gleich, was für ein Ungemach ihn traf, denn er wusste: Millionen von Menschen trugen weitaus schwerer an ihrem Los als er.

Brückner, der sich von Jugend an für die Probleme der Menschheit und die Nöte von nicht privilegierten Menschen interessiert und soziale Belange stets in seine ökonomischen Betrachtungen einbezogen hatte, war sich bewusst, wie sehr ihn das Leben beschenkt hatte und immer noch beschenkte. Daran änderte auch der schmerzliche Verlust seiner geliebten Ines vor drei Jahren nichts.

Nein, ich darf mein Schicksal nicht beklagen, und so stieg er schwer atmend hinter Frau Weidenhiller die Treppen hinauf.

»Warten S' einen Moment, gleich bringe ich das Packerl raus«, verkündete sie fröhlich und verschwand in ihrer Wohnung. Keine Minute später stand sie strahlend vor ihm und reichte ihm ein unscheinbares rechteckiges Paket.

»Danke, Frau Weidenhiller, sehr nett von Ihnen«, sagte Brückner und nahm das Paket entgegen.

»Für Sie immer gern, Herr Professor.« Mit einem Lächeln sperrte sie die Wohnungstür ab und lief mit winkendem Gruß die Treppe hinunter.

Mit einem Schmunzeln auf den Lippen blickte er ihr nach, dann machte er sich langsam auf den Weg ins oberste Stockwerk, wo seine Wohnung lag. Dabei betrachtete er das Paket und stellte fest, dass tatsächlich kein Absender angegeben war. *Eigenartig*, dachte er, wurde misstrauisch und beschloss, die Sendung zunächst nicht zu öffnen.

•••

Unschlüssig blickte Lorenz Faltermeier auf das Display seines Computers und las die E-Mail von Werner Brückner ein drittes Mal. Warum bat der pensionierte Ökonomieprofessor so dringlich um einen persönlichen Besprechungstermin noch am heutigen späten Nachmittag? Was war so eilig, dass er es an einem Freitag nach 17 Uhr persönlich erörtern wollte? Brückner war ein sehr wichtiger Kunde, den Faltermeier selbstverständlich bevorzugt behandeln wollte, Brückner war aber auch der Mentor von Kundl gewesen, und in diesem Zusammenhang war Faltermeier gerade nicht darauf erpicht, mit dem Professor zu sprechen, schließlich knabberte er immer noch an dem Gespräch mit diesem Nathan Weiß. Diesen Besuch konnte Faltermeier nach wie vor nicht richtig einordnen. Warum hatte ihm Borrat diesen Schnüffler auf den Hals gehetzt? Gab es einen Zusammenhang mit Brückners Terminwunsch?

Faltermeier hatte Kundls Tod innerlich bereits ad acta gelegt. Nächste Woche Dienstag sollte die Beerdigung sein, selbstverständlich würde er als Kundls Chef dort hingehen, einen Kranz niederlegen und sich betroffen zeigen, auch wenn er nicht um eine Grabrede gebeten worden war. Der Fall war abgeschlossen, ganz ohne Aufsehen – oder etwa nicht?

Faltermeier zögerte immer noch mit der Antwort, öffnete stattdessen die interne Datenbank und betrachtete Brückners Anlageportfolio. Auf den ersten Blick sah alles nach *business as usual* aus. Faltermeier wollte den Vorgang schon wieder schließen, da fiel ihm eine an sich unbedeutende Position ins Auge, die Brückner am Vormittag aufgelöst hatte. In der Größenordnung von 50.000 Euro hatte sich der Professor von einem *IFP*-Zertifikat getrennt. Faltermeier switchte zur Kursverfolgung des Zertifikats und fiel aus allen Wolken: Brückners Verkauf hatte den Kurs auf Talfahrt gestürzt, das Wertpapier war sogar vom Handel ausgesetzt worden.

Warum, verdammt, schwoll Faltermeier der Kamm, *hat mich darüber niemand informiert?* Rasch überprüfte er, wie hoch Brückners Verlust ausgefallen war, und stellte erleichtert fest, dass Brückner noch mit minimalen Abschlägen hatte verkaufen können, danach war das Papier in den Keller gerauscht.

Ausgerechnet dieses Zertifikat, ärgerte sich Lorenz Faltermeier, denn es handelte sich um ein besonders trickreiches Papier, das keinesfalls die Aufmerksamkeit der Finanzbehörden auf sich ziehen sollte. *Klar, darüber will der Wirtschaftswissenschaftler rasch mit mir reden,* folgerte Faltermeier, und auch wenn ihm dieser Vorfall unangenehm war, beschloss er, Brückner den Termin zu bestätigen.

• • •

Die *Santa Maria* war das Schmuckstück einer luxuriösen Eventagentur in Luzern. Am Mittwoch hatte die Botschaft der Vereinigten Arabischen Emirate den *Daysailor* gechartert; die Agentur konnte weder Angaben zur Segelroute noch zu den Menschen an Bord machen. Oberleutnant Lukas Ruedi fluchte laut und handelte sich umgehend einen tadelnden Blick von Denise ein.

»Tut mir leid«, nuschelte Ruedi. Er wollte Denise nicht noch mehr verärgern, nachdem sie ziemlich genervt von ihrem Recherchebesuch in Brunnen zurückgekehrt war, wie erwartet ohne Ergebnis. Eigentlich schätzte und mochte Ruedi seine junge Kollegin, aber mit ihrer forschen und selbstsicheren Art erlebte er sie, auch wenn er sich das nicht eingestehen wollte, mehr und mehr als Bedrohung für seine Karriere. Trotzdem wollte er sie nicht vergraulen, schon gar nicht, indem er ihre religiöse Empfindlichkeit mit Füßen trat. Ungewöhnlich genug, dass sie als Züricherin katholisch war, lebte sie ihren Glauben auch noch mit einer beinahe kindlichen Innigkeit und beschwerte sich stets energisch, wenn im Kollegenkreis jemand fluchte.

»Diesmal verzeih ich dir«, sagte sie versöhnlich. »Es ist höchst ärgerlich, aber wir werden von der Botschaft keinerlei Auskünfte erhalten, und dann hilft es uns überhaupt nicht, die *Santa Maria* gefunden zu haben.«

Ruedi setzte sich auf den Besprechungstisch und hob ratlos beide Hände gen Himmel. »Legen wir den Fall gleich zu den Akten?«

Denise schüttelte energisch den Kopf. »Wir müssen den Schützen finden, und der stand am Ufer. Immerhin wissen wir, in welchem Umfeld wir suchen müssen.«

Ruedi bewunderte die Kollegin für ihren Optimismus, zugleich ängstigte ihn das; Denise war eine Kämpferin, die niemals aufgab. Dieses Durchhaltevermögen fehlte ihm; trotzdem wollte er endlich den nächsten Karriereschritt machen und selbst Hauptmann werden. *Nein*, dachte er grimmig, *dieser Fall wird nicht mein Karrieregrab.*

»Du hast recht«, bellte er beinahe, um seine Entschlossenheit zu demonstrieren. »Wir brauchen den Schützen.«

»Wie gehen wir weiter vor?«

»Die Bundespolizei muss helfen – wir benötigen Telefondaten.«

»Von der Botschaft?«

»Genau, von der Botschaft.«

»Das ist nicht erlaubt«, wandte Denise ungläubig ein.

»Bei den Geheimdiensten ist vieles nicht erlaubt – die Bundespolizei muss eine Lösung finden«, hielt Ruedi mit der Überzeugung der Verzweiflung dagegen und nahm sich vor, gleich noch einmal bei seinem alten Kumpel Beat anzurufen.

»Vergiss die Bundespolizei, lass es uns mit handfester Ermittlungsarbeit versuchen.«

»Wir haben doch schon alles ...«

»Nein«, unterbrach ihn Denise, »wir müssen gemeinsam mit unserem besten Spurensucher noch einmal das ganze als Standort des Schützen in Betracht kommende Ufer absuchen. Wir werden etwas finden.«

»An wen denkst du bei der Spurensicherung?« Ruedi war skeptisch und hielt an seinem Gedanken fest, Beat zu kontaktieren. Andererseits faszinierte ihn der optimistische Tatendrang seiner ehrgeizigen Kollegin. *Vielleicht hilft sie mir mit ihren Ideen, den Fall zu lösen, und ich kann die Lorbeeren einstreichen,* überlegte er und nickte Denise aufmunternd zu.

»An den jungen Richi Arnold«, antwortete Denise und zeigte den verschmitzten Gesichtsausdruck, den Ruedi so sehr an ihr mochte. Da zeigte sich in dem hübschen fraulichen Gesicht eine Lausbübigkeit, die Ruedi an seine junge Mutter erinnerte. Immer, wenn die Familie besonders glückliche Stunden erlebt hatte, war es wegen einer lässigen Idee seiner Mama gewesen, die für Lukas und seinen Bruder Pirmin unweigerlich zu einem kleinen Abenteuer geführt hatte. Inhaltlich jedoch überraschte ihn Denise' Vorschlag völlig, denn Richi Arnold hatte er nicht auf dem Zettel gehabt.

Denise schien ihm die Skepsis am Gesichtsausdruck abzulesen, denn sie begründete ihren Vorschlag. »Ja, der Richi Arnold, den hat kaum jemand im Blick, aber ich sage dir: Der findet jede Fährte, der hat einen besonderen Blick auf die Dinge. Lass es uns mit ihm versuchen.«

»Okay«, sagte Ruedi. »Aber wir haben Freitagnachmittag ...«

»Wenn ich ihn anrufe, dann wird er sich Zeit nehmen«, erwiderte Denise schelmisch.

Ruedi kratzte sich am Hinterkopf und schluckte die Frage hinunter, die ihm spontan in den Sinn kam. Stattdessen hob er den Daumen der rechten Hand, und Denise holte ihr Mobiltelefon aus der Jackentasche.

Eine Stunde später trafen sie sich zu dritt an der Uferpromenade von Brunnen und schritten sie einmal der Länge nach ab. Dabei ließ sich der junge Feldwebel von Denise die bisherigen Erkenntnisse berichten. Immer wieder suchte sein Blick die Dachterrasse. Schließlich blieb Richi auf Höhe eines Baumes stehen, visierte Kleffners Haus an und stellte fest: »Hier stand er, an diesem Baum.« Dabei deutete er auf die in einem eingezäunten Vorgarten aufragende Birke. »Dort sehen wir uns um«, beschloss er und ging auf den Maschendrahtzaun zu.

»Das ist Privatgrund«, bemerkte Denise. »Brauchen wir da einen Durchsuchungsbeschluss?«

»Das Einverständnis des Grundstückeigners genügt«, brachte sich Ruedi ein. »Schaust du, ob du jemand in dem Haus antriffst?«, bat er Denise. Er wollte wieder etwas Herr des Verfahrens werden. Außerdem wollte er gern einige Minuten allein mit dem jungen Feldwebel sprechen, der ihn mit seiner Beobachtungsgabe beeindruckte.

»Mach ich«, erwiderte Denise und ging an der Uferpromenade zurück, um von deren Ende auf die Straße zu gelangen, an der die Häuser ihre Eingänge hatten.

»Wieso bist du dir so sicher?«, fragte Ruedi den jungen Feldwebel, kaum war Denise außer Hörweite.

»Hinter dem Zaun, etwas verdeckt von dem Strauch auf unserer Seite, hat er perfekte Sicht auf die Dachterrasse und auf den See, von wo er das Zeichen zum Schießen erhalten haben könnte. Mit einem Präzisionsgewehr brauchst du ein stabiles Widerlager zum Anlegen, wenn du schon keine Auflage verwenden kannst. An der ganzen Promenade gibt es nur diesen Platz – und ich bin sicher, wir werden am Stamm Spuren finden.«

»Warum?«

»Weil so ein Gewehr einen Rückschlag hat. Das gibt einen Kratzer in der Rinde.«

Das klingt so logisch, warum sind wir nicht schon von selbst darauf gekommen, ärgerte sich Ruedi und spürte, wie sich sein Puls beschleunigte. Waren sie nun dicht daran, eine auswertbare Spur zu finden? *Hoffentlich,* wünschte er sich, *kommt Denise bald mit positiver Nachricht zurück.*

Eine halbe Stunde später verfolgte Ruedi mit offenem Mund die komplizierte Prozedur, die Richi an der leicht glänzenden Rinde des Birkenstamms unterhalb der deutlich sichtbaren Rissspur vom Rückschlag des Gewehres vollführte, bis allmählich der Abdruck von vier Fingern und eines Handballens sichtbar wurde.

»Holz und Rinde sind ein undankbarer Spurenträger«, murmelte der Feldwebel und zog eine weiße Klebefolie aus seinem Rucksack. Vorsichtig legte er die Folie halb um den Stamm und drückte sie mit Bedacht an. »Jetzt geben wir unserem Spurenträger ein paar Minuten Zeit. Geduld ist das Kapital jedes Spurensicherers«, murmelte er und strahlte dabei über das ganze Gesicht. Denise stand einen halben Meter daneben und klatschte still Beifall. Ruedi kam aus dem Staunen nicht heraus. Das hatte er noch nicht erlebt, dass einer Fingerabdrücke von einem Baumstamm abnahm, und er hielt es schlichtweg für eine kleine kriminalistische Sensation. *Wenn der Abdruck verwertbar ist,* machte er sich Hoffnung, *und wir damit den Fall lösen können, sollte ein Teil des Ruhms über dieses ermittlungstechnische Husarenstück auf mich abfallen; dann werde ich Hauptmann.* Am liebsten hätte Ruedi Denise und Richi umarmt, so ein Hochgefühl durchströmte ihn.

•••

Gerade als Sophie sich darüber zu freuen begann, dass Lorenz bald vorbeikommen würde, schickte er ihr eine Telegram-Nachricht: »Leider wird es bei mir heute sehr spät, Pinselchen. Wollen wir morgen gemeinsam frühstücken? Und bis dahin träumen wir voneinander?«

Sophie mochte den Kosenamen, den ihr Lorenz nach ihrem ersten Rendezvous gegeben hatte; leider verwendete er ihn oft, wenn er ihr absagen musste, und auch heute spürte sie die Enttäuschung darüber, den Abend allein verbringen zu müssen. Dabei hätte sie Lorenz zu gern den ersten Versuch eines Waldes à la Max Ernst gezeigt. Sie fand ihren Versuch gelungen und wollte gelobt – nein: bewundert werden. *Was auch,* sinnierte sie frustriert, *wäre eine Künstlerin ohne den Zuspruch des Publikums?*

Sie beschloss, hinunterzugehen an den See und ihren Lieblingsplatz im Schilf aufzusuchen. Immer war diese versteckte Stelle ihr Zufluchtsort gewesen, stets hatte sie beim sanften Plätschern der Wellen ihr kleines Glück gefunden. Ein Blick über den See zeigte ihr, dass kein Gewitter zu erwarten war, und so schlüpfte sie in ihre Sandalen, warf sich die leichte Basttasche mit Bikini und Handtuch über die Schulter und schlenderte gemütlich die Hangstraße hinab. Einer spontanen Eingebung folgend, bog sie unten nicht nach links zum Kamelbuckel ab, sondern nach rechts zum Buttlerhügel. Vielleicht traf sie Linda Möhwald in der kleinen Galerie; wäre doch nett, mal wieder gemeinsam einen Kaffee zu trinken. Seit ihrer Ausstellung *Givenchy ganz anders* war sie kaum noch dort gewesen.

Während sie auf die Galerie zuging, wuchsen ihre Bedenken, mit der Galeristin zu sprechen. Was, wenn Linda nach ihren neuesten Werken fragte? Schließlich konnte sie nicht über ihre Entwicklung als kreative Neuschöpferin von vergessenen Werken großer vergangener Maler erzählen.

Sophie hielt mitten im Schritt inne, als von der Seite ein freundliches »Grüß Gott« ertönte. Überrascht drehte sie sich zur Seite und blickte dem schlanken Mann entgegen, der auf sie zutrat. Das Gesicht kam ihr bekannt vor, aber sie wusste nicht, in welchem Zusammenhang sie diesen Mann schon einmal getroffen hatte.

»Borrat«, stellte er sich vor, »Michael Borrat. Sie müssen Sophie Nägele sein, die Malerin. Stimmt's?«

Sophie nickte. Sie freute sich immer, wenn man sie erkannte, und allmählich wurde ihre Erinnerung an Borrat klarer, aber noch immer konnte sie ihn nicht genau zuordnen. Sie nickte und verkniff sich die Frage, wie es ihm gehe.

»Ich bin ein guter Freund von Roland Kundl«, brachte Borrat von sich aus Licht ins Dunkel. »Wir haben uns bei einem Empfang von *InterFinancePower* kennengelernt.«

Jetzt fiel der Groschen und Sophie erinnerte sich an den Empfang im Grandhotel Bad Schachen. Damals hatte sie Kundl zum zweiten und zugleich letzten Mal gesehen, und ja, auf der Terrasse hatte sie mit Kundl und Borrat bei einem Cocktail geplaudert, bis Lorenz mit einem leicht irritierten Gesichtsausdruck erschienen war und sie auf die Tanzfläche entführt hatte.

»Das tut mir echt leid mit Ihrem Freund«, bedauerte Sophie aufrichtig und in ihrem Hinterkopf wisperte eine innere Stimme, wie merkwürdig es sei, dass sie erst kürzlich an Kundl gedacht habe.

»Danke – und ja, es war ein Schock für mich. Aber gewiss auch für Sie und vor allem Ihren Freund, Herrn Faltermeier. Immerhin hat er einen seiner besten Mitarbeiter verloren.«

Sophie sah die Trauer in den Augen von Borrat, aber in seiner Stimme lag ein eigenartiges Vibrieren, das Sophie stutzig machte. *Warum hat er mich angesprochen,* fragte sie sich und wiegte statt einer Antwort nur den Kopf.

»Ach, sprechen wir über erfreulichere Dinge. Sind Sie auf dem Weg in die Galerie Liebler? Machen Sie mal wieder eine Ausstellung?«

»Sie haben meine letzte Ausstellung gesehen?«

»Natürlich. Roland hat mir damals vorgeschwärmt.«

»Wie das?«

»Na ja, schließlich hat Herr Faltermeier Sie in den höchsten Tönen gelobt, da konnte mein Freund nicht umhin, sich Ihre Gemälde ebenfalls anzusehen. Und, wie gesagt, Roland war begeistert. Leider habe ich es damals verpasst. Aber wenn Sie wieder ausstellen, komme ich gern.«

»Das ist nett – mal schauen. Und ja, ich wollte in der Galerie vorbeischauen.«

»Dann will ich Sie nicht weiter aufhalten. Sehen wir uns bei der Beerdigung?«

Sophie zuckte zusammen und hoffte, dass Borrat es nicht bemerkte. »Ich weiß nicht«, antwortete sie zögernd.

»Sind nicht die schönsten Momente im Leben«, bemerkte Borrat leise. »Ich dachte nur, Sie begleiten Herrn Faltermeier.«

»Vielleicht.«

»Nun – jedenfalls viel Erfolg in der Galerie«, wünschte er und ging davon.

• • •

Nathan ließ sich Zeit. Er nahm nicht den direkten Weg nach Bad Schachen, sondern leistete sich den Umweg über die Insel mit ihrer von Touristen bevölkerten Altstadt. Ohne eine bestimmte Absicht führten ihn seine Schritte wieder zum Hafen. Leuchtturm und Löwe grüßten sonderbar vertraut. Er konnte verstehen, dass sich Kundl auf eine Bank gesetzt hatte, um auf das Hafenbecken und die malerische Hafeneinfahrt zu schauen.

Langsam näherte sich Nathan der Holzbank, auf der Kundl seine letzten Lebensminuten verbracht hatte, setzte sich und verfolgte das Treiben ringsum. Später würde ihm Borrat die Filmsequenzen der Kamera zeigen, die links von ihm am Mangturm montiert war. Sie würden die Aufnahmen zu dritt anschauen, denn zum Dinner hatte sich auch Professor Brückner angemeldet. Dann würden sie wissen, dass Kundl keines natürlichen Todes gestorben war, und sie würden das weitere Vorgehen besprechen müssen, wobei Nathan keinen Zweifel daran hatte, die Angelegenheit der Polizei zu übergeben.

Die *MS Sonnenkönigin* lief ein und bot ein skurriles Schauspiel: altehrwürdig der Leuchtturm, archaisch der Löwe, hochmodern das schwimmende Glashaus des Flaggschiffs der Bodenseeschifffahrt. *Das ist der Zeitpunkt,* kam es Nathan in den Sinn, *zu dem Kundl vor genau einer Woche hier gesessen und seine letzten Minuten erlebt hat.* Unwillkürlich blickte Nathan Richtung Bahnhof, ob sich von dort jemand näherte. Er öffnete den obersten Knopf seines Hemdes, als wolle er mehr Luft bekommen. Tatsächlich überfiel ihn eine leichte Beklemmung, und er fragte sich, warum es der Mörder auf Kundl abgesehen hatte.

Das Motiv, durchzuckte es Nathan, *das Motiv muss ich herausfinden, denn das ist der Schlüssel zur Lösung des Falls.*

In seinem Ohr klang der entscheidende Satz von Damian Schöll nach: »Roland war äußerst zuverlässig darin, Verluste zeitnah auszugleichen.« Kundl habe ein Händchen gehabt für Okkasionen, hatte Schöll behauptet.

Hier liegt der Hund. Es geht um sensible Finanzgeschäfte, nein, schlimmer noch, es geht um verbotene Geschäfte; anders lassen sich entstandene Verluste kaum zeitnah ausgleichen. An Kundls Gelegenheiten, raschen Gewinn zu erwirtschaften, war etwas faul.

Vielleicht, grübelte Nathan, *wusste er einfach zu viel. Das würde jedenfalls die ablehnende, beinahe feindselige Haltung seines Chefs erklären.*

»Dieser Faltermeier hat Dreck am Stecken«, flüsterte Nathan und erschrak, dass er hörbar mit sich selbst sprach. Doch das führte in dem geschäftigen Freitagnachmittagstreiben zu keinerlei Aufmerksamkeit. *Man kann tatsächlich unter all diesen Menschen unbemerkt sterben,* stellte Nathan resigniert fest und stand auf.

Gemächlich schlenderte er über den Bahndamm zum Festland hinüber und dort am Ufer entlang Richtung Bad Schachen. Er zog das Handy aus der Hosentasche und wählte Gudruns Nummer. Sie fehlte ihm bereits, obwohl er erst zwei Tage von München weg war. Nach dem fünften Läuten schaltete sich die Mailbox ein, viel zu kurz hörte er ihre Stimme, mit der sie bat, ihr eine Nachricht zu hinterlassen.

»Du gute Fee«, flötete er ins Telefon, »bist noch im Einsatz. Gern hätte ich jetzt mit dir geplaudert und deine Stimme gehört. Hier wird aus dem Verdacht ein Fall, den wir vermutlich an die Polizei abgeben können. Dann bin ich bald wieder in München und koche für dich. Versprochen!« Nathan zögerte kurz, räusperte sich und gestand ihr mit kratziger Stimme: »Ich hab dich lieb.« Dann legte er auf und steckte das Gerät wieder in die Hosentasche.

Er blieb stehen und beobachtete ein Schwanenpaar, das einige Meter vom Ufer entfernt ruhig dahinglitt. Da sehnte er sich erst recht nach Gudruns Nähe, auch wenn er sich eigenartig befangen fühlte nach dieser kleinen Liebeserklärung. Nathan mochte Anrufbeantworter nicht, und Persönliches auf eine Maschine zu sprechen, lag ihm überhaupt nicht. Aber er hatte Gudrun in der letzten Zeit gut genug kennengelernt, um zu wissen, wie sehr sie es mochte, wenn er ihr etwas Zärtliches aufsprach.

Nathan lächelte in sich hinein. Ja, Gudrun war ein besonderes Geschenk, das er immens schätzte. Immerhin hatte er nicht mehr daran geglaubt, in seinem Alter noch auf eine Frau zu treffen, mit der er und die mit ihm möglichst viel Zeit verbringen wollte. Überhaupt war er zurzeit mehr als zufrieden mit seinem Leben.

•••

Werner Brückner stellte seinen gebraucht gekauften BMW-i3 ins Parkhaus der Inselhalle auf einen Ladeplatz, checkte die Säule und schloss den Wagen an. Obwohl er seit einem knappen Jahr elektrisch fuhr, fand er diese Art des »Tankens« immer noch gewöhnungsbedürftig. Zum Glück legte er keine allzu großen Strecken mehr mit dem Auto zurück, seit er Witwer war; so blieb ihm die Rechnerei mit der Reichweite meistens erspart.

Brückner kontrollierte die Uhrzeit; es bestand keine Eile, er konnte gemütlich durch die Altstadt zum Sitz von *IFP* schlendern und seine Gedanken sammeln. Als er das Parkhaus verließ, blickte er nicht ohne Stolz auf die sanierte Inselhalle. Das Kongresszentrum erstrahlte in neuem Glanz und gab wieder einen würdigen Rahmen für die hochkarätigen Tagungen, die Jahr für Jahr in Lindau stattfanden. Keine sieben Wochen mehr, dann würde auch die Tagung über die Bühne der Inselhalle gehen, für die er seit einem knappen Jahr ehrenamtlich tätig war.

Wohlwollend nickend ließ er die Inselhalle hinter sich und tauchte in die Gassen von Lindaus Altstadt ein. Bald stand er vor dem hübschen historischen Rathaus und erinnerte sich wieder an die Gespräche, die er mit dem Stadtrat geführt hatte, um die Kommune dazu zu bewegen, Geld für die Inselhalle in die Hand zu nehmen. Das waren keine einfachen Gespräche gewesen, aber er hatte sich schließlich durchgesetzt und nach der Zusage der Stadt, sich vernünftig finanziell zu engagieren, den Bayerischen Ministerpräsidenten davon überzeugt, für dieses Projekt im äußersten Südwesten Bayerns einen gewaltigen Scheck auszustellen.

Zufrieden ging er am Rathaus vorbei; auch hier hatte sein ehrenamtlicher Einsatz nachhaltig gewirkt und Gutes bewirkt. Brückner nickte und blickte nach vorne. Für das Gespräch mit Faltermeier hatte er sich eine Reihe von Fragen zurechtgelegt. *Mal sehen,* dachte Brückner, *wie er sie beantwortet.*

•••

Eines seiner Markenzeichen war stets diese bemerkenswerte Coolness gewesen, mit der er auch in den schlimmsten Krisen seinen Mann gestanden und seinen Job erledigt hatte. Gern erinnerte sich Lorenz Faltermeier an das brutale Zerplatzen der Dotcom-Blase im Jahr 2000. Über 50 Millionen Dollar hatte *InterFinancePower* in Aktien aufstrebender New-Economy-Unternehmen investiert. Beinahe über Nacht hatte es zwei Drittel des Kapitals pulverisiert, und Hals über Kopf war damals der Deutschland-Chef von *IFP* zurückgetreten. Faltermeier hatte sich ins Fäustchen gelacht, das Angebot der persönlich haftenden Gesellschafter in der Schweiz bedenkenlos angenommen und den deutschen Chefsessel besetzt. Ehe die Aktienmärkte weltweit ins Bodenlose gefallen waren, hatte er eine Option platziert, die von den weiter fallenden Kursen profitierte und das mit einem hübschen Bypass nach Panama garniert, um die Gewinne vor dem allzu gierigen deutschen Fiskus zu retten.

Völlig unaufgeregt hatte er damals *IFP*-Deutschland aus den Turbulenzen und innerhalb eines halben Jahres zurück in die Gewinnzone gesteuert; kein einziger Anleger von *IFP*-Deutschland hatte einen Verlust realisieren müssen. Mochten die vielen Kleinanleger, die den Geschäftsbanken und deren Werbeversprechen auf den Leim gegangen waren, ruhig die Zeche zahlen, Faltermeier und seine Klientel waren fein heraus gewesen.

Cool bleiben und trickreiche Auswege suchen, das war sein Motto – kühl und clever waren seine Markenzeichen. Jetzt aber, da der Besuch von Professor Brückner unmittelbar bevorstand, überfiel Faltermeier eine unerklärliche Nervosität. Dem mit allen Wassern gewaschenem Wirtschaftsprofessor konnte er den völligen Absturz des *IFP*-Zertifikats nicht plausibel erklären; Brückner würde den Braten riechen, dass die Firma hier ein durch und durch faules Papier lanciert hatte.

Was kann ich dem Professor anbieten, überlegte er fieberhaft, *um ihn milde zu stimmen?* Jetzt rächte es sich, dass Kundl nicht mehr da war; der hätte seinen Freund und Mentor schon eingeseift, da war sich Faltermeier sicher. Aber Kundl hatte sich als wankelmütig herausgestellt, schlimmer noch, nach allem, was Faltermeier in Erfahrung gebracht hatte, wäre Kundl beinahe zu einem Verräter geworden. Nein, es hatte keine Alternative gegeben, also musste er es jetzt mit Kundls Freund alleine aufnehmen. Aber wie?

Das ist wirklich ein Grand Seigneur, dachte Faltermeier, nachdem er Werner Brückner begrüßt und in das kleine, sehr persönlich eingerichtete Besprechungszimmer geführt hatte, das den allerwichtigsten Kunden von *InterFinancePower* vorbehalten blieb.

»Es ist sehr entgegenkommend von Ihnen, mich heute noch zu empfangen«, bedankte sich Brückner und nahm in dem ausladenden Ledersessel Platz, den ihm Faltermeier anbot. »Die Vorbereitung der Gesellschaftstagung führt mich heute spontan nach Lindau und da dachte ich, wir könnten das von Ihnen neulich avisierte Gespräch doch gleich führen«, entschuldigte sich der Professor beinahe für sein Kommen.

Faltermeiers Puls beruhigte sich. Brückner war nicht auf Krawall gebürstet, im Gegenteil: Sie würden heute den Grundstein für eine weitere enge Zusammenarbeit in der Vermögensverwaltung legen. *Vielleicht,* hoffte Faltermeier, *schiebt er noch einige Millionen zu uns herüber.*

»Darf ich Ihnen eine Tasse Darjeeling anbieten?«, fragte er

und zeigte damit seinem Gast, dass er sich auf ihn vorbereitet hatte.

»Mein Lieblingstee, besonders am Nachmittag«, zeigte sich Brückner erfreut. Faltermeier stellte zwei zarte chinesische Tassen auf den niedrigen Tisch, holte die Kanne vom Stövchen und schenkte Brückner und sich selbst ein. Dann setzte er sich Brückner schräg gegenüber und nippte an dem Tee, den er nicht mochte; er trank so gut wie nie Tee – aber was tat man nicht alles für einen wertvollen Kunden?

»Sehen Sie«, kam Brückner zur Sache, »die weitere Entwicklung der Niedrigzinspolitik der EZB ähnlich kritisch wie ich?«

»Natürlich bereitet uns diese lang andauernde Phase des Niedrigzinses Probleme in der Generierung von Rendite«, antwortete Faltermeier beflissen. »Aber wir haben inzwischen mehrere Strategien entwickelt, auch daraus Kapital zu schlagen, wie Sie hoffentlich an der Entwicklung Ihres persönlichen Portfolios beobachtet haben.«

»Roland hat in der Tat eine ganz erfreuliche Arbeit geleistet«, sagte Brückner und trank langsam von seinem Tee.

»Ach Roland, es ist so ein Jammer – und ganz unerklärlich, er war doch immer so gesund und sportlich.« Faltermeier hoffte, in seine Stimme genug Anteilnahme und Trauer gelegt zu haben. Er beobachtete Brückner ganz genau und hatte den Eindruck, Brückner nahm ihm dieses Bedauern ab. *Das ist gut so,* beruhigte er sich, *vielleicht kommen wir über dieses Thema rasch hinweg.*

»Wir können unserem Schicksal nicht entkommen.« Brückner hob die Hände, als ergäbe er sich.

Faltermeier bemühte sich um einen einfühlsamen Gesichtsausdruck, obwohl er innerlich jubelte. *Dieser Punkt,* freute er sich, *ist also erledigt.*

»Nun will ich Ihnen, lieber Faltermeier, erst einmal herzlich danken«, fuhr Brückner zu Faltermeiers Überraschung fort, machte nach dem letzten Wort jedoch eine lange Pause.

Was kommt jetzt, fragte sich Faltermeier.

Nichts. Brückner ließ den Satz in der Luft hängen, nahm die Teetasse und trank sie in winzigen Schlucken leer.

•••

Obwohl Werner Brückner in wehmütiger Stimmung war, konnte er sich ein inneres Schmunzeln kaum verkneifen angesichts der Reaktionen seines Gegenübers. Brückner registrierte jede Regung im Gesicht des Finanzmaklers, dessen Mienenspiel entblößte alle seine Gedanken. Wie groß musste für den Finanzer die Erleichterung sein, nicht länger über das Schicksal von Roland sprechen zu müssen? Genau das machte ihn in Brückners Augen verdächtig. *Irgendetwas ist in den letzten Wochen gewaltig schiefgelaufen,* argwöhnte Brückner, *und Faltermeier hat, wie auch immer, Schadensbewältigung betrieben.* Dieses »wie auch immer« galt es herauszufinden. *Darüber werde ich später mit Weiß sprechen,* nahm sich Werner Brückner vor und beobachtete genau, wie sich Faltermeier in der eingetretenen Gesprächspause verhielt. *Er ist verunsichert,* folgerte Brückner und bedauerte, dass seine Teetasse nun leer war.

Betont langsam stellte er die Tasse ab und setzte seinen Satz fort: »Herzlichen Dank für diesen köstlichen Darjeeling.«

Faltermeiers Augenbrauen zuckten und sein Mund stand plötzlich halb offen; selten hatte Brückner bei einem professionellen Gesprächspartner so einen dämlichen Gesichtsausdruck wahrgenommen. Immerhin reagierte der Finanzer erwartungsgemäß und goss ihm eine weitere Tasse Tee ein.

»Freut mich sehr, dass Ihnen der Tee schmeckt«, beeilte sich Faltermeier zu sagen. »Und der Service meines Hauses hoffentlich auch«, schob er nach.

»Darüber wollte ich mit Ihnen sprechen«, erwiderte Brückner in der sanftesten Tonlage, derer er fähig war.

»Selbstverständlich. Wir tun alles, was in unserer Macht

steht, um Sie zufriedenzustellen. Künftig ist es mir ein persönliches Anliegen.«

»Da gibt es dieses Zertifikat …« Brückner ließ den Satz wieder unvollendet stehen und griff nach der Teetasse.

Er registrierte genau, wie sich Faltermeiers linke Augenbraue hob, ehe er antwortete: »Da ist ein Missgeschick geschehen – aber ich hoffe, Ihnen ist dadurch kein Verlust entstanden. Den würden wir selbstverständlich umgehend ausgleichen.«

»Nicht nötig«, wehrte Brückner ab und zwinkerte Faltermeier mit dem rechten Auge zu. »Aber das Produkt ist fehlerhaft aufgestellt. Ich wollte Ihnen meine Hilfe anbieten, wie man so ein Instrument wasserdicht konstruieren kann.« Er nippte wieder an seinem Tee und stellte zufrieden fest, dass sich Faltermeier entspannte. »Die Grundidee«, fuhr er fort, »ist ausgezeichnet, und auch steuerlich viel weniger angreifbar als andere Konstruktionen, allein – verzeihen Sie mir bitte die direkte Bemerkung – es fehlt am intellektuellen Feinschliff.«

»Interessant, sehr interessant«, stotterte Faltermeier und beugte sich vor.

»Also sind Sie interessiert?«, fragte Brückner und trank ganz langsam seine zweite Tasse Darjeeling aus.

»Selbstverständlich. Das wäre für unser Haus eine große Ehre, von Ihnen bei den Anlageformen Unterstützung zu erhalten. Allerdings müssten wir uns dabei über Ihr Honorar …«

»Keinesfalls«, unterbrach Brückner rigoros. »Selbstverständlich mache ich das pro bono. Allerdings …« Wieder legte er eine lange Kunstpause ein und fand es schön anzusehen, wie sehr diese Pausen den aalglatten Faltermeier nervös werden ließen.

»Alles gerne«, hielt Faltermeier das Schweigen offensichtlich nicht mehr aus. »Was immer wir für Sie tun können, wir werden es tun.«

»Nun ja«, zögerte Brückner seine Antwort hinaus und hoffte, glaubwürdig den Eindruck von Befangenheit zu vermitteln.

»Nun, ich bin mir nicht sicher, ob Sie wissen, was Roland manchmal für mich getan hat …«

»Nur das Beste, nehme ich an – und das leiste von nun an ich für Sie.«

Faltermeier schien wieder in seinem Element: ein entgegenkommender, eifriger Finanzdienstleister.

»Na ja, es geht dabei um …« Brückner zierte sich noch ein wenig und wartete, bis von Faltermeier aufmunternde Worte kamen – und sie kamen.

»Reden Sie frei von der Leber weg«, forderte Faltermeier ihn auf. »Wir sind schließlich unter uns.«

»Na ja«, überwand sich Brückner sichtlich, wobei er äußerst achtsam war, sich keinesfalls durch einen falschen Gesichtsausdruck zu verraten. »Manchmal benötige ich Kurierdienste in die Schweiz.«

Kurz kniff Faltermeier die Augen zusammen, aber das genügte Brückner, um zu wissen, dass er eine empfindliche Stelle getroffen hatte.

»Verstehe«, antwortete Faltermeier gedehnt.

»Wenn es für Sie Unannehmlichkeiten bedeutet …«

»Nein, nein, keineswegs«, beeilte sich Faltermeier zu beruhigen. »Wir bekommen das schon hin.«

»Roland war in diesen Dingen äußerst zuverlässig und diskret, Sie verstehen, was ich meine?«

»Selbstverständlich. Diskretion ist unser oberstes Geschäftsprinzip«, versicherte Faltermeier eilfertig.

Das denke ich mir, bestätigte sich Brückner zufrieden seinen Verdacht und zwinkerte Faltermeier ein weiteres Mal zu.

»Sind Ihre Kanäle sicher?«, fragte Brückner jetzt und beugte sich verschwörerisch vor.

»Absolut«, behauptete Faltermeier.

»Roland hat beim letzten Mal angedeutet, er habe das Gefühl, ins Visier der Zollfahnder geraten zu sein«, ließ er den nächsten

Versuchsballon steigen, und siehe da, Faltermeier wurde blass und um eine rasche Antwort verlegen.

Hier liegt der Hase im Pfeffer, dachte Brückner und bat durch das Hochhalten seiner Tasse um einen weiteren Tee.

Faltermeier schenkte bereitwillig nach, ehe er antwortete: »Wir haben gute Kanäle. Sie sollten sich keine Sorgen machen.«

»Das höre ich gern«, erwiderte Brückner und stellte die Tasse ab. »Dann wäre da noch etwas.«

»Ja?«

»Für meine Privatschatulle suche ich einige werthaltige Objekte.« Er trank noch mal einen Schluck. »Also geradeheraus: Ich würde da gerne bar zahlen.«

»Verstehe«, sagte Faltermeier und grinste.

Jetzt habe ich dich da, wo ich dich haben will, schmunzelte Brückner, *jetzt hältst du mich für einen Bruder im Geiste.* Die Enttäuschung darüber, wie rasch es ihm gelungen war, bei Faltermeier den Eindruck des seriösen, integren Professors und Wohltäters der Gesellschaft zu zerstören, schluckte er hinunter.

• • •

Eher zufällig stieß Nathan auf den Bericht in der elektronischen Ausgabe der Züricher Zeitung. Er hatte ein wenig in diversen Nachrichten geblättert, als ihm die Schlagzeile »Deutscher Investmentbanker ermordet« ins Auge sprang. Nachdem er die fettgedruckte Zusammenfassung des Artikels überflogen hatte, las er sich den gesamten Beitrag durch. Irgendetwas an dem Opfer kam ihm bekannt vor. Nachdenklich ließ er sich die Geschichte durch den Kopf gehen. Der Ermordete gehörte zu den Finanzmanagern, die Deutschlands größten Steuerhinterziehungsfall mit zu verantworten hatten. So weit, so gut; diesen Sachverhalt kannte er aus der Zeitung. Wo aber war der Ansatzpunkt, dass ihm der Getötete vertraut zu sein schien?

Nathan wollte den Gedanken schon wieder zur Seite schieben,

als ihn seine Erinnerung doch noch positiv überraschte. Er tippte die Adresse von *InterFinancePower* in das Suchfeld seines Smartphone-Browsers und ging dort auf das Menü zur Firmengeschichte. Bingo. Roger Kleffner war etliche Jahre Seniorpartner von *IFP* in der Schweiz gewesen. Ob es da bis heute Verbindungen gab? *Natürlich kann das alles Zufall sein,* wiegelte Nathan den aufkeimenden Argwohn ab; andererseits glaubte Nathan nicht an Zufälle. Wenn das eine mit dem anderen zusammenzuhängen schien, dann hing das andere immer wieder gern mit dem einen zusammen. Nathan amüsierte sich über seine Ermittler-Binsenweisheit und beschloss, später Professor Brückner nach Roger Kleffner zu fragen.

Kaum hatte Nathan sein Handy in die Hosentasche gesteckt, erschien Borrat auf der Terrasse des Hotelrestaurants. Nathan winkte ihm.

»Guten Abend, schön, Sie zu sehen. Ich habe die Aufnahmen von der Mangturm-Kamera dabei. Leider sind sie von sehr schlechter Qualität.«

»Aber sie belegen eindeutig, was Sie mir vorhin am Telefon berichtet haben, den Angriff auf Kundl durch den Mann mit der FFP2-Maske?«

»So ist es. Roland wurde ermordet.«

»Setzen Sie sich. Warten wir auf Professor Brückner. Er sollte auch bald hier eintreffen.«

»Wollen Sie nicht schnell die Aufnahmen anschauen?«, fragte Borrat ungeduldig.

Nathan schüttelte den Kopf. »Wenn die Qualität so schlecht ist, wie Sie sagen, bringt uns das jetzt nicht weiter. Lassen Sie uns einen Aperitif nehmen und auf Professor Brückner warten.«

»Sie haben die Ruhe weg«, erwiderte Borrat, setzte sich jedoch zu Nathan an den Tisch und bestellte einen Campari-Orange, als der Wirt vorbeikam.

»Das ist das Vorrecht des Ruheständlers«, feixte Nathan, wurde aber rasch wieder ernst. »Wir sammeln jetzt Hinweise für die Staatsanwaltschaft, dann lassen wir die Profis ermitteln. Wenn man aus den Aufnahmen etwas herausholen kann, wird die örtliche Kriminalpolizei das Material dem Landeskriminalamt vorlegen. Wichtig ist, dass Ermittlungen aufgenommen werden.«

•••

Zurück auf der Kriminaldienststelle, sortierte Oberleutnant Lukas Ruedi noch die Unterlagen auf seinem Schreibtisch, ehe er sich ins Wochenende aufmachte. Es klopfte an der Tür.

»Herein.«

Denise und Richi drängten gemeinsam durch die Tür. Beide hatten vor Aufregung rote Gesichter.

»Wir haben einen Treffer«, platzte Denise stolz hervor.

»Das ist klasse«, klatschte Ruedi überrascht in die Hände.

»Aber keinen Namen dazu«, goss Richi Wasser in den Wein.

»Ach so«, entfuhr es Ruedi enttäuscht. »Dann hilft es uns nichts.«

»Vielleicht schon«, widersprach Denise.

»Aber wir brauchen Amtshilfe aus Deutschland«, ergänzte Richi und zwinkerte mit den Augen. »Vielleicht gibt's eine Dienstreise.«

Ruedi wusste nicht, was er davon halten sollte. Er war müde und wollte nach Hause, daher brummte er unwirsch: »Heraus mit der Sprache, was habt ihr in Erfahrung gebracht?«

»Unsere Schweizer Datenbank kennt den Handabdruck nicht. Aber bei Interpol haben wir einen Treffer gelandet. Unser Schütze war vor wenigen Wochen in Deutschland aktiv.«

»Allerdings scheint dieser Fall noch nicht aufgeklärt«, ergänzte Denise.

»Es ist jedoch gut möglich, dass die Kollegen in Deutschland einige Erkenntnisse haben, die uns weiterhelfen könnten. Nicht alles, was laufende Ermittlungen betrifft, findet sofort den Weg in die Datenbanken.«

»Prickelnd klingt das aber nicht«, nörgelte Ruedi. »Wo war das denn?«

»In München. Dort wurde ein Börsenmakler erschossen.«

Diese ekelhafte Finanzwelt, ärgerte sich Ruedi voller Unbehagen. Wieder schoss ihm der Gedanke durch den Kopf, wie leicht dieser Fall zu seinem persönlichen Karrieregrab werden könnte, und wieder spürte er ein klein wenig Eifersucht auf Denise, die alles mit so viel Elan anging und damit Erfolg zu haben schien. *Ihr darf ich jetzt nicht das Feld überlassen,* ermahnte er sich und sagte: »Gut, ihr zwei, tipptopp gemacht. Wir schauen am Montag, wie wir mit den Münchnern Kontakt aufnehmen.«

»Echt lässig, Lukas«, rief Denise begeistert. »Dann packen wir für heute ein.«

»Ja – und danke noch mal«, erwiderte Ruedi und sah den beiden argwöhnisch nach, wie sie nebeneinander aus seinem Zimmer liefen.

•••

Sophie saß im Schneidersitz auf dem Sandstreifen im Schilf und blickte auf den grau vor ihr liegenden See. Eine laue Brise kräuselte das Wasser, die lang gezogenen Wellen liefen flach auf das Ufer zu und ab und zu blitzte ein spritzender Tropfen im schrägen Licht der untergehenden Sonne auf. Gegenüber am Schweizer Ufer waren die ersten Lichter zu sehen und die Schneekuppe des Säntis am südlichen Horizont begann abendlich zu leuchten.

Sophie schloss die Augen. Nun hörte sie nicht nur das leise Plätschern der Wellen, sondern auch das wispernde Rascheln des Schilfrohrs im gedämpften Windzug und weit entfernt das Brummen der Straße hinüber zur Autobahn. Dann hörte sie in sich hinein und vernahm die Stimme einer jungen Sängerin, deren Namen sie nicht kannte, aber deren Gesicht ihr plötzlich vor Augen stand. Die Künstlerin war heute früh im Morgenmagazin aufgetreten und hatte ein erfrischendes Interview gegeben und zu zarten Gitarrenklängen gesungen. Es war eine verträumte Melodie gewesen, die wunderbar zum Klang von Wellen und Schilfrohr passte. Dann mischte sich die wohlklingende Stimme von Michael Borrat in den Gesang: »Ich bin ein guter Freund von Roland Kundl.«

Sophie schlug die Augen auf. Der Gipfel des Säntis wurde grau. Gleich würde die Sonne untergehen und dann läge der See, wie sie ihn am liebsten mochte: Grau in Grau, alle Schattierungen von Grau, und sie wusste, bald würde sie ihr wichtigstes Gemälde malen können. Das Gemälde von der grauen Welt.

Doch warum, fragte sie sich, begegnete ihr in kurzer Zeit wieder und wieder der Name Roland Kundl? Es gab nichts, was sie wirklich mit dem Mitarbeiter von Lorenz verband, außer diesen zwei oberflächlichen Begegnungen. Lorenz jedenfalls schien den Tod seines Kollegen nicht sonderlich zu betrauern, war er ihm doch nur eine Erwähnung wert gewesen.

Eigentlich auch eigenartig, dachte Sophie und stellte fest, wie wenig sie über Lorenz' Arbeit wusste. Er scheffelte viel Geld und das war ihm auch sehr wichtig. Er schien stolz zu sein auf sein beträchtliches Vermögen und doch auf seine Art unersättlich, dabei war er aber auch eine Art Abenteurer, wie seine Begeisterung zeigte, die Kunstwelt nun mit ihren »neuen« alten Meistern zu narren und zu schröpfen.

Sophie war immer noch fasziniert von Lorenz und seiner zupackenden, erfrischenden Art, seinem Charme und seiner Begeisterung für sie. Sie badete in seiner Bewunderung, doch plötzlich tauchte die Frage auf, die sie sich noch nie so direkt gestellt hatte: *Liebe ich ihn?*

• • •

»Betrachten wir die Hinweise, über die wir verfügen«, begann Brückner seine Analyse, nachdem sie beim Dessert angelangt waren. »Da ist das Video der Kamera vom Mangturm, das eindeutig belegt, dass Roland von einem Mann angegriffen wurde, der ihm eine Injektion verpasst hat. Den Einstich konnte Dr. Sander bei seiner Autopsie zweifelsfrei erkennen. Auf die Ergebnisse der Blutanalyse müssen wir noch warten. Trotzdem können wir mit hoher Wahrscheinlichkeit davon ausgehen, dass Roland vergiftet wurde.«

»Das dürfte leider die Wahrheit sein«, pflichtete Borrat bei.

Nathan nickte und merkte an: »Der Mörder war zudem ein Profi. Daher stellt sich die Frage, wer ihn angeheuert hat.«

»Richtig. Das heißt: Wer hat ein Motiv? Nun, zunächst einmal ich selbst, denn Roland hat sein Vermögen meiner wohltätigen Stiftung vermacht.«

»Aber Herr Professor«, entrüstete sich Borrat, »das dürfen Sie doch nicht sagen.«

»Lieber Herr Borrat, wenn wir einen Vorgang analysieren, müssen alle Aspekte auf den Tisch. Auch Sie könnten ein Motiv haben, schließlich gibt Ihnen das Amt des Testamentsvollstreckers viele, auch materielle Möglichkeiten. Allerdings«, schränkte Brückner mit einem milden Lächeln ein, »zähle ich weder Sie noch mich zu den vordringlich Verdächtigen.«

»Da bin ich aber froh«, bemerkte Nathan süffisant. »Dann können wir uns auf die Hinweise stürzen, die uns der Lösung des Falls näherbringen.«

»Sie sagen es, lieber Weiß. Und da fallen uns einige Unregelmäßigkeiten bei *InterFinancePower* auf. Wenn ich berichten darf?«, fragte Brückner, wobei dies eine eher rhetorische Frage war, wie Nathan unschwer erkannte. Den Professor drängte es schon lange, von seinem Treffen mit Faltermeier zu berichten.

»Nun, Herr Faltermeier will mir behilflich sein, Schwarzgeld in die Schweiz zu schmuggeln. Das scheint ein Geschäftsmodell zu sein, das *IFP*-Deutschland unter Faltermeier schon lange praktiziert. Ich gehe davon aus, dass Roland in der Vergangenheit auch als Geldkurier unterwegs war. Weiter gehe ich davon aus, dass Roland aus diesem Geschäft aussteigen wollte.«

»Das könnte sein«, warf Borrat ein. »Er wollte letzten Freitagabend mit mir etwas Wichtiges besprechen, und ich hatte den Eindruck, dass ihn etwas bedrückt hat.«

»Daneben hat *IFP* ein Zertifikat aufgesetzt«, fuhr Brückner fort, »das in mehrerlei Hinsicht hochproblematisch ist. Roland hat dieses Zertifikat seinen Kunden vermittelt, auch in mein Portfolio hat er eine kleine Position dieses zweifelhaften Wertpapiers gelegt. Ich vermute, dass es sich hier um eine Art Schneeballsystem-Papier handelt, das zudem dazu dienen dürfte, Steuern zu hinterziehen. Auch in diesem Zusammenhang könnte Roland kalte Füße bekommen haben. Ich vermute, dass ihm die Zollfahndung bereits auf den Fersen war. Möglicherweise hat er sich mit dem Gedanken einer Selbstanzeige getragen. Dann hätten wir bei *IFP* ein Motiv: Faltermeier könnte nicht zulassen, dass aus seinen Reihen Informationen an die Behörden gelangen.«

»Das klingt schlüssig«, bewertete Nathan die durchaus fundierte Analyse des Wirtschaftsprofessors. »Aber greifbare Anhaltspunkte haben wir nicht. Bleibt die zentrale Frage: Würde so eine Firma, würde so ein Manager wirklich über Leichen gehen?«

Brückner zog ein betrübtes Gesicht und antwortete: »Sie glauben gar nicht, was ich schon alles erlebt habe in der Finanzwelt. Mit die größten Gewinne werden traditionell mit Steuerhinterziehung und Geldwäsche gemacht, und wenn es um Geldwäsche geht, kennen wir alle die einschlägige Kundschaft.«

»Organisiertes Verbrechen«, bestätigte Nathan. »Das würde zum professionellen Vorgehen des Täters passen.«

»Und es würde der Staatsanwaltschaft die Ermittlungen entsprechend erschweren«, warf Borrat resigniert ein.

»Jedenfalls müssen wir unsere Erkenntnisse der Staatsanwaltschaft in Kempten mitteilen. Dann werden Ermittlungen aufgenommen und wir haben unsere Pflicht gegenüber Roland Kundl erfüllt«, versuchte Nathan einen Schlusspunkt zu setzen. Aber er hatte die Rechnung nicht mit Brückner gemacht.

»Sie wollen den Fall nicht ernsthaft jetzt schon abschließen, lieber Weiß?«, fragte Brückner und es klang in Nathans Ohren eher wie eine Anweisung zum Weiterermitteln. »Noch wissen wir gar nicht, ob die Behörden weiterermitteln wollen, und falls ja, sollten wir ihnen auf die Finger schauen. Und wer könnte das besser als Sie? Von meiner Seite aus ist Ihr Auftrag jedenfalls noch nicht beendet.«

Nathan musterte das Gesicht des Professors und erkannte rasch, dass es Brückner bierernst meinte. *Na dann,* rieb sich Nathan innerlich die Hände, *bin ich weiter gut beschäftigt und verdiene mir einen richtig tollen Urlaub mit Gudrun.*

•••

Das ist ein wirklich guter Mann, den mir Bauer da empfohlen hat, den darf ich nicht von der Leine lassen, war Brückner überzeugt, nachdem sie auf Weiß' Zimmer dreimal die Aufnahme der Überwachungskamera vom Hafen angeschaut hatten.

»Ich kenne dieses Bewegungsmuster«, hatte Weiß festgestellt. »So bewegen sich top ausgebildete Nahkampfspezialisten von Eliteeinheiten.«

Der Mann hat ein sagenhaft analytisches Auge, konzedierte Brückner dem ehemaligen Kommissar und schwieg. Auch Borrat saß still neben Weiß, immer noch gebannt von den so harmlos wirkenden und doch todbringenden Bildern.

»Wir müssen also nach einer Verbindung zwischen Faltermeier und einem Elitekämpfer suchen«, folgerte Weiß schließlich. »Das wird nicht einfach. Diese Leute wissen, wie man unsichtbar bleibt. Aber wir haben einen Anhaltspunkt und können überlegen, bei welcher Nationalität wir zu suchen anfangen.«

»Wieso Nationalität?«, wollte Borrat wissen.

»Wir müssen die Suche eingrenzen. Da hilft uns die Herkunft des Täters. So haben zum Beispiel die Tschetschenen hervorragende ehemalige Elitesoldaten, die sich für alle möglichen Einsätze als Söldner verdingen. Wieso nicht auch für Auftragsmorde? Ich würde jedenfalls darauf tippen, dass wir eine gute Chance haben, unseren Täter einem Balkanstaat oder einer früheren Sowjetrepublik zuzuordnen. Viele der früher intakten Einheiten sind zerfallen und die ehemaligen Soldaten brauchen Geld.«

Respekt, das ist eine zielführende Herangehensweise, dachte Brückner und sah von Minute zu Minute klarer, dass dieser Fall nicht ohne die Mithilfe von Weiß gelöst werden würde. Überhaupt zweifelte Brückner an der Tatkraft von Staatsanwaltschaft und Kriminalpolizei vor Ort, und jetzt, da er eine Lösung in Reichweite sah, packte ihn der Ehrgeiz, auf irgendeine Art und Weise an der Aufklärung des Mords an Roland beteiligt zu sein.

»Lieber Weiß, das gefällt mir. Wir sollten überlegen, wo es freiberufliche Elitekämpfer und jede Menge Schwarzgeld gibt. Dort müssen wir mit der Suche beginnen.«

Weiß lachte laut auf, ehe er sagte: »Dann stöbern wir als Erstes ein paar Russen auf.«

»Das klingt verdammt nach Klischee«, warf Borrat müde ein.

»Richtig«, erwiderte Weiß. »Aber das vertrackte an Vorurteilen ist das Körnchen Wahrheit, das meistens in ihnen steckt.«

»Leider«, gestand Borrat dem Kommissar zu.

»Wir müssen also ermitteln, ob und welche russischen Kunden *IFP*-Deutschland hat«, formulierte Brückner die Aufgabe. »Vielleicht gelingt es mir, in meinem nächsten Gespräch mit Faltermeier etwas in Erfahrung zu bringen.«

»Gut«, sagte Weiß, »aber seien Sie vorsichtig. Wenn Faltermeier argwöhnisch wird, leben Sie gefährlich.«

Ich weiß, dachte Brückner und war entschlossen, die Dinge beherzt anzupacken; er konnte sich nach dem Gespräch mit Faltermeier beim besten Willen nicht vorstellen, dass der Finanzmakler ihm gegenüber misstrauisch werden könnte; dazu hatte der zu viele Dollarzeichen in den Augen gehabt.

Er überging Weiß' Bemerkung und fragte stattdessen: »Was machen Sie mit dem Film?«

»Eine Kopie für die Staatsanwaltschaft und eine Kopie für meinen privaten Giftschrank ziehen, und dann lege ich das Original in die Hände eines Spezialisten im Landeskriminalamt. Vielleicht kann der uns das Konterfei des Täters digital herauspräparieren«, antwortete Weiß und gähnte. »Und jetzt gehen wir ein jeder schlafen, ich bin müde.«

»Wann sprechen wir bei der Staatsanwaltschaft vor?«, wollte Brückner noch wissen.

»Montag. Jetzt wollen die Beamten ihre Wochenendruhe.«

•••

Wieder und wieder durchforstete Lorenz Faltermeier das Portfolio von Brückner in der Hoffnung, dass ihm endlich eine Ungereimtheit oder wenigstens Besonderheit in die Augen springen würde. Aber er fand nichts. Die einzige anzweifelbare Position waren diese in das fragwürdige *IFP*-Zertifikat investierten 50.000 Euro, und diese Position hatte Kundl vermutlich ohne Rücksprache mit dem Wirtschaftswissenschaftler aufgebaut. Damit hatte Kundl Verluste aus dem Investment mit dem französischen Halbleiter-Start-up ausgeglichen. Im Übrigen besaß Brückner ein absolut klassisches, konservativ strukturiertes Depot, das zu 60 Prozent aus deutschen und amerikanischen Blue Chips bestand. Augenblicklich waren knapp 15 Prozent des Depotwertes nicht investiert; auch das eine übliche Größenordnung, um die Flexibilität der Vermögensverwaltung zu erhalten. Die restlichen knapp 25 Prozent hatte Kundl auf mehrere

Zertifikate aufgeteilt. Nichts, aber auch gar nichts deutete auf eine risikofreudige Anlagestrategie oder gar zweifelhafte Gewinnmaximierung hin. Daher konnte sich Faltermeier beim besten Willen nicht vorstellen, dass dieser integre und für seine Mildtätigkeit bekannte, im Übrigen bestens vernetzte Wirtschaftswissenschaftler mit dubiosen Steuersparmodellen oder gar mit Schwarzgeld hantierte.

»Nein«, brummte Faltermeier und schlug mit der Faust auf seinen Schreibtisch. »Der Brückner hat mich heute verarscht!«

Er ärgerte sich über sich selbst, denn zunächst hatte er Brückner sogar geglaubt. Aber jetzt war er sich sicher: Brückner hatte ihn aufs Glatteis geführt und er hatte sich mehr als nur eine Blöße gegeben.

Verdammt, ich habe mich angreifbar gemacht, haderte Faltermeier mit sich und überlegte, was nun zu tun war. Was, wenn Brückner auch hinter dem seltsamen Besuch dieses Herrn Weiß steckte, der versucht hatte, ihn über Kundl auszuhorchen? *Eigentlich,* erschrak Faltermeier, *hat sich Brückner viel zu offensichtlich nicht für Kundls Tod interessiert.* Das war sein bester Schüler und sein Anlageberater und Vermögensverwalter gewesen, die beiden hatten beinahe ein Vater-Sohn-Verhältnis gepflegt, da ging man nicht so lässig über diesen Todesfall hinweg.

Dieser Apfel ist wurmstichig, giftete Faltermeier und ging zu seinem Sekretär. In einem versteckten Fach befanden sich die anonym erworbenen Prepaid-Sim-Karten. Er nahm eine davon und setzte sie in sein altes Nokia-Handy ein. Er musste seinen Kontaktmann erreichen, er musste von nun an über jeden Schritt von Brückner informiert werden.

»Gefahr erkannt, Gefahr gebannt«, murmelte Faltermeier und wählte die ihm wohlvertraute Nummer.

6

In Zeitlupe wand Gudrun sich aus seinen Armen, dachte wohl, er würde es nicht bemerken. Nathan lächelte in sich hinein, legte einen Arm um ihren Nacken und zog sie sanft zu sich herunter. Seine Lippen berührten ihre Stupsnase, dann ihren weichen Mund zu einem zarten Morgenkuss. Sie hatten sich beim ersten Aufwachen innig geliebt und in ihrer leidenschaftlichen Lust nachgeholt, was sie miteinander durch Nathans Aufenthalt in Lindau verpasst hatten. Danach waren sie noch einmal eingedöst, bis Gudruns Wecker unerbittlich an die Arbeit im Klinikum erinnerte. Nun lösten sie sich voneinander und Nathan tupfte noch kurz in das süße Grübchen an Gudruns Kinn, in das er sich sofort verliebt hatte.

»Ich koch uns Kaffee«, murmelte er rammdösig. »Geh du ruhig schon duschen.«

Gudrun warf ihm eine Kusshand zu, und da sah er sie wieder, die Lachfältchen um ihre Augenwinkel, und spürte eine Welle von Zuneigung durch seinen Bauch schwappen. Was für ein Geschenk hatte ihm das Schicksal mit dieser Frau gegeben.

Zwei Stunden später saß er bei Brückner im Auto auf dem Weg nach Kempten zur Staatsanwaltschaft. *Wie leise der Wagen fährt,* stellte Nathan fest, der heute zum ersten Mal in einem reinen Stromer saß. Während Brückner konzentriert durch den dichten Stadtverkehr steuerte, schlug Nathan den Ordner auf, den der Professor angelegt hatte und der das gesamte Material enthielt, das ihnen bisher zum Tod von Kundl zur Verfügung stand. Gestern Abend noch hatte der Rechtsmediziner Dr. Sander die Laborergebnisse gefaxt. In Kundls Blut waren Spuren einer rätselhaften Substanz gefunden worden, die mit an Sicherheit grenzender Wahrscheinlichkeit zu einem anaphylaktischen Schock und damit zu einem raschen Tod geführt hatte. Für Nathan gab es keinen Zweifel mehr: *Roland Kundl war vergiftet worden.*

Die Staatsanwältin war jung, hübsch und eloquent. Aber sie war gestresst und aus Sicht von Nathan überfordert. In dem winzigen Büro stapelten sich die Akten nicht nur auf dem Schreibtisch, in den Wandregalen und auf einem Sideboard, nein, auch auf dem Boden türmten sich mit bedenklicher Statik drei weitere drohende Aktenberge.

Auf den ersten Blick hatte Nathan erkannt, wie froh die junge Juristin über jeden Aktendeckel war, den sie mit dem Vermerk »Erledigt« in die Registratur tragen lassen konnte. Ungeduldig lauschte sie Brückners Vortrag, ehe sie mit erstaunlich weicher Stimme ihre Sicht der Dinge darlegte.

»Die auf eigene Faust durchgeführte Autopsie durch Dr. Sander kommt hinsichtlich der Todesursache zum gleichen Ergebnis wie die amtliche Untersuchung: Herzversagen. Das Videomaterial ist mehr oder weniger unbrauchbar, die Zeugin eine alte Dame, die es genießt, Aufmerksamkeit zu erhalten. Der Laborbefund kann die angeblich tödliche Substanz nicht zweifelsfrei bestimmen. Der nur von Dr. Sander festgestellte Einstich am Hals könnte sich auch als Wespenstich herausstellen. Meine Herren, ich verstehe Ihre Betroffenheit über den Tod eines Freundes, und das tut mir aufrichtig leid. Aber die amtliche Untersuchung ist abgeschlossen, und nur weil Herr Kundl möglicherweise von einem Hornissenstich einen tödlichen Schock erlitten hat zu einem Zeitpunkt, als sich kurz ein wegen der Corona-Pandemie ängstlicher und daher maskierter Mann neben ihn gesetzt hat, kann ich die ohnehin viel zu knapp bemessenen Ressourcen der Ermittlungsbehörden nicht dazu einsetzen, diesen Fall noch einmal zu untersuchen.«

»Und der Einbruch bei Herrn Kundl nach dessen Tod?«, setzte Nathan nach.

»Da laufen zwar noch Ermittlungen, aber die Kriminalpolizei sieht keinen Zusammenhang mit Herrn Kundls Tod. Vermutlich hat jemand den Umstand ausgenutzt, dass die Wohnung nicht mehr bewohnt war. Auf so was sind die Einbrecherbanden schließlich spezialisiert.«

»Aber Sie können unser Material doch nicht in Bausch und Bogen wegfegen«, unternahm Brückner einen letzten Anlauf. »Hören Sie die Meinung von Herrn Weiß. Er war Münchens bester Mordermittler und ...«

»Lassen Sie es gut sein, Herr Professor. Wenn Sie mit meiner Entscheidung nicht einverstanden sind, vereinbaren Sie mit Oberstaatsanwalt Dr. Kainz einen Termin. Dann soll mein Chef eine endgültige Entscheidung treffen. Ich für meinen Teil bedauere Ihren persönlichen Verlust eines guten Freundes, sehe aber keinen Anlass, am Ermittlungsergebnis der Lindauer Kriminalpolizei zu zweifeln.« Mit diesen Worten komplimentierte sie Nathan und Brückner aus ihrem von Aktenbergen vollgestopften Büro.

Insgeheim bewunderte Nathan die junge Frau für ihre selbstsichere Haltung; nicht jede junge Staatsanwältin hatte den Mut, Nein zu sagen.

»Das ist untragbar«, schimpfte Brückner, als sie auf der Straße standen und sich nach einem Café umsahen. »Wir brauchen sofort einen Termin bei diesem Dr. Kainz.«

»Haben Sie diese Aktenberge gesehen?«, fragte Nathan.

»Selbstverständlich, aber das ist doch keine Entschuldigung«, zürnte der Wirtschaftsprofessor.

»Lassen Sie uns da drüben einen Kaffee trinken«, beschwichtigte ihn Nathan und zeigte auf eine auf der anderen Straßenseite liegende Bäckerei. »Es hat so gut wie nie zum Erfolg geführt, wenn man den Hund zum Jagen tragen muss. Kommen Sie.«

Sie standen in der Ecke an einem Stehtisch, tranken den geschmackvollen Cappuccino und aßen jeder ein Nusshörnchen. Nathan las noch einmal die kurze Erläuterung, welche Dr. Sander dem Laborbericht angefügt hatte, und begriff plötzlich, dass Sander an diesen Blutwerten verzweifelte. Einerseits schien er davon überzeugt, dass Kundl vergiftet worden war, andererseits hatte er keinen Anhaltspunkt gefunden, um den Giftstoff bestimmen zu können. Der Fall barg seine spezifischen Rätsel, und leider schien Sander eines davon derzeit nicht lösen zu können. Aber er deutete in seinem Begleitbrief an, noch nicht aufgeben und nach einer weiteren Nachweismethode suchen zu wollen. *Gelegentlich*, nahm sich Nathan vor, *muss ich mit dem gewitzten Forensiker noch einmal vertraulich sprechen.*

Brückner scharrte ungeduldig mit den Füßen unter dem Stehtisch, aber Nathan legte ihm beruhigend die Hand auf den Unterarm. »Seien Sie geduldig, Herr Professor. Es ist sinnlos, den Oberstaatsanwalt darum bitten zu wollen, seine junge Staatsanwältin anzuweisen, weiterzuermitteln. Wir provozieren nur unnötigen Widerstand bei den Strafverfolgern. Wenn Ihr Wort noch gilt, werde ich im Stillen nachforschen – und ich verspreche Ihnen, wir lassen Roland Kundl Gerechtigkeit widerfahren.«

• • •

Sophie schaute ihm lange hinterher, wie er mit seinen immer noch jugendlichen Schritten federnd die Straße entlangging und an der Ecke sein Handy aus der Jackentasche holte. Lorenz war bei der letzten Tasse Kaffee sehr unruhig geworden, wie er überhaupt seit gestern Abend, als er endlich zu ihr gekommen war, eine innere Unrast ausgestrahlt hatte.

Irgendetwas bedrückt ihn, aber was, grübelte Sophie und ging ins Schlafzimmer zurück. Sie wollte sich nach dieser fast schlaflosen Nacht noch etwas hinlegen. Lorenz hatte von ihrem Körper Besitz ergriffen wie ein Ertrinkender von einem Rettungsring.

Wieder und wieder hatte er sie genommen, hatte sich in jeder Stellung abgemüht und dabei nur auf sich selbst geachtet, aber trotzdem keine Erlösung gefunden. Nach jeder erfolglosen Attacke hatte er sich zur Seite gedreht, war in einen zuckenden Schlaf gefallen und bald darauf wieder wach genug gewesen, sich ihrer zu bemächtigen. Ohne Zärtlichkeit und ohne Rücksicht auf ihre Bedürfnisse hatte er sich ihre Öffnung erzwungen, mühsamer von Mal zu Mal, weil sie die Lust verloren hatte und sich hatte zwingen müssen, für ihn da zu sein. Am Morgen dann, nachdem er selbst in seiner Lieblingsstellung nicht ans Ziel gekommen war, hatte sie seine Erlösung in die Hand genommen und war über den tierischen Schrei erschrocken, mit dem er seine Erleichterung kundgetan hatte. Danach war er ohne ein Wort ins Bad gegangen und hatte sie hinausgewunken, als sie zu ihm in die Dusche steigen wollte.

Sophie legte sich ins Bett und rollte sich ein wie ein Embryo, aber da stieg ihr von seinem Kopfkissen der Geruch seines Nachtschweißes in die Nase. Es roch unangenehm. Das war ihr noch nie passiert, immer hatte sie seine Körpergerüche angenehm gefunden; heute nicht. Sie hielt diesen Geruch nicht aus und stand auf. *Eigenartig*, ging es ihr durch den Kopf, *heute Nacht ist mir Lorenz fremd geworden.*

• • •

Oberleutnant Lukas Ruedi legte verzweifelt den Telefonhörer auf. Zum dritten Mal war er an eine unzuständige Stelle vermittelt worden, zum dritten Mal hatte der Kollege am anderen Ende der Leitung nicht zu der richtigen Dienststelle verbinden können. Ruedi fluchte leise, weil er an sein begrenztes Budget für Auslandstelefonate dachte, und nahm sich vor, einen letzten Versuch zu unternehmen, bei der Münchner Kriminalpolizei jemand zu erreichen, der sich für den Mord an dem Makler an der Bayerischen Börse verantwortlich fühlte.

»Lutz, Kommissariat 11«, meldete sich eine frisch klingende Frauenstimme.

»Ruedi, Kriminalpolizei Schwyz«, stellte er sich vor.

»Wirklich aus der Schweiz?«, fragte die Kollegin fröhlich.

Ruedi konnte sein Glück kaum fassen, einmal etwas anderes als mürrisches Bayerisch zu hören, und hoffte, endlich bei der richtigen Adresse gelandet zu sein. »Mittendrin und nicht nur zwischendurch«, alberte er, um dann doch ernst zu werden. »Bin ich in Ihrem Kommissariat richtig wegen des Tötungsdelikts an einem Münchner Börsenmakler?«

Er konnte das Zögern der Kollegin richtiggehend durchs Telefon spüren, schließlich hörte er die Bestätigung. »Schwyz, sagen Sie? Kriminalpolizei?«

»Ja.«

»Bleiben Sie am Platz, legen Sie Ihr Telefon auf. In fünf Minuten werden Sie zurückgerufen.« Schon war die Leitung tot.

Die Bayern sind argwöhnisch und gründlich, dachte Ruedi. Drei Minuten später schellte sein Diensttelefon und die Vermittlung war am Apparat.

»Herr Oberleutnant, da will Sie die Münchner Kriminalpolizei sprechen. Darf ich durchstellen?«

»Also, Herr Oberleutnant, hier ist Nina Lutz aus München. Sie wollten mit mir über den Fall August Bunzel sprechen?«

»Wenn das der vor sechs Wochen in Waldperlach erschossene Börsenmakler ist – ja.«

»So ist es. Um was geht's?«

»Sie haben zwei Fingerabdrücke in die Datenbank bei Interpol eingespeist. Wir haben einen Treffer«, erwiderte Ruedi.

»Wow, ist das Ihr Ernst?«, rief die frische Stimme in München begeistert.

Ruedi freute sich über diese Reaktion und beschloss, seinen kleinen billigen Triumph noch ein wenig auszukosten. »Ja«, antwortete er daher, »uns liegt ein Teilabdruck einer linken

Hand mit drei Teilabdrucken von Zeige-, Mittel- und Ringfinger vor.«

»Fantastisch. Schicken Sie mir die Täterdaten?«

Schade, jetzt muss ich Farbe bekennen, dabei hat mir das gerade Spaß gemacht, ging es Ruedi durch den Kopf, und zugleich spürte er, dass er den Menschen hinter dieser sympathischen Stimme gern kennenlernen würde.

»Einen Täter haben wir leider nicht, da hätten wir uns von Ihnen ein paar Hinweise erhofft.«

»Ach so …« Jetzt klang die Stimme enttäuscht, und das tat Ruedi leid.

»Vielleicht«, sagte er, »könnten wir uns einmal zusammensetzen. Es könnte sein, dass wir über den Modus Operandi des Täters in unseren Ermittlungen weiterkommen.«

»Darf ich fragen, in welchem Zusammenhang Sie diesen Abdruck gesichert haben?«

»Mord«, antwortete Ruedi. »Mord an einem Mann aus dem Finanzmilieu.«

»Wow«, tönte es wieder durchs Telefon. »Wollen Sie nach München kommen?«

•••

Verärgert steckte Faltermeier das Handy wieder in die Jackentasche. Diese Nachricht hatte ihm gerade noch gefehlt! *Wenn das so weitergeht, läuft die Sache aus dem Ruder,* sorgte er sich, *und das zu einem denkbar ungünstigen Zeitpunkt.* Gerade jetzt, da er mit einer lukrativen Idee in den Kunstmarkt einsteigen und seinen Kunden ein völlig vor den Behörden sicheres Investment anbieten wollte, gerade jetzt tauchten die Gespenster der Vergangenheit auf und drohten, ihn in den größten Finanzskandal der deutschen Nachkriegsgeschichte hineinzuziehen. *Dabei ist es mir bisher perfekt geglückt, in keiner Weise mit den Praktiken der großen Investmentbanken in Verbindung gebracht zu werden,* war

Faltermeier stolz auf sein Geschick, sich im Hintergrund zu halten. Nachdem die drei einzigen Personen, die zumindest teilweise über seine Verflechtungen Bescheid gewusst hatten, zum Schweigen gebracht worden waren, hatte es ein Leichtes für ihn sein sollen, die gesamte Affäre cool aus der Entfernung zu betrachten. Aber nein, dieser Professor Brückner steckte seine Nase in Dinge, die ihn nichts angingen, und meinte tatsächlich, er könne mit ihm, Lorenz Faltermeier, Schlitten fahren. *Das geht gar nicht,* erboste sich Faltermeier und spürte die Wut in sich hochsteigen wie kräftiges Sodbrennen nach zu saurem Essen.

»Geht dieser arrogante Professorenpfau tatsächlich zur Staatsanwaltschaft, mit diesem eigenartigen Weiß im Schlepptau«, schimpfte Lorenz vor sich hin und überlegte, wie er Brückner das Handwerk legen konnte. Zur Not musste er ihn beiseiteschaffen lassen, aber das war riskant. Brückner hatte vermutlich schon mindestens zwei Mitstreiter, irgendwann wurde der Kreis der Lästigen unübersichtlich. Wie nur, ärgerte sich Faltermeier, hatten bei Brückner und Borrat Zweifel an einem natürlichen Tod Kundls aufkommen können? Die Sache war professionell erledigt worden, oder etwa nicht?

Seit Lorenz über die Person von Nathan Weiß Bescheid wusste, konnte er nicht mehr ruhig schlafen. Nun sah er den eigenartigen Besuch von Weiß auf der Dachterrasse von *Inter-FinancePower* in einem ganz anderen Licht. Weiß war es von Anfang an darum gegangen, etwas zu den Todesumständen von Kundl in Erfahrung zu bringen. *Borrat und Brückner haben mir Bayerns bekanntesten Mordermittler auf den Hals gehetzt,* hatte Faltermeier erkannt und überlegte seitdem fieberhaft, ob es eine nachvollziehbare Verbindung zu ihm geben konnte. Noch hatte er allerdings keine undichte Stelle entdeckt; stets telefonierte er mit seinem Kontaktmann über ein anonymes Prepaidhandy eines türkischen Netzbetreibers, stets vernichtete er die verwendeten SIM-Karten nach dem entscheidenden Telefonat, und er achtete peinlich genau darauf, lediglich das uralte Nokia-Gerät zu verwenden, das außer über das Funknetz auf keine Weise geortet werden konnte. *Nein,* beruhigte sich Lorenz und bog bei der Galerie Liebler am Buttlerhügel rechts Richtung Stadt ab, *es gibt keine unmittelbare Verbindung zu mir.*

Er verharrte kurz vor dem Schaufenster der Galerie, in der er Sophie kennen gelernt hatte. Was für ein Glücksfall damals, erinnerte er sich und wurde kurz rührselig, doch dann fiel ihm die letzte Nacht ein, und eine kränkende Unzufriedenheit kniff ihn in den Bauch. So eine verkorkste Liebesnacht hatte er schon lange nicht mehr erlebt. Er haderte mit seinem Unvermögen ebenso wie mit der Ungeduld, die ihn irgendwann gepackt hatte. *Hoffentlich ist sie mir nicht böse,* bangte er, weil er genau wusste, wie grob er gewesen war. Er beschloss, vorne am Kreisverkehr im Blumenladen einen großen Strauß in Auftrag zu geben und ihr schicken zu lassen.

•••

Borrat war fassungslos, als er von Brückner die Nachricht erhielt. Wie konnte es sein, dass die Staatsanwältin weitere Ermittlungen zum Tod seines Freundes ablehnte? Das Fremdverschulden lag doch auf der Hand! Und auf irgendeine Art und Weise war Faltermeier in die Sache verstrickt. *Eigentlich,* gestand er sich ein, *habe ich Faltermeier noch nie gemocht.* Dieser aalglatte und auf seine Weise gleichwohl eiskalte Finanzjongleur, der sich immer gern mit Glanz und Glamour umgab; wie wohltuend anders war dagegen Rolands Freund und Mentor Werner Brückner. Dabei war Brückner im Gegensatz zu Faltermeier wirklich ein Mann von Welt mit besten Beziehungen bis hin zu Regierungschefs und Vatikan. Doch Brückner trat immer sehr bescheiden auf, hielt sich im Hintergrund und verhalf mit dezenten Wohltaten vielen guten Ideen zur Verwirklichung. Als man ihn wegen seines immensen Einsatzes für die Sanierung der Inselhalle hatte ehren wollen, hatte er jede öffentliche Zeremonie abgelehnt und sich sogar gegen ein Foto in der örtlichen Tageszeitung gesträubt. Faltermeier dagegen sonnte sich im Erfolg seiner *InterFinancePower*-Dependance und gab in der Lindauer Szene gern den potenten Zampano. Nur bei seinen Finanzgeschäften ließ er sich ungern in die Karten schauen.

Das werden wir jetzt ändern, nahm sich Borrat vor und telefonierte mit Faltermeiers Büro; er wollte einen Termin mit dem Chef, um Rolands Nachlass zu regeln, denn auch Roland verfügte über ein beträchtliches Depot bei *IFP*-Deutschland.

Eine Stunde später saß Borrat in einem ausladenden Ledersessel an einem eleganten alten Teakholztisch Faltermeier gegenüber und nahm das Angebot zu einem doppelten Espresso gerne an.

»Es tut mir aufrichtig leid um Ihren Freund«, packte Faltermeier mit salbungsvollen Worten den Stier bei den Hörnern.

Das kam Borrat sehr gelegen, denn er hatte keine Lust auf Small Talk mit dem Finanzer. »Das Leben ist, wie es ist«, antwortete er lapidar. »Wir müssen jetzt erledigen, was zu erledigen ist. Ich habe mir dieser Tage Rolands Depot bei *IFP* angeschaut und wollte mit Ihnen besprechen, wie wir die einzelnen Positionen am besten auflösen.«

»Sie wollen das Depot liquidieren?«

»So ist es, und zwar so schnell wie möglich. Der Erlös soll umgehend der Stiftung von Herrn Professor Werner Brückner zur Verfügung gestellt werden.«

»Herr Brückner ist persönlich auch bei uns investiert und hat mir versichert, dies auch bleiben zu wollen. Wäre es nicht geschickter, einige Positionen, die man mit *outperforming* einstufen kann, zu halten?«

»Nein, Rolands Wunsch war, wenn ich seinen letzten Willen richtig verstehe, Brückners Stiftung Liquidität zu verschaffen. Das erscheint mir umso wichtiger, als in einigen Wochen die internationale Tagung zu den gesellschaftlichen Fragen der Zukunft in der Inselhalle stattfindet, die maßgeblich von der Ines-Früchtle-Stiftung finanziert wird.«

»Wieso heißt Brückners Stiftung eigentlich so?«

»Herr Brückner, das ist Ihnen doch nichts Neues, will bescheiden im Hintergrund bleiben. Daher hat er seine Stiftung nach dem Mädchennamen seiner verstorbenen Frau benannt.«

»Verstehe«, antwortete Faltermeier. »Gut, dann werde ich für Sie alle Positionen binnen Wochenfrist auflösen. Bei ein oder zwei Papieren könnte es allerdings sein, dass wir Verluste realisieren müssen.«

»Aber Herr Faltermeier«, widersprach Borrat und beobachtete das Gesicht seines Gegenübers nun ganz genau, »Sie haben doch Mittel und Wege, etwaige Defizite auszugleichen. Behandeln Sie Rolands Depot und die Begünstigte doch genauso wie Ihre dezenten Kunden aus dem östlichen Ausland.«

Borrat registrierte das kurze Zucken der linken Augenbraue ebenso wie den hüpfenden Adamsapfel in Faltermeiers hagerem Hals. *Wie ein Geier,* fuhr es ihm durch den Sinn, u*nd am liebsten würde er jetzt auf mich einhacken. Habe ich also einen wunden Punkt getroffen.* Aber, das nahm er auch wahr, Faltermeier hatte sich sofort wieder unter Kontrolle und erwiderte mit geschmeidiger Stimme: »Ich werde sehen, was ich für Sie tun kann.«

»Danke, sehr großzügig von Ihnen. Kommen Sie morgen zur Beisetzung?«

»Selbstverständlich, immerhin war er einer meiner besten Mitarbeiter.«

»Es würde mich freuen, wenn Sie auch zum anschließenden Mittagessen kämen. Wir haben einige interessante Trauergäste.«

»Ach ja?«, fragte Faltermeier überrascht.

»Unter anderem Münchens bekanntesten und besten Mordermittler«, erwiderte Borrat und stand auf.

Faltermeiers Augenbrauen froren in erhobener Position fest.

»Danke, ich finde alleine hinaus«, verabschiedete sich Borrat unterkühlt und war froh, als er draußen in die Sonne treten konnte.

Nachdenklich ging er zurück in seine Kanzlei. Unwillkürlich erinnerte er sich an das zufällige Treffen mit Sophie Nägele am Freitag und wunderte sich, dass die nette Malerin mit so einem gefühlskalten Mann liiert war. *Wo die Liebe eben hinfällt,* schüttelte er den Kopf, aber das sympathische Gesicht der Malerin ging ihm einige Minuten nicht mehr aus dem Sinn.

•••

Brückner setzte Weiß vor der Buchhandlung *Lesertraum* in München-Neuhausen ab. »Hier also frönen Sie Ihrem Rentner-Hobby. Darf ich Sie da mal besuchen?«, verabschiedete er sich von dem ehemaligen Mordermittler.

»Wir würden uns freuen, Sie künftig zu unseren Kunden zählen zu dürfen«, sagte Weiß und stieg aus. »Bis heute Abend.«

Brückner nickte und ließ den Wagen langsam anrollen. Am Mittleren Ring fädelte er behutsam in den dichten Verkehr ein, dann fuhr er in die Innenstadt. Er war mit Rechtsanwalt Bauer verabredet.

»Mein lieber Herr Professor«, empfing Dieter Bauer ihn zwanzig Minuten später in seinem Besprechungszimmer über den Dächern Münchens. »Wie zufrieden sind Sie mit Kommissar Weiß?«

»Weiß leistet hervorragende Arbeit. Sorgen bereitet mir die Staatsanwaltschaft in Kempten. Ich komme gerade von dort. Eine junge, heillos überarbeitete Staatsanwältin hat weitere Ermittlungen abgelehnt. Wie gehen wir damit um?«

»Wo stehen Sie und Weiß mit Ihren Nachforschungen?«

Brückner berichtete kurz und knapp, was sie in den letzten Tagen in Erfahrung gebracht hatten.

Bauer nickte. »Das wären an sich Umstände für einen hinreichend konkreten Tatverdacht, allerdings meines Erachtens immer noch gegen Unbekannt. Wenn Sie mich fragen, würde ich mit einer Beschwerde wegen der Untätigkeit noch warten. Besser wäre es, Sie könnten das noch etwas unterfüttern.«

»Das hat mir Weiß auch geraten.«

»Er bleibt also dran?«

»Ja – und Borrat in Lindau rückt dem *IFP*-Mann auf die Pelle.«

»Sie sind hoffentlich alle vorsichtig«, mahnte Bauer. »Sollte sich Ihr Verdacht bestätigen, haben Sie gefährliche Gegner.«

»Gefahren muss man mit Mut und Umsicht begegnen«, erwiderte Brückner. »Daher benötige ich Ihren Ratschlag. Wie schütze ich mich vor möglicher Strafverfolgung, wenn ich Faltermeier dazu anstifte, illegal Geld in die Schweiz zu transportieren?«

»Was haben Sie vor?«

»Ich will seinen Kurierdienst in Anspruch nehmen, damit ich etwas gegen ihn in der Hand habe.«

»Ob das eine gute Idee ist?«

»Haben Sie eine bessere?«

»Einen Agent Provocateur sollte besser die Kripo einsetzen. Oder die Staatsanwaltschaft.«

»Aber die bleiben untätig.«

»Das ist ein Dilemma, da haben Sie recht.«

»Also – was soll ich tun?«

»Gut. Wir formulieren eine eidesstattliche Versicherung und hinterlegen die beim Notar.«

Eine Stunde später stand Brückner am Fenster seiner Wohnung und blickte hinaus auf den Kanal, dessen Wasser spiegelglatt in der Sonne glänzte. Er wartete ungeduldig auf einen Anruf von Borrat. Der friedlich vor ihm liegende Kanal beruhigte seine

Unrast. Seine Gedanken wanderten zurück in die Vergangenheit und er sah wieder Ines' vertrautes und geliebtes Gesicht vor sich. Wehmut ergriff ihn, wie stets, wenn er an seine verstorbene Frau dachte.

Warum, fragte er, *hast DU sie mir so früh genommen?* Er haderte mit seinem Gott, und das, obwohl er nicht an einen personalisierten Gott glaubte, sondern erfüllt war von der Überzeugung, dass Gott eine allumfassende Größe war, viel gewaltiger, als es sich ein Mensch vorstellen konnte. Trotzdem fand er am meisten Trost in der Vorstellung jener göttlichen Liebe und Verzeihung, die sich im Neuen Testament in Gestalt dieses Sohnes Gottes offenbarte.

Ja, der Wirtschaftswissenschaftler Werner Brückner hielt in Treue an seinem Glauben an Jesus Christus fest, auch wenn er sich keinen Gottvater vorstellen konnte. Trotzdem, wenn es darum ging, sich über das Schicksal zu beklagen, haderte Brückner am liebsten mit diesem in der Höhe aller Himmel thronenden DU. Weil das aber allumfassend war, engagierte sich Brückner mit Leidenschaft für gesellschaftliche Fragestellungen und dabei auch für eine Versöhnung der Religionen, ein Thema, dem sich die in wenigen Wochen stattfindende Tagung in Lindau widmen sollte.

Nichts wünschte er sehnlicher, als eine versöhnte und friedliche Welt, und wusste doch, wie unerreichbar dieses Ziel sein würde. Trotzdem würde er es niemals aufgeben, so wie er jetzt nicht aufgeben wollte, Gerechtigkeit für Roland zu erreichen und seinen Mörder zur Strecke zu bringen. Und was dieses Ziel anbelangte, war Brückner in der Tat immer noch zuversichtlich.

Er nickte und ging in die Garderobe, wo auf dem Sideboard immer noch das Paket ohne Absender lag. Sollte er es öffnen? Ein mulmiges Gefühl beschlich ihn. Was, wenn ihm jemand Böses wollte? Immerhin hatte er mit der Beauftragung von Weiß und den Nachforschungen in Faltermeiers Kosmos in ein Wespennest gestochen. Wer immer hinter Rolands Tod steckte, der schreckte im Zweifel vor nichts zurück.

Unschlüssig blickte Brückner auf das Paket, nahm es vorsichtig in die Hand. Es wog wenig. *Mensch, werde jetzt nicht paranoid,* tadelte sich Brückner, zögerte jedoch weiterhin, das Päckchen zu öffnen. Er gestand sich ein: Der gesamte Vorgang jagte ihm Angst ein. Aber das Paket wog sehr wenig. *Nein*, folgerte er, *das kann kein Sprengsatz sein*, und er rang sich dazu durch, die Sendung zu öffnen.

Als er den Inhalt sah, musste er lachen. Silbern glänzend lag ein Weinausgießer in einem Styroporkissen, der Schriftzug der Kellerei eingraviert, bei der er seit Jahren Riesling bestellte und eine kleine Glückwunschkarte für zehn Jahre treue Kundschaft.

»Hättet ihr halt einen Absender draufgeklebt«, brummte Brückner erleichtert und trug den Werbeartikel in die Küche.

•••

Im Hintergrund tönte der zweite Satz von Beethovens 7. Symphonie aus der Stereoanlage und Sophie schwang den Pinsel in furiosen Strichen. Zur Musik entstand ein opulentes Gemälde, das mit jedem Pinselstrich mehr an Kandinskys »Kleine Freuden« aus dem Jahr 1913 erinnerte. *Hat nicht auch der große Meister versucht, Musik mit Malerei zu interpretieren?* Warum also sollte sie ihre nächste Erfindung nicht im Rausch der Klänge erschaffen und das eingängige Thema Beethovens in Farbe verwandeln? Mit traumhaftem Rot und Gelb erstand das berühmte Allegretto auf der Leinwand, und ehe sich Sophie versah, war ein wunderbarer Kandinsky erschaffen. *Damit wird Lorenz zufrieden sein,* freute sich Sophie und trat drei Schritte von der Leinwand zurück. *Wenn ich ihn schon nicht mehr als zärtlichen Liebhaber fesseln kann,* brach ihre Enttäuschung über die vergangene Nacht wieder hervor, *dann will ich ihn mit meinen*

Neuschöpfungen großer Meister in meinen Bann ziehen – und dabei endlich richtig Geld verdienen!

In einem überschäumenden Hochgefühl ging sie ins Wohnzimmer und stellte die Stereoanlage auf hohe Lautstärke, tanzte zum Klang des Orchesters wie ein kleines Kind und hörte mit dem Kringel drehen erst auf, als sie außer Atem und schwindlig war. Sie plumpste auf das Sofa, und mit dem Ächzen der Federkerne entwich die Energie. Von einer Sekunde auf die andere fiel sie in ein düster-graues Gefühlsloch und verabscheute sich für den eben erlebten Überschwang. Schon kam die Versuchung aus dem innersten Dunkel, in die Küche zu gehen, nach einem scharfen Messer zu greifen und sich den Oberarm zu ritzen.

Er findet mich nicht mehr attraktiv, ich bin ihm langweilig geworden, fürchtete sie und wurde sich mit brennendem Schmerz bewusst, wie sehr sie Lorenz' Bewunderung und Zuneigung brauchte. Sie wollte nicht, dass er ihr fremd wurde, sie wollte nicht, dass sich in ihrer Beziehung etwas änderte. Aber mit einem diffusen Druck auf der Brust spürte sie die Veränderung und hätte zu gern gewusst, was Lorenz bewegte und beunruhigte. Da war ein neues Geheimnis entstanden, eines, das Sophie bedrohte. Zu der plötzlich wirkenden Depression gesellte sich eine unheimliche Angst.

Zum Glück hatte sie, auch dank Lorenz, in den letzten beiden Jahren Rituale entwickelt, die verhinderten, dass sie wieder mit dem Ritzen anfing, und die ihr halfen, aus dem schwarzen Loch der Depression wenigstens in den Bereich des Grau in Grau zu finden.

Sie erhob sich, holte aus dem Kühlschrank eine Flasche kaltes Mineralwasser und trank in großen Schlucken. Dann schlüpfte sie in ihre weißen Sneakers und verließ das Haus. Entgegen ihrer Gewohnheit nahm sie nicht den Weg hinab zum See, sondern schritt den Hang hinauf, hinein in die Apfelbaumplantagen, wo die Früchte bereits rot und gelb in den gepflegten Spalierbäumen hingen und darauf warteten, abgeerntet zu werden. Der eine oder andere Apfel lag bereits am Boden, und die faulenden Früchte verströmten diesen betörenden Duft süßlicher Vergänglichkeit, den Sophie in ihrer wehmütigen Stimmung so sehr mochte. Fasziniert beobachtete sie die Wespen, die sich an den fauligen Stellen zu schaffen machten mit ihren Beißwerkzeugen, die, wären die Insekten zehnmal so groß, gewiss furchterregend wären.

Diese Vorstellung ließ ihre konturlose Angst kleiner werden, und sie fragte sich, wovor sie eigentlich Angst hatte. Zunächst blieb die Antwort aus, doch schließlich dämmerte es ihr: Sie hatte vor Lorenz Angst, und zwar vor seinem Verlust an Zärtlichkeit und seinem dann zutage tretenden raumgreifenden Machtanspruch. Lorenz duldete keinen Widerspruch, jede Art von Widerstand reizte ihn bis aufs Blut. Die zurückliegende Nacht, in der er sich genommen hatte, wonach es ihn verlangt hatte, war vielleicht nur ein Vorgeschmack auf einen Lorenz, der bar jeglicher Zärtlichkeit nur noch seine Begierde auslebte. *Und dann,* schluchzte Sophie, *wird er schrecklicher sein, als mein Vater je war.*

Da sei Gott vor, bat Sophie, die eigentlich an keinen Gott glaubte, auch wenn sie manchmal in einem kindlich-naiven Gebet Zuflucht suchte. Ob sie wollte oder nicht, in ihr gab es diese unschuldige Sehnsucht nach Geborgenheit, und bisher hatte Lorenz ihr davon wenigstens ein bisschen vermittelt. Was war geschehen, dass er seine Gelassenheit verloren hatte? Warum wirkte er seit einigen Tagen so gehetzt? Wenn sie es recht überlegte, hatte seine Unruhe an dem Tag begonnen, an dem er erfahren hatte, dass Roland Kundl gestorben war. Traf ihn der Tod des vertrauten Mitarbeiters mehr, als er sich eingestehen wollte? *Eigenartig,* dachte Sophie, *warum spricht er dann nicht darüber?* Sie hatte eher den Eindruck, dass Lorenz jede Erinnerung an Kundl verdränge. Gab es da etwas Besonderes? Sophie spürte ihre

Fußsohlen warm werden, und eine vage Ahnung sagte ihr: *Roland Kundl umgibt ein Geheimnis.*

•••

Als Lukas Ruedi von der rotblonden Kommissarin mit strahlenden Augen empfangen wurde, bekam er weiche Knie, so überwältigt war er im ersten Moment von Nina Lutz' Ausstrahlung. *Gut,* dachte er, *dass meine Kolleginnen etwas weniger hübsch sind.*

»Sie sind also der Schweizer Oberleutnant«, begrüßte sie ihn, und der Klang ihrer Stimme war ihm sympathisch.

»Ja – und ich weiß, unsere militärischen Dienstgrade sind für Euch in Deutschland ungewohnt. Kriminalkommissarin klingt auch besser. Danke für Ihre Zeit – aber sag, wollen wir kollegial Du sagen?«

»Gern. Ich bin die Nina.«

»Lukas.«

»Danke für dein Kommen. Ich bin neugierig, was du uns zu erzählen hast«, erwiderte sie und ging ihm voraus zu einem Besprechungsraum. »Meine Kollegen haben sich schon an den Tisch gesetzt«, sagte sie und öffnete die Tür.

Dahinter lag ein geräumiges Zimmer mit einem großen ovalen Tisch in der Mitte. Drei Herren und eine Frau standen auf und entboten ihm beinahe im Chor ein bayerisches »Grüß Gott«.

Ruedi fühlte sich sofort wohl, und auch seine Befangenheit gegenüber Lutz verflog. In einer kurzen Vorstellungsrunde machten sich Nina Lutz, Cordula Maier, Karl Vogler, Dominik Blaser und der Kommissariatsleiter Manfred Wirtz bekannt und luden Ruedi ein, aus dem Kanton Schwyz und von dem dortigen Fall zu berichten, was Ruedi bereitwillig, aber in gebotener Kürze tat.

»Das ist sehr interessant, Kollege Ruedi«, dankte Wirtz und erhob sich. »Wir haben also einen gemeinsamen Hand- beziehungsweise Fingerabdruck des Schützen, wir haben aber auch einen mehr oder weniger identischen Modus Operandi. Unser

Opfer, der Börsenmakler August Bunzel, wurde mit einem Präzisionsgewehr erschossen. Auf seiner Liege in seinem Garten. Vom Dach eines hundert Meter entfernt stehenden Mehrfamilienhauses. Wir konnten unseren Fingerabdruck am Geländer des Daches sichern.«

»Was können wir aus dem Ganzen folgern?«, fragte Lutz.

Ruedi betrachte die Kommissarin aufmerksam. Sie war diensteifrig und alles andere als schüchtern, vermutlich war sie die beste Ermittlerin im Raum. Von ihrer Art her erinnerte sie ihn ein wenig an Denise. Ob Wirtz in Lutz auch ein wenig eine Konkurrentin sah? Oder war nur er selbst so unsicher?

»Das ist eine entscheidende Frage, Nina – ja, was folgt daraus?«

»Der Täter ist sich seiner Sache sehr sicher«, warf Ruedi einen Antwortversuch ein. »Sonst würde er besser darauf achten, keinerlei Fingerabdrücke zu hinterlassen.«

»Ein routinierter Vollprofi mit dem Hang zur Arroganz«, pflichtete ihm Lutz bei und fuhr fort: »Da werden sich nicht gar so viele auf dem Markt finden. Das wäre ein guter Ermittlungsansatz.«

»Was mich noch mehr elektrisiert«, bemerkte Wirtz, »ist die Ähnlichkeit bei den Opfern. Es geht um Menschen aus der Finanzwelt. Wenn wir es also mit Auftragsmorden zu tun haben, müssen wir uns fragen, wo der oder die Auftraggeber zu suchen sind.«

»Wir tippen auf die Finanzbranche oder unmittelbar auf eine mafiöse Organisation«, gab Ruedi seine Erkenntnisse zum Besten.

»Wir sollten versuchen, einige potenzielle Scharfschützen zu identifizieren und uns deren Bewegungsprofile anschauen«, schlug Lutz eilfertig vor und sprühte offensichtlich vor Tatendrang. »Ein guter Profiler könnte uns da hervorragende Dienste leisten.«

Ein Raunen ging durch das Ermittlerteam. Was hatte das zu bedeuten? Ruedi schaute etwas irritiert von einem zum anderen. Unvoreingenommen, wie er war, fand er den Vorschlag gut.

Wirtz lachte und deutete mit dem Zeigefinger auf die junge Kommissarin. »Du willst bloß wieder mit Nathan zusammenarbeiten, gib's zu.«

Lutz hob die Hände und grinste. »Ertappt. Von dem kann ich noch jede Menge lernen.«

•••

Sie saßen im Hinterzimmer des *Lesertraums* und überlegten, wie man Lorenz Faltermeier beikommen konnte. Heinrich Koller hatte Gefallen daran gefunden, mit Nathan an Kriminalfällen zu bosseln; bevorzugt natürlich, wenn Nathan über einem Manuskript saß, denn als Buchhändler mit Leib und Seele liebte Koller die Literatur. Aber etwas einbezogen zu werden in einen rätselhaften und spannenden Fall aus dem wirklichen Leben, das gefiel ihm auch; und da es Nathan vor einiger Zeit gelungen war, den Mord an seinem früheren Geschäftspartner und Freund aufzuklären, hielt Koller große Stücke auf seinen neuen Partner.

»Du musst diesen Faltermeier überwachen«, regte Koller an.

»Das ist gar nicht so einfach«, erwiderte Nathan und wiegte den Kopf. »Da bräuchte ich ein kleines Team von Leuten, die Observation können.«

»Wie wäre es mit ein paar Wanzen bei Faltermeier?«

»Ach Heinrich, du liest zu viele Kriminalromane«, sagte Nathan und lachte. »Mit illegalen Abhöraktionen macht man sich strafbar und im Verfahren gegen den Verbrecher läuft man Gefahr, dass die gefundenen Beweise einem Verwertungsverbot unterliegen. Nein, mit geheimdienstlichen Methoden kommen wir auch nicht weiter.«

»Es ist wirklich ein Skandal, dass diese Staatsanwältin nicht ermitteln will«, schimpfte Koller, der sich schon vor zwei Stunden, als Nathan berichtet hatte, fürchterlich über diese Entscheidung aufgeregt hatte. »Für was zum Teufel, hat man dann die Ermittlungsbehörden?«

»Die junge Dame ist völlig überlastet. Wenn du ihr Büro gesehen hättest …«

»Papperlapapp, immer diese Ausreden. Da, schau hinüber zum Schreibtisch, da stapeln sich auch die unerledigten Rechnungen.«

Nathan kratzte sich am Kinn und versprach: »Ich weiß, das ist eigentlich mein Job. Bald kümmere ich mich darum.«

»Ist schon gut. Jetzt musst du erst mal diesen Faltermeier packen.«

»Professor Brückner hat ihm einen Brocken vor die Füße geworfen. Wenn Faltermeier darauf hereinfällt, haben wir etwas gegen ihn in der Hand.«

»Muss ein toller Mann sein, dieser Brückner. Hoffentlich passiert ihm nichts. Bei so Lockvogelgeschichten habe ich kein gutes Gefühl, die gehen oft schlecht aus.«

»In den Romanen«, witzelte Nathan.

»Auch in den Filmen«, hielt Koller dagegen und ging zum Wandschrank. Dort versteckte sich die Hausbar des *Lesertraums.* Koller griff nach der Flasche Lagavulin, nahm zwei Nosing-Gläser und kehrte an den Besprechungstisch zurück. In diesem Augenblick ertönte Nathans Klingelton.

»Ja da schau an«, entfuhr es ihm, als er auf das Display blickte. Diese Nummer kannte er gut; es war der Anschluss des Leiters von K11, seinem ehemaligen Kommissariat. *Da bin ich mal gespannt, was Manfred von mir will,* überlegte Nathan und nahm das Gespräch entgegen.

»Grüß dich, Nathan«, schallte eine wohlvertraute fröhliche Stimme aus dem Lautsprecher.

»Nina, du?« Erstaunt blickte Nathan noch mal aufs Display; da stand eindeutig die Nebenstelle der K11-Leitung.

»Da staunst du, gell? Manfred steht neben mir. Wir wollten dich fragen, ob du Interesse hättest, für uns ein Täterprofil zu erstellen.«

»Das nenn ich mal eine Überraschung«, antwortete Nathan. »Um was geht's denn?«

»Nicht am Telefon. Magst du an deiner alten Wirkungsstätte vorbeikommen?«

•••

Es ist immer gut, wenn man seine Feinde kennt, machte sich Lorenz Faltermeier Mut. Nathan Weiß also war auf ihn angesetzt worden, ein legendärer Mordermittler, langjähriger Leiter der Münchner Mordkommission mit einer unglaublich guten Aufklärungsquote. Ein wenig mulmig fühlte sich Faltermeier schon, und seit zwei Stunden überlegte er angestrengt, wo er möglicherweise verräterische Spuren hinterlassen haben könnte. Doch so sehr er auch grübelte, ihm fiel kein Fehler auf. Alles war stets über die Prepaidhandys gelaufen, die SIM-Karten hatte er nicht in der Europäischen Union erworben, sie waren absolut anonym. Seine Verbindungsleute waren Vollprofis, die hinterließen keine Spuren. *Nein, mir kann man nicht ans Zeug flicken,* beruhigte sich Faltermeier; *ich kann cool bleiben.*

Lediglich auf Brückner musste er Acht geben. Dem durfte er nicht ins offene Messer laufen. Logisch, dass er die versprochenen Kurierdienste nicht durchführen konnte. *Vielleicht kann ich im Gegenteil daraus dem Professor einen Strick drehen,* überlegte er, verwarf diesen Gedanken jedoch wieder. Er wollte allen Scherereien aus dem Weg gehen und Brückner lediglich ins Leere laufen lassen. Mit einem leichten Kopfschütteln fuhr er den Computer herunter und beschloss, Sophie einen Besuch abzustatten. Wenn sie den prächtigen Blumenstrauß erhalten hatte, den er heute Vormittag in Auftrag gegeben hatte, würde sie ihm wegen der vergangenen Nacht nicht mehr böse sein.

Er war schon auf dem Weg nach draußen, als sein Handy vibrierte. Eine SMS von Jonas Beuthen: »Könnte die ersten Ergebnisse übergeben. Wollen Sie mich treffen?«

Ach, die Recherche über die Hotterer, erinnerte sich Faltermeier. Den Studenten hatte er fast vergessen, aber nun kam ihm die Nachricht ganz gelegen – da konnte er nach vorne schauen und für ein paar Stunden Kundl, Weiß, Brückner und Borrat vergessen.

»In einer Stunde am Wasserburger Steg?«, schrieb er.

»Das klappt«, kam umgehend als Antwort.

Sie saßen sich wieder in Faltermeiers Seehaus nahe Wasserburg gegenüber. Stolz breitete der Student eine Reihe von Unterlagen auf dem Tisch aus.

»Sie glauben gar nicht, wie viel ich über die Hotterer und ihr Verhältnis zur Kunst gefunden habe. Vor allem in der Generation des Firmengründers gab es zwei Brüder mit einer ausgeprägten Sammelleidenschaft.«

»Interessant, sehr interessant«, brummte Faltermeier anerkennend. »Sind die Hotterer damit auch an die Öffentlichkeit getreten?«

»Erstaunlich wenig«, gab Beuthen Auskunft. »Und das ist bis heute so geblieben. Wenn Benjamin Hotterer senior nicht einen Teil seines schriftlichen Nachlasses an das Württembergische Staatsarchiv Sigmaringen gegeben hätte, würde man kaum etwas finden. Sogar in Wikipedia sind die Hotterer als Kunstmäzene nicht präsent.«

»Das ist ja spannend. Schön, was Sie alles herausgefunden haben. Gute Arbeit«, lobte Faltermeier und sichtete die Unterlagen, die Beuthen mitgebracht hatte.

Daraus ließ sich eine glaubwürdige Legende stricken. Hier fand sich genug Hintergrundmaterial, um für diejenigen, die als Kunstsammler oder Kunstinvestoren an vergessenen Werken großer Meister interessiert waren, passende Geschichten parat zu haben.

»Haben Sie irgendwo ein Werkverzeichnis der von den Hotterer gesammelten Kunstgegenstände entdeckt?«

Beuthen schüttelte den Kopf. »Tut mir leid, da ist mir bisher noch nichts begegnet. Aber ich kann natürlich weiter nachforschen, allerdings dürfte es schwierig werden, wenn ich keinen Kontakt mit der Familie aufnehmen darf. Hier wäre das eine oder andere Interview bestimmt hilfreich.«

»Um Gottes willen nein«, wehrte Faltermeier ab. »Das wäre für meine Pläne kontraproduktiv. Nein, ich glaube sogar, dass Sie alles für mich getan haben, was Sie tun konnten. Ich bin sehr zufrieden mit Ihrer Arbeit. Wissen Sie was? Ich verdopple Ihr Honorar und wir schließen das heute ab.«

»Wow, wirklich? Das ist ja super, vielen Dank.«

Nachdenklich blickte Faltermeier der *MS München* hinterher. Der Student stand an der Reling und winkte zum Abschied. Mit einem Bündel Bargeld in der Tasche konnte er frohgemut nach Konstanz zurückfahren. Faltermeier aber überlegte, wie gefährlich ihm dieser Mitwisser eines Tages werden konnte. Hatte Beuthen wirklich diskret nachgeforscht oder hatte er irgendwo auf sich aufmerksam gemacht? Er würde den jungen Mann im Auge behalten müssen.

•••

Michael Borrat studierte die Briefe an drei Geschäftsfreunde von Roland, die er vor einigen Tagen auch Nathan Weiß gegeben hatte. Kurz nur hatten sie sich über diese Schriftstücke ausgetauscht. Eigentlich hatte Weiß vorgehabt, sich die Briefe und deren Adressaten näher anzuschauen, jetzt hatte er ihn telefonisch gebeten, diese Aufgabe zu übernehmen. Wie Borrat von

Anfang an vermutet hatte, gab es die Adressaten nicht, jedenfalls nicht unter den verwendeten Namen und an diesen Adressen. Es waren eindeutig chiffrierte Nachrichten – aber wie waren sie an die Empfänger gelangt? Diese Frage beschäftigte Borrat fast eine Stunde, bis er endlich die plausible Erklärung fand: *Roland hat die Briefe persönlich übergeben, entweder direkt an die Adressaten oder an einen Boten.* Aber warum so umständlich?

Schließlich zweifelte er wieder an seiner eigenen Erklärung. Gab es noch eine Alternative? Er las sich wieder an den für seinen Freund so untypischen Texten fest; alles klang übertrieben, manchmal beinahe schnulzig. *»Der Sturm, der über den Bodensee tost und die Wellen vor sich hertreibt, die Gischt, die einem ins Gesicht spritzt und einem den Atem benimmt …« Nein, wirklich, Roland, das kann nicht dein Ernst gewesen sein,* haderte Michael mit diesen Schilderungen. Was sollten diese Botschaften bezwecken?

Warnungen! Der Geistesblitz durchzuckte ihn unvermutet. *Ja, das sind Warnungen, Warnungen für Menschen, die an blumige Sprache gewöhnt sind.* Borrat klatschte in die Hände und plötzlich liefen einige Bilder vor seinem inneren Auge ab.

• • •

»Du hier?«, fragte Sophie überrascht, als Lorenz vor ihrer Tür stand.

»Tut mir leid, habe mich nicht angemeldet. Aber ich hatte Sehnsucht nach dir. Darf ich hereinkommen?«

»Klar, immer, weißt du doch. Habe nur gar nicht mit dir gerechnet.«

»Hat dir der Blumenstrauß gefallen?«, fragte Lorenz und trat durch die Tür.

»Was für ein Blumenstrauß?«

»Vom Reutiner Blumenlädle.«

»Da kam nichts.«

»Verdammt noch mal, ich habe heute Morgen eigens einen großen Strauß für dich in Auftrag gegeben.« Seine Augen funkelten zornig.

Sophie legte ihm eine Hand auf den Arm und flüsterte: »Nicht schimpfen, darfst auch ohne Blumen in meine Arme kommen.«

Sie mochte es nicht, wenn Lorenz ungehalten war, und sie fürchtete seine Unrast und die Aussicht, dass sich die letzte Nacht wiederholen könnte. Ohne sich darüber Rechenschaft abzulegen, spürte sie eine gewisse Distanz zwischen ihr und ihm. *Ja*, erschrak sie, *er ist mir ein wenig fremd geworden.*

»Komm rüber ins Atelier, ich habe einen neuen Kandinsky für dich«, lockte sie ihn in der Hoffnung, seine Stimmung zu heben.

Er gab ihr einen flüchtigen Kuss.

Immerhin ein Anfang, besänftigte Sophie ihre aufkeimenden Ängste vor einer Wiederholung der letzten Nacht. Sie würde sich nicht noch einmal so überfallen und missbrauchen lassen. Das war es nämlich, was sie empfand: Lorenz hatte sie mit seiner ungestümen und rücksichtslosen Art zum Lustobjekt gemacht. Sophie war gekränkt. Sie wollte Wertschätzung, Liebe und Zärtlichkeit, zumindest jedoch Rücksichtnahme. Aber sie wollte Lorenz nicht verlieren und wollte sich ihm verbunden fühlen.

Sie nahm ihn bei der Hand und führte ihn hinüber in das helle Atelier. Durch die Fensterfront konnte man den See sehen. Er lag ruhig und zeigte sein sanftes Blau, aber es lag schon die Ahnung von Dämmerung auf seiner spiegelnden Fläche.

»Schau, da ist er, der Kandinsky.« Sie deutete auf das Gemälde.

»Super!«, rief Lorenz sofort. Sophie küsste ihn. Er zog sie an sich und streichelte ihren Hinterkopf. »Fantastisch, Pinselchen«, flüsterte er ihr ins Ohr und drückte sie fest an sich.

Schon viel besser, ging es Sophie durch den Kopf, und sie küsste ihn erneut.

• • •

Lukas Ruedi blickte dem Ankömmling neugierig entgegen. Ein eher kleiner, korpulenter Mann mit etwas schütterem, grau meliertem Haar stand lächelnd in der Tür und zog sofort alle im Raum in seinen Bann. Für einige Sekunden herrschte eine eigenartige Stille. *Das also ist der berühmte Münchner Mordermittler und Profiler Nathan Weiß, von dem alle Mitglieder von K11 in den letzten Minuten so geschwärmt haben,* wunderte sich Ruedi. Er hatte sich einen groß gewachsenen Modellathleten vorgestellt, und jetzt stand da ein gemütlich wirkender Pykniker, der jovial die Hand hob und mit leiser Stimme »Servus mit'nand« sagte. Die Kolleginnen und Kollegen klopften mit ihren Knöcheln auf den Tisch und riefen wild durcheinander ihre »Servus« und »Griaß di'« in die Runde.

»Was liegt an?«, fragte Weiß.

»Danke, dass du dir Zeit nimmst«, begrüßte ihn der Leiter von K11 und deutete auf den Stuhl neben sich. »Setz dich und lass dir berichten.«

Jedem und jeder, an denen er vorbeiging, klopfte Weiß kurz auf die Schulter, dann setzte er sich neben Wirtz und klatschte in die Hände.

»Dort sitzt ein Kollege aus dem Kanton Schwyz«, deutete Wirtz auf Ruedi und nannte seinen Namen. »Er hat über die Interpol-Datenbank festgestellt, dass er es bei sich zu Hause mit demselben Täter zu tun hat wie wir im Börsenmaklermord, den du vermutlich aus der Zeitung kennst.«

Weiß blickte Wirtz fragend an. Der nickte Lutz zu, die den Ball bereitwillig auffing und berichtete: »Vor sechs Wochen wurde in Waldperlach der an der Bayerischen Börse in München tätige Makler August Bunzel erschossen. Er lag in seinem Garten auf einer Liege. Der Schütze befand sich in rund 100 Meter Entfernung auf dem Dach eines Mehrfamilienhauses. Dort konnte die Spusi zwei Fingerabdrücke an dem Dachgeländer sichern, das der Täter offensichtlich als Stütze verwendet hat. Der Täter gab einen einzigen Schuss ab. Kaliber 7,62 mm, ein Präzisionsgewehr. Wir gehen davon aus, dass es sich um das Werk eines professionellen Killers handelt und tippen auf einen Auftragsmord. Trotz intensiver Nachforschungen im Umfeld des Mordopfers haben wir noch keine konkreten Anhaltspunkte für ein Motiv. Wir sind uns nach wie vor unsicher über den möglichen Täterkreis. Jetzt kommt Kollege Ruedi von der Kriminalpolizei des Kantons ins Spiel. Lukas?«

Wie präzise und knapp sie das dargestellt hat, bewunderte Ruedi den Vortrag von Lutz und versuchte, seinen eigenen Bericht ähnlich stringent vorzutragen.

»Das lässt uns einen Zusammenhang zwischen beiden Taten vermuten«, äußerte sich nun Wirtz, nachdem Ruedi geendet hatte. »Wir sind der Ansicht, dass das ein wichtiger Anknüpfungspunkt für eine genauere Täteranalyse sein könnte, und würden uns freuen, wenn du dich der Sache annehmen könntest.«

»Es tut mir gut, dass ihr an mich denkt«, bemerkte Weiß und legte die Stirn in Falten. »Was mir ins Auge springt, sind die Berufe der Opfer: Finanzjongleure. Da würde ich ansetzen. Gibt es Verbindungen zwischen den Opfern? Das wäre meine erste Frage.«

Ruedi war tief beeindruckt, mit welcher Ruhe und Klarheit dieser erfahrene Ruheständler seinen ersten Ansatz formulierte, und war stolz, dass er selbst auch schon in diese Richtung gedacht hatte. Wenngleich mit Grauen, denn als Schweizer in den Kreisen der Hochfinanz zu ermitteln war beileibe kein Zuckerschlecken. Aber jetzt war er hier in München, jetzt hatte er Kontakt zu einer weit über die Stadt hinaus bekannten Mordkommission, jetzt hatte er Blut geleckt – jetzt wollte er seinen Fall auch selbst und gemeinsam mit den Kolleginnen und Kollegen lösen. Und wenn er von diesem Weiß etwas lernen konnte, wäre dies gewiss für seine weitere Karriere bei der Schwyzer Polizei hilfreich.

Ruedi bedankte sich nachträglich bei Denise für ihre Idee, mit Richi noch mal zum Vierwaldstätter See zu fahren; ohne Richis Riecher für den richtigen Ort und sein Geschick, einer Baumrinde einen Handabdruck abzuringen, säße er jetzt nicht hier.

Weiß ließ seine letzten Worte nachwirken. Er blickte gemütlich in die Runde und schwieg. *Der weiß, wie man Menschen fesselt,* dachte Ruedi und war neugierig, wie sich das Gespräch weiterentwickeln würde.

•••

Auf dem gegenüberliegenden Ufer des Kanals flammten die ersten Lichter auf und spiegelten sich schemenhaft im ruhigen Wasser. Ein unerfreulicher Tag ging zu Ende. Brückner kämpfte gegen die Wehmut an, die ihn ergriff. Diese Minuten zwischen Tag und Nacht hatte er immer geliebt und oft mit seiner Frau genossen. Diese Minuten zwischen Tag und Nacht waren ihre gemeinsame Zeit gewesen. In diesen kurzen Momenten hatten sie sich stets ganz auf sich konzentriert, sich an den Händen gehalten und hinausgeblickt auf den Kanal, einander stumm angeblickt, die Nähe des anderen gespürte, ohne sich mehr zu berühren als an den Händen. Ein Augenblick wie damals, als ihre Liebe begonnen hatte, als Ines auf einem Spaziergang, den sie nach einem Seminar für Wirtschaftsrecht fachsimpelnd unternommen hatten, unvermutet nach seiner Hand gegriffen und diese festgehalten hatte. Als sie ihren Hauseingang erreicht hatten, hatten sich ihre Hände voneinander gelöst. Sie hatten sich ein lockeres »Ciao« zugerufen und sich ohne irgendeine weitere Zärtlichkeit getrennt. Aber diese Minuten Hand in Hand waren ihr Versprechen gewesen, eine lange Wegstrecke miteinander durchs Leben zu gehen. Sie hatten keine Eile aber auch keine Hemmung gehabt, einander dieses Versprechen einzulösen. Jeder Abend, den Brückner zu Hause verbracht hatte, hatte in den Minuten zwischen Tag und Nacht in ihrem Händehalten und Hinausschauen auf den Kanal und in der Rückversicherung einer andauernden Herzensverbindung kulminiert, und das über viele Jahrzehnte.

Hier und heute fehlten Brückner diese gemeinsamen Minuten und die Wehmut drängte sich in seine Brust. Dagegen musste er ankämpfen. Mit Wehmut ließ sich weder das Leben zufrieden zu Ende leben noch ließen sich mit Wehmut die Projekte verwirklichen, die er vor sich hatte. Mit seiner Schaffenskraft wollte er der Welt etwas zurückgeben von dem, was ihm das Schicksal geschenkt hatte, und die Ines-Früchtle-Stiftung würde ein Gutteil zu Ehren seiner verstorbenen Frau finanzieren. In diesen Mitteln befänden sich zudem Gelder aus dem Nachlass von Roland. Daher musste er auch einen Weg finden, seinen Freund und Schüler zu ehren. Er musste den Schuldigen finden oder überführen, denn eine bange Ahnung sagte ihm, dass er den Schuldigen bereits kannte: Lorenz Faltermeier. Aber wie konnte man dessen Schuld beweisen?

Die Falle, ballte Werner Brückner die Faust. *Ich muss ihm die erste Falle stellen.* Mit diesem grimmigen Vorsatz wandte er sich vom Fenster ab, ließ die Wehmut dieser Minuten zwischen Tag und Nacht hinter sich und setzte sich an den Schreibtisch. Er wollte die Grundideen seines Planes auf Papier bannen, so wie er es stets gehalten hatte in seinem Leben: Im Niederschreiben erhielten die besten Ideen ihre Reife.

Gemächlich drehte er den Füllfederhalter auf, rückte die Bögen von Büttenpapier zurecht, setzte Strich für Strich eine Reihe von Gedanken auf das feierliche Papier, legte dann den ersten Bogen zur Seite und begann, seine Trauerrede zu verfassen. Die ersten Sätze fielen ihm schwer, er zerknüllte den Bogen und warf ihn achtlos zu Boden, begann von Neuem, verwarf auch diesen Entwurf, mühte sich bis kurz vor Mitternacht. Dann stand in seiner gestochen scharfen Schrift auf dem Papier, was er zu sagen hatte. Brückner rieb sich die müden Augen, las seinen Text ein letztes Mal durch und brummte grimmig: »Es ist gut!«

•••

Natürlich bedauerte Borrat, wie wenig Roland über seine Kunden gesprochen hatte. Wenn er auf ihren gemeinsamen Joggingrunden von der Arbeit erzählt hatte, war es um Aktien, Rentenpapiere oder Finanzderivate gegangen, manchmal auch über die Befindlichkeiten der Firmenbosse in St. Gallen oder die kleinen Nickeligkeiten unter den Außendienstmitarbeitern, aber was die Kunden von *InterFinancePower* anging, hatte Roland absolute Diskretion ausgeübt. Trotzdem wanderten nun jene tief verschleierten Frauen in Begleitung ihrer armanibekleideten Männer durch Borrats Erinnerung. Beinahe jeden Sommer waren zwei bis drei Familien in den Suiten des noblen Bad Schachener Grandhotels abgestiegen, und wenn sie in Lindaus Altstadt zum Einkaufen gingen, waren sie einer der Hingucker für die Einheimischen gewesen. Roland hatte sich meist mit den Männern auf der Terrasse des Hotels oberhalb des hoteleigenen Bootsanlegers getroffen, und auch wenn er nie darüber gesprochen hatte, wusste Borrat, dass es um Finanzangelegenheiten einerseits und Krankenhausbesuche im Münchner Universitätsklinikum rechts der Isar andererseits ging, denn vor allem die Frauen aus den Arabischen Emiraten wurden auf Wunsch ihrer konservativen Männer in Deutschland behandelt, was sich die Männer einiges kosten ließen.

Über die Vorliebe eines Münchner Chefarztes für Patienten aus dem Orient und aus Russland hatte Roland einmal ausgiebig gelästert. *Wenn mir doch nur der Name dieses Arztes einfallen würde,* schalt sich Michael und fuhr seinen Computer hoch. Auf der Homepage des Klinikums sollte er fündig werden. Vielleicht war dieser Arzt ein Schlüssel zum Erfolg, denn über den konnte man eventuell an die Namen der Männer kommen. Und Rolands blumige Sprache in den seltsamen Briefen würde zu nichts besser passen als zu den Herren aus dem Morgenland.

Hoffentlich glaubst du da mal nicht an die Märchen aus 1001 Nacht, meldete sich eine skeptische Stimme in Borrats Hinterkopf. Aber nein, schüttelte er mit vollem Bewusstsein den Kopf; die Familien aus den Emiraten besaßen nicht nur aberwitzige Vermögen, sondern hatten auch großen Appetit auf lukrative Anlageformen und diskrete Betreuung. *Jedenfalls ist es einen Versuch wert, dieser Spur nachzugehen,* nahm sich Borrat vor und klickte auf die Startseite des Universitätsklinikums.

Eine halbe Stunde später war Michael überzeugt, mit dem Chirurgen Ludwig Greuk jenen Chefarzt identifiziert zu haben, an den Roland seine Kunden für alle möglichen Eingriffe bei den Frauen aus den Emiraten vermittelt hatte. Der Chefarzt stellte die Vorzüge seiner Klinik ins beste Licht, bot Patientenbetreuung in englischer, russischer und arabischer Sprache an und warb mit drei Fachärztinnen, die entsprechend den arabischen Gepflogenheiten in der Lage waren, die Damen vom Golf kunstgerecht zu versorgen. Alle anderen chirurgisch am Klinikum tätigen Chefärzte konnten Greuks Portfolio keine Konkurrenz machen. Greuk war der Mann, den sich Weiß unbedingt anschauen musste. *Selbstverständlich wird sich der Arzt auf seine Schweigepflicht berufen,* bremste Borrat seinen frisch entflammten Enthusiasmus, aber Weiß dürfte Mittel und Wege finden, trotzdem etwas aus dem Chirurgen herauszukitzeln. Immerhin: Einen Versuch war es wert.

Er verließ seine Kanzlei früher als gewöhnlich und ging gemütlich zu Fuß nach Hause. Als er am Buttlerhügel an der Galerie Liebler vorbeikam, blieb er stehen, schaute durchs Schaufenster und trat kurzentschlossen ein. Die Galeristin Linda Möhwald blickte überrascht auf.

»Ja, der Herr Rechtsanwalt, lange nicht mehr gesehen«, begrüßte sie ihn.

»Das stimmt«, antwortete er. »Sie wissen ja, ich bin nicht so der Kunstsammler.«

»Nein, ich weiß. Sie gehören mehr in die sportliche Kategorie, oder? Was also verschafft mir die Ehre?«

»Nur so eine spontane Eingebung. Haben Sie etwas von Sophie Nägele hier?«

»Sophie, nein, die hat mir schon länger nichts mehr gezeigt. Schade eigentlich, denn ihre letzte Ausstellung lief ausgezeichnet. Aber das ist schon über zwei Jahre her. Wie kommen Sie auf die?«

»Ach, letzten Freitag habe ich sie zufällig hier ums Eck getroffen ...«

»Leider kann ich Ihnen gar nichts zeigen, was in die Richtung geht, die Sophie auf die Leinwand bringt. Sophie hat so eine besondere Art. Tja, wie soll ich's sagen? Sophie ist auf ihre Weise eine postmoderne Impressionistin. Ich würde gern mal wieder mit ihr ausstellen.«

»Klingt interessant. Wenn es mal so weit ist«, versprach Borrat, »komme ich auch.«

Auf seinem restlichen Heimweg spukte das Gesicht von Sophie Nägele durch seine Gedanken und er stellte sich die Malerin neben dem spröden Finanzmakler vor: ein eigenwilliges Pärchen.

•••

»Ich werde uns altes Papier aus den Zwanziger- und Dreißigerjahren besorgen und daraus werden wir Sammlungsaufkleber fertigen«, beendete Faltermeier seinen Vortrag über die Strategie zum Verkauf möglichst vieler verschollen geglaubter oder gar gänzlich unbekannter Werke von Kandinsky, Ernst, Gauguin und Monet. »Die stets vor der Öffentlichkeit geheim gehaltene Sammlung von Benjamin Hotterer senior wird dich reich machen, Pinselchen – und mich noch ein wenig reicher!«

Er lachte und schenkte von dem Champagner nach, den er sich von einem Kurier aus dem Weinkeller des Lindauer Tophotels am Hafen hatte bringen lassen. Sie saßen bei Kerzenschein in Sophies Atelier, und je länger er den neuen Kandinsky betrachtete, umso mehr besserte sich seine Laune. Er rückte nah an Sophie heran, legte einen Arm über ihre Schulter und küsste sie sanft auf die Wange. So im Profil und im flackernden Kerzenschein fand er sie so schön, als wäre sie nicht von dieser Welt.

Du bist kitschig und sentimental, rügte er sich und genoss die sanft knisternde Stimmung umso mehr. Allmählich entspannte sich Sophie, und Faltermeier wusste genau, wie sehr er seine Geliebte in der letzten Nacht mit seiner fordernden Lust verschreckt hatte. Nein, er wollte Sophie nicht verlieren, gerade jetzt nicht, wo sie am Anfang einer so gewinnbringenden wie spannenden Geschäftsbeziehung standen. Er empfand eine diebische Freude dabei, den eingebildeten Kunstsammlern und den neureichen Halbweltmillionären falsche Meister anzudrehen. Jeder Verkauf löste ein prickelndes Vibrieren seiner Sinne aus, der eine oder andere Adrenalinstoß wirkte heftiger als die gewagteste Wendehalse bei Windstärke sechs, und doch hielt er das Risiko, aufzufliegen, für denkbar gering, denn seine Käufer wollten ihr Schwarzgeld vor dem Fiskus verstecken und sich in ihren Kellertresoren an den großen Meistern erfreuen, die ihnen ganz allein gehörten. Er war davon überzeugt, einen großen Markt vor sich zu haben. *Das Geld liegt auf der Straße, mein Junge,* spornte er sich an, *du musst es nur aufheben.* Mit diesem Gedanken knabberte er zart an Sophies Ohrläppchen, und als sie leise stöhnte, glitt seine Hand sachte in ihren Ausschnitt. Heute würde er besonders rücksichtsvoll und zärtlich Liebe machen.

•••

Nachdem sie rund eineinhalb Stunden über die persönlichen Hintergründe der Mordopfer August Bunzel und Roger Kleffner gesprochen und nach Gemeinsamkeiten gesucht hatten, lehnte sich Nathan in seinem Stuhl zurück. Er wusste nun genug, um sich ein brauchbares Bild machen zu können, aber er schwankte immer noch, ob die Ermordung von Kundl im gleichen Zusammenhang zu sehen war. Das wünschte er sich insgeheim, denn dann würde die Mordkommission ihre Ermittlungen auf den Lindauer Fall ausdehnen, egal was die Kemptener Staatsanwaltschaft entschieden hatte. Aber gerade, weil er sich das wünschte, war er besonders skeptisch, denn in all seinen Jahren als Mordermittler und Fallanalytiker hatte er stets sein Wunschdenken ausgeschaltet und sich niemals allein auf das Naheliegende gestürzt. Gute Ermittlungstätigkeit durfte nicht voreingenommen sein und musste stets alle Aspekte berücksichtigen. Im vorliegenden Fall war es der unterschiedliche Modus Operandi, der gegen einen Zusammenhang der drei Morde sprach. Bunzel und Kleffner waren eiskalt von einem Scharfschützen mit einem einzigen gezielten Schuss getötet worden. Der Täter hatte wie selbstverständlich in Kauf genommen, dass die Tat rasch entdeckt und sofort als vorsätzliche Tötung identifiziert wurde. Bei Kundl hingegen hatte der Täter den Eindruck eines natürlichen Todes erwecken und damit jede Art von kriminalpolizeilicher Ermittlungstätigkeit verhindern wollen.

Die Vorgehensweise ist zu unterschiedlich, die Fälle haben vermutlich keinen Zusammenhang, entschied Nathan und verzichtete zunächst darauf, den Kollegen vom Lindauer Fall zu erzählen.

»Du bist so schweigsam«, riss Manfred Nathan aus seinen Gedanken. »Übernimmst du die Aufgabe?«

»Wenn ich euch helfen kann«, antwortete Nathan. »Macht mir von eurer Akte eine Kopie. Und Sie, Kollege Ruedi, schicken mir Ihre Unterlagen am besten als PDF-Datei. Geht das?«

»Tipptopp«, rief der Schweizer sichtlich erfreut. »Gleich morgen werde ich das veranlassen.«

»Wollen wir noch einen trinken gehen?«, fragte Nina in die Runde.

Nathan schmunzelte, als er sah, mit welcher Begeisterung der Schweizer Kollege Ja sagte. Beim Bier nebenan würde er rasch eine Enttäuschung erleben. Nathan blickte auf die Uhr, es war schon neun geworden. Er wollte nach Hause zu Gudrun. Die Kollegen würde er morgen wiedersehen, das musste genügen.

»Kommst du noch kurz zu mir ins Büro?«, bat ihn sein Nachnachfolger. »Den wesentlichen Teil der Akte habe ich dir bereits kopiert.«

Nathan nickte und winkte den Kolleginnen und Kollegen zum Abschied zu.

»Ich bin dir wirklich dankbar«, sagte Manfred, als er mit Nathan allein war. »Dieser Fall bereitet mir seit Wochen Kopfzerbrechen.«

»Warum?«

»Kriminaldirektor Dr. Pfannerl liegt mir von Anfang an in den Ohren …«

»Ist er wieder ungeduldig und prescht mit kruden Theorien voraus?«, unterbrach Nathan und spürte eine alte Wut auf den arroganten Juristen, der keine Ahnung von richtiger Polizeiarbeit hatte, hochkochen.

»Im Gegenteil. Er will, dass wir von der Mordkommission uns zurückhalten, weil die Kollegen von der Organisierten verdeckte Ermittlungen zu Waffenschiebern laufen haben und unsere Nachforschungen da stören könnten.«

»Du sollst also mit gebremstem Schaum arbeiten?«, ereiferte sich Nathan. »Und das bei Mord!«

»So ist es«, sagte Manfred und seufzte. »Wenn er erfährt, dass wir dich um ein Täterprofil bitten, rastet er aus.«

»Von mir erfährt er nichts.«

»Danke, das wollte ich hören«, sagte Manfred und klopfte Nathan auf die Schulter.

»Du kommst spät, mein Lieber«, empfing ihn Gudrun in der Diele ihrer kleinen Wohnung. Sie trug ein verführerisches Negligé, hellblaue Seide, beinahe durchsichtig und doch ein geheimnisvolles Versprechen, das sie mit einem zärtlichen Kuss unterstrich. »Ich habe gewartet«, flüsterte sie ihm ins Ohr, nahm ihn bei der Hand und führte ihn ins Bad. Riesige Schaumflocken schwammen auf dem dampfenden Wasser. Lavendelduft erfüllte die schwüle Luft. »Zieh dich aus und steig ein«, forderte sie ihn auf. »Gleich bin ich bei dir.«

Er blickte ihr nach, bis sie die Badezimmertür geschlossen hatte, dann zog er sich aus. Ein warmes Bad war genau das, was er brauchte. Einen angefüllten langen Tag von der Haut abwaschen, das hatte beinahe etwas Rituelles, jedenfalls nicht nur den Körper, sondern auch den Geist Reinigendes, und mit einem tiefen »Ah« stieg er in die Wanne und tauchte in den duftenden Schaum ein. Lavendel – da blitzte ein herrlicher Gedanke in ihm auf: *Ich entführe diese wunderbare Frau in die Provence!*

7

Faltermeier war zu rastlos, um das Frühstück mit Sophie auszudehnen, außerdem hatte er beschlossen, an Kundls Beisetzung teilzunehmen, denn er gäbe vermutlich ein schlechtes Bild ab, sollte er die Beerdigung seines Mitarbeiters schwänzen. Lindau war eben eine Kleinstadt, die es erforderte, sich an gewisse Konventionen zu halten. Dabei hasste er Begräbnisse, wie er überhaupt alles scheute, was mit dem Tod zu tun hatte.

Zum Sterben muss man eine deutliche Distanz bewahren, sagte er sich immer wieder. Ihm genügte der Tod durchs Telefon, da war das Sterben weit genug weg, sozusagen abstrakt. Daher wäre es ihm auch niemals in den Sinn gekommen, ein Testament zu verfassen. Ein Blick auf das eigene Sterben war ihm von Kindesbeinen an zu gruselig, und die schlimmsten Momente in seinem Leben waren die Trauerfeiern für seine Mutter und seinen Vater gewesen.

»Soll ich dich begleiten?«, fragte Sophie, die seine Abneigung gegen die Teilnahme an Begräbnissen kannte.

»Danke, lieb von dir, aber nein. Besser, ich bin da allein, als Repräsentant von *IFP* und nicht als Privatperson.« Er hauchte ihr einen Kuss auf die Stirn und machte sich zu Fuß auf den Weg in die Stadt.

Eine halbe Stunde später schlenderte er in seinem schwarzen Anzug, der jetzt schon zu warm für diesen sonnigen Dienstagvormittag war, in Richtung Reutin zum Friedhof. Um sich abzulenken, wanderten seine Gedanken noch mal zurück zur letzten Nacht, die ungleich erfreulicher verlaufen war als die Nacht davor. Sophie schien wieder mit ihm versöhnt, hatte ihm sein Ungestüm verziehen und seine sanften Zärtlichkeiten aufgesogen wie ein trockener Schwamm das Wasser. Er kannte ihre Sehnsucht nach Geborgenheit und Anerkennung zur Genüge, wusste, wie er sie behandeln musste, dass sie ihm dafür an anderer Stelle aus der Hand fraß. So sehr er sie mochte und begehrte, zunehmend gewann ihr Talent, große Meister zu imitieren, für ihn an Bedeutung; er wollte dieses Geschäft unbedingt und er wollte, dass Sophie als sein Geschöpf den Kunstmarkt bediente, so, wie er stets in seinem Leben Wert darauf gelegt hatte, anderen seinen Willen aufzuzwingen. Wer dagegen verstieß ...

»Schön, dass Sie sich die Zeit nehmen«, zerstörte eine unangenehme Stimme seine Gedanken. Vor ihm stand Michael Borrat und streckte ihm die Hand entgegen. »Lassen Sie uns die letzten Meter zur Aussegnungshalle gemeinsam gehen.«

»Gern hätte ich mit Ihnen einen anderen Gang unternommen als diesen traurigen«, erwiderte Faltermeier und legte so viel Betroffenheit wie möglich in seine Stimme. *Am liebsten würde ich gar nicht mit dir gehen; hoffentlich merkst du das nicht.* Er hasste es, den gerührten Chef spielen zu müssen, und das gegenüber Borrat, der ihm im letzten Gespräch mehr als deutlich gemacht hatte, was er von ihm hielt: nichts.

»Das glaube ich Ihnen gern«, erwiderte Borrat und Faltermeier spürte die Heuchelei beinahe körperlich.

Zum Glück trafen sie rasch an der Aussegnungshalle ein, und da Borrat als Kundls engster Freund die Beileidsbekundungen der wenigen Freunde und Bekannten, die zur Beerdigung gekommen waren, entgegennehmen musste, konnte sich Faltermeier mit einigen Kopfnickern in diese und jene Richtung rasch in die zweite Reihe in der Aussegnungshalle setzen und auf den Beginn der Zeremonie warten. Verstohlen blickte er sich im Raum um, suchte das Gesicht von Weiß und stellte schließlich erleichtert fest, dass der ehemalige Mordermittler nicht anwesend war. *Mir kann keiner ans Zeug flicken,* beruhigte er sich ein weiteres Mal und spürte doch einen Kloß im Hals. Nein, Beerdigungen waren nicht sein Ding.

Gerade einmal drei Bänke füllten sich mit Trauergästen, darunter einige Kunden von *InterFinancePower*, deren eher bescheidene Depots Kundl betreut hatte. Von den wirklich wichtigen Kunden befand sich niemand unter den Trauergästen. Kundl war einsam gestorben und er würde auch ziemlich einsam zu Grabe getragen, fand Faltermeier und bedauerte das keineswegs.

Schwamm drüber, dachte er kaltherzig und hoffte, dass die nächste Stunde rasch vorüberging.

Als die ersten Takte des *Ave Maria* erklangen, sah Faltermeier Werner Brückner den Raum betreten. Gesenkten Hauptes ging der Professor mit den dichten weißen Haaren durch den Mittelgang nach vorne und setzte sich in der ersten Reihe neben Borrat. Dabei schweifte sein Blick kurz über die Anwesenden und blieb an Faltermeier hängen. Brückner nickte. Faltermeier nickte zurück.

Muss es ausgerechnet das Ave Maria *sein,* ärgerte er sich, weil der Kloß in seinem Hals dicker wurde. *Werde nicht sentimental, alter Knabe,* tadelte er sich und schluckte.

Als das *Ave Maria* verklungen war, trat der Priester ans Rednerpult: »Der Menschensohn wird den Menschen ausgeliefert werden und sie werden ihn töten; aber am dritten Tag wird er auferstehen.« Feierlich sprach er diesen Satz, bekreuzigte sich und sagte: »Aus dem Heiligen Evangelium nach Matthäus.« Dann hob er sanft die Hand und trat in den Hintergrund.

Professor Brückner erhob sich und ging gemessenen Schrittes ans Pult, legte die Hände an den Rand des Pultes, als wolle er es festhalten, räusperte sich und sprach: »*Ein hässlich Ding, zu sterben, gnäd'ger Herr, unvorbereitet und sich nichts versehend.* – Mitten aus dem Leben gerissen wurde Roland Kundl, ein plötzlicher Herztod traf ihn unvorbereitet und, ja, er hat in seinen letzten Momenten nicht verstanden, wie ihm geschah. Er kannte seinen Shakespeare und kannte vermutlich auch dieses Zitat. Unversehens aus dem Leben gerissen – mehr als wahrscheinlich, dass er nie gedacht hätte, dass dieses Zitat auf ihn in so jungen Jahren zutrifft.«

Faltermeier lauschte dem weißhaarigen Professor gebannt und spürte, wie seine Fußsohlen zu brennen anfingen. Was, um Himmels willen, hielt Brückner da für eine Totenrede?

»Wollen wir dies gemeinsam bedauern«, fuhr Brückner fort. »Wollen wir seinen plötzlichen Tod betrauern. Auch uns, seine Freunde und wohlmeinende Bekannten, trifft sein Sterben unvorbereitet. Es war noch nicht die Stunde, uns von Roland Kundl zu verabschieden. Doch es geschah ihm ähnlich wie dem Menschensohn im Evangelium: Er wurde einem Menschen ausgeliefert und er wurde getötet. Wenn es in einem Sprichwort heißt: Der Tod kommt auf leisen Sohlen, so trifft dies auf Rolands Sterben leider wirklich zu. Heimtückisch setzte sich sein Richter neben ihn und versetzte ihm jenen Stich, der sein Herz überforderte.«

Faltermeier fühlte eine heiße Welle von seinem Bauch über seinen Brustkorb den Hals hinaufsteigen in den Kopf und er fürchtete, ein knallrotes Gesicht zu haben. *Was redet der da? Was soll das? Das ist doch keine vernünftige Trauerrede, verdammt noch mal.* Unwillkürlich ballte er die Hände zu Fäusten, bis seine Knöchel weiß wurden, während Kundls Mentor weitersprach.

»Es schlug nicht mehr. Unbemerkt zur Seite kippend ist Roland von uns gegangen, unvorbereitet und nichts verstehend. – Auch wir, die wir hier sitzen, verstehen es nicht, außer vielleicht einem …« Brückners Stimme wurde düster. »Mag einer unter uns sein, dem die Erkenntnis gegeben ist, und mag dieser eine dereinst einstehen für den Grund seiner Erkenntnis.« Brückners Stimme wurde drohend, und Faltermeier zuckte zusammen, als ihn der Blick des Redners traf. »Wir anderen aber«, sagte Brückner leise und fixierte ihn mit seinen Blicken, »wir anderen aber verstehen es nicht, selbst wenn wir, wie wahre Freunde es tun, Rolands Leben betrachten, ohne es zu beschönigen.«

Faltermeier rutschte auf der Bank leicht hin und her, er wollte hinaus aus dieser Halle, hinaus in die Sonne und weg, weit weg von diesem Friedhof. Er hasste Friedhöfe, aber jetzt dieser Rede des Professors zuhören zu müssen, das war die Höchststrafe für ihn. Welcher Teufel ritt Brückner, so zu sprechen, und woher nahm er diese Gedanken, die er da aussprach? Brückner konnte doch gar nicht wissen, wie sich die letzten Minuten von Kundl am Hafenbecken abgespielt hatten. Alles sei völlig unbemerkt verlaufen, hatte der Gewährsmann Faltermeier am Telefon versichert, und dementsprechend hatte die Polizei die Ermittlungen rasch eingestellt. Roland Kundl war eines natürlichen Todes gestorben, bedauerlich, aber wahr. Beinahe glaubte Faltermeier selbst an diese Version. Aber seine Hände zitterten, während er Brückners Schilderung von Kundls Lebensweg nur noch als dahinmurmelnden Singsang hörte. Verzweifelt überlegte er, ob es eine verborgene Verbindung zu ihm gab, verzweifelt suchte er nach der Schwachstelle in seiner Position, die es Brückner ermöglichte, ihn so dreist anzusprechen. Denn eines war Faltermeier klar: Brückner hatte die ersten Sätze nur für seine Ohren gesprochen.

Endlich war die Aussegnungsfeier vorbei. Faltermeier zwang sich zur Geduld und verließ als Vorletzter die Sitzbank, reihte sich ein in den Trauerzug, der dem Sarg hinaus auf den Friedhof folgte. Neben ihm schritt ein Kunde von Kundl, den Faltermeier lediglich vom Sehen kannte; ein unbedeutendes Portfolio, den Mann konnte man demnächst an einen anderen Vermögensverwalter weiterempfehlen. *Wenigstens muss ich mit dem nicht reden,* freute sich Faltermeier und ging mit gespielter Trauermiene und gesenktem Kopf Richtung Grab.

Am Grab angekommen, sprach der Priester die letzten Worte, dann senkte sich der Sarg in die Erde. Nun das Defilee der Trauergäste, und allzu rasch stand Faltermeier vor Brückner und Borrat und kondolierte mit dem traurigsten Gesichtsausdruck, dessen er fähig war.

Brückners Händedruck war kräftig und lang anhaltend, dann sagte er: »Ich freue mich, mit Ihnen bald meine Angelegenheiten zu besprechen. Und danke, dass Sie heute gekommen sind.«

Ihre Blicke trafen sich, und Faltermeier las in Brückners Blick nichts außer tiefe Aufrichtigkeit. *Kann der so gut Theater spielen,* fragte er sich und gab Borrat die Hand. Dessen Händedruck war weich und flüchtig, und außer einem geflüsterten »Danke« sagte Borrat kein Wort. Innerlich atmete Faltermeier auf, nahm die Schaufel und warf die obligatorische Portion Erde auf den Sarg. Nein, Lorenz Faltermeier dachte nicht: *Ruhe in Frieden.* Er dachte: *Lass mich in Frieden.*

• • •

Nathan saß im Büro der Buchhandlung und studierte die PDF-Dateien aus der Schweiz. Wenn er es recht betrachtete, war die Ausbeute der Schweizer Kollegen mager. Allerdings blickte er mit Hochachtung auf den Spurensicherer, dem es gelungen war, einen brauchbaren Handabdruck von einer Birkenrinde zu nehmen. *Dieser Geniestreich*, folgerte Nathan, *kann letztlich der Schlüssel zum Erfolg sein.* Immerhin ließ sich über den Zusammenhang mit dem Mord an dem Münchner Börsenmakler der Täter leichter eingrenzen.

Am interessantesten fand Nathan die Hintergründe zu Roger Kleffner. Dieser war offenbar einer der Köpfe eines groß angelegten Steuerbetrugs gewesen und vor der Strafverfolgung der deutschen Behörden in die Schweiz geflohen, wo er sich schon Jahre zuvor eine Existenz aufgebaut hatte. Kleffners Einbürgerungsverfahren in der Schweiz schien kurz vor dem Abschluss gestanden zu haben, er hatte also davon ausgehen können, wegen eines Steuerdelikts nicht nach Deutschland ausgeliefert zu werden. Sicher war das allerdings nicht gewesen. Daher schien er geneigt gewesen zu sein, als Kronzeuge in einem demnächst anstehenden Prozess gegen führende Investmentbanker auszusagen und im Gegenzug Straffreiheit zugesagt zu erhalten. Danach hätte er in der Schweiz ein sorgenfreies Leben als unbescholtener Mann führen können.

»Das hat ein Scharfschütze gezielt vereitelt«, brummte Nathan und trank von seinem Lapsang Souchong. Morgens liebte er diesen Tee über alles, der ihm die morgendliche Pfeife ersetzte, nachdem er seit mehr als zehn Jahren nicht mehr rauchte. Seiner Pfeife wegen, die er früher immer im Mund gehabt hatte, war er manchmal der »Kommissar Maigret von München« tituliert worden. Was würden die Journalisten wohl jetzt über ihn schreiben? Nathan blickte amüsiert auf seinen vorgewölbten Bauch und beantwortete sich die Frage selbst: »Rauchtee-Buddha aus Neuhausen«.

Jedenfalls half ihm das Teetrinken beim Nachdenken. Was Kleffner betraf, gab es also eine Handvoll Menschen, die ein hohes Interesse daran gehabt haben mussten, Kleffner als Kronzeuge zu verhindern. Man musste folglich das Augenmerk zunächst auf die Angeklagten in dem Frankfurter Prozess legen und recherchieren, mit welchen Kunden sie zusammengearbeitet hatten. *Vielleicht findet sich so die Verbindung zu dem professionellen Killer.*

Nathan nippte noch mal an seinem Tee, schloss die PDF-Dateien auf dem Computer und vertiefte sich in die Akte Bunzel. Der Münchner Börsenmakler hatte seit einigen Monaten unter Beobachtung der Steuerfahndung gestanden, aber auch des Kommissariats für organisierte Kriminalität. Er war verdächtigt worden, durch gezielte Kursmanipulationen kleinere Aktiengesellschaften gepusht und damit Investoren angelockt zu haben. Ob und was für Erkenntnisse die Fahnder gewonnen hatten, ließ sich den Akten nicht entnehmen; die Ermittlungen liefen verdeckt und streng geheim. *Trotzdem*, sinnierte Nathan, *könnte es sein, dass Bunzel kalte Füße bekommen hat und eine Gefahr für seine Auftraggeber darstellte.* »Diesem Gedanken muss ich nachgehen«, brummte Nathan in dem Augenblick, als Heinrich das Büro betrat.

»Wem willst du nachgehen, du alte Spürnase?«, fragte Heinrich.

»Ach, ich sitze über den Unterlagen der Kollegen«, antwortete Nathan. »Noch bin ich auf der Suche nach dem inneren Zusammenhang der beiden Taten. Ist draußen nichts los?«

»Montagvormittag ist immer ruhig. Zeit für eine Tasse Kaffee.«

»Setz dich doch. Wenn die Tür geht, übernehme ich.«

Heinrich ging zur Kaffeemaschine und drückte auf den Knopf. Knarrend lief das Mahlwerk an und übertönte beinahe Heinrichs Stimme: »Suchst du den Zusammenhang zu deinem Lindauer Fall?«

»Nein. Nur den zwischen den beiden Opfern des Scharfschützen.«

»Alles Finanzleute, oder?«

»Ja.«

»Alle mit Dreck am Stecken?«

»Kann man so sagen.«

»Also auch Roland Kundl?«

»Vermutlich ja.«

»Was hält dich davon ab, alle drei Fälle im Zusammenhang zu sehen?«

»Die Art der Vorgehensweise. Zweimal ein Scharfschütze, einmal ein heimlicher Giftmord.«

»Aber dreimal eine professionelle Tötung?«

»Das schon, aber ...«

»Kein Aber! Wenn ich Krimiautor wäre, würden die drei Fälle zusammenhängen.«

In diesem Moment ertönte die Glocke der Ladentür. Nathan

ging hinaus, um zu bedienen. Vor ihm stand ein zierlicher Mann mit schütterem, grau meliertem Haar, über der Schulter eine bunte Umhängetasche aus Lastwagenplane, die Hände ineinander verschränkt, der nervös von einem Fuß auf den anderen trat.

»Guten Morgen, wie kann ich Ihnen helfen?«

»Sie sind der Mordkommissar, stimmt's?«

In der dunklen Stimme lag ein quietschender Oberton, der den Kunden für Nathan sofort besonders interessant machte.

»Na ja, Vergangenheit. Was haben Sie auf dem Herzen?«

»Also, nun ...«, stammelte der Mann und seine Stimme wurde dabei höher. Er nestelte an seiner Tasche und zog ein dickes DIN-A4-Heft hervor. »Da hätte ich ein Manuskript«, fuhr er schüchtern fort. »Ich habe gehört, Sie schauen so etwas an.«

Verdutzt blickte Nathan auf das Heft. Es sah aus wie die Diplomarbeit eines Studenten, blauer Deckel mit Aufschrift, eine schwarze Umleimbindung wirkte einigermaßen professionell. Nathan nahm das Manuskript in die Hand. In fetten Lettern stand der Titel auf dem Umschlag: *FUROR*.

»Eigentlich schaue ich nur Manuskripte an, die mir von Verlagen gegeben werden«, erwiderte Nathan abwehrend, war aber zugleich von dem Titel und dem Autor fasziniert. *Was ist an ihm so eigenartig,* fragte sich Nathan und fixierte die dunkelbraunen Augen des Besuchers.

»Bitte, machen Sie eine Ausnahme«, bat der Mann. »Es ist eine wichtige Geschichte.«

»Tja, ich bin viel beschäftigt, müssen Sie wissen. Was erwarten Sie von mir?«

»Sie sollen mir sagen, ob es gut ist. Und ...« Er stockte. Dann huschte ein Grinsen über sein Gesicht, ehe er fortfuhr: »Ob Sie herausfinden, wie alles zusammenhängt.«

Eigentlich wollte Nathan das Manuskript schon zurückgeben, aber an der Art, wie der Mann sprach, war etwas Besonderes. Spontan beschloss er, das Manuskript zu lesen.

»Sie werden Geduld haben müssen«, bedeutete er dem Möchtegernschriftsteller und legte das Geheft auf den Ladentisch. »Wie erreiche ich Sie?«

»Meine E-Mail-Adresse steht innen drin. Danke.«

Der Besucher verneigte sich leicht, drehte sich um und verließ den *Lesertraum*.

Jetzt habe ich ihn nicht einmal nach seinem Namen gefragt, wunderte sich Nathan und ging mit dem Manuskript zurück zu Heinrich ins Büro.

»Was war denn das?«

»Ein Autor, hat mir ein Manuskript in die Hand gedrückt. Heute ist schon ein seltsamer Tag«, antwortete Nathan, legte das Manuskript auf den Tisch und schenkte sich eine weitere Tasse Tee ein.

»Lass mal sehen«, bat Heinrich und griff nach dem Heft. »Klingt interessant. Lass mich lesen und ermittle du den Zusammenhang aller drei Morde. Denn sie hängen zusammen, glaub mir!«

»Schön wär's«, murmelte Nathan. »Dann könnten die Kollegen von K11 in Lindau ermitteln.«

»Das ist auch notwendig, wenn die Kemptener Staatsanwaltschaft bockig ist.«

• • •

Der Nachruf auf Roland hatte ihn viel Kraft gekostet und am offenen Grab war er den Tränen nah gewesen. Trotzdem hatte Brückner mit eiserner Disziplin Fassung bewahrt und für Faltermeier beim Kondolieren noch einen netten Satz übriggehabt. *Hoffentlich hat er mir das abgenommen,* wünschte sich Brückner und lehnte sich zufrieden in seinem Stuhl zurück.

Nur eine Handvoll Bekannte waren der Einladung zum Mittagessen nach dem Begräbnis gefolgt. Borrat unterhielt sich mit den wenigen Trauergästen, Brückner zog sich etwas zurück, und die anderen schienen das wie selbstverständlich zu akzeptieren. So konnte sich Brückner langsam von den starken Gefühlen erholen, die ihm zu schaffen gemacht hatten. Nach und nach kam sein analytischer Geist zurück und er rief sich die Reaktionen von Faltermeier auf die Eingangspassagen in seiner Trauerrede ins Gedächtnis. Bei dem Satz, dass sich der Tod neben Roland gesetzt und ihm einen Stich verpasst hatte, war Faltermeier knallrot geworden. *Das war ein Schuss ins Schwarze,* folgerte Brückner. Faltermeier hatte etwas mit Roland Tod zu tun, daran gab es für Brückner keinen Zweifel mehr. *Aber wie kann man ihm das nachweisen,* fragte er sich und beschloss, bald mit Weiß Kontakt aufzunehmen.

Als die Trauergäste das Lokal verließen, gab Borrat ihm das Zeichen zum Aufbruch. Gemeinsam machten sie sich auf den Weg zu Borrats Kanzlei, in deren Tiefgarage Brückner seinen Wagen geparkt hatte.

»Ihre Worte haben ins Mark getroffen«, bemerkte Borrat nach einigen Minuten des Schweigens. »Wie haben Sie die Kraft gefunden, so einen Text so vorzutragen?«

»Die Suche nach der Wahrheit, lieber Borrat, und mein Gefühl für Gerechtigkeit haben mich das durchstehen lassen«, antwortete Brückner leise. »Und die Reaktion von Faltermeier hat mich in all meinen Vermutungen bestätigt. Weiß muss nun den Hebel finden, mit dem sich Faltermeiers Panzer aufbrechen lässt.«

»Ich will nachher auch mit Weiß telefonieren«, verriet Borrat und erzählte von seinem Verdacht hinsichtlich Rolands Kunden aus den Vereinigten Arabischen Emiraten.

»Interessant, sehr interessant«, pflichtete Brückner bei. »Lassen Sie uns gleich mit ihm telefonieren, wenn wir in Ihrer Kanzlei sind.«

Doch als sie bei Weiß anriefen, nahm dieser das Gespräch nicht entgegen, und auch seine Mailbox blieb stumm.

»Wollen wir ihm eine Kurznachricht schicken?«, fragte Brückner, doch Borrat schüttelte den Kopf.

»Da habe ich kein gutes Gefühl. Wer weiß, wer da mitlesen kann. Nein, ein kurzes Telefonat und dann so schnell wie möglich ein persönliches Gespräch. Übernehmen Sie das, wenn Sie wieder in München sind?«

»Selbstverständlich«, erwiderte Brückner und verabschiedete sich von Borrat.

Während Brückner seinen Stromer auf die Autobahn zurollen ließ, bemerkte er im Rückspiegel einen dunkelblauen Wagen, der von einem bärtigen Mann gelenkt wurde. Dieser fädelte hinter ihm auf die rechte Fahrspur ein und hielt gut 100 Meter Abstand. Bald befanden sich zwei andere Fahrzeuge zwischen Brückner und dem Bärtigen, und schließlich verlor Brückner den Wagen aus den Augen. Er stellte den Tempomat auf 110 km/h ein und ließ sein Auto stromsparend dahinrollen.

Obwohl er den Verkehr aufmerksam beobachtete, erlaubte er seinen Gedanken Bilder aus längst vergangenen Tagen. Da sah er den jungen Studenten Roland in seiner Sprechstunde sitzen, wie sie über seinen Ansatz zur Konstruktion eines indexgesteuerten Aktienfonds diskutierten. Brückner erinnerte sich an die Begeisterung, mit welcher der ehrgeizige Roland an seinem Seminar für Finanzmarktinstrumente teilgenommen hatte. Noch einmal sah Brückner Rolands strahlenden Augen, als er ihm die Stelle einer Hilfskraft an seinem Lehrstuhl angeboten hatte.

Aus und vorbei, ausgelöscht dieses Leben, wieder ein Abschied für immer, dachte er wehmütig und versagte sich den Gedanken an Ines. Er wischte sich eine Träne aus dem Augenwinkel und sah im Rückspiegel wieder den dunkelblauen Wagen drei Fahrzeuge hinter sich. E*igenartig, verfolgt mich der?* Die Überholspur war frei. Brückner drückte das Gaspedal durch und beschleunigte seinen Wagen auf 180 km/h. Allmählich wurde der dunkelblaue Audi im Rückspiegel kleiner. Zehn Kilometer weiter, die angezeigte Fahrreserve war deutlich gesunken, nahm Brückner den Fuß vom Gas, fädelte rechts ein und aktivierte den Tempomat wieder bei 110 km/h. Fünf Minuten später reihte sich sein Verfolger hinter ihm ein und fuhr nun sehr dicht auf. Im Rückspiegel konnte Brückner deutlich erkennen, dass der Bärtige grinste. Sein Puls beschleunigte sich und er überlegte, was zu tun war. Ein Blick auf seine Stromanzeige verdeutlichte ihm, dass es untunlich war, noch einmal einen Parforceritt hinzulegen. Wollte er ohne Ladestopp nach Hause kommen, durfte er den Wagen nur noch rollen lassen. Da war es dem Audi ein Leichtes, an ihm dranzubleiben.

Je länger der Wagen hinter ihm klebte, umso nervöser wurde Brückner. Doch 30 Kilometer vor München setzte der Audi zu seiner Überraschung zum Überholen an. Der Bärtige deutete mit dem Finger auf ihn und beschleunigte. Nach wenigen Minuten war der Wagen außer Sichtweite. *Vielleicht werde ich paranoid,* beschwichtigte sich Brückner und rollte gemütlich auf die Landeshauptstadt zu.

•••

Lukas Ruedi berichtete Denise und Richi von seiner Dienstreise nach München. Als er das Lob des alten Mordermittlers wegen der Sicherung des Handabdrucks an der Baumrinde erwähnte, schwoll Richis Brustumfang stolz an, und Denise klatschte in die Hände. *Zwischen den beiden läuft etwas,* war sich Ruedi nun sicher, aber er unterdrückte eine diesbezügliche Anmerkung, obwohl sie ihm auf der Zunge lag. Doch er wollte Denise nicht kränken, er brauchte sie noch für die Lösung dieses Falles.

»Wir können abwarten, wie das Täterprofil des gewieften Fallanalytikers Weiß ausfällt«, beendete Ruedi seinen Bericht und klappte den Aktendeckel zu.

»Sollten wir nicht trotzdem versuchen, über die Botschaft etwas in Erfahrung zu bringen?«, gab Denise zu bedenken.

»Was haben wir davon?«, wehrte Ruedi ab. »Die mauern gewiss, alles andere wäre ein Wunder.«

»Das schon«, widersprach Denise diplomatisch. »Aber vielleicht wird bei denen jemand nervös. Ein wenig Unruhe schadet nicht, oder?«

Warum ist sie so ehrgeizig, fuhr es Ruedi durch den Kopf. Da waren wieder dieses Konkurrenzgefühl und seine Angst, Denise könnte ihm seinen Karrieresprung vereiteln und an ihm vorbeiziehen. *Ich muss da drüberstehen,* ermahnte er sich, schließlich geboten die Vernunft und der Blick auf die dienstliche Realität, einzusehen, dass ihn die Kollegin, die noch im Range eines Leutnants arbeitete, nicht überholen konnte.

»Wenn du meinst. Aber du musst die Anfrage über den Dienstweg stellen.«

»Klar, Boss«, grinste Denise, nahm Richi bei der Hand und verließ mit dem Spurensucher Ruedis Büro.

Ruedi legte die Ermittlungsakte »Roger Kleffner« zur Seite und widmete sich einem Fall von Körperverletzung, der einfach gelagert war und von ihm noch heute zum Abschluss gebracht werden konnte. Er freute sich, seinem Hauptmann endlich wieder einen gelösten Fall vorlegen zu können, und vielleicht konnte er dann einen knappen Zwischenbericht aus München einflechten und dabei *bella figura* machen.

Sein Telefon klingelte. Er nahm das Gespräch entgegen und erschrak über die barsche Stimme seines Hauptmanns. Er solle sofort zum Rapport kommen, befahl der Kripochef von Schwyz und legte auf.

»Was fällt Ihnen ein, sich an eine Botschaft eines befreundeten Landes wenden zu wollen?«, bellte Hauptmann Imboden zur Begrüßung.

Verdattert stand Ruedi in der Tür.

»Schließen Sie die Tür und setzen Sie sich«, befahl Imboden und wedelte ungeduldig mit der Hand. »Heraus mit der Sprache! Was für ein Teufel reitet Sie?«

»Es geht um den Mord an Roger Kleffner, wir wollen …«, stotterte Ruedi und stockte. Was war denn in seinen Chef gefahren?

»Nichts werden Sie wollen. Selbstverständlich kommt es nicht infrage, die Botschaft der Vereinigten Arabischen Emirate mit so einem lächerlichen Verdacht zu konfrontieren. Ich wünsche keinen Ärger mit unseren Diplomaten, verstanden?«

Ruedi nickte betreten und schwieg.

»Wenn Sie den Fall nicht lösen können, sagen Sie Bescheid. Kollegin Krapp kann übernehmen, kein Problem.«

Ruedi wollte im Erdboden versinken. *Also doch,* dachte er, *sie sägt an meinem Stuhl.*

•••

Sophie las die Aufzeichnungen von Lorenz über die Industriellenfamilie Hotterer und fand diese knapp und nüchtern niedergeschriebene Familiensaga richtig spannend. Die Idee, eine vor der Öffentlichkeit seit 80 Jahren verborgene Kunstsammlung aufzulösen und die Gemälde bedeutender Maler des ausgehenden 19. und beginnenden 20. Jahrhunderts diskret an verschwiegene Kunstliebhaber zu verkaufen, erschien ihr genial und beflügelte ihre Fantasie. Tief in sich spürte Sophie die schöpferische Kraft für manches unentdeckte Gemälde von Gauguin und Monet, Ernst und Kandinsky, und ihre Lust, sich auch an dem einen oder anderen Picasso zu versuchen, wuchs von Minute zu Minute. *Natürlich ist es wichtig, überzeugende Sammlungsaufkleber an den Gemälden anzubringen,* stellte Sophie ohne Zögern fest und machte sich daran, im Internet eine umsetzbare Beschreibung für die Herstellung von umweltfreundlichem Knochenleim zu finden. An einem unzeitgemäßen Klebstoff sollten etwaige Experten nicht erkennen, dass es sich bei Sophies Gemälden um Neuschöpfungen handelte.

Lorenz muss noch geeignetes Papier auftreiben, überlegte Sophie und ließ ihre Gedanken zu ihrem Liebhaber schweifen. Letzte Nacht war er wieder der einfühlsame und zärtliche Geliebte gewesen, den sie schätzte, und wäre er morgens nicht gar so geistesabwesend gewesen, hätte sie den Anflug von Entfremdung vom Vortag vielleicht wieder vergessen. Aber irgendwie war Lorenz nicht bei der Sache gewesen, und Sophie hatte nach dem Aufwachen von Minute zu Minute mehr das Gefühl gehabt, als spiele Lorenz ihr etwas vor. Er war nicht der einfühlsame Liebhaber, er spielte ihn nur. Warum? Was war mit ihm los? Sophie hörte in sich hinein und fand ein vages, beunruhigendes Misstrauen. Was, wenn er sie gar nicht mehr als Frau und Geliebte, sondern bloß noch als die Malerin falscher großer Meister schätzte? Diese Frage nagte an ihr und fraß sich allmählich in ihr Herz. Sie wünschte sich bedingungslose Anerkennung und wahrhafte Geborgenheit von Lorenz, und wenn diese ausblieb, spürte sie eine bitter schmeckende Enttäuschung. Ihr war, als läge ein Hauch von Campari auf ihrer Zunge, aber nicht abgemildert durch frisch gepressten Orangensaft, nein, da breitete sich ein unangenehmer Geschmack aus. Mit diesem Gefühl schien sich die Welt zu verdüstern. Grau wurden die Farben rings um Sophie, eine lähmende Freudlosigkeit ließ sie den Computer ausschalten und in die Küche gehen. Unschlüssig stand sie vor dem Messerblock. Würde es ihr nicht guttun, einen raschen Schnitt in den Unterarm zu ritzen?

•••

Endlich nahm Weiß den Anruf entgegen. Borrat atmete erleichtert auf, fragte pro forma, wie es ihm gehe, und berichtete dann von seiner Idee, dass Rolands seltsame Briefe an Männer aus dem Orient adressiert sein könnten.

»Was heißt Orient?«, fragte Weiß und klang seltsam elektrisiert.

»Soweit ich es beurteilen kann, Dubai oder die Emirate, vielleicht auch Saudi-Arabien. Sicher bin ich mir nicht, aber jedenfalls aus dieser Ecke waren immer Gäste da, um die sich Roland gekümmert und für die er auch Klinikaufenthalte in einem Münchner Universitätsklinikum organisiert hat.«

»Das würde passen«, rief Weiß durchs Telefon. »Haben Sie irgendeinen Namen oder etwas Greifbares?«

»Leider nein. Aber die waren stets zu Gast in den Luxussuiten des Grandhotels in Bad Schachen.«

»Fein, das genügt mir fürs Erste. Wie war die Beerdigung?«

Borrat schilderte den Verlauf von Aussegnung und Begräbnis, dann ging er ausführlich auf Brückners Nachruf und Faltermeiers Reaktion ein.

Weiß zeigte sich beeindruckt und meinte zum Abschied: »Hoffentlich hat sich unser Professor nicht zu weit aus dem Fenster gelehnt.«

Dieser Satz wirkte in Borrat lange nach. Schließlich griff er erneut nach seinem Telefon und wählte Brückners Nummer. Aber der Wirtschaftsprofessor nahm den Anruf nicht entgegen.

Nachdem er es eine Stunde lang vergeblich versucht hatte, begann er sich Sorgen zu machen. Er rief bei Weiß an, doch auch hier hatte er keinen Erfolg. Was, wenn Brückner etwas zugestoßen war? Wenn Faltermeier etwas mit Rolands Tod zu tun hatte, dann schwebte Brückner womöglich in Gefahr. Borrats Puls schlug unwillkürlich schneller.

• • •

»Ich weiß nicht, ob es eine gute Idee ist, wenn wir uns in Lindau einmischen«, gab sich Manfred zurückhaltend, nachdem ihn Nathan gebeten hatte, sich den Fall Roland Kundl offiziell vorzunehmen. »Die zuständige Staatsanwältin dürfen wir nicht übergehen. Und ob zwischen dem tragischen Tod dieses Roland Kundl und den beiden Erschießungen in Brunnen und Waldperlach tatsächlich ein Zusammenhang besteht …? Versteh mich nicht falsch, Nathan, selbstverständlich will ich alles tun, um diese Fälle zu lösen, aber ich muss Rücksicht nehmen. Allein unser Kriminaldirektor … Ach, wem sage ich das? Du weißt genau, wie der Hase läuft.«

O ja, das weiß ich zur Genüge, ärgerte sich Nathan. Trotzdem schluckte er seinen Groll hinunter. Manfred war ein guter Mann, ihn traf keine Schuld an der Borniertheit von Dr. Pfannerl, der nur seine eigene Karriere im Kopf und keinen blassen Dunst von richtiger Polizeiarbeit hatte.

»Du könntest aber neben der Recherche zu Bunzels Kunden einmal die Anleger bei *IFP* in Lindau unter die Lupe nehmen, soweit es dazu keines Durchsuchungsbeschlusses bedarf«, regte Nathan an. »Wenn du Nina auf diese Sache ansetzt – die versteht ihr Handwerk und ist pfiffig genug, sich nicht sofort auf die Finger schauen zu lassen.«

»Was soll das bringen?«

»Wenn wir bei den Anlegern von Kundl und Bunzel auf eine Schnittmenge kommen, können wir unseren mutmaßlichen Täterkreis eingrenzen. Wie gesagt, ich vermute die Auftraggeber für die Morde in den Kreisen der Investmentbanker, und hier besonders bei Finanzjongleuren, die auch eine Beziehung zu den Angeklagten in diesem Frankfurter Steuerhinterziehungsprozess haben.«

Manfred nickte vielsagend. »Deine Vernetzungshypothese ist ziemlich gewagt, Nathan. Hoffentlich verbrennen wir uns da nicht die Finger.«

»Nina, okay?«, beharrte Nathan auf seinem Vorschlag.

»Okay«, ließ sich der Leiter von K11 breitschlagen. »Aber sonst niemand aus meinem Team.«

»Einverstanden«, nahm Nathan die hingestreckte Hand von Manfred. »Aber Nina könnte sich ja von Wolfgang unterstützen lassen.«

»Du meine Güte«, stöhnte Manfred. »Du ersparst einem aber auch gar nichts.«

»Wieso? Ich denke, du und Wolfgang, ihr seid im Guten auseinandergegangen?«

Natürlich wusste Nathan um die Empfindlichkeit, die der Name seines unmittelbaren Nachfolgers beim jetzigen Leiter von K11 auslöste; schließlich war Manfred nur deshalb der Leiter der Mordkommission geworden, weil Nathan beim nervenaufreibenden Fall des Racheengels Karin Fellermayr nicht nur entscheidend zur Aufklärung beigetragen, sondern letztlich seinem Nachfolger auch geraten hatte, die Leitung der Mordkommission abzugeben. Wolfgang Stöhrl war klug genug gewesen, diesem Ratschlag zu folgen. Jetzt arbeitete er ruhig und gelassen im Bereich der Vermögensdelikte. Der dortige Kommissariatsleiter könnte ihn durchaus einige Tage entbehren, und Nina hätte mit Wolfgang optimale Unterstützung. Außerdem, grinste Nathan in sich hinein, auch noch privat ein wenig Spaß; immerhin waren Stöhrl und Lutz ein frisch verliebtes Paar.

»Macht doch, was ihr wollt«, winkte Manfred ab. »Aber kommt den Kollegen von der Organisierten nicht in die Quere.«

»Danke. Du wirst sehen, wir nähern uns der Lösung an.«

Eine halbe Stunde später saß Nathan mit Nina und Wolfgang in der Eisdiele im Innenhof des Kinokomplexes nahe den Büros der Mordkommission und beriet mit ihnen das weitere Vorgehen.

»Wir müssten wissen, wer von den illegalen Geschäften, in welche die Getöteten verstrickt waren, profitiert hat. Bei Bunzel habt ihr ja«, dabei schaute Nathan Nina an, »eine Kundenliste gefunden. Habt ihr diese Kunden schon überprüft?«

»Nicht dass ich wüsste«, antwortete die junge Kommissarin überrascht.

»Verstehe«, nickte Nathan. »Ihr hattet einen anderen Ermittlungsansatz. Vermutlich hat Manfred auch deshalb die Kunden nicht ausgeforscht, weil ihn Pfannerl angewiesen hat, der Organisierten nichts ins Handwerk zu pfuschen.«

»Pfannerl schon wieder«, ereiferte sich Wolfgang, der auf den Kriminaldirektor seit seinem Wechsel aus der Mordkommission zu den Vermögensdelikten nicht gut zu sprechen war.

»Das hat Manfred nicht so deutlich gesagt, aber er will sich mit dem Chef einfach gut stellen«, bemerkte Nina resigniert.

»Wie dem auch sei«, blickte Nathan nach vorne. »Wir haben die Kundenliste von Bunzel, das ist schon mal ein guter Ansatz. Wenn wir herausfinden, ob der eine oder andere auch bei *InterFinancePower* investiert ist, wären wir bereits einen Schritt weiter.«

»Die werden uns ihre Kundendatei nicht aushändigen«, warf Wolfgang ein.

»Dort sollst du auch nicht ansetzen, nein, das muss pfiffig gehen«, überlegte Nathan und kratzte sich am Kinn, wie er es immer tat, wenn er angestrengt nachdachte. »Du und Nina, ihr ruft bei Bunzels Kunden an und gebt euch als Mitarbeiter von *IFP* aus. Dann entschuldigt ihr euch für eine Panne bei einem *IFP*-Zertifikat, das vor wenigen Tagen abgestürzt ist, und bietet ein Kompensationsgeschäft an.«

Nina klatschte in die Hände. »Du bist wirklich ein alter Bauernfänger. Wenn du auf der anderen Seite stündest, würdest du den Kollegen von Wolfgang ordentlich Kopfzerbrechen bereiten.«

»Zum Glück habe ich mich nicht für die dunkle Seite der Macht entschieden«, schmunzelte Nathan. »Jedenfalls wird euch jeder, der nichts mit *IFP* zu tun hat, das rasch zu verstehen geben.«

»Aber was sagen wir einem, der dort Kunde ist und wissen will, was es mit dem Zertifikat und der Kompensation auf sich hat?«, fragte Wolfgang.

Nathan zog sein Smartphone aus der Tasche, scrollte durch seine Notizen und zeigte Nina und Wolfgang einen Eintrag. »Schaut, das ist die Wertpapierkennung des fraglichen *IFP*-Zertifikats. Die gebt ihr dem Kunden durch und dann verweist ihr darauf, dass sich wegen der Kompensation Herr Lorenz Faltermeier persönlich mit ihnen in Verbindung setzen wird. Spätestens dann erkennt ihr an der Reaktion des Kunden, ob es eine Verbindung zu Faltermeier gibt.«

»Schön und gut«, wandte Wolfgang ein, »aber was bringt uns das?«

»Erstens«, erläuterte Nathan seine Idee, »wissen wir dann, dass es Verbindungen geben kann zwischen Bunzel und Faltermeier, was meine Theorie stützen würde, dass alle drei Morde zusammenhängen könnten. Zweitens bringen wir Unruhe in den Kundenkreis von *IFP*. Das müssen wir ausnutzen, indem wir Faltermeier möglichst lückenlos beobachten.«

»Aber wir sind nur zu zweit«, gab Nina zu bedenken.

»Nein«, erwiderte Nathan. »Ich werde ebenso mithelfen wie Kundls Freund Michael Borrat. Zu viert können wir schon etwas erreichen.«

»Wann starten wir?«, wollte Nina wissen, die offensichtlich tatendurstig war.

Die Begeisterung, die sie für die Ermittlungstätigkeit mitbrachte, gefiel Nathan an der jungen Kommissarin und er war froh, sie in dem kleinen Team zu haben, mit dem er Faltermeier auf die Pelle rücken wollte.

»Wir haben aber noch andere Aufgaben in Lindau«, ergänzte Nathan. »Wir müssen uns in Bad Schachen umschauen, ob dort wieder arabische Kundschaft von *IFP* angereist ist, und wir müssen mit der Zollfahndung Kontakt aufnehmen, um herauszufinden, ob die dortigen Kollegen Kundl im Visier hatten.«

»Wissen wir das nicht?«

Nathan schmunzelte; Nina stellte stets die richtigen Fragen.

»Leider nein«, antwortete er. »Die Kollegen vor Ort haben nach der ersten Feststellung, Kundl sei an Herzversagen verstorben, keine Ermittlungen durchgeführt und die Staatsanwältin in Kempten hat weitere Ermittlungen dezidiert abgelehnt. Wir müssen uns selber um die Aufklärung kümmern.«

»Na dann«, Nina klatschte in die Hände, »packen wir's an!«

•••

»Es muss wie ein Unfall aussehen«, forderte Faltermeier und beendete das Gespräch. Wie stets nach solchen Telefonaten nahm er den Akku aus dem alten Nokia, fischte die SIM-Karte hervor, schnitt sie mit der Schere in vier Teile und warf sie in einen leeren Joghurtbecher. Schnell weg damit, die Tögel soll den Abfall raustragen, dachte er und legte den Becher entgegen seinen sonstigen Gepflogenheiten einfach in den gut gefüllten Abfalleimer. Er installierte den Akku, setzte das Handy auf die Werkseinstellungen zurück und verstaute es in der obersten rechten Schublade seines Schreibtischs. Niemand würde das Gespräch zu ihm zurückverfolgen können. Mit jeder Prepaidkarte nur ein Telefonat, das war die eherne Regel. Jetzt stand ihm der Sinn nach einem Haselnuss-Schnaps, aber es war zu früh am Tag. Er musste sich noch um zwei Kunden kümmern, schließlich ging das Tagesgeschäft seinen Gang, und das war gut so, denn nur mit Abwechslung ließ sich das morgendliche Begräbnis vergessen. Was bildete sich dieser Professor nur ein? Wenn Faltermeier an Brückner dachte, schwoll ihm der Kamm. Von diesem aufgeblasenen Besserwisser ließ er sich die Suppe nicht versalzen, nein, das kam nicht infrage. Jetzt war Faltermeier schon so weit gegangen, jetzt konnte er sich nicht mehr aufhalten lassen.

»Ob du willst oder nicht«, knurrte er, »ich gehe meinen Weg!«

Allerdings spürte er seinen beschleunigten Puls, und für einen kurzen Moment blitzte der Gedanke ans Scheitern auf. Er schüttelte den Kopf und rief sich selber zu: »Es wird gelingen und mir geht's gut!«

Es klang wie das Pfeifen im Walde.

•••

Mit gerade noch zwölf Kilometern Reichweite bog Brückner in die Tiefgarageneinfahrt ein und zuckte vor Schreck zusammen. Unmittelbar neben der Einfahrt parkte ein dunkelblauer Audi. Von einem Fahrer war jedoch weit und breit nichts zu sehen. Brückner rollte an dem Wagen vorbei. Das Münchner Kennzeichen beruhigte ihn etwas. Hatte der Wagen auf der Autobahn nicht ein auswärtiges Kennzeichen gehabt? Er versuchte, sich zu erinnern, aber die Zweifel wuchsen. *Und wenn es doch das Auto ist, das mich verfolgt hat,* fragte er sich und fuhr die Rampe in die Tiefgarage hinab. Dank des Transponders hatte sich das Rolltor geöffnet. In der Garage ging das Licht an. Langsam rangierte Brückner auf seinen Stellplatz. Das Garagentor schloss sich. Die meisten Stellplätze waren leer, die Garage hell erleuchtet, Brückner allein. Er stieg aus und schloss den Wagen an die Ladestation an. Unsicher blickte er in die Runde, dann schritt er zum Ausgang. Nichts regte sich. Er öffnete die Tür zum Treppenhaus. Auch hier flammte dank des Bewegungsmelders das Licht von alleine auf. Niemand war da. Gemächlich stieg er die Treppen hoch und tadelte sich für seine Schreckhaftigkeit.

Kaum in der Wohnung, schaltete er die Kaffeemaschine ein, griff zum Telefon und rief Nathan Weiß an. Doch lediglich die Mailbox forderte, nach dem Signalton eine Nachricht zu sprechen.

»Bitte rufen Sie mich bei Gelegenheit zurück«, bat Brückner mit matter Stimme und legte auf. *Sicher ist Weiß voll in seinem Element,* machte sich Brückner Mut, *und kommt mit großen Schritten der Lösung näher.* Doch dann befielen ihn Zweifel. Zu ausgeklügelt schien ihm das System, das Faltermeier mit *IFP* aufgezogen hatte, um für sich und seine Kunden optimalen Profit zu erzielen. *Dieser Mistkerl weiß sich zu schützen,* glaubte Brückner und wunderte sich über sich selbst. Er hatte tatsächlich »Mistkerl« gedacht, dabei vermied er normalerweise jedes böse Wort, selbst in Gedanken. So war er erzogen worden; immer eine gepflegte Wortwahl, keine Schimpfworte, niemals Fluchen, stets die Contenance bewahren. Ines hatte seine Vornehmheit geschätzt, und auch in seinem beruflichen Umfeld hatte er sich gerade mit seiner ausgleichenden, diplomatischen Sprache viele Freunde gemacht.

Während er an seiner Kaffeetasse nippte, tauchten Erinnerungen auf an viele Begegnungen mit bedeutenden Menschen und erfüllten ihn mit Stolz. Ja, er hatte sein Leben gut und erfolgreich gelebt, er durfte wahrhaftig zufrieden sein. Aber er war noch nicht am Ende, er hatte noch die eine oder andere Aufgabe, denn er wollte der Welt etwas von seinem Erfolg zurückgeben.

»Es wird Zeit, dass ich mich um die Lindauer Tagung kümmere«, forderte er sich laut auf und erschrak über seine dünne Stimme. Der heutige Tag hatte ihn viel Kraft gekostet, und er musste erkennen, dass seine Belastbarkeit ihre Grenzen erreichte. Das Alter forderte seinen Tribut, das ließ sich kaum leugnen.

Ich muss mit meiner Energie haushalten, mahnte er sich, ging ins Wohnzimmer an seinen Schreibtisch und fuhr den Computer hoch. Das E-Mail-Postfach quoll über. Zeit, die Korrespondenz zu erledigen.

Der Klingelton seines Handys riss ihn aus dem Schreibfluss, mit dem er eine E-Mail nach der anderen beantwortete. Missmutig griff er nach dem Smartphone, aber als er Borrats Name auf dem Display las, lichtete sich seine Stimmung sprunghaft.

»Schön, von Ihnen zu hören«, grüßte er. »Wie geht es Ihnen? Gibt es Neuigkeiten?«

»Herr Weiß kommt mit zwei Kriminalbeamten aus München nach Lindau. Sie werden hier halb offiziell ermitteln, ich werde sie unterstützen. Wir wollen Faltermeier beobachten. Herr Weiß geht davon aus, dass Faltermeier allmählich nervös wird.«

»Das könnte nicht schaden«, bemerkte Brückner. »Ich jedenfalls bin auch nervös. Stellen Sie sich vor«, sagte er und erzählte von seinem Gefühl, auf der Autobahn verfolgt worden zu sein.

»Aber jetzt ist alles in Ordnung?«, sorgte sich Borrat.

»Ja. Vermutlich bin ich nur etwas paranoid.«

»Nein, Herr Professor, das sind Sie nicht. Sie müssen auf sich Acht geben, denn wir haben uns mit einem gefährlichen Gegner angelegt.«

»Ich weiß. Aber jetzt gibt es kein Zurück mehr.«

»Wenn irgendetwas ist ... Sie rufen mich an, in Ordnung?« Borrat klang tatsächlich besorgt.

»Ja«, antwortete Brückner. »Das gilt für Sie aber auch.«

Dann war das Gespräch vorbei und Brückner widmete sich wieder seinen E-Mails. Im Zentrum stand die Abteilung des anstehenden Kongresses, die sich mit *Hate Speech* befassen würde. Noch fehlten ihm zwei Vortragende, um das Thema abzurunden. Vielleicht sollte er Barbara fragen, ob sie eine geeignete Wissenschaftlerin empfehlen konnte. Der Gedanke beflügelte ihn. Er hatte schon viel zu lang nicht mehr mit seiner Tochter telefoniert. Das würde er sofort nachholen.

•••

Beruhigt beendete Borrat das Telefonat mit Brückner. Er saß schon seit einer halben Stunde auf einer Bank zwischen zwei Blumentrögen, von der aus er den Eingang zu den Büros von *InterFinancePower* gut im Blick hatte. Außer einem unscheinbaren Mann in grauem Anzug hatte seitdem niemand das Gebäude betreten, und ein wenig zweifelte Borrat an der Sinnhaftigkeit seines Auftrags, den ihm Weiß vor einer knappen Stunde gegeben hatte. Er wusste nicht einmal, ob sich Faltermeier derzeit in seinem Büro aufhielt. Wozu also beobachtete er den Eingang? *Eigentlich*, dachte er, *sitze ich hier auf dem Präsentierteller. Wenn Faltermeier herauskommt, sieht er mich sofort. Was wird er sich dann denken?*

»Wir müssen ihn nervös machen«, hatte Weiß gesagt. »Er soll spüren, dass wir ihn beobachten.«

Also psychologische Kriegsführung, folgerte Borrat und behielt die schwere Eichentür im Blick. Da sah er beim Seitenausgang Faltermeiers Sekretärin mit einem gelben Sack zur Mülltonne gehen. Nachdem sie den Abfall entsorgt hatte, verschwand sie wieder im Haus. *Mich laust der Affe,* schoss es Borrat durch den Kopf, *eine Sekretärin entsorgt den Müll.* Misstrauisch stand er auf und schlenderte zum Tonnenhäuschen. Rasch öffnete er den Deckel und zog den obersten gelben Sack heraus.

»Pfeif auf den Beobachtungsposten«, ermunterte er sich selbst und lief mit dem Sack durch die Altstadt zurück in seine Kanzlei. Dort war er froh, dass er seiner Anwaltsgehilfin für heute freigegeben hatte. Frau Merkle hätte sich gewiss über ihren Chef amüsiert, der mit einem fremden Müllbeutel unschlüssig am Empfang herumstand. Was tun mit dem Beutel? Da fiel ihm die Badewanne ein. Was für ein Glück, dass es die in seinen Kanzleiräumen gab. Er ging ins Bad und schüttete den Inhalt des gelben Sacks in die Wanne. Noch hatte er keine Ahnung, nach was er suchen sollte. Immerhin bestand der Plastikabfall in erster Linie aus gespülten Joghurtbechern, zerknüllten Klarsichtfolien, abgewetzten Schnellheftern und zugeschraubten Plastikflaschen, Letztere übrigens aus der Schweiz, denn auf diese gab es kein Pfand.

Interessant, befand Borrat, *da ist jemand oft bei unseren neutralen Nachbarn.* Er sortierte den Abfall und da fielen ihm vier kleine Schnipsel auf. Was ist das, fragte er sich und rief plötzlich laut »Wow«.

Er legte die Schnipsel auf das Waschtischchen und betrachtete sie genau: Vor ihm lag eine zerschnittene SIM-Karte. *Wenn das mal kein spannender Fund ist.*

•••

Was zum Teufel macht der Kerl da? Seit mehr als zehn Minuten beobachtete Faltermeier bereits, wie Borrat zwischen den Pflanztrögen auf der Bank saß und den Eingang zum *IFP*-Gebäude nicht aus den Augen ließ. *Borrat und Brückner haben es auf mich abgesehen,* ärgerte er sich und beschloss, den Stier bei den Hörnern zu packen. Er verließ seinen Platz am Fenster, nahm den Lindauer Anzeiger mit und ging gemächlich die Treppe hinunter. Bei dem Gedanken, Borrat die Zeitung mit der Bemerkung in die Hand zu drücken, dann müsse er sich beim Aufpassen auf den Hauseingang nicht mehr so langweilen, musste er unweigerlich schmunzeln. Borrat sollte nicht glauben, man könne ihn, Lorenz Faltermeier, den mit allen Wassern gewaschenen Finanzprofi, der in sämtlichen Lebenslagen cool bleiben konnte, nervös machen. *Nein, Bursche, nicht mit mir,* bekräftigte sich Faltermeier selbst und trat ins Freie.

Borrat saß nicht mehr auf der Bank. Irritiert schaute Faltermeier nach links und nach rechts, konnte den Rechtsanwalt aber nirgends entdecken. Er umrundete die Hausecke hin zu der stillen Nebengasse, aber auch dort fand sich kein Borrat. *Okay,* dachte Faltermeier, *dann hat er seinen Posten aufgegeben; schade um den Gag.* Mit diesem Gedanken kehrte er in sein Büro zurück und nahm sich vor, auch Borrat besonders im Auge zu behalten.

»Es ist immer gut, wenn man seine Feinde kennt«, murmelte er und genehmigte sich nun doch ein Gläschen Haselnuss-Schnaps. Dann telefonierte er mit dem zweiten Kunden, dem er heute eine Beratung schuldete, und ließ nebenbei eine Bemerkung über eine lukrative Gelegenheit am Kunstmarkt einfließen. Zu seiner Freude schnappte der Kunde sofort nach dem Köder, und eine halbe Stunde später stand die Vereinbarung über den Kauf eines verschollenen Wald-Bildes von Max Ernst.

Gut, dass Sophie so prächtig vorgearbeitet hat, freute er sich. *Ich werde ihr jetzt den Blumenstrauß bringen, der gestern nicht geklappt hat, und mit ihr auf den nächsten Erfolg anstoßen.*

Mit einem fulminanten Bund roter Rosen in der einen und einer eisgekühlten Flasche Champagner in der anderen Hand stand Faltermeier vor Sophies Tür. Doch statt eines juchzenden Willkommensschreis blieb trotz mehrfachen Schellens alles still und die Tür verschlossen. Er stellte die Flasche auf dem Boden ab, fischte sein Handy aus der Hosentasche und rief Sophie an. Sie nahm das Gespräch nicht entgegen, doch ganz leise hörte er ihren Klingelton. Sie war also zu Hause, denn sie ging niemals ohne ihr Smartphone aus dem Haus.

Kurz zögerte er, dann nahm er den Schlüssel, den sie ihm zu Beginn ihrer Beziehung gegeben hatte. Er machte davon selten Gebrauch, denn er wusste, wie sehr Sophie ihre Privatsphäre schätzte. Noch einmal ließ er es bei ihr anläuten, noch einmal drückte er die Klingel an der Tür. Nichts. Also schloss er auf und trat ein.

In Diele und Schlafzimmer war sie nicht, im Wohnzimmer auch nicht. Er lief weiter ins Atelier und erschrak. Leichenblass und blutverschmiert lag Sophie auf dem Boden. Bewusstlos. Er stürzte auf seine Geliebte zu. Sie atmete, dem Himmel sei Dank.

Er sah die Bescherung sofort: Fünf tiefe Schnittwunden am linken Unterarm.

»Ach Pinselchen, warum hast du dich wieder geritzt?«, murmelte er, ging ins Bad und holte einen Waschlappen, den er unter das kalte Wasser hielt. Im Spiegelschrank fand er Jodtinktur, gerade recht, um die Wunden zu desinfizieren. Zurück im Atelier, wischte er ihr die Stirn ab, dann träufelte er das Jod auf die Schnitte. Sophie zuckte, dann schrie sie auf. Er säuberte die Verletzungen mit einem jodgetränkten Wattebausch. Sie schlug die Augen auf und starrte ihn an, als wäre er nicht von dieser Welt.

Ein sanftes Zittern lief seine Arme hinunter, erreichte die Fingerspitzen und wurde immer heftiger, bis er den Wattebausch nicht mehr halten konnte. Die Schnitte klafften auf und fingen wieder zu bluten an. Er hielt diesen Anblick nicht aus. In seinem Bauch breitete sich eine Stichflamme aus, an der Stirn wurde ihm eiskalt. Übelkeit wollte von ihm Besitz ergreifen. Seine Zähne klapperten.

»Wir müssen dich ins Krankenhaus bringen«, stammelte er und versuchte, Sophie anzuheben. Sie schrie gellend auf und er ließ sie vor Schreck fallen. Da fing sie herzzerreißend zu schluchzen an. Zaghaft nahm er sie in den Arm und streichelte über ihren Hinterkopf. »Die Schnitte müssen genäht werden«, stotterte er. »Bitte, lass uns ins Krankenhaus fahren.«

»Nein«, flüsterte sie. »Nein. Nimm das Verbandszeug und wickle den Arm ein. Bitte!« Es war ein jämmerliches Flehen.

Wider besseres Wissen erfüllte er ihr diesen Wunsch, dann ertappte er sich bei einem fiesen Gedanken: *Gott sei Dank malt sie mit rechts.*

•••

Nach langem Hin und Her entschloss sich Oberleutnant Lukas Ruedi, erneut seinen früheren Kumpel Beat Näf bei der Bundespolizei anzurufen. Auch wenn er neulich keinerlei Anstalten gemacht hatte, sich für den Fall Kleffner zu interessieren, jetzt musste Beat ihm einen Gefallen tun.

»Bist schon im Finish?«, war Beats erster Satz, nachdem sich Ruedi gemeldet hatte. »Od'r willst jetzt klettern?«

»Weder noch, Beat …«

»Dann hätt'st nit anrufen brauchen.«

»Hör mir erst mal zu«, bat Ruedi. »Es ist vertrackt und ich brauche wirklich deine Hilfe.«

Beat stöhnte genervt am anderen Ende der Leitung.

»Wir wollten eine Anfrage an die Botschaft der Vereinigten Arabischen Emirate stellen, aber mein Hauptmann ist ausgetickt und hat mir ausdrücklich verboten, dort auch nur irgendetwas anzufragen.«

»Recht hat er. Wir belästigen keine Diplomaten.«

»Aber ich muss hier einen Mord aufklären …«

»Was willst du wissen, du Nervensäge?«

»Über die Botschaft wurde letzten Mittwoch ein *Daysailor* gemietet. Ich bräuchte die Namen derer, die damit über den See geschippert sind.«

»Wie heißt das Boot?«

»*Santa Maria.*«

»Nur, damit du Ruhe gibst: Ich mach's. Du hörst von mir.«

Beat beendete das Gespräch grußlos und abrupt. Ruedi blieb mit schlechtem Gewissen zurück, weil er gegen die Weisung seines Chefs verstoßen und vermutlich seinen Kumpel von früher verärgert hatte. Allmählich sah er seine Felle endgültig davonschwimmen, und er überlegte ernsthaft, ob er seine Karrierepläne nicht sofort an den Nagel hängen sollte. *Bleibe ich eben Oberleutnant und schiebe eine ruhige Kugel,* tröstete er sich und verließ das Büro. *Genug gearbeitet für heute.* Jetzt stand ihm der Sinn nach einem süffigen Cocktail, am liebsten am Hafen von Brunnen, denn trotz des Mordes an Kleffner mochte er das Städtchen am Vierwaldstätter See.

Da saß er also an einem Tisch neben dem Bootsanleger und schlürfte seinen Long Island Ice Tea, blickte nach Süden über das blaue Wasser zu den Gipfeln der Urner Berge und versuchte, die Arbeit zu vergessen. Noch war es verhältnismäßig ruhig auf der Terrasse des Seerestaurants. Angenehm kühlte eine leichte Brise von Norden her die sommerliche Hitze und trieb Schaumkrönchen über den See gegen das Südufer zu. Etliche Jollen und

Windsurfer nutzten den Wind und sausten schnittig über das Wasser.

»Sind Sie jetzt schon weiter mit dem Erschossenen?«, fragte der Kellner, der unvermittelt neben Ruedi stand.

Ruedi blickte auf und erkannte Rinaldo Anthenmatten erst auf den zweiten Blick; der Kellner war alt geworden.

»Nicht mehr, als in der Zeitung steht, Signore Rinaldo«, antwortete Ruedi und reichte Anthenmatten die Hand. »Hätte Sie fast nicht erkannt. Lange nicht mehr gesehen. Waren Sie auswärts?«

»Nein, leider im Krankenhaus, aber jetzt geht's aufwärts.«

»Fein – und dann sind Sie wieder an Verbrechen interessiert?«

»Ist doch immer spannend, od'r? Aber ich habe schon gedacht, dass ihr diesen pummeligen Scharfschützen rasch schnappt.«

Schlagartig richtete sich Ruedi kerzengerade auf. »Was sagen Sie da?«

»Den pummeligen Scharfschützen halt, den müsst ihr doch fangen«, brummte der Kellner vorwurfsvoll.

»Woher wissen Sie, dass es ein pummeliger Scharfschütze war?«

»Die Vreni und die Claudia haben ihn gesehen, wie er da halb im Gebüsch gewesen ist. Der ist seelenruhig davongegangen mit seinem Gewehr, die Girls haben ihn für einen Jäger gehalten.«

»Wie konnten die ... Girls«, Ruedi betonte das Wort absichtlich, irritiert darüber, dass der Kellner so ein Wort überhaupt in den Mund nahm. »Wie konnten die Girls das beobachten?«

»Sind auf der Wiese beim Sonnenbaden gelegen, haben einen leisen Schnalzer gehört und sich umgedreht. Da ist der dickliche Mann aus den Büschen gekommen und weggegangen. Z'erst haben sie sich nichts dabei gedacht, aber nachdem das mit dem deutschen Steuersünder in der Zeitung stand, haben sie beim Aperol davon erzählt.«

»Wieso ist dann niemand zur Polizei?«

Der Kellner zuckte mit den Schultern. »Hat uns ja niemand gefragt.«

»Wo sind die Vreni und die Claudia zu finden?«

»Beide haben die Abendschicht, in einer Stund' sind's da.«

»Gut, ich bleibe hier. Schicken Sie die beiden dann zu mir.«

Bald darauf setzten sich zwei junge Frauen an Ruedis Tisch, ruhig und schüchtern die eine, aufgedreht und leutselig die andere. Vreni war es, die das Wort führte und ausführlich von dem Jäger aus dem Gebüsch berichtete. Sie genoss es, in Ruedi einen aufmerksamen Zuhörer zu haben. Claudia dagegen nickte nur ab und zu, blieb aber im Übrigen stumm.

»Könnten Sie helfen, ein Phantombild von dem Mann zu zeichnen?«, fragte Ruedi hoffnungsvoll, doch da schüttelten beide synchron die Köpfe.

»Nein«, antwortete Vreni, »sein Gesicht haben wir eigentlich nicht gesehen. Er ist auch hurtig davongelaufen.«

»Aber Sie sind sicher, dass er eher klein und untersetzt war?«

»Wie gesagt«, bekräftigte Vreni, »fast schon pummelig. Aber irgendwie kraftvoll, ein bisschen wie ein Ringer vielleicht.«

Mehr war aus den beiden jungen Frauen nicht herauszuholen, und eine Aussage bei der Polizei wollten sie auch nicht machen.

»Kein Protokoll, Herr Oberleutnant«, wehrte Vreni Ruedis diesbezügliche Frage ab. »Man weiß nit, was da für ein Mensch dahintersteckt, wenn er sogar einen anderen erschießt.«

•••

Sie saßen im Wohnzimmer der Ferienwohnung, die Nathan in dem kleinen Hotel in Bad Schachen kurzfristig hatte anmieten können, und sortierten ihre frisch gewonnenen Erkenntnisse. Nina hatte von Bunzels Kundenliste zwei Männer identifiziert, die über Depots bei *InterFinancePower*-Deutschland verfügten.

»Sonderbar ist«, trug sie vor, »dass die beiden offenbar lediglich als Treuhänder fungieren, denn jeder hat spontan gesagt, er müsse sich erst rückversichern, ob er das Kompensationsgeschäft annehmen und drüber mit Herrn Faltermeier sprechen wolle.«

»Das passt durchaus ins Bild«, brachte sich Borrat in die Diskussion ein. »Ab und zu hat Roland sich darüber beklagt, wie kompliziert bei manchen Kunden die Kommunikation wegen zwischengeschalteter Treuhänder sei.«

»Wenn wir es bei den Hauptkunden mit Männern aus dem arabischen Raum zu tun haben«, ergänzte Nathan, »ist die Einschaltung von Treuhändern vor Ort eigentlich logisch. Von Dubai oder sonst irgendwo aus lässt sich kein großes Depot ohne Weiteres managen, und wie es aussieht, übernimmt *IFP* nicht immer die komplette Vermögensverwaltung. Da scheint es vielfältige Kontakte und Gespräche mit den Anlegern zu geben.«

»Kein Wunder bei dem Haufen Kohle, der da hin und her geschoben wird«, brummte Wolfgang, der bei seinen Telefonaten keinen Treffer gelandet hatte.

»Die Namen der Depoteigner haben wir aber nicht, oder?«, fragte Nathan.

»Leider nein, die Treuhänder waren da sehr diskret«, erwiderte Nina. »Aber wenn es darauf ankommt, können wir sie natürlich offiziell vernehmen.«

»Damit warten wir noch. Zunächst müssen wir weiteres belastendes Material sammeln. Immerhin spricht jetzt manches dafür, dass es einen Zusammenhang zwischen *IFP*-Deutschland und Bunzel geben könnte.«

»Und wie passt Kleffner ins Bild?«, wollte Wolfgang wissen.

»Zunächst einfach dadurch, dass er von Bunzels Mörder erschossen wurde. Haben wir eigentlich schon das Ergebnis der Ballistiker zu den beiden Projektilen?«

Nina schüttelte den Kopf. »Frühestens übermorgen, schließlich haben unsere Leute das Geschoss erst heute erhalten.«

»Polizeiarbeit ist eben Fleißarbeit«, sagte Nathan und war eigentümlich froh, bereits pensioniert zu sein. Da er zudem bereits zum zweiten Mal in eine spannende Ermittlung involviert war, konnte er über Langeweile nicht mehr klagen und durfte sich dabei glücklich schätzen, für den bürokratischen Alltagskram keine Verantwortung mehr tragen zu müssen.

Besser geht es eigentlich nicht, schmunzelte Nathan und kam auf den nächsten wichtigen Punkt zurück, den es zu besprechen galt. »Was machen wir mit der zerschnittenen SIM-Karte? Nina, kannst du das über K11 klären oder soll ich meine alten Kontakte ins Landeskriminalamt anzapfen?«

»Wenn ich ehrlich bin, wäre mir dein Kontakt zum LKA lieber, dann haben wir Pfannerl nicht gleich an der Backe«, meinte Nina und spuckte dabei den Namen »Pfannerl« beinahe aus. Als sie Borrats fragenden Blick bemerkte, ergänzte sie: »Unser oberster Chef, Kriminaldirektor Dr. Pfannerl, ist ein Quell ewiger Freude. Er hat uns in der Mordkommission angewiesen, im Fall Bunzel zurückhaltend zu ermitteln, weil das Kommissariat für organisierte Kriminalität bei den Finanzern im Münchner Börsenumfeld verdeckt ermittelt und wir das nicht gefährden dürfen.«

»Verstehe«, sagte Borrat. »Immer das gleiche mit der Prioritätensetzung in den Chefetagen.«

»Hilft nichts«, knurrte Nathan, der Pfannerl auch nicht leiden konnte. »Dann setze ich mich morgen früh mit dem LKA in Verbindung.«

»Kann man mit der SIM-Karte noch was anfangen?«, fragte Wolfgang.

»Vermutlich nicht mehr viel, schließlich ist der Chip kaputt, aber vielleicht gelingt es den Spezialisten, noch irgendwas herauszulesen. Zumindest sollte man anhand der Ziffern hinten drauf herausfinden können, über welchen Provider die Karte läuft«, zeigte sich Nathan verhalten optimistisch. »Entscheidender ist, dass wir jetzt wissen, wie geschickt Faltermeier offenbar seine Kommunikationswege verschleiert.«

»Genau«, pflichtete Nina bei, »das ist ein wichtiges Verdachtsmoment.«

In diesem Augenblick zerriss Ninas schriller Klingelton die konzentrierte Atmosphäre im Zimmer. Sie schaute auf die Anzeige. »Der Lukas aus Schwyz.«

Sie nahm das Gespräch entgegen und stellte auf laut. »Hallo, Lukas, was gibt's? Wir sitzen in Lindau zusammen, die Kollegen hören mit.«

»Ah, griazi, Nina. Ich wollt' dir nur sagen, ich hab in Brunnen zwei junge Frauen gefunden, die den Scharfschützen gesehen haben.«

»Das gibt's doch nicht«, rief Nina begeistert, und alle beugten sich konzentriert vor, um nur ja jedes Wort von Ruedi zu verstehen.

»Es soll ein pummeliger Typ sein, irgendwie sportlich, athletisch, aber vermutlich eher klein und untersetzt«, fuhr Ruedi fort.

»Bingo«, entfuhr es Borrat. »Das ist er.«

»Wie bitte?«, tönte Ruedi fragend aus dem Smartphone.

»Kannst du den Frauen ein Video vorspielen?«, fragte Nathan, der sofort nach Ninas Handy gegriffen hatte.

»Weiß nicht, kann's versuchen.«

»Wir schicken dir ein Video aufs Handy, geht das?«

»Tipptopp«, antwortete Ruedi.

»Also, bis dann«, beendete Nathan das Gespräch und blickte Borrat an. »Kannst du das?«

»Logisch. Muss nur meinen Laptop hochfahren.«

Eine halbe Stunde später meldete sich Ruedi wieder und teilte mit, seine beiden Zeuginnen wären sich zwar nicht sicher, hielten es aber für gut möglich, dass die undeutliche Figur auf dem Video derselbe Mann sein könnte, den sie für einen Jäger gehalten hatten.

»Hilft euch das?«, fragte Ruedi.

»Und wie«, jubelte Nina. Alle vier in der Ferienwohnung applaudierten, dann gratulierte Nina dem Schweizer Kollegen und bedankte sich für seinen Anruf.

»Jungs«, rief Nina überschwänglich, »jetzt müssen wir den Verbrecher bloß noch finden.«

8

Draußen war es noch düster, als sich Werner Brückner aus dem Bett schälte. Er hatte schlecht geschlafen und in der Nacht jede Menge Unsinn geträumt. Sein Pyjama war verschwitzt wie lange nicht mehr. Seine Laune befand sich in der untersten Etage. Während er sich die Augen rieb, wunderte er sich über sich selbst. All die Jahre hatte er sich auf seinen erholsamen Schlaf verlassen können, selbst nach Ines' Tod hatten ihn keine Albträume geplagt und sein Glaube hatte ihm die Angst vor dem Tod genommen. Heute Nacht aber war er vor gruseligen Untieren davongelaufen und nicht nur einmal in einen Abgrund schrecklicher Leere gefallen; jetzt fühlte er sich niedergeschlagen und erschöpft. Im Badezimmer blickte er im Spiegel in ein mattes, zerknautschtes Gesicht mit trüben grünbraunen Augen. So kannte er sich nicht. Er ließ das kalte Wasser in die zur Schale geformten Hände laufen und vergrub das Gesicht in der erfrischenden Kühle. Das tat gut.

Reiß dich zusammen, ermahnte er sich und schlüpfte aus dem schweißnassen Schlafanzug, den er sofort in die Waschmaschine warf, ehe er sich unter die Dusche stellte. Mit dem sanften Schauer kehrten die Lebensgeister zurück, und als Brückner einige Minuten später in der Küche die Kaffeemaschine anstellte, lebte der unverwüstliche Optimist in ihm wieder auf. Er stellte sich mit seinem Kaffee ans Fenster und blickte hinaus auf den Kanal. Allmählich verloschen die Lichter am gegenüberliegenden Ufer, der Tag begann. Er trank seine Tasse aus, schlüpfte in die bequemen Halbschuhe und verließ die Wohnung, um am Kanal spazieren zu gehen. Später würde er seine Tochter anrufen, die er gestern nicht mehr erreicht hatte. Das Projekt, eine gute Konferenzabteilung zum Thema *Hate Speech* zu organisieren, beflügelte ihn.

Als er aus dem Haus trat und an der Tiefgarageneinfahrt vorbeiging, erschrak er. An den blauen Audi gelehnt stand der bärtige Fahrer von gestern. Der Unbekannte starrte ihn an und verzog den Mund zu einer drohenden Grimasse. Brückner lief es eiskalt den Rücken hinunter. Sein Herz pochte, sein Puls raste. Energisch wandte er sich dem Kanal zu und schaute sich nicht um, doch er spürte den bohrenden Blick des Fremden im Nacken. Vorsichtig tastete er nach seinem Handy und stellte erschrocken fest, dass er es oben liegen gelassen hatte. Seine Hände wurden schweißnass. Rasch überquerte er die Auffahrtsallee, schritt über den Rasenstreifen hinunter zum Gehweg am Kanalufer und wandte sich Richtung Nymphenburger Schloss. Von dort kam ihm ein joggendes Pärchen entgegen.

Gott sei Dank, ich bin nicht allein, dachte Brückner und wandte sich um. Gemächlich schlenderte der Fremde hinter ihm her. *Was soll ich tun,* fragte sich Brückner. Ehe er eine Antwort hatte, waren die beiden Jogger an ihm vorbeigelaufen. Ansonsten war weit und breit niemand. Brückner beschleunigte seine Schritte. Er hatte keinen Blick mehr für das Schwanenpaar, das erhaben über dem Wasser zu schweben schien, sondern nur noch für den Fremden hinter ihm, der langsam aufschloss.

Brückner verspürte ein Engegefühl in der Brust, sein Atem ging heftiger, schon rang er nach Luft. Jetzt spürte er ein Stechen in der Brust, die Kehle wurde trocken, er röchelte. Irgendetwas Kaltes griff nach ihm. Der Weg verschwamm. Es war nicht mehr weit bis zur Brücke über den Kanal, der Brücke der großen Straße, wo auch die Straßenbahn fuhr, wo es rechts wie links eine Trambahnhaltestelle gab. Ganz nah war die Brücke jetzt, aber ihm wurde schwarz vor Augen. Ein letztes Mal wandte er sich um, sah wie durch einen dunklen Nebelschleier. Da war niemand. Er konnte stehen bleiben, durchatmen, zu Kräften kommen. Er fiel auf die Knie. *Hilf, Herrgott, hilf.* Er faltete die Hände und kippte um.

•••

Sophie schlug die Augen auf und schreckte zurück. Mit einem durchdringenden Blick starrte Lorenz auf sie herab, und in seiner Miene lag etwas Strenges und Lauerndes, das ihr Angst machte.

»Guten Morgen, Pinselchen«, flüsterte er in diesem Moment, und seine Stimme war voller Wärme und Zärtlichkeit. Seine Gesichtszüge glätteten sich, und beinahe glaubte Sophie wieder an die Liebe. Jedoch nur beinahe, denn eine beklemmende Verunsicherung blieb und diese Lust, Schmerzen zu empfinden, wühlte schon wieder in ihrem Bauch. Sie sollte ihm dankbar sein für seine Pflege, aber sie war ärgerlich, weil er ihr den Schmerz weggenommen hatte. Streng wie ihr Vater war er gewesen, hatte ihr befohlen, dieses Ritzen zu unterlassen, und auch wenn er sich um sie sorgte, er respektierte sie nicht. Nicht mehr, oder?

Was hat sich verändert, fragte sie sich und schloss die Augen. Sie wollte ihn nicht mehr sehen, sie wollte allein sein. Ihre Stimmung kippte urplötzlich und radikal, zu einer unnennbaren Angst gesellte sich ein grotesker Zorn auf sich und die Welt und – vor allem! – auf Lorenz.

»Pinselchen, wie geht es dir?«, schnurrte er wie ein liebestoller Kater.

Fehlt nur noch, dass du mir jetzt an den Busen grapschst, ekelte sich Sophie vor dieser scheinheiligen Stimme, riss die Augen weit auf und krächzte: »Geh!«

Als sie wenig später allein in ihrem Atelier stand, kam sie sich verloren vor. Einsam. Ratlos. Sie blickte hinaus auf den See, in dessen grauer Fläche sich die ersten Sonnenstrahlen spiegelten, die flach über den Pfänder strichen und den nächsten Sommertag ankündigten. Doch heute schenkte ihr das Grau der Wasserfläche keinen Trost.

Eine erste Träne schlich sich aus dem Winkel des linken Auges. Sie berührte den Verband an ihrem linken Unterarm, drückte sanft darauf und spürte das Brennen der Schnitte. Das war gut. Sie konnte sich spüren, sie war also noch da.

Was ist mit mir los, fragte sie sich und wusste bereits, was ihr fehlte. Geborgenheit. Lorenz hatte ihr in den letzten zwei Jahren viel gegeben, aber wenig von diesem emotionalen Aufgehobensein, in das sie sich hätte hineinfallen lassen können. Und jetzt, argwöhnte sie, verlor sich auch die Wertschätzung, derer sie so dringend bedurfte. Sie konnte es kaum in Worte fassen, aber ihr Bauch signalisierte ihr, dass Lorenz allmählich so wurde wie ihr Vater, um dessen Anerkennung sie stets vergeblich gebuhlt hatte.

So wird aus einer Liebesbeziehung eine Geschäftsbeziehung, ahnte sie, und nun liefen die Tränen unaufhörlich.

Sie wickelte den Verband von ihrem Unterarm und betrachtete die verschorften Schnitte. Vorsichtig bewegte sie die Finger und war froh, dass alle funktionierten. Diesmal würden heftige Narben bleiben. Sie würden sie ein Leben lang an den Augenblick erinnern, in dem sie die Entfremdung von Lorenz, diese Lebenslüge erkannt hatte. Das schmerzte am meisten. Sie hatte an die Liebe geglaubt, obwohl sie gar nicht wusste, was Liebe war, denn sie hatte niemals wirkliche Liebe erfahren. Immer war da ein »Dafür« gewesen, bei Lorenz vielleicht lange ein »für die erotischen Stunden«. Immerhin, es gab ihr Selbstbewusstsein und Halt, von Lorenz begehrt zu werden. Trotzdem, das ist zu wenig, erkannte Sophie und strich die Wunden behutsam mit Wundsalbe ein. Die Schnitte durften sich nicht entzünden.

Warum nur hatte sie sich so kräftig geschnitten, warum hatte sie es nicht bei diesen symbolischen Ritzungen belassen, die sie sich früher zugefügt hatte? Vor Jahren, da war es ein leichter Schmerz ähnlich einer harmlosen Schürfwunde gewesen, auf die man etwas Salz streut, und die Narben bleiben als zarte blasse Striche auf dunklerer Haut. Jetzt würde es hässliche Narben geben, vielleicht sogar Wucherungen, und sie musste dankbar sein, dass nicht mehr kaputtgegangen war. Sie hatte die Kontrolle verloren. Ihre Lust an der Selbstzerfleischung hatte eine Grenze überschritten. Das durfte nicht noch einmal geschehen, das war ihr klar. Sonst würde sie sich in Behandlung begeben müssen. Ihr Verstand arbeitete gut und zuverlässig. Sie war nicht verrückt, nein, aber in ihr war etwas zerrissen.

Das muss ich malen, schrie es in ihr und sie stürmte an die Staffelei, spannte eine neue Leinwand ein und griff wahllos nach den Farbtuben.

•••

Warum macht sie das? Diese Frage begleitete Faltermeier bis hinab in die Stadt. Er fand keine Antwort. Seit sie ein Paar waren, musste sie sich keine finanziellen Sorgen mehr machen, im Gegenteil: Dank seiner Unterstützung häufte sie zunehmend Ersparnisse an, und mit ihrem neuen Geschäftsmodell würde sie in einem Jahr mehr Geld verdienen als früher in zehn Jahren. Außerdem müsste ihr der Erfolg ihrer Erfindungen Selbstvertrauen schenken und sie die Anerkennung spüren lassen, nach der sie sich sehnte.

Er fand keinen Grund für ihre selbstzerstörerischen Tendenzen. Für diesen Furor, mit dem sie sich verletzte, hatte er kein Verständnis. *Sie muss krank sein,* befürchtete er und bangte dabei sogleich um ihre Schaffenskraft. *Sie muss malen, verdammt noch mal,* forderte er. Wenn das Geschäft erst einmal anlief, könnte er gewiss mindestens 50 Gemälde verkaufen. Da war zehnmal so viel verdient wie mit den pfiffigsten Wertpapieren, und es würde viel weniger Ärger geben als mit diesen inzwischen am Pranger gelandeten Cum-Ex-Geschäften. Faltermeier lief allein bei dem Gedanken, was er für den neuen Max-Ernst-Wald herausschlagen könnte, das Wasser im Mund zusammen. Er hatte eine Goldader entdeckt, die galt es auszubeuten. Sophie sollte sich gefälligst beherrschen und liefern. Schließlich gab es ein bequemes und sorgenfreies Leben als Gegenleistung.

Als er sein Büro betrat, vibrierte sein Handy. Er zog es aus der Tasche und las die Telegram-Nachricht: »Time for a coffee-break«.

Na also, atmete Faltermeier auf. Wieder ein Problem weniger. Sollte er Einzelheiten wissen wollen, könnte er innerhalb der nächsten zehn Minuten das Mobiltelefon anrufen, von dem die Nachricht gesendet worden war. Danach würde sein Kontaktmann die SIM-Karte zerstören.

Faltermeier löschte den Telegram-Chat. Er musste nicht alles wissen. Die Mitteilung signalisierte: Alles war nach Plan gelaufen; es würde wie ein Unfall aussehen. Besser, er belastete sich nicht mit den Details. Er hatte Vertrauen zu seinem Kontaktmann. Wenn man von Roland Kundl absah, war alles reibungslos verlaufen, und auch was Kundl betraf, musste er sich keine wirklichen Sorgen machen. Es gab keine offiziellen Ermittlungen und es würde auch keine geben. Die Geister der Vergangenheit waren zum Schweigen gebracht. Vor ihm lag eine unbeschwerte Zukunft. Allerdings musste Sophie funktionieren, doch darum würde er sich kümmern.

• • •

Während Borrat und Wolfgang zum Baden auf die Liegewiese des Bad Schachener Grandhotels gingen, um dort nach arabischen Gästen Ausschau zu halten, fuhr Nathan mit Nina zum Reutiner Zollamt. Sie parkten auf einem verwahrlosten Kiesplatz vor dem alten, baufällig wirkenden Gemäuer. Trostlos stand das Zollamt am Rand von mit Unkraut überwucherten Gleisanlagen. Nathan ließ Nina den Vortritt in einen modrig riechenden Flur. Der Behördenwegweiser hing vergilbt neben der knarzenden Treppe, auf der ihnen eine junge Zöllnerin entgegenkam.

»Kann ich helfen?«, fragte die Beamtin höflich.

»Wir würden gern den Dienststellenleiter sprechen«, antwortete Nina und zückte ihren Dienstausweis.

»Kripo München«, wisperte die Zöllnerin ehrfurchtsvoll. »Was verschafft uns die Ehre?«

Nina lächelte. »Sie wissen's doch: Ermittlungsgeheimnis.«

»Klar. Gehen Sie in den ersten Stock, dann links den Gang hinter, die vorletzte Tür rechts ist Herrn Bachhubers Vorzimmer.«

Zollamtsrat Bachhuber war ein drahtiger, hoch aufgeschossener Mittvierziger, dem man auf den ersten Blick den Marathonläufer ansah. Er inspizierte neugierig Ninas Dienstausweis und bot ihnen schließlich mit distanzierter Höflichkeit einen Platz an einem eckigen Besprechungstisch an. Das Büro atmete den Charme der 70er-Jahre, war jedoch erstaunlich aufgeräumt. Ganz anders Bachhuber, der wirkte auf Nathan reserviert, beinahe feindselig.

»Was kann ich für die Münchner Kripo tun?«, fragte er in einem Tonfall, der eigentlich bedeutete: Machen Sie sich keine Mühe, von mir erfahren Sie nichts.

»Wir ermitteln in einem diffizilen Mordfall und erhoffen uns von Ihnen den einen oder anderen Hinweis, in welche Richtung wir ermitteln könnten«, erklärte Nina und schenkte dem Marathonläufer einen entzückenden Augenaufschlag.

Gut, dass Wolfgang nicht dabei ist, dachte Nathan, *der würde prompt eifersüchtig werden.*

»Das müssen Sie mir näher erläutern«, knarrte Bachhubers abwehrende Stimme.

»Wir verfolgen eine Spur, die hierher an den Bodensee führt. Es geht um den Verdacht von Geldwäsche und illegale Ausfuhr von Bargeld in die Schweiz«, bemerkte Nina mit sanfter Stimme. »Konkret interessiert uns, ob es in Ihrer Behörde Erkenntnisse oder zumindest einen Verdacht gab, dass ein gewisser Roland

Kundl von *InterFinancePower* gelegentlich als Kurier unterwegs war.«

Nathan beobachtete Bachhubers Gesicht. Bei der Erwähnung von Kundl zuckte Bachhubers linkes Augenlid und sein Adamsapfel hüpfte zweimal deutlich sichtbar auf und ab.

Der Name sagt dir also etwas, folgerte Nathan, obwohl Bachhuber fast augenblicklich den Kopf schüttelte.

»Nein, bei uns nicht aktenkundig. Und im Übrigen könnte ich Ihnen keine näheren Auskünfte geben. Dazu müssten Sie schon ein Rechtshilfeersuchen stellen.«

»Kommt das überhaupt ab und zu vor, dass Ihre Mitarbeiter einen Geldkurier ertappen?«

»Ach was«, tat Bachhuber das mit einer wegwerfenden Handbewegung ab. »In Zeiten von Internet und Handy-Banking brauchen die das doch gar nicht. Tut mir leid, dass ich Ihnen nicht helfen kann.«

»Sie haben uns sehr geholfen«, merkte Nathan an und erhob sich. »Es ist beruhigend zu wissen, dass wir dieser Spur nicht weiter nachgehen müssen. Danke für Ihre Zeit und auf Wiedersehen.« Nathan streckte Bachhuber die Hand entgegen; dessen Händedruck war erstaunlich lasch, aber noch bemerkenswerter fand Nathan Bachhubers Handschweiß. Nathan wandte sich zur Tür, während sich Nina noch von dem Zollamtsrat verabschiedete.

Draußen vollführte Nathan mehrere feste Schritte im Stehen und legte den Zeigefinger auf seine Lippen. Nina verstand. Nathan schlich an die Tür zu Bachhubers Büro und lauschte. Dann hob er den Daumen und drückte die Tür auf. Bachhuber stand mit dem Telefonhörer in der Hand und erstarrte.

Hab ich dich ertappt, freute sich Nathan und sagte: »Sorry, ich glaube, ich habe mein Taschentuch verloren.«

Bachhuber legte eine Hand auf die Sprechmuschel, öffnete den Mund und schien nach Luft zu schnappen wie ein Fisch auf dem Trockenen.

»Raus!«, krächzte er schließlich, doch Nathan ging auf ihn zu und nahm ihm den Hörer aus der Hand.

»Hallo, mit wem spreche ich?«, fragte er ins Telefon. Doch da hörte er nur noch ein leises Knacken; der Teilnehmer am anderen Ende hatte aufgelegt. Geistesgegenwärtig drückte Nathan auf die Wahlwiederholungstaste und las die Rufnummer. Sie bestand aus fünf Ziffern. *Ein Segen,* schmunzelte Nathan, *dass sich der Mensch sieben Sachen merken kann.*

»Sie unverschämter Kerl, ich werde mich beschweren«, röchelte Bachhuber zornig und erhob tatsächlich die Hand, als wollte er Nathan ohrfeigen.

»Lohnt sich nicht, Herr Amtsrat«, erwiderte Nathan und schob die rechte Schulter leicht vor. »Brächte Ihnen nur Ärger ein. Guten Tag.«

Bachhuber ließ die Hand sinken. Er schnappte nach Luft und wusste offensichtlich nichts mehr zu sagen. Nathan drehte sich um und verließ nun endgültig Bachhubers Büro. Draußen zückte er sein Handy und tippte die fünf Ziffern ein.

»Nachher rufen wir dort an.« Er grinste über beide Ohren, als er das sagte.

• • •

Interessiert lauschte Michael Borrat der Erzählung Stöhrls, wie er zunächst der Nachfolger von Nathan Weiß als Leiter der Münchner Mordkommission geworden und dann hinausgedrängt worden war. Der Respekt, mit dem Stöhrl von Weiß' Leistung bei der Lösung des Falles Karin Fellermayr sprach, verstärkte Borrats Hochachtung vor dem pensionierten Mordermittler. Mit wem, wenn nicht mit ihm, hätten sie eine reelle Chance, den Mord an Roland aufzuklären?

Während Stöhrl über die Irrungen und Wirrungen im Fall der Serienmörderin berichtete, behielt Borrat die Terrasse des altehrwürdigen Hotels im Auge. Bald landete er den ersten Treffer: Ein in dunklem Anzug gekleideter Mann in Begleitung dreier verschleierter Frauen nahm nahe der Balustrade an einem gedeckten Tisch Platz. Rasch schoss Borrat ein Foto mit seinem Handy. Später würden sie auf dem Computer Gesichtserkennungssoftware einsetzen. Vielleicht ließ sich der Orientale auf diese Weise identifizieren. Wenig später schlenderte eine zweite arabische Familie auf die Terrasse zum Frühstück und besetzte den Tisch neben der ersten Gruppe. Die beiden Männer kamen dabei fast nebeneinander zu sitzen und vertieften sich rasch in ein Gespräch. Wieder machte Borrat eine Aufnahme.

»Es könnte sich lohnen, die beiden Herren nach dem Frühstück im Auge zu behalten, was denken Sie?«, fragte er Stöhrl.

»Dazu dürften wir vermutlich einen Wagen benötigen«, erwiderte Stöhrl. »Das wird schwierig, solange Nina und Nathan beim Zoll sind.«

»Vielleicht lassen sich unsere Freunde da drüben Zeit mit ihrem Frühstück«, hoffte Borrat und schoss nun Fotos von den Gesichtern der Frauen, die ihre Schleier nach hinten über den Kopf geworfen hatten, um bequem Kaffee trinken und essen zu können.

• • •

Wild und ungestüm setzte sie mit kreisenden Bewegungen direkt aus der Tube die Ölfarben auf, verschwenderisch und rücksichtslos malte sie die Leinwand voll, ging mit Spachtel und Pinsel in die Farben hinein und ließ ein halb abstraktes Blumengebilde entstehen, das nach einer Stunde mit seinen prallen Farben im Morgenlicht leuchtete. Völlig außer Atem trat Sophie von dem Gemälde zurück und betrachtete es nachdenklich. Für den Moment waren die Schmerzen im Unterarm vergessen. Sie erkannte die Wucht ihrer Bewegung und fühlte einen besonderen Stolz auf die Energie, die sie dem Bild vermittelt hatte und die das Werk ausstrahlte. In diesem Augenblick hielt sie sich für wertvoll und bewunderungswürdig, in diesem Augenblick durchströmte sie eine selten gekannte Freude, in diesem Augenblick erfüllte sie ein fiebriges Glück und eine jede Pore ihrer Haut überflutende Erlösung. In diesem Augenblick fand sie ihre eigene Mitte. Jetzt hätte sie die Schnitte gern ungeschehen gemacht, jetzt nahm sie sich selbst an, und wie weggeblasen war alle Unsicherheit und jeder Selbsthass.

Doch der Augenblick verflog, und sie kauerte sich in einigen Metern Abstand zu den fiebrigen Blumen auf den Stuhl und fragte sich, was sie mit ihrem Leben anfangen sollte, wenn niemand, nicht einmal ihr Geliebter, für sie wahrhaftige Wertschätzung empfand. Als ihr Tränen in die Augen traten, erschrak sie über sich selbst, über diesen teuflischen Tanz ihrer Gefühle zwischen den Extremen, der sie überforderte und entkräftete. Sie stand auf, tigerte im Atelier hin und her und zwang sich zu einer nüchternen Analyse ihrer Situation.

»Ja«, bekräftigte sie schließlich laut, »ich brauche endlich einen vernünftigen Therapieplatz.«

Lang genug hatte sie die Erkenntnis über ihre seelischen Probleme verdrängt, jetzt wollte sie sich ihrer Einsicht stellen, ehe die Selbstzerstörung zu weit fortschritt. Sie atmete auf. Dieser Entschluss gab ihr neue Kraft.

Sie blieb vor dem Gemälde stehen und spürte erneut die Freude über dieses Werk, aber auch Wehmut. *Schade*, bedauerte sie, *ich kann es nicht mit meiner Signatur ausstellen.* Sie wusste, sie würde mit diesem Werk ihren ersten fulminanten Van Gogh verkaufen.

•••

Kaum waren sie ins Auto gestiegen, ertönte Nathans Klingelton und Michael Borrat war in der Leitung. Nathan hörte aufmerksam zu, was Borrat zu berichten hatte, und sagte: »Gut. In zehn Minuten treffen wir uns am Parkplatz vor unserem Hotel.«

»Also nicht in die Stadt?«, fragte Nina.

»Nein. Wolfgang und Borrat haben zwei arabische Familien im Blick und wollen die Männer nach deren Frühstück beobachten. Dazu werden sie den Wagen brauchen.«

»Alles klar.«

Konzentriert lenkte Nina durch den mäßigen Verkehr und parkte nach acht Minuten auf dem Hotelparkplatz in Bad Schachen. Kaum waren sie ausgestiegen, als Borrat auch schon um die Ecke bog und auf sie zukam.

»Schön, dass Sie hier sind«, begrüßte Borrat sie. »Stöhrl ist unten geblieben und schickt mir eine Nachricht, wenn sich etwas tut. Wir haben zwei arabische Familien, die von den Kellnern äußerst zuvorkommend behandelt werden; das könnten also sehr wohl Kunden von *IFP* sein. Hier sind die Fotos.« Borrat öffnete den Fotoordner seines Smartphones und zeigte die Aufnahmen.

»Schicken Sie sie mir mit AirDrop«, bat Nina. »Dann können wir gleich schauen, ob sie sich über die Gesichtserkennung identifizieren lassen.«

»Das iPhone erkennt sie nicht, aber Sie haben auf Ihrem Laptop ja Spezialsoftware.«

»So ist es.« Nina überreichte Borrat den Autoschlüssel.

»Gehen wir einen Kaffee trinken«, schlug Nathan vor und schritt auf die gemütliche Hotelterrasse zu.

»Haben Sie eigentlich etwas Neues von Professor Brückner gehört?«, fragte Borrat.

Nathan schüttelte den Kopf. »Sollte ich?«

»Weiß nicht«, erwiderte Borrat. »Aber gestern hatte der Professor das Gefühl, er sei auf der Autobahn verfolgt worden. Zu Hause hat er sich jedoch gut und unbeobachtet gefühlt. Aber wer weiß …«

»Hm«, brummte Nathan. »Vielleicht sollten wir ihn mal anrufen. Versuchen Sie es bei ihm?«

»Lieber Sie, dann bin ich frei, falls Stöhrl sich meldet.«

Nathan nickte und suchte Werner Brückners Telefonnummer in seinen Kontakten. Er tippte auf das Anrufen-Symbol und wartete. Nach fünf Freizeichen ertönte die allzu bekannte Computerstimme: »Die gewünschte Person ist derzeit nicht zu erreichen. Versuchen Sie es später noch einmal.«

»Eigenartig«, bemerkte Borrat. »Normal meldet er sich immer, und wenn er verhindert ist, springt seine Mailbox an.«

»Ich versuche es nachher wieder. Jetzt trinken wir eine Tasse«, sagte Nathan und winkte den Chef des Hauses herbei. Nach der Bestellung informierte Nathan Borrat über den Besuch beim Zollamtsleiter und seinen Plan, Faltermeier in wenigen Stunden einen weiteren Besuch abzustatten.

Sie hatten ihren Kaffee noch nicht ganz ausgetrunken, als Borrat eine Kurznachricht von Wolfgang erhielt. Die Beschattung eines der Araber konnte beginnen.

Oben in der Ferienwohnung jagte Nina die Fotos der Familienmitglieder durch einige Datenbanken. Nathan telefonierte unterdessen mit seinem alten Kumpel Udo Wackel, dem langjährigen Chef des Sachgebiets Programmierung im Bayerischen Landeskriminalamt.

Der lachte röhrend durchs Telefon und fragte: »Willst du immer noch das Programmieren lernen oder hat dich die programmierte Unterweisung entnervt, die ich dir geschickt habe?«

»Die Programmiererei muss noch ein wenig warten«, antwortete Nathan. »Was anderes: Kann man mit einer zerschnittenen SIM-Karte noch irgendetwas anfangen und wenn ja, wer im Amt kann mir da helfen?«

»Du hast Probleme«, sagte Wackel. »Eine zerschnittene SIM-Karte ist im Eimer. Aber wenn dir einer helfen kann, dann ist es der Kurt.«

»Kurt?«

»Stell dich nicht an, kennst ihn doch – den Friedl Kurt.«

»Ah ja, stimmt«, dämmerte es Nathan und jetzt sah er den IT-Techniker vor sich: Breites Gesicht, wache Augen und stets mürrische Falten auf der Stirn, als müsste er die Weltformel entdecken.

»Ruf ihn an und grüße ihn von mir, dann kann's sein, dass er dir hilft.«

Nathan bedankte sich und legte auf.

»Da«, rief Nina und zeigte auf den Bildschirm. »Ich habe einen. Abdullah Rahman Al-Nejem, ein entfernter Verwandter des Emirs von Ajmann. Steht im Verdacht, sein Vermögen mit Waffenhandel zu verdienen; ein interessanter Kunde!«

»In der Tat«, schnalzte Nathan mit der Zunge. »Wenn so einer im Hintergrund wirkt ... Skrupel haben Waffenhändler selten.«

»Hoffentlich ist Wolfgang vorsichtig, falls er diesen Typen gerade beschattet«, machte sich Nina Sorgen.

»Wolfgang versteht seinen Job«, beruhigte Nathan die junge Kommissarin, die immer noch schwer in ihren früheren Chef verliebt und offensichtlich in der Beziehung mit ihm glücklich war. »Ich versuche es jetzt mal im LKA.«

Zehn Minuten später hatte Nathan die wenig ermutigende Erkenntnis, eine zerschnittene SIM-Karte tauge meist nur noch für den Abfalleimer, aber er dürfe die Karte im IT-Labor vorbeibringen. Nathan bedankte sich und wählte erneut Brückners Nummer. Abermals ohne Erfolg.

»Eigenartig, er war bisher immer gut zu erreichen«, rätselte Nathan und begann, sich um seinen Auftraggeber zu sorgen.

•••

Dieser Weiß schnüffelt jetzt also auch beim Zoll herum und hat Verstärkung aus München erhalten. Was will er erreichen, grübelte Lorenz Faltermeier und sortierte dabei die Unterlagen seines für zehn Uhr angesagten Gastes. *Ob ich das Treffen stornieren soll?* Wenn ihm dieser Weiß zu sehr auf die Pelle rückte – die Verbindung zu Abdullah Rahman Al-Nejem müsste er ihm nicht unbedingt auf die Nase binden. Andererseits: Es war kein Geheimnis, dass *IFP* auch Anleger aus dem Nahen und Mittleren Osten beriet und betreute, und Al-Nejem wäre vermutlich brüskiert, wenn er den heutigen Termin kurzfristig absagen würde. *Nein, der Termin findet statt,* beschloss Faltermeier, aber seine Nervosität wuchs. Immerhin verdankte er Al-Nejem den kurzen Draht zu seinem Kontaktmann für die schmutzigen Jobs, und auch wenn er davon überzeugt war, dass diese Verbindung niemand herausfinden, geschweige denn beweisen konnte, beunruhigte ihn die penetrante Schnüffelei von Weiß mehr, als ihm lieb war. Fast schien es ihm, als vermehrten sich die Geister aus der Vergangenheit wie die Köpfe der Hydra; schlug man einen ab, wuchsen drei nach.

Dieses Gefühl verstärkte sich schlagartig, als er den Anruf entgegennahm, der ihn von einer anonymen Telefonnummer aus erreichte, denn Nathan Weiß grüßte ihn mit den beißenden Worten: »Haben Sie den Anruf von Herrn Bachhuber gut verarbeitet?«

»Was zum Teufel wollen Sie von mir?«, bellte Faltermeier ungehalten ins Telefon. »Was spionieren Sie mir hinterher? Sie haben kein Recht, mich zu belästigen!«

Er verlor die Beherrschung und war drauf und dran, das Telefon gegen die Wand zu schleudern.

»Dabei plaudere ich so gern mit Ihnen«, tönte es ironisch aus dem Lautsprecher.

»Das beruht nicht auf Gegenseitigkeit, guten Tag«, schrie er und legte auf. Er wies seine Sekretärin an, keine Telefonate mehr durchzustellen, und schenkte sich trotz vormittäglicher Stunde ein Gläschen Haselnuss-Schnaps ein. Er musste sich beruhigen, gleich besuchte ihn einer der wichtigsten Kunden. Außerdem, rieb er sich die Hände, konnte er Al-Nejem vermutlich einen exzellenten Max Ernst verkaufen.

•••

Michael Borrat saß entspannt auf dem Beifahrersitz und stellte beruhigt fest, wie routiniert Stöhrl der Luxuskarosse des Hotel-VIP-Services folgte, dabei mal zwei, mal drei Wagen Abstand ließ und völlig unaufgeregt das Zielfahrzeug im Auge behielt. Als sie sich dem großen Parkplatz auf der Insel näherten, ahnte Borrat bereits, wohin die Reise ging. Langsam bog der Wagen mit der Zielperson links ab, dann rechts und schließlich in die schmale Gasse in der Altstadt hinein, die direkt zum Bürohaus von *InterFinancePower* führte.

»Sie können mich hier rauslassen und hinten am großen Parkplatz parken. Dann kommen Sie hierher und nach da vorne, sehen Sie den Brunnen? Da werde ich stehen.«

»Er geht also zu unserem Finanzmenschen?«, fragte Stöhrl.

»Wie erwartet«, sagte Borrat und stieg aus. Er folgte dem Hotelwagen in die Gasse und sah gerade noch, wie der Araber ausstieg und das Bürohaus betrat, in dem Faltermeier residierte. Diesmal bezog Borrat jedoch nicht auf der Bank zwischen den Pflanztrögen Stellung, sondern setzte sich hinter den kleinen Brunnen schräg gegenüber, und zwar so, dass er den Hauseingang gut im Blick behalten konnte, ohne von Faltermeiers Räumen aus gleich entdeckt zu werden. Kaum hatte er sich hingesetzt, rief er Weiß an und informierte ihn über die Sachlage.

»Seien Sie vorsichtig«, mahnte Weiß am Telefon. »Ihr Mann heißt Abdullah Rahman Al-Nejem, ist mit dem Emir von Ajmann verwandt und steht im Verdacht, sein Geld mit Waffenhandel zu verdienen. Der Mann ist keinesfalls harmlos. Aber bleiben Sie dran.«

Somit war Borrat über alle wichtigen Details informiert, und aufgrund dieser Informationen wurde ihm ein wenig mulmig.

Ob Brückner schon wusste, mit wem sie es eventuell zu tun hatten? Kurzentschlossen wählte er Brückners Nummer, doch nach einigen Freizeichen erhielt er die Nachricht, der Teilnehmer sei nicht erreichbar.

Was ist mit ihm, fragte sich Borrat. Er mochte Brückner spätestens seit dem Telefonat nach Rolands plötzlichem Tod, und er hatte großen Respekt vor dessen Lebensleistung. Er versuchte es ein weiteres Mal auf Brückners Handy, wählte danach Brückners Festnetzanschluss – beide Male vergeblich. Nun machte er sich Sorgen.

»Sie schauen so missmutig«, bemerkte Stöhrl, kaum dass er an den Brunnen getreten war.

»Nein, missmutig bin ich keinesfalls, aber beunruhigt, denn ich erreiche Professor Brückner nicht.«

»Glauben Sie, an der Verfolgungsgeschichte war etwas dran?«

»Bei den Gegnern, die wir haben … man weiß nie.«

»Da haben Sie recht«, erwiderte Stöhrl und setzte sich zu Borrat auf die Bank.

•••

Lustlos saß Oberleutnant Lukas Ruedi in seinem Büro im Sicherheitsstützpunkt Biberbrugg und blätterte in der Akte des Vermögensdelikts, das bald zur Anklage gebracht werden konnte. Die Aussicht, jahrelang im Rang eines Oberleutnants verharren zu müssen, weil er den Mordfall Kleffner nicht vernünftig aufklären konnte, raubte ihm jegliche Motivation, und die Befürchtung, von seiner Kollegin überholt zu werden, obwohl die noch im Rang eines Leutnants diente, trieb ihn beinahe in eine Depression. Zu allem Überfluss war er seit seiner Dienstreise nach München mit seiner privaten Situation unglücklich, denn ob er es sich eingestehen wollte oder nicht, er hatte sich Hals über Kopf in die Münchner Kriminalkommissarin Nina Lutz verliebt und enttäuscht feststellen müssen, dass sie in einer festen Beziehung lebte. Trotzdem konnte er sich die tatendurstige Münchner Kollegin nicht aus dem Kopf schlagen. Dabei sagte ihm sein Verstand, wie aussichtslos seine Verliebtheit selbst dann wäre, wenn sie keinen Partner hätte, schließlich liegen zwischen dem Kanton Schwyz und Bayerns Hauptstadt fast vier Autostunden. Gelangweilt legte er den Aktendeckel zur Seite. Da schellte sein Telefon.

»Näf hier«, donnerte es durch den Hörer.

»Beat, griazi. Was liegt an?«

»Deine *Santa Maria*, Lukas. Die Botschaft war äußerst zuvorkommend und kooperativ. Zwar wurde der *Daysailor* von der Botschaft gechartert, aber gesegelt sind damit laut Auskunft des dortigen Sekretariats ein paar Geschäftsleute. Die Namen werden mir heute im Verlauf des Tages zugeschickt. Zufrieden?«

•••

Nach einer halben Stunde, die sie mit dem Austausch von Höflichkeiten und Teetrinken verbracht hatten, kam Al-Nejem auf das Geschäftliche zu sprechen.

»Das Ausscheiden von Herrn Kundl bedauere ich sehr«, redete Al-Nejem nicht mehr um den heißen Brei herum. »Aber es war wohl notwendig. Doch sagen Sie mir, Herr Faltmeier, sind meine Anlagen bei Ihnen noch sicher?«

»So sicher wie in Fort Knox«, erwiderte Faltermeier.

»Kein Araber würde sein Geld nach Fort Knox geben«, erwiderte Al-Nejem mit einem süßlichen Tonfall.

»Natürlich nicht«, stammelte Faltermeier und ärgerte sich über den unpassenden Vergleich.

»Herr Kundl hat mir einen Brief geschrieben und mich gewarnt. Kennen Sie den Brief?«

Faltermeier fühlte sich überrumpelt; er wusste nichts von einem Brief, schon gar nicht von einer Warnung. Was für ein Spiel hatte Kundl gespielt?

»Also nein.« Jetzt klang Al-Nejems Stimme metallisch.

Kein gutes Zeichen, argwöhnte Faltermeier und beeilte sich, sein Nichtwissen einzugestehen.

»Der Transfer von deutschem Geld in die Schweiz ist ein hohes Risiko geworden, habe ich gelesen«, legte der Araber den Finger in die Wunde. »Wie hoch?«

»Wir werden auch in Zukunft einen sicheren Transfer gewährleisten können«, versprach Faltermeier.

»Meine Leute haben Ihnen geholfen, die Dschinn zu verbannen, die Ihnen gefährlich werden könnten. Aber bedenken sie: Ein Flaschengeist ist niemals tot, er steckt nur in der Flasche. Oder wie Ihr Europäer sagt: In der Büchse der Pandora. Wehe, wenn die Flasche entkorkt oder die Büchse geöffnet wird.«

»Ich verstehe nicht ...«

»Oh doch, Mister Faltmeier, Sie verstehen sehr gut. Geben Sie mir Garantien für mein Geld und schaffen Sie das meiste so rasch wie möglich nach Sankt Gallen. Außerdem schulden Sie mir ein Geschenk.«

»Ein Geschenk?«

»Ein besonderes Praliné für meinen Risikomanager.« Al-Nejem lächelte und bedient sich an der Teekanne.

Faltermeiers Fußsohlen brannten, als er seinem Gast in die Augen schaute. In dem sanftmütig wirkenden Dunkelbraun lag eine kalte Entschlossenheit, und er begriff: Dieser Mann machte keine Geschenke, dieser Mann schlug aus allem Profit. »Ja, da hätte ich etwas für Sie«, improvisierte Faltermeier. »Eine sehr nachhaltige Investition, die Ihnen Freude machen könnte.«

»Ja?«

»Ich löse demnächst eine alte Kunstsammlung auf. Wertvolle Gemälde. Unbekannte Werke bedeutender Meister darunter. Sind Sie interessiert.«

»Welche Meister?«

»Gauguin, Max Ernst, Renoir, Kandinsky«, zählte Faltermeier auf.

»Als Geschenk nehme ich jeden dieser vier«, antwortete Al-Nejem mit wieder süßlicher Stimme. »Wann?«

»Bald.«

»Sehr bald. Ich reise in drei Wochen zurück.«

»Das lässt sich einrichten.«

»Gut«, erwiderte der Gast und gab unvermittelt ein altes arabisches Märchen von einem Vater mit drei Söhnen zum Besten. Al-Nejem erzählte mit sanfter Stimme die bunt ausgeschmückte Geschichte und lächelte viel. Als das Märchen zu Ende war, stand er auf, reichte Faltermeier die Hand und sagte: »Ich freue mich auf Ihr Geschenk. Und kümmern Sie sich gut um meinen Auftrag.«

Als Faltermeier allein war, wischte er sich den Schweiß von der Stirn und sehnte sich nach einer kalten Dusche. Was hatte ihm sein Gast mit dem Märchen sagen wollen? Er fand keine Antwort.

•••

Nathan bog mit Nina um die Ecke und sah Borrat und Wolfgang einträchtig nebeneinander am Brunnen sitzen. Er winkte Wolfgang zu sich.

»Ist der Araber noch bei Faltermeier?«

»Ja. Wenn er herauskommt, heften wir uns wieder an seine Fersen.«

»Gut. Nina und ich gehen jetzt hinein und melden uns am Empfang an. Ich will den Kerl gern kurz aus der Nähe sehen. Ihr informiert uns dann, wo ihr seid.«

Wolfgang nickte und Nathan lief auf die Eingangstür zu, als sich diese öffnete und ein eleganter Mann mit dunklem Teint heraustrat. In diesem Augenblick fuhr die VIP-Karosse des Luxushotels vor. Nathan ging mit einem Kopfnicken an Al-Nejem vorbei und bemerkte aus dem Augenwinkel, mit was für einem Blick dieser Nina musterte. Doch er drehte sich nicht um, lief lässig auf die Tür zu und hielt sie für Nina auf, die ihm folgte. Al-Nejem stieg in den Wagen, die Augen immer noch auf Nina gerichtet. Es schien ihm schwerzufallen, Nina nicht ansprechen zu können.

»Du hättest da rasch einen Verehrer«, frotzelte Nathan, nachdem sie beide im großzügigen Treppenhaus hinaufstiegen in den ersten Stock zum Empfang.

»Elegant gekleidet war er jedenfalls, aber ob mir sein Frauenbild gefallen würde?«, erwiderte Nina, ehe sie das Foyer von *InterFinancePower* betraten.

»Grüß Gott, Herr …«, stockte die Dame am Empfang kurz, dann verdüsterte sich ihre Miene. »Weiß.« Sie sprach Nathans Namen nicht sehr freundlich aus. »Ich weiß nicht, ob Herr Faltermeier Sie empfangen kann«, sagte sie abweisend und eine Spur hektisch.

»Weil Sie immer noch keinen Lapsang Souchong im Haus haben?«, spöttelte Nathan und sah Ninas fragenden Blick. »Aber danke für die Warnung, ich finde den Weg.«

»Das können Sie nicht, Sie dürfen das nicht«, schrie die Empfangsdame und schien unschlüssig, ob sie sich ihm in den Weg stellen oder ob sie zum Telefon greifen sollte.

Nathan nickte Nina zu und diese zückte ihren Dienstausweis.

»Kriminalpolizei«, sagte sie mit fester Stimme. »Wir kommen zu einer Befragung von Herrn Lorenz Faltermeier. Wenn Sie uns bitte anmelden wollten.«

Feindselig starrte die Sekretärin auf Dienstausweis und Dienstmarke, griff zum Telefon und drückte einen Knopf. »Besuch für Sie. Herr Weiß und eine Polizistin. Sie lassen sich nicht davon abbringen, Sie zu stören.«

Nathan hatte die Tür zu Faltermeiers Büro bereits erreicht. Er drückte die Klinke nach unten und schob die schwere Eichentür auf. Bleich saß Faltermeier an seinem ausladenden Schreibtisch und sprach resigniert ins Telefon: »Ist gut. Er steht sowieso schon in der Tür.« Dann legte er auf. »Was wollen Sie?«, knurrte Faltermeier und erhob sich.

»Kennen Sie August Bunzel?«, stellte Nathan die überraschende Gegenfrage. Faltermeier zuckte kurz zusammen, dann drehte er die Pupillen nach links oben. »Nie gehört«, log er.

Du meinst wohl, ich kann deine Körpersprache nicht lesen, amüsierte sich Nathan. Wenn er in seinen vielen Dienstjahren als Ermittler etwas gelernt hatte, dann, auf die unbewussten Signale zu achten, die ein Mensch aussendet, wenn er mit unangenehmen Fragen konfrontiert wird. Geht der Blick nach links oben, konstruiert der Befragte eine visuelle Antwort – das gehört zum kleinen Einmaleins eines guten Vernehmungsbeamten. Nathan rieb sich die Hände, denn er hatte schon den ersten Hebel, diesen aalglatten Finanzhai zu verunsichern. Und nur darauf kam es bei diesem Besuch an.

»Wussten Sie, dass man an den Augen eines Menschen erkennen kann, an welche Zahl er gerade denkt?«, stellte Nathan die nächste unerwartete Frage. Jetzt zeichnete sich kurz Verblüffung in Faltermeiers Gesicht ab, ehe sich eine Zornesfalte zwischen den Augenbrauen zeigte.

»Was soll dieser Quatsch, Herr Weiß? Stehlen Sie mir keine Zeit, ich bin in Eile.«

»Um wie viel Hunderttausende Euro ging es bei Ihrem Gespräch mit Herrn Al-Nejem?«

»Woher wissen Sie …? Wer gibt Ihnen das Recht …?« Faltermeier echauffierte sich so sehr, dass er ins Stammeln geriet.

Nathan setzte sich auf einen Stuhl an dem runden Besprechungstisch, auf dem noch das Teegeschirr stand, und winkte Nina, es ihm gleichzutun.

»Ihre Augen jedenfalls«, bemerkte Nathan betont ironisch, »deuten auf eine hohe Summe hin. Da hoffe ich für Sie, dass Sie ein angenehmes Gespräch mit Ihrem Kunden hatten. Schließlich müssen Sie gewinnorientiert arbeiten, oder?«

»Ich äußere mich nicht zu Kundenbeziehungen. Was wollen Sie? Heraus mit der Sprache, sonst muss ich Sie bitten, sofort zu gehen.« Er schien ein gewisses Maß an Selbstsicherheit zurückgewonnen zu haben.

»Was für eine Art von Geschäften trieben Sie mit August Bunzel?«

»Ich sagte doch, ich kenne den Mann nicht.«

»Gezielte Kursmanipulationen von kleineren Start-ups, das ist eine gute Chance, aufzuspringen und sich ein Stück vom Kuchen zu sichern«, erwiderte Nathan. »Mit den richtigen Insiderinformationen zur rechten Zeit lassen sich mit gezielten An- und Verkäufen feine Gewinne realisieren, besonders attraktiv, wenn man Verluste an anderer Stelle ausgleichen muss. Natürlich muss das geheim bleiben …« Nathan ließ den Rest des Satzes in der Luft hängen und achtete auf jede noch so kleine Reaktion von Faltermeier.

»Unverschämtheit, das muss ich mir von Ihnen nicht bieten lassen. Gehen Sie«, geiferte Faltermeier sichtlich nervös.

»Setzen Sie sich lieber zu uns an den Tisch«, flötete Nina absichtlich freundlich. »Wenn Sie einen Blick auf meine Dienstmarke werfen, werden Sie es zu schätzen wissen, wie entgegenkommend wir mit Ihnen plaudern.« Dabei hielt sie ihre Dienstmarke hoch und zeigte dem Finanzer ein strahlendes Gesicht.

Nathan grinste in sich hinein; Nina entwickelte sich wirklich prächtig, ihr stand eine ordentliche Karriere bevor.

»Was wollen Sie?«, bellte Faltermeier und setzte sich an den Besprechungstisch.

»August Bunzel«, flüsterte Nathan. »Wir wissen, welche Geschäfte Sie mit ihm gemacht haben. Erzählen Sie uns lieber, welche Kunden Sie sich mit ihm geteilt haben, anstatt sinnlos abzustreiten, ihn zu kennen.«

»Ich kenne niemanden dieses Namens und ich habe mit niemandem, der so heißt, Geschäfte gemacht«, blieb Faltermeier bei seiner ersten Aussage.

»Roger Kleffner«, brummte Nathan und sah, wie sich Faltermeiers Pupillen weiteten, ehe er auch bei diesem Namen den Kopf schüttelte.

»Lesen Sie wirklich keine Zeitung?«, fragte Nina ungläubig.

Sie spielt ihre Rolle gut, belobigte Nathan sie insgeheim und ließ Faltermeier nicht aus den Augen. Dieser schien angestrengt zu überlegen, was er antworten sollte, und entschied sich dann fürs Schweigen.

»Wie selbstständig dürfen Ihre Mitarbeiter bei *IFP*-Deutschland agieren?«, stellte Nathan die nächste Frage. Er erkannte genau, wie sehr die sprunghaften Fragen Faltermeier irritierten, und nahm sich vor, diese Vorgehensweise noch möglichst lange beizubehalten. Es war essenziell, den Finanzmann nervös zu machen, denn nur so konnten sie ihn irgendwann zu einem Fehler provozieren.

»Im Rahmen unserer Beratungs- und Anlagestrategien sind die Mitarbeiter bei ihren persönlichen Kunden flexibel«, antwortete Faltermeier. »Worauf wollen Sie hinaus?«

»Da Sie August Bunzel und Roger Kleffner tatsächlich nicht zu kennen scheinen, muss Ihr Vertrauter Roland Kundl mit diesen Herren ohne Ihr Wissen zusammengearbeitet haben.«

»Wie kommen Sie darauf?«

»Wir haben Korrespondenz in seinem Nachlass gefunden«, erläuterte Nathan ohne mit der Wimper zu zucken und bemerkte wohlwollend die nächste Erweiterung von Faltermeiers Pupillen, ehe sie sich zu kleinen dunklen Punkten verengten. *Aha,* sagte sich Nathan, *ein besonders wunder Punkt.*

»Kundl hatte tatsächlich viele Freiheiten«, räumte Faltermeier ein. »Ich kenne nicht alle seine Geschäftspartner.«

»Al-Nejem war Kundls Kunde?«

Überrumpelt nickte Faltermeier sofort.

»Konnten Sie ihm vorhin die Fortsetzung des gewohnten Service bieten?«

»Selbstverständlich«, antwortete Faltermeier.

»Fein. Also auch Kurierdienste in die Schweiz?«

»Lassen Sie diese Unterstellungen«, regte sich Faltermeier auf. »Das lasse ich ...«

»Hören Sie auf«, unterbrach ihn Nathan. »Ihr Telefongespräch mit Zollamtsrat Bachhuber ist mir bekannt, schon vergessen?«

»Es gab und gibt keine Kurierdienste in die Schweiz. Mit unserem Stammhaus in St. Gallen verkehren wir ausschließlich auf offiziellen Kanälen. Lassen Sie es gut sein, Sie verschwenden Ihre und meine Zeit.«

»Was mussten Sie Al-Nejem bieten?«

Diesmal zuckte Faltermeier förmlich zusammen, ehe er einen dümmlich-verständnislosen Gesichtsausdruck produzierte. *Mehr, als dir lieb war,* folgerte Nathan und tippte mit dem Zeigefinger auf die Tischplatte.

»Das wollen wir nicht – Zeit verschwenden«, bemerkte Nathan süffisant. »Wir gehen. Danke für Ihre Kooperation.« Er stand auf und ging auf die Tür zu. Nina folgte ihm.

»Was wollten Sie jetzt eigentlich von mir?«, fragte Faltermeier, doch Nathan drehte sich nicht einmal um, sondern verließ wortlos das Büro.

•••

Die wissen mehr, als mir lieb ist, sorgte sich Faltermeier und fragte sich, warum eine Kriminalkommissarin aus München in Lindau ermittelte. Brachte ihn die Münchner Polizei wirklich mit der Erschießung von August Bunzel in Verbindung? Das konnte nicht sein. Niemand konnte seine Telefonverbindungen rekonstruieren, seine Methode war beinahe narrensicher. *Nein, die wollen mich nervös machen und zu Fehlern verleiten,* analysierte er und stellte zugleich selbstkritisch fest, dass es ihnen gelang. Eine heftige innere Unruhe hatte von ihm Besitz ergriffen, und er war in Versuchung, erneut zu einem Glas Haselnuss-Schnaps zu greifen. Unruhig tigerte Faltermeier in seinem Büro vom Fenster zur Tür und wieder zurück, einige Male hin und her auf der Suche nach seiner verlorengegangenen Coolness, die ihn bisher immer ausgezeichnet hatte. Wieder und wieder ging er alle Einzelheiten seiner Telefonate mit dem Verbindungsmann durch und fand keinen Fehler. Trotzdem spürte er, wie sich eine Schlinge um seinen Hals legte und langsam zuzog. Woher wussten Weiß und Lutz von Al-Nejem? Und was für ein Spiel spielte der Araber mit ihm? Er hatte ihm offensichtlich gedroht und erwartete ein wertvolles Geschenk; wofür eigentlich? War Al-Nejem zu trauen? Oder stellte ihm der Araber eine Falle? Was hatte Kundl alles getrieben? Hinter seinem Rücken? Was für Korrespondenz war der Polizei in Kundls Nachlass in die Hände gefallen? Plötzlich stand Faltermeier vor vielen Fragen und fand keine Antworten. Seine innere Unruhe wuchs. Er hielt es nicht mehr im Büro aus.

»Sagen Sie bitte alle Termine für heute ab«, bat er seine Sekretärin im Hinausgehen. »Morgen bin ich wieder zurück im Büro.«

Dann ging er die Treppe hinunter und schaute am Absatz durch das Fenster auf den Vorplatz hinaus, ob dort jemand stand und ihn eventuell beobachtete. Doch der Platz war menschenleer. Erleichtert machte er sich zu Fuß auf den Weg zu Sophie. Sie war jetzt seine einzige Vertraute. Er sehnte sich danach, in ihren Armen Trost zu finden. Außerdem musste er für Al-Nejem ein Gemälde organisieren, denn schenken wollte er ihm Sophies genialen Wald von Max Ernst keinesfalls. Da musste ein anderer großer Meister her.

•••

»Wie wollen wir weiter vorgehen?«, fragte Nina, als sie über den Bahndamm die Lindauer Insel verließen und zu ihrem Hotel in Bad Schachen zurückkehrten.

»Wir müssen dafür sorgen, dass Faltermeier permanent einen gewissen Verfolgungsdruck verspürt. Hast du wahrgenommen, wie nervös er geworden ist? Was Bunzel und Kleffner anbelangt, hat er für meine Begriffe eindeutig gelogen. Es gibt diese Zusammenhänge, wir müssen nur herausfinden, wie sie ausschauen.«

»Jedenfalls scheint es so zu sein, dass für alle drei Morde derselbe Täter verantwortlich ist«, stellte Nina fest. »Ob wir den schnappen, steht in den Sternen. Da war ein Vollprofi am Werk. Falls ein kriminelles Netzwerk dahintersteckt, bekommen wir Ärger mit Dr. Pfannerl, wenn wir auf eigene Faust weiter ermitteln.«

»Dieser Ärger ist vorprogrammiert«, prophezeite Nathan. »Nach allem, was wir derzeit wissen, geht es einerseits um Geldwäsche, andererseits um Steuerhinterziehung im großen Stil, vermutlich kommen noch kriminelle Insidergeschäfte an der Börse dazu. Die Hintermänner schützen sich dabei mit allen Mitteln. Wenn das nicht für ein mafiöses Netzwerk spricht, was dann?«

»Du hast recht. Vielleicht sollten wir mit der Organisierten zusammenarbeiten?«

Nathan brummte lautstark vor sich hin und blieb die Antwort schuldig. Würden sie das tun, würde Pfannerl einen etwaigen Erfolg für sich reklamieren und die Lorbeeren einheimsen, und das missgönnte ihm Nathan von Herzen. Andererseits war es vermutlich ihre einzige Chance, den Fall gerichtsfest aufzuklären. Es sei denn, Faltermeier beginge bald einen kapitalen Fehler oder – bei diesem Gedanken klatschte Nathan unwillkürlich in die Hände – Kurt Friedl im Landeskriminalamt konnte wider Erwarten der zerschnittenen SIM-Karte Informationen entlocken.

Nathan fing Ninas fragenden Blick auf und verriet ihr seine Hoffnung: »Die SIM-Karte hilft uns vielleicht. Ich werde sie jetzt ins LKA bringen und dann in München bei Brückner nach dem Rechten schauen.«

»Und ich?«

»Du bleibst zunächst mit Wolfgang in Lindau und versuchst, Faltermeier weiter zu verunsichern.«

»Wie?«

»Lasst euch ab und zu in seiner Umgebung blicken. Geht noch mal ins Zollamt und versucht, mit einigen Leuten zu sprechen. Bachhuber wird sich dann gewiss mit Faltermeier in Verbindung setzen. Einfach ein wenig Unruhe verbreiten und schauen, was er macht.«

»Klingt eher nach Guerillataktik als nach profunder Polizeiarbeit«, witzelte Nina.

»Nenn e,s wie du willst, Hauptsache, der Kerl wird nervös und unvorsichtig.«

Zweieinhalb Stunden später saß Nathan bei Kurt in der Maillinger Straße in einem kleinen Kabuff und schaute dem Kriminaltechniker zu, wie er die vier Teile der SIM-Karte auf einer durchsichtigen Klebefolie befestigte.

»Eines kann ich dir jetzt schon verraten«, bemerkte Kurt beiläufig. »Diese Karte stammt von einem türkischen Provider. Da werdet ihr euch schwertun, an Verbindungsdaten zu gelangen. Die türkischen Behörden kooperieren in solchen Sachen nämlich nicht.«

»Ist das allgemein bekannt?«, fragte Nathan.

»Vermutlich nein, aber interessierte Kreise wissen das natürlich. Wer mit solchen Prepaidkarten arbeitet, dem ist das wichtig.«

Wenn er es nicht schon vorher gewusst hätte, war Nathan nun endgültig klar, dass Faltermeier einiges zu verbergen hatte. Aber ein gewichtiges Indiz, ihn mit dem Mord an Kundl in Verbindung zu bringen, war das selbstverständlich immer noch nicht.

Während er Kurt dabei beobachtete, wie dieser den auf der Folie befestigten Chip in einen Adapter legte und mit Flüssigkeit aus einer kleinen Dose besprühte, hoffte er inständig auf einen Erfolg dieser Aktion.

»In vielen Fällen hilft das nichts, aber einen Versuch ist es wert«, bemerkte der Techniker und schob den Adapter in ein Lesegerät. Dann schwirrten seine Finger flugs über die Computertastatur und der Bildschirm erwachte zum Leben. Gleich darauf flimmerte ein Zeichensalat über das Display.

Kurt schnalzte mit der Zunge: »Immerhin«, rief er und deutete auf eine Zahlenreihe am unteren Bildschirmrand. »Das könnte eine Rufnummer sein. Schreib auf!«

Nathan tat, wie ihm geheißen.

Kurt entnahm die SIM-Karte dem Rechner und schob sie in einen Asservaten-Beutel. »Hier«, sagte er. »Wenn's hilft, ist es ein wichtiges Beweismittel.«

Kaum hatte Nathan das Landeskriminalamt verlassen, als sein Handy klingelte.

»Sie müssen unbedingt in die Klinik der Barmherzigen Brüder kommen«, forderte ein aufgeregter Borrat. »Professor Brückner wurde dort heute Morgen mit einer Herzattacke eingeliefert. Es geht ihm nicht gut.«

•••

Trotz des warmen Federbetts und der sommerlichen Temperaturen draußen fror Brückner. Es war eine unheimliche Kälte, die ihm Gänsehaut und gemeinsam mit dem leichten Druck im Brustkorb Unbehagen bereitete. Seine Sinne waren benebelt. Das mochte zum Teil von den Medikamenten herrühren, welche ihm verabreicht worden waren, zum Teil aber auch von einer dumpfen Angst, die ihm das Atmen erschwerte. Seit er wieder bei Bewusstsein war, versuchte er, sich auf ein Gebet zu konzentrieren, doch seine Bescheidenheit erlaubte ihm keine Fürbitte in eigener Angelegenheit, und ein abstraktes Gespräch mit seinem Gott wollte ihm nicht gelingen.

Nein, er haderte weder mit seinem Schicksal noch wollte er sich beklagen; eine mit dem Alter zunehmende Schwäche seines Herzens war ihm ein wohlvertrauter Begleiter, seit vielen Jahren achtete er darauf, sein Herz nicht zu überanstrengen. Vor einem raschen Herztod hatte er keine Angst, obwohl er trotz seiner Gläubigkeit durchaus Angst um sein Leben hatte. Er fühlte sich einfach noch nicht fertig mit dieser Welt; er hatte noch einiges zu erledigen, er konnte jetzt nicht abtreten. Darüber hätte er gern mit seinem Gott gesprochen, aber es gelang ihm nicht. Sobald er sich aufraffte, ließ ihn die seinen Körper einhüllende Kälte schaudern, und die Gedanken für das Zwiegespräch verflüchtigten sich. Aber auch seine Überlegungen, warum was geschah und was überhaupt wirklich geschehen war, fanden keine Klarheit. War er heute Morgen verfolgt worden oder hatte er es sich eingebildet? Ja, da war dieser bärtige Mann gewesen, und ja, der hatte zumindest jenem in dem blauen Wagen auf der Autobahn sehr ähnlich gesehen – aber konnte das nicht Zufall sein? War der Bärtige ihm überhaupt gefolgt oder hatte er bloß dasselbe Bedürfnis gehabt, am Nymphenburger Kanal Morgenluft einzuatmen? Schließlich hatte er den Spaziergang entlang des Kanals weder erfunden noch den Fußweg für sich gepachtet.

Nimm dich mal nicht so wichtig, mahnte sich Brückner mehrfach in diesen Stunden und beschloss, dankbar zu sein, dass er rechtzeitig gefunden und in die Klinik gebracht worden war.

Es klopfte an der Tür und Nathan Weiß trat ein. Der Anblick des erfahrenen Mordermittlers hob Brückners Laune sofort.

»Schön, Sie zu sehen«, grüßte er seinen Gast. »Leider in wenig erfreulicher Umgebung.«

»Herr Professor, was ist geschehen? Wie fühlen Sie sich?«

»Setzen Sie sich. Noch ist meine Mission auf dieser Welt nicht beendet, wie Sie sehen. Das Herz, es war das Herz …«

Brückner streckte die Hand aus und ballte sie im letzten Moment zur Faust; Weiß stieß mit seiner Faust dagegen. Dieser Gruß war der Pandemie geschuldet, die zum Glück eine ordentliche Pause machte, obwohl die ersten Stimmen bereits vor der zweiten Welle warnten.

»Hat man Sie anstandslos eingelassen?«, fragte Brückner.

»Nein«, antwortete Weiß, »aber wie es der Zufall will, habe ich mich vorgestern testen lassen und den Nachweis bei mir.«

»Schreckliche Zeiten, Herr Weiß, und ich fürchte, wir haben es noch nicht überstanden.«

»So ist es. Aber nun erzählen Sie: Was ist geschehen?«

Brückner fasste sich kurz, erzählte von der Autobahn, von dem blauen Audi neben der Tiefgarageneinfahrt und von dem Bärtigen.

»Aber ob ich mir das nur eingebildet habe«, beendete er seinen knappen Bericht, »kann ich beim besten Willen nicht sagen. Vielleicht ist alles zu aufregend für mich. Rolands Begräbnis hat mich extrem angestrengt.«

Weiß nickte, und Brückner registrierte sehr wohl die sorgenvoll hochgezogenen Augenbrauen bei dem ehemaligen Polizisten, der nun seinerseits von ihren jüngsten Erkenntnissen berichtete.

»Sie haben sich Ihr Honorar redlich verdient«, bemerkte Brückner. »Jetzt müssen wir diesem Faltermeier seine Schandtaten nur noch beweisen.«

»Das wird schwer«, machte ihm Weiß keine allzu große Hoffnung. »Wir kämpfen möglicherweise gegen einen übermächtigen Gegner. Deshalb befürchte ich auch, dass Sie tatsächlich verfolgt und zum Opfer einer perfiden Strategie der Furchteinflößung geworden sind. Ihre Herzschwäche, sagen Sie, wusste Roland davon?«

»Natürlich. Ich habe nie ein Hehl daraus gemacht, allein schon deshalb, weil mir ärztlicherseits bereits vor Jahren geraten wurde, zu große Höhen zu meiden. Daher fahre ich weder über höhere Gebirgspässe noch mit Seilbahnen auf irgendwelche Aussichtsberge. Meinen Sie wirklich ...?«

»Ja, Herr Brückner, wir müssen davon ausgehen, und deshalb ist es wichtig, Sie zu schützen. Am besten, wir ziehen Sie nach dem Krankenhausaufenthalt etwas aus dem Verkehr.«

»Das geht nicht! Ich habe Aufgaben zu erfüllen. Die Tagung in Lindau in wenigen Wochen ...«

»Jetzt kurieren Sie sich aus, dann überlegen wir, wie wir vorgehen«, sagte Weiß. »Ich muss los. Ich melde mich.«

»Danke für Ihren Besuch und Bericht«, verabschiedete Brückner den altgedienten Kommissar, dann war er wieder allein. Allmählich wurde ihm bewusst, dass er tatsächlich in Gefahr schwebte, und zwar in einer Gefahr, die ihm bisher unbekannt gewesen war: Jemand trachtete ihm nach dem Leben.

• • •

Obwohl er wusste, wie aussichtslos es war, sich in Nina Lutz zu verlieben, wollte Ruedi trotzdem ihre Stimme hören und ihr die Namensliste, die soeben von Beat per E-Mail eingetroffen war, nicht unpersönlich weiterleiten. Umso größer war seine Enttäuschung, als sich lediglich die Mailbox meldete.

»Griazi, Nina«, sprach er widerwillig auf Band. »Der Lukas hier. Vielleicht magst mal zurückrufen, ich hab eine Namensliste, die dich interessieren könnt'.«

Zeile für Zeile studierte er dann die Namen der Geschäftsleute, die am 29. Juli mit der *Santa Maria* über den Vierwaldstätter See gesegelt waren. Wie nicht anders zu erwarten, verband er mit keinem der Namen eine konkrete Person, keiner der Namen kam ihm bekannt vor. Da gab es drei Menschen mit arabischen Namen sowie fünf, die nach Schweizern klangen.

In der Hoffnung, bald von Nina angerufen zu werden, gab er zuerst die schweizerisch klingenden Namen in das Suchfenster der Polizeidatenbank ein. Ergebnislos, was hieß, keiner dieser Männer war in den letzten Jahren mit der Polizei in Konflikt geraten. Genauso verhielt es sich bei den arabischen Namen, aber das überraschte ihn selbstverständlich überhaupt nicht. Dann probierte er es bei LinkedIn, und siehe da, bereits der erste Schweizer hatte auf dieser Plattform ein ausführliches Profil angelegt.

Pirmin Aebischer firmierte als Finanzvorstand einer Spirituosenfabrik in Winterthur und glänzte mit hervorragenden internationalen Kontakten. Eigenartigerweise hatte Ruedi von dieser Firma in seinem ganzen Leben noch nichts gehört, obwohl er sich seit Langem für gute Brände interessierte. Nicht weniger rätselhaft schien ihm das Profil von Martin Odermatt, Geschäftsführer einer Kartonagenfabrik in Ebikon bei Luzern, der nicht nur mit umfassenden Fremdsprachenkenntnissen für sich warb, sondern auch mit herausragender Expertise auf dem Feld der Logistik.

Was zum Teufel taten diese Leute auf einem luxuriösen *Daysailor* auf dem Vierwaldstätter See mit Geschäftsleuten aus den Vereinigten Arabischen Emiraten? Wenigstens waren Vinzenz Capeder, Klaus Manetsch und Siegfried Gerber als Investmentbanker und Anlageberater nachvollziehbare Segelgäste dieses Abdullah Rahman Al-Nejem, der offenbar der Gastgeber dieses Segeltörns gewesen war.

Nina rief immer noch nicht zurück. Also gab Ruedi auf gut Glück den Namen von Al-Nejem in die Google-Suchmaske ein und staunte nicht schlecht, dort auf einige Artikel zu stoßen, die diesen Mann mit zweifelhaften Rüstungsgeschäften in Verbindung brachten. Ruedi pfiff leise durch die Zähne. Wenn an diesen Beiträgen etwas dran war, ging es womöglich um viel Geld, sehr viel Geld. Und in diesem Geschäft war man vermutlich nicht zimperlich.

Endlich meldete sich Nina und er berichtete ihr begeistert von seinem Fund.

»Mensch, das ist klasse«, rief Nina erfreut. »Danke, Lukas. Kannst du mir die Namensliste schicken?«

»Versteht sich«, erwiderte er. »Du glaubst gar nicht, was ich zu den Leuten herausbekommen habe – echt interessant«, fuhr er fort und hoffte, Nina würde noch ein wenig mit ihm plaudern. Aber sie war kurz angebunden und bat ihn, seine Erkenntnisse in eine knappe E-Mail zu packen. Dann beendete sie das Telefonat. *Schade*, bedauerte er und spürte eine Welle der Sympathie über sich hinwegschwappen, weil ihm Ninas Stimme so gut gefiel. *Verdammt,* ermahnte er sich, *schlag dir die aus dem Kopf. Zeit wird's, dass ich mir hier eine nette Frau suche.*

• • •

Sie hatte zwei Stunden lang und zunehmend verzweifelter mit mehr als einem Dutzend psychologischer Praxen telefoniert, und überall entweder eine definitive Absage oder die Auskunft erhalten, frühestens in einem halben Jahr zu einem Erstgespräch vorbeikommen zu können. Sophies Elan, sich um einen Therapieplatz zu bemühen, erlahmte und sie wollte bereits aufgeben, als ihr das sympathische Gesicht einer jungen Frau auf einer ansprechend gestalteten Homepage entgegenlachte. Die Diplompsychologin besaß noch kaum Berufserfahrung, hatte ihre Praxis erst vor einem halben Jahr in Wangen eröffnet und listete als ihre Spezialgebiete Bulimie und Anorexie sowie Traumabewältigung auf. Nicht unbedingt das, was Sophie mit Blick auf ihre eigene seelische Verfassung naheliegend schien. *Sei's drum,* wischte Sophie ihre Bedenken beiseite. Das Gesicht unter einem burschikosen Bubikopf sprach sie an. Sie wählte die Praxisnummer und hörte nach dem vierten Anläuten eine warme jugendliche Stimme.

»Ich suche einen Therapieplatz, und zwar am liebsten sofort«, fiel Sophie mit der Tür ins Haus und erntete ein erfrischend unverstelltes Lachen.

Irritiert wollte Sophie weitersprechen, da antwortete die warme Stimme: »Wenn Sie in meinen Sitzungen mehr Geduld haben, können Sie gern dieser Tage vorbeischauen.«

»Wirklich?«

»Selbstverständlich. Wir machen ein Erstgespräch, das ich Ihnen nicht berechne, und schauen, ob wir zusammenpassen und ob ich Ihnen eine Hilfe sein kann.«

»Einfach so, ohne wochenlange Wartezeit?«

»Einfach so. Ich bin neu hier und habe noch genug Platz in meinem Terminkalender. Das stört Sie hoffentlich nicht.«

»Im Gegenteil«, antwortete Sophie erfreut und vereinbarte für den nächsten Vormittag einen Termin. Zum Glück war Wangen nur eine Viertelstunde entfernt.

Beschwingt ging sie hinüber ins Atelier, nahm den »Van Gogh« von der Staffelei und spannte eine weiße Leinwand ein. Jetzt stand ihr der Sinn nach klaren Konturen und zarten Farben. Mit dem Lineal zauberte sie Rechtecke, Dreiecke und Quadrate auf die Leinwand, griff zum Zirkel und ergänzte die Linien um Kreise und Halbkreise, ehe sie sich einige »neblige« Farben mischte. Tatendurstig und wie in Trance füllte sie die geometrischen Formen mit Farbe, vergaß alles um sich her und musste bewusst innehalten, als die Wohnungsklingel schellte. Hier noch ein Pinselstrich und dort einer, so lange ignorierte sie die Störung, bis sie der Glocke die Ungeduld des Besuchers anhörte.

»Ist ja gut«, brummte sie vor sich hin und ging zur Tür.

Lorenz stand da mit einem großen Blumenstrauß.

»Komm rein«, forderte sie ihn auf und lief zurück zu ihrer Staffelei. Sie war im Flow, sie musste ihren neuen Kandinsky fertigstellen.

»Wahnsinn, das ist der Wahnsinn«, rief Lorenz unvermittelt.

Sophie drehte sich zu ihm um. Er stand mit offenem Mund vor dem an die Wand gelehnten »Van Gogh« und starrte mit beinahe irren Augen auf das Gemälde. »Das ist Abermillionen wert«, stammelte er schließlich. »Du bist ein Genie, Pinselchen, du bist überirdisch!«

Das gefiel ihr, das hatte er noch nie gesagt. Sie legte den Pinsel weg und ging auf ihn zu. Er nahm sie ungestüm in die Arme und küsste sie leidenschaftlich. Sie erwiderte seinen Kuss, presste sich an ihn und als sie seine Erregung spürte, überkam sie eine fordernde Lust. Ohne irgendeinen weiteren Gedanken, knöpfte sie seine Hose auf, zog den Reißverschluss herunter, schob ihm Hose und Slip nach unten und ging vor ihm auf die Knie.

»Was machst du?«, stöhnte er und zog sie hoch. »Lass uns ins Bett gehen.«

»Nein. Hier. Sofort.« Sie riss ihre Bluse auf und schob ihre Leggins nach unten, dann setze sie sich auf den Tisch und spreizte die Beine. »Nimm mich«, stöhnte sie und schloss die Augen.

Nichts geschah.

Sie öffnete die Augen wieder und blickte Lorenz ins Gesicht. Seine Lippen zitterten und in seinen Augenwinkeln schimmerten Tränen. Ein kurzer Blick in seinen Schritt zeigte ihr seine Schwäche.

Er schniefte und flüsterte weinerlich: »So kann ich das nicht, Pinselchen.«

Sie rutschte vom Tisch, nahm ihn bei der Hand und gemeinsam watschelten sie mit heruntergelassenen Hosen ins Schlafzimmer.

Was ist mit ihm los, überlegte Sophie und ihre Lust verflog. Sie zog die Leggins hoch und legte sich mit Lorenz ins Bett, kuschelte sich an ihn und strich ihm über das Haar. Er zitterte und wirkte plötzlich unendlich verletzlich. So kannte sie ihn nicht, und sie war unsicher, ob er ihr so gefiel. Gerade eben, als er sie leidenschaftlich geküsst und scheinbar begehrt hatte, das hatte ihr besser gefallen. *Irgendetwas stimmt nicht mit ihm,* stellte sie fest und presste sich an ihn.

• • •

Kein Anschluss unter dieser Nummer – Nathan gab es enttäuscht auf, die von Kurt ausgelesene Nummer mit unterschiedlich vorangestellten Ziffern anzuwählen. *Es gibt einfach zu viele Vorwahlmöglichkeiten,* seufzte er und machte sich auf den Weg in den *Lesertraum.* Es war an der Zeit, wenigstens für ein paar Stunden in das Alltagsgeschäft der Buchhandlung einzusteigen und Heinrich Gesellschaft zu leisten. Außerdem war Heinrich immer für eine pfiffige Idee gut. Vielleicht hatte er einen Einfall, wie man aus der Nummer von der SIM-Karte noch etwas herausholen könnte.

»Gut, dass du da bist«, empfing ihn Heinrich. »Dieser Typ mit seinem Manuskript, sage ich dir, der ist völlig durchgeknallt. Auf den musst du, glaube ich, ein Auge richten.«

Überrascht schüttelte Nathan den Kopf. »Wie meinst du das denn?«

»Das Manuskript ist gespickt mit Mordfantasien und voller unheimlich brutaler Szenen. Wer sich so etwas ausdenkt, der tickt nicht richtig. Eigentlich wollte ich den Text nach jeder Seite weglegen. Aber die Sprache ist unglaublich faszinierend, selten habe ich so eine lapidare Poesie gelesen wie in diesem Manuskript. Der Mann ist ein begnadeter Spinner, aber ich fürchte, er ist auch eine tickende Zeitbombe.«

Nathan zuckte mit den Schultern. Momentan hatte er seine Gedanken anderswo und konnte sich nicht um einen Möchtegernautor kümmern.

»Es muss einen Grund haben, warum er dir dieses Machwerk in die Hand gedrückt hat«, blieb Heinrich bei seinem Thema. »Bitte, schau es dir an.«

»Okay, aber vorher muss ich mich um meinen Fall kümmern

– oder besser die drei Morde, denn sie hängen wirklich miteinander zusammen.«

»Wusste ich doch«, freute sich Heinrich. »Wie seid ihr draufgekommen?«

Nathan setzte sich und berichtete Heinrich in groben Zügen von den in den letzten Tagen gewonnenen Erkenntnissen. Dann fragte er Heinrich, ob er eine Idee hätte, was mit der unvollständigen Telefonnummer von Faltermeiers SIM-Karte anzufangen wäre.

»Das ist doch ganz einfach«, erklärte Heinrich. »Wir geben die Nummer in eine Suchmaske ein, dann kommen alle Treffer mit den entsprechenden Vorwahlen – und diese Liste musst du dann nur noch abtelefonieren.«

»Das funktioniert?«

»Logisch, ich dachte, du als Internetfreak weißt das.«

»Na ja, so weit ist es damit nicht her.«

»Gut, dann kann ich dir auch mal helfen«, sagte Heinrich und grinste. »Wenn ich nachher den Laden zuschließe, dann mach ich das für dich. Jetzt schau dir das Manuskript an, echt Horror, sage ich dir.«

Je länger Nathan in dem Manuskript las, umso kälter wurde ihm. Wer immer diesen Text geschrieben hatte, der hatte das nicht erfunden. So etwas konnte man nicht erfinden.

Nachdenklich betrachtete Nathan die E-Mail-Adresse in der Fußzeile der Titelseite: Karl.Denke@gmail.com.

Es dauerte einige Augenblicke, ehe der Groschen fiel: Selbstverständlich kannte Nathan diesen Namen. Karl Denke war einer der schlimmsten Serienmörder Deutschlands, bekannt als »der Kannibale von Münsterberg«, der Anfang des 20. Jahrhunderts mindestens 42 Menschen getötet hatte. Das konnte kein Zufall sein.

Heinrich hat recht, schoss es Nathan durch den Kopf und es lief ihm kalt über den Rücken. Er versuchte, sich den schmächtigen Mann mit dem schütteren Haar noch einmal genau ins Gedächtnis zu rufen, der ihm vor einigen Tagen dieses Manuskript in die Hand gedrückt hatte. Aber das Bild blieb unscharf. *Warum hat er mir dieses Heft gebracht? Warum mir,* fragte sich Nathan und ahnte, dass hier noch eine besondere Aufgabe auf ihn wartete.

9

Borrat machte sich auf den Weg nach Bad Schachen, um mit Stöhrl und Lutz zu frühstücken und das weitere Vorgehen zu besprechen. Nachdem Al-Nejem bei Faltermeier gewesen war, war er ins Grandhotel zurückgekehrt und hatte dort einen entspannten Nachmittag verbracht, bis sie die Beobachtung abgebrochen hatten. Von Faltermeier war auch nichts mehr zu sehen gewesen, wobei Borrat vermutete, dass sich dieser bei seiner Freundin aufhielt.

Abends hatten Lutz, Stöhrl und er selbst noch gemeinsam die Liste der Namen von der *Santa Maria* durchgearbeitet. Zwar wurden sie durch Al-Nejems Gastgeberrolle in ihrer Annahme bestärkt, dass dieser etwas mit den Morden zu tun haben musste, aber mehr als ein handfester Verdacht war das nicht. Nach wie vor fanden sie jenes hieb- und stichfeste Indiz nicht, das Faltermeier mit den drei Tötungsdelikten in Zusammenhang brachte. Und auch nach einem knappen Telefonat mit Weiß und dessen Bericht über die leider nur rudimentär ausgelesene Telefonnummer von der SIM-Karte waren sie nicht wesentlich schlauer. *Vielleicht*, hoffte Borrat, *hatten die beiden Kriminaler heute Nacht eine zündende Eingebung.*

•••

»Sie sollten sich auf jeden Fall einige Zeit schonen«, riet der Chefarzt, nachdem ihm Brückner mitgeteilt hatte, bereits in den Morgenstunden das Klinikum verlassen zu wollen. »Diesmal hatten Sie Glück und sind am Infarkt vorbeigeschrammt.«

»Seien Sie versichert, ich werde mit größtmöglicher Schonung an meine nächsten Aufgaben herangehen«, beruhigte Brückner den Arzt. »Aber ich kann Ihre Gastfreundschaft nicht länger in Anspruch nehmen. Danke für die gute und zielführende Behandlung, lieber Medicus.«

»Wenn etwas ist – Sie haben meine Handynummer, scheuen Sie sich nicht, mich anzurufen.«

Der Chefarzt verließ mit seinem Begleittross Brückners Krankenzimmer und Brückner zog sich an. Wenige Minuten später war er auf dem Weg nach draußen, wo ihn Barbara in Empfang nahm.

»Was machst du nur für Sachen, Papa.«

»Halb so wild«, erwiderte er und drückte sie an sich. »Schön, dass du mich nach Lindau begleitest und mithilfst, die *Hate-Speech*-Abteilung vorzubereiten.«

»Ehrensache, schließlich habe ich dir das Thema eingebrockt«, sagte Barbara und drückte ihrem Vater einen Kuss auf die Wange. »Fahren wir.«

• • •

Er lag auf der Seite und schnarchte leise. Vorsichtig schob sich Sophie aus dem Bett, wollte ihn nicht wecken. Er schlief wie ein schutzbedürftiges Kind, und wie ein unschuldiges Kind hatte er sich den gesamten gestrigen Abend verhalten. Völlig untypisch war in Sophie das Gefühl entstanden, Lorenz beschützen zu müssen, und einhergehend mit dieser Empfindung hatte sich jegliche erotische Spannung verloren. Im Gegenteil, sie konnte sich überhaupt nicht mehr vorstellen, Lorenz als Mann zu begehren.

Sie fragte sich, ob das ungerecht war, aber ihre Lust war an seiner Schwäche zerbrochen. Dabei hatte sie sich noch vor wenigen Tagen über seine schroff und egoistisch ausgelebte männliche Lust geärgert. Wenn sie es jetzt betrachtete, war ihr der fordernde Liebhaber näher als der verunsicherte Mann, der nicht mehr und nichts anderes wollte, als in den Arm genommen zu werden.

Vielleicht kenne ich die Männer ebenso wenig, wie die Männer Frauen verstehen, sinnierte sie. Dabei hatte sie gestern gedacht, nichts entspräche den erotischen Vorstellungen der Männer mehr als eine Frau, die sich mit gespreizten Beinen nackt auf einen Tisch setzte und den Mann zum Tanz aufforderte.

Mehr noch als neulich empfand Sophie die Entfremdung von ihrem Geliebten, und nun wusste sie endgültig die Antwort auf die am letzten Freitag gestellte Frage: Sie liebte ihn nicht.

Auch darüber werde ich später mit der Therapeutin sprechen, nahm sich Sophie vor und setzte sich im Atelier vor das Fenster. Aus dem Augenwinkel heraus erblickte sie ihren »Van Gogh«, von dem Lorenz so begeistert war. Sie stand auf und stellte das Gemälde auf den Tisch, holte den frischen Kandinsky dazu und dann noch ihren Wald nach Max Ernst. Stolz blickte sie auf drei große Meister. Sie würden ihr viel Geld einbringen, Geld, das ihr alle Freiheiten verschaffen würde, die sie sich wünschte. Trotzdem erfasste sie Wehmut und Traurigkeit, denn niemals würde jemand auf dieser Welt erfahren, dass sie, die unscheinbare Sophie Nägele, in Wahrheit die Schöpferin dieser wunderschönen Werke war. *Auch darüber,* dachte sie, *muss ich später mit der Psychologin reden.*

•••

Den zweiten Teil seiner Butterbreze aß Nathan allein, denn Gudrun musste heute unbedingt pünktlich im Klinikum sein. So hatte Nathan Zeit und Muße, sich weitere Gedanken über den Fall Kundl und die beiden anderen Morde, die von demselben Täter ausgeführt worden waren, zu machen. Ob er wollte oder nicht, irgendwo hakte es. Klar, sollten sie den Todesschützen fassen, konnten sie ihm mit ziemlicher Sicherheit alle drei Morde nachweisen; aber wie kamen sie an den Hintermann oder die Hintermänner?

Faltermeier benutzte verdeckte Kommunikationskanäle und wandte hierfür erstaunliche Energie auf, aber das bewies keineswegs einen Zusammenhang mit den Morden. Vielleicht dienten seine anonymen Telefonate lediglich der Organisation von illegalen Geldtransporten und Geldwäscheaktionen. Natürlich machte er sich auch damit strafbar und man konnte ihn mit etwas Glück aufgrund der bisherigen Nachweise anklagen, aber von einem Nachweis, dass er zu dem Mord an Roland Kundl angestiftet hat, waren sie weit entfernt.

Selbst wenn sie den Maskenmann mit der Spritze fassten: Das war ein Vollprofi, der würde wahrscheinlich zu seinen Auftraggebern schweigen. Stillschweigen war ein ehernes Gesetz in dieser Branche.

Frustriert steckte sich Nathan den letzten Bissen in den Mund, spülte mit Tee nach und machte sich wieder auf den Weg zum *Lesertraum*. Dort würde er die neun Verbindungen überprüfen, die Heinrich mit seiner App herausgefunden hatte. Wenn er Glück hatte, stieß er auf eine verwertbare Verbindung, aber er glaubte nicht an einen Erfolg.

•••

Sie saßen bereits auf der Hotelterrasse in der Sonne und frühstückten, als Borrat in Bad Schachen ankam. Lutz winkte ihm munter zu, Stöhrl nickte lediglich müde.

»Setz dich«, sagte Lutz und deutete auf den freien Stuhl neben sich.

Borrat stutzte einen Augenblick, ehe ihm einfiel, dass sie sich gestern beim letzten Bier gegenseitig das »Du« angeboten hatten.

»Guten Morgen, ihr zwei«, versuchte er fröhlich zu klingen, aber ganz gelang es ihm nicht. »Habt ihr über Nacht noch eine zündende Idee bekommen?«

»Nein, aber wir haben beschlossen, wir nerven Faltermeier heute noch einmal richtig. Schließlich hat Nathan gesagt, wir sollen Druck auf dem Kessel lassen und hoffen, dass Faltermeier unruhig wird und einen Fehler begeht.«

»Wie geht es dem Professor?«, erkundigte sich Wolfgang.

»Ganz gut, er verlässt heute die Klinik«, gab Borrat Auskunft und griff nach einem Croissant im Brotkörbchen.

»Ob er vorgestern und gestern wirklich verfolgt wurde?«, fragte Wolfgang.

»Nathan scheint es anzunehmen«, antwortete Nina. »Aber sicher sein kann man sich nicht. Es ist einfach ein schwieriger und rätselhafter Fall.«

»Na ja, wir haben es mit Profis zu tun.« Wolfgang klang resigniert. »Vielleicht müssen wir doch Pfannerl und die Kollegen von der Organisierten die Kohlen aus dem Feuer holen lassen.«

»Bangemachen gilt nicht«, wehrte Nina ab. »Wir werden Faltermeier kirre machen, dann schau'n mer mal, was geschieht.«

• • •

»Den Kandinsky würde ich gern mitnehmen, dafür habe ich sofort einen Abnehmer«, bemerkte Faltermeier und deutete auf das gestern entstandene Gemälde.

»Aber es muss erst ein Sammlungsaufkleber drauf«, wandte Sophie ein. »Außerdem sollte das Bild nicht mehr nach frischer Ölfarbe riechen.«

Das leuchtete ihm ein. Er ärgerte sich ein wenig über sich selbst. Es durfte nicht sein, dass er vor lauter Ungeduld unvorsichtig wurde. Außerdem blieb Al-Nejem noch gut zwei Wochen in Deutschland, da war Zeit genug, ihm sein Geschenk vorbeizubringen.

»Für den Van Gogh«, fuhr er fort, »finde ich rasch einen Interessenten. Da kannst du auch schon mal den Sammlungsaufkleber vorbereiten.«

»Deine Kontakte in die Kunst- und Sammlerszene habe ich bisher offensichtlich unterschätzt. Schön, dass du so aktiv bist«, schnurrte Sophie und strich ihm über den Hinterkopf.

Es war eine Zärtlichkeit, wie sie eine Mutter ihrem halbwüchsigen Sohn angedeihen lässt, und Faltermeier war sie unangenehm. Bedeutete das, dass sie auf dem Weg zu einer platonischen Beziehung waren? Gestern hatte er auf der ganzen Linie versagt, heute schämte er sich dafür. Aber auch am Morgen war er nicht in erotischer Stimmung gewesen, im Gegenteil: Er sehnte sich nach Harmonie und Ruhe und hatte wirklich keine Lust auf Sex.

Er wurde sich selbst ein wenig unheimlich und haderte mit seiner »Unmännlichkeit« mindestens so sehr wie mit seiner diffusen Angst, er könnte für seine Taten zur Rechenschaft gezogen werden. Zum Glück, atmete er durch, waren Kundl und Brückner aus dem Weg geräumt, und weder von Kleffner noch von Bunzel ging noch irgendeine Gefahr aus. Sein Gewährsmann hatte saubere Arbeit geliefert. *Also bleib cool,* sprach er sich Mut zu.

»Ich könnte die Bilder vermutlich schneller verkaufen, als du sie malen kannst«, gab er mit einiger Verzögerung zur Antwort und versuchte, kräftig und zuversichtlich zu klingen.

»Dann stehen wir vor einer goldenen Zukunft«, rieb sich Sophie die Hände und gab ihm einen Klaps auf den Po. »Und jetzt geh schön Geschäfte machen, ich habe meinen ersten Termin in Wangen.«

Nachdenklich schlenderte er in die Stadt hinunter. Was würde eine Psychotherapie mit Sophie machen? Ohne eine Vorstellung davon zu haben, was in so einer Therapie ablief, ängstigte ihn die Vorstellung, Sophie könnte sich verändern. Dabei hatte er ihr selbst dazu geraten, professionelle Hilfe in Anspruch zu nehmen, damit sie endlich von diesem beängstigenden Ritzen loskam. Die neuesten Wunden sahen nach wie vor schrecklich aus; das musste aufhören. Er wollte sich keine Sorgen um Sophie machen und er wollte, dass sie in ihrem Schaffensdrang nicht gebremst wurde. Dieses Blumengemälde im Stil von van Gogh: einfach fantastisch. Davon konnte sie noch mehr malen, solche Schöpfungen brächten Millionen.

Faltermeier sah sich bereits wieder Geld scheffeln, als er schräg hinter sich eine Person bemerkte. Zaghaft drehte er sich um, und siehe da, keine zehn Meter entfernt stand die Polizistin, die ihn gestern mit Nathan Weiß besucht hatte. Was wollte sie? Für einen Moment war er versucht, umzudrehen und sie zur Rede zu stellen, doch dann beschleunigte er seine Schritte und bemühte sich, nicht nach hinten zu schauen. Das gelang ihm jedoch nicht, und wann immer er sich umdrehte, die Polizistin hielt zehn Meter Abstand.

Immerhin ist dieser Weiß nicht in der Nähe. Faltermeier wusste nicht, warum, aber vor Nathan Weiß hatte er Angst.

•••

Sie parkten im Parkhaus der Inselhalle und gingen gemeinsam zum Büro der Stiftung, die den Kongress zu den gesellschaftlichen Themen der Zukunft organisierte. Brückner stellte dem Geschäftsführer seine Tochter vor und verabschiedete sich wieder. Langsam schritt er durch die alten Gassen Lindaus und näherte sich auf Umwegen den Büros von *InterFinancePower-*Deutschland. Um seine Gedanken zu sammeln, legte er noch eine kleine Schleife zum Hafen ein und setzte sich auf die Bank, auf der Roland in seinen letzten Lebensminuten gesessen hatte.

»Das also hast du zuletzt gesehen«, murmelte er und bekreuzigte sich. »Adieu, mein Freund und Schüler, adieu.«

Ohne sich um die Sekretärin am Empfang zu kümmern, stürmte Brückner, kaum hatte er die Eingangsdiele betreten, auf die Tür von Faltermeiers Büro zu und riss diese auf, bevor der Finanzmakler gewarnt werden konnte.

Faltermeier blickte missmutig von seinem Schreibtisch auf und wurde leichenblass, als er Brückner erkannte.

»Sind Sie überrascht, mich zu sehen?«, fragte Brückner den

reglosen Finanzhai. »Haben Sie unseren Termin vergessen? Ich bin hier, um mit Ihnen abzurechnen.«

»Herr Professor ...«, stammelte Faltermeier, stützte sich an der Schreibtischkante ab und erhob sich.

»Liquidation«, zischte Brückner und amüsierte sich beinahe über sein schauspielerisches Talent. »Es ist Zeit, gewisse Positionen zu liquidieren, meinen Sie nicht?«

»Aber doch nicht von heute auf morgen«, erwiderte Faltermeier, kam um seinen Schreibtisch herum und ging mit ausgestreckter Hand auf Brückner zu.

Der schüttelte missbilligend den Kopf und streckte Faltermeier den Ellenbogen entgegen; endlich einmal machte ihm dieser Corona-Gruß Spaß. Mit Genugtuung nahm er wahr, wie Faltermeiers Adamsapfel auf und ab hüpfte und seine Pupillen fahrig von rechts nach links und von links nach rechts wanderten. Brückner wusste Bescheid und er sah: Sein Gegenüber verstand.

»Manchmal muss man Positionen rasch auflösen, das ist kein Geheimnis für Sie«, flüsterte Brückner und trat einen Schritt zurück. »Es gibt Probleme, die kann man sich nur mit radikalen Lösungen vom Hals schaffen. Das ist Ihnen doch nicht fremd.«

»Ich verstehe nicht ...«

»Ach was, lieber Faltermeier«, ließ Brückner ihn gar nicht ausreden. »Geben Sie zu, Ihr Plan, bestimmte Positionen glatt zu ziehen, ist fehlgeschlagen. Kein Beinbruch. Aber ...« Brückner machte eine drohende Pause. »Sie schulden mir jetzt etwas, mein Lieber.«

»Ich fürchte, ich verstehe nicht ganz, auf was Sie anspielen.«

»Auf eine existentielle Position, Faltermeier. Sehr existentiell. Ich will Wiedergutmachung, und zwar rasch.«

»Herr Professor, Sie sprechen in Rätseln«, wehrte Faltermeier mit matter Stimme ab.

»Lassen Sie sich etwas einfallen, ehe es zu spät ist«, fuhr Brückner fort, trat einen Schritt vor und tippte mit ausgestrecktem Zeigefinger gegen Faltermeiers Brust. Der zuckte schreckhaft zurück.

»Nicht doch«, flüsterte Brückner und gelobte insgeheim, für seine Schauspielerei später in der Kirche Abbitte zu leisten. »Ich will Sie nicht umbringen.«

Jetzt wurde Faltermeier kreidebleich und Brückner musste schallend lachen. *Wie leicht sich so ein hinterhältiger Mensch einschüchtern lässt,* wunderte er sich und musste an sich halten, nicht vor Faltermeier auf den Boden zu spucken. Nein, zu so einer Despektierlichkeit ließ sich ein Professor Werner Brückner nicht hinreißen; nicht einmal gegenüber seinem ärgsten Feind, nicht einmal gegenüber dem Menschen, der andere zu einem Mord anstiftete. Aber der musste seinen Richter finden, und zwar am besten seinen irdischen, damit der Gerechtigkeit Genüge getan wurde. Brückner spürte, wie ihn eine Welle von Mut durchströmte.

»Da bin ich aus anderem Holz geschnitzt als Sie«, bemerkte er und sah Faltermeier unverwandt in die Augen.

Faltermeier wandte das Gesicht ab, und es klang seltsam müde, als er erwiderte: »Ich verstehe wirklich nicht, worauf Sie hinauswollen.«

»Kompensation, lieber Faltermeier. Genugtuung.«

Faltermeier hob in einer hilflos wirkenden Geste die Hände.

»Wir kriegen Sie dran, glauben Sie mir.«

• • •

»Hast du mit den Telefonnummern etwas erreicht?«, wollte Heinrich wissen, als Nathan das Büro der Buchhandlung betrat.

»Nein.« Nathan winkte ab. »Ich habe mir das überlegt; wenn ich einfach anrufe und tatsächlich den Täter oder einen Beteiligten am Apparat habe, dann ist dieser gewarnt. Da brauche ich professionelle Ermittlungshilfe.«

»Also nichts mehr auf eigene Faust?«

»Heinrich, Heinrich – du solltest wissen, dass ich ein Teamplayer sein kann. Mach mir lieber einen Lapsang Souchong.«

»Snob!«, frotzelte der Buchhändler und setzte den Wasserkocher in Betrieb. »Und das Manuskript?«

»Starker Tobak. Da steckt mehr dahinter, aber ich weiß noch nicht, was ich davon halten soll. Warum bringt er das zu mir?«

»Er hat in der Zeitung über deinen letzten Fall gelesen, jetzt will er mit dir spielen. Das kennt man doch.«

»Das Leben gleicht keinen Kino-Thrillern«, widersprach Nathan. Aber bei dem Gedanken, möglicherweise von einem Serienmörder zum Tanz aufgefordert zu werden, befiel ihn ein leises Unbehagen.

»Manchmal doch. Was willst du tun?«

»Später schreibe ich dem Kerl eine E-Mail. Mal sehen, wie er reagiert.«

Heinrich hatte sich rasch angewöhnt, mit Nathan eine Tasse des chinesischen Rauchtees zu trinken, wenn sie – was selten genug der Fall war – einmal vor der Ladenöffnung im Büro zusammensaßen.

»Die Nummern«, kam er auf Nathans Fall zurück, »ist dir etwas aufgefallen?«

»Ja. Zwei gehören zu Mobilfunkanbietern, und nur diese zwei haben keinen Namen hinterlegt.«

»Das passt doch ins Bild. Kann man die nicht überwachen lassen?«

»Wenn man für eine offizielle Ermittlung einen richterlichen Beschluss bekommt. Dazu müsste Pfannerl einwilligen.«

»Der Kriminaldirektor, den du nicht ausstehen kannst?«

»Genau der.«

»Blöd.«

»Du sagst es.«

Nathans Handy meldete sich. Auf dem Display erschien das

Gesicht von Nina. Nathan drückte auf die grüne Schaltfläche und stellte auf laut. »Nina?«

»Ja. Wir gehen Faltermeier noch ein wenig auf die Nerven. Vorhin ist ein älterer grauhaariger Herr zu *IFP* gegangen und soeben wieder herausgekommen. Kann das dein Professor sein?«

»Brückner? Nein, der liegt doch noch im Krankenhaus.«

»Bist du dir sicher? Überprüfe das doch. Ich habe gerade mit Michael gesprochen, und der hält es für gut möglich.«

»Beschreib ihn mir.«

»An die eins achtzig groß, schlank, hageres Gesicht, buschige Augenbrauen, exakt gekämmtes graues Haar, leicht schleppender Gang.«

»Verdammt, das könnte er sein. Kann ich dich zurückrufen?«

Fünf Minuten später wusste Nathan von Brückners Entlassung auf eigene Verantwortung unmittelbar nach der Morgenvisite des Chefarztes. Was hatte Brückner vor? *Warum schließt er sich nicht mit mir kurz,* überlegte Nathan und ahnte die Antwort: Brückner war ein Mann der Tat und ein Macher. Was der sich in den Kopf gesetzt hatte, das versuchte er umzusetzen. *Ob er sich der Gefahr bewusst ist, in die er sich begibt?*

Nathan rief Nina an und bat sie, die Beschattung von Faltermeier fortzusetzen, er werde sich um den Professor kümmern. Danach schickte er Brückner eine Kurznachricht über WhatsApp und sah zu seiner Überraschung binnen einer Minute die Lesebestätigung. Gleich darauf meldete sich Brückner am Telefon.

»Lieber Weiß, was liegt an?«, begann der Professor in liebenswürdigem Ton. »Haben Sie Neuigkeiten für mich?«

»Jede Menge, lieber Herr Professor, und die hätte ich gern mit Ihnen besprochen, aber ich hörte, Sie seien ausgebüxt.«

»Was Sie nicht sagen«, sagte Brückner und lachte. »Ja, ich habe unserem Freund Faltermeier einen gehörigen Schrecken eingejagt. Er ist sehr bleich geworden, als der Tote unvermittelt vor ihm stand.«

»Sie spielen mit dem Feuer. Wo sind Sie jetzt?«

»In wenigen Minuten bei meiner Tochter in der Geschäftsstelle der Stiftung. Ich muss mithelfen, den Kongress vorzubereiten. Aber ich sage Ihnen: Bleiben Sie an Faltermeier dran. Er ist der Hintermann, er hat mich für tot gehalten. Ich täusche mich nicht.«

»Leider können wir ihm immer noch nichts beweisen.«

»Haben Sie Ihre Leute vor Ort?«

»Ja.«

»Gut. Sie werden sehen, Faltermeier ist mehr als beunruhigt. Er wird früher oder später einen entscheidenden Fehler machen.« Mit diesen Worten beendete Brückner das Gespräch.

»Echt spannend«, bemerkte Heinrich und stand auf. Es war Zeit, den Buchladen zu öffnen.

Nathan nickte und rief noch mal bei Nina an. »Bleib unbedingt an Faltermeier dran. Ich werde jetzt zu Wolfgang gehen, wir brauchen eine Telefonüberwachung.«

»Oje«, stöhnte die junge Kommissarin. »Das läuft über Pfannerl, da beißt du auf Granit. Trotzdem: Viel Glück.«

•••

Was ist da schiefgelaufen? Faltermeier stand auf der Dachterrasse und blickte hinunter in die von Fachwerkhäusern gesäumte Straße, dann auf den Platz mit dem Brunnen. Unübersehbar saß dort die Kriminalkommissarin und behielt ihn im Blick. Sie versuchte gar nicht erst, unbemerkt zu bleiben. *Ihr wollt mich nervös machen und zu Fehlern zwingen,* ärgerte sich Faltermeier, und er ärgerte sich vor allem deshalb, weil er spürte, dass die Taktik seiner Verfolger aufging. *Aber warum,* grübelte er, *konnte ihn Brückner heute Morgen besuchen?* Sein Kontaktmann hatte unzweideutig erklärt, die Angelegenheit wäre bereinigt. Funktionierte das Netzwerk nicht mehr oder hatte einer der Mächtigen den Daumen gesenkt? Welche Rolle spielte Abdullah Rahman Al-Nejem? Er war Lorenz' Doorkeeper, er konnte die Verbindung kappen. Er wollte ein Geschenk, ein wertvolles Geschenk. Er war der Mann im Hintergrund, der die meisten Fäden in der Hand hielt. Warum hatte er den Tod von Roland Kundl geschehen lassen, wenn er Kundl jetzt vermisste? Was lief gerade schrecklich schief und was kapierte Faltermeier nicht? Trotzig winkte er der am Brunnen sitzenden Kommissarin und ging zurück in sein Büro. Zu viele Fragen, zu wenig Antworten. Er spürte, wie er mürbe wurde – und misstrauisch.

Ein weiteres Mal zerbrach er sich den Kopf, ob er in den zurückliegenden Wochen und Monaten einen Fehler begangen und eine Spur hinterlassen hatte. Wie stets in den letzten Tagen kam er zu dem Ergebnis: Nein. Er hatte immer die gleiche Routine eingehalten, nur ein Telefonat mit einer Prepaidkarte geführt, die Karte danach vernichtet und niemals nachgefragt. Die Bestätigungen kamen über den Verbindungsmann ebenfalls auf die vereinbarten sicheren Rufnummern. Niemand konnte ihm eine Verbindung zu seinem Verbindungsmann oder gar der handelnden Person nachweisen. Er wusste tatsächlich nicht, wer die Aufträge ausführte. Nein, er konnte beruhigt sein, ihm war nichts nachzuweisen.

Wie aber, grübelte er weiter, kam Brückner darauf, in ihm den Anstifter zu Kundls Tötung zu sehen, wie überhaupt konnte Brückner von der Art und Weise der Tatausführung wissen? Hatte dieser Weiß belastendes Material? Das konnte nicht sein, schließlich hat die örtliche Polizei die Ermittlungen rasch eingestellt.

»Die fischen im Trüben und hoffen auf einen Zufallstreffer«, knurrte Faltermeier und genehmigte sich ein Gläschen Haselnuss-Schnaps.

•••

Die Praxis lag im Erdgeschoss eines alten Bauernhauses am Ortsrand von Wangen. Sophie parkte ihren Wagen, stieg aus und fühlte sich sofort wohl. Auf ihr Klingeln öffnete Hedwig Trampitsch persönlich die Tür und begrüßte sie mit vor dem Oberkörper gefalteten Händen und einer angedeuteten Verbeugung.

»Sie müssen Frau Nägele sein«, stellte sie mit warmer Stimme fest. »Kommen Sie herein.«

Die Psychologin ging voraus in einen großen, lichtdurchfluteten Raum. Die alten Fenster waren herausgebrochen und ein breites Fenster zur Gartenterrasse hin eingebaut worden, beinahe wie in Sophies Atelier. Die Einrichtung war schlicht. Neben der Tür stand ein Schreibtisch mit Stuhl und Stehlampe, nahe dem Fenster gab es eine Sitzecke aus Ledersitzkissen und einem Kupfertablett, das auf einem einfachen Holzgestell ruhte.

»Bitte, nehmen Sie Platz«, lud sie die Therapeutin ein und setzte sich ihrerseits auf ein Sitzkissen. »Warum kommen Sie zu mir?«

Sophie krempelte den Ärmel ihres linken Armes hoch und zeigte die Wunden.

»Deshalb«, sagte sie mit kratziger Stimme. Es fiel ihr nicht leicht, die Schnitte zu zeigen, diese Zeugnisse ihres Selbsthasses, die sie seit vielen Jahren geschickt vor fremden Augen verbarg. »Ich will das nicht mehr.«

»Das kann ich gut verstehen.« Frau Trampitsch beugte sich vor. »Es sind schlimme Schnitte. Da geht etwas sehr tief bei Ihnen. Wollen Sie es mir erzählen?«

Eineinhalb Stunden später hatte sich Sophie einiges von den schmerzhaften Erinnerungen an ihren Vater von der Seele geredet, als ihr die Psychologin das Zeichen gab, dass die Zeit abgelaufen war.

»Wenn Sie das wollen, biete ich Ihnen einen Therapieplatz an. Die Behandlung müssen Sie sich von Ihrer Krankenkasse genehmigen lassen. Dazu werde ich ein Gutachten erstellen. Für dieses Gutachten will ich mit Ihnen weitere vier Sitzungen abhalten, die werden von der Kasse auf jeden Fall bezahlt. Danach sollten wir den Bescheid der Kasse abwarten, es sei denn, Sie würden mein Honorar eventuell selbst bezahlen. Jedoch will ich Ihnen eines nicht verschweigen: Bis wir an dem Punkt sind, wo Sie sich nie wieder ritzen werden, können Jahre vergehen.«

Langsam fuhr Sophie nach Lindau zurück, und als sie über die alte Straße hinunterrollte und den See erblickte, fühlte sie sich wundersam befreit. Wie der See glänzend zu ihren Füßen lag, so sah sie eine glänzende Zukunft vor sich. Sie hatte mit dem Entschluss, eine Therapie zu beginnen, den richtigen Schritt gemacht und fühlte sich bereit, viele weitere Schritte mit Hedwig Trampitsch zu gehen. Sie hatte zu dieser jungen Therapeutin sofort Vertrauen gefasst und sie konnte sich vorstellen, ihr nach und nach alles, aber auch gar alles aus ihrem Leben zu erzählen.

Beschwingt stellte sie sich vor die nächste leere Leinwand, überlegte, was sie erschaffen wollte, wackelte unzufrieden mit dem Kopf und griff nach dem Malblock und den Wasserfarben. Ohne nachzudenken, stand plötzlich ein Gemälde von Paul Klee vor ihrem inneren Auge, und mit einem Lächeln auf den Lippen variierte sie das Aquarell des berühmten Künstlers, legte die frische Zuversicht ihrer Gedanken in die Farben und verlor sich letztlich in der Konzentration auf das Wesentliche.

Als das kleine Kunstwerk fertig war, fühlte sie sich erquickt. Dann kam der Stolz: Ja, diese Variation von »Ab Ovo« ließ sich gewiss als verschollen geglaubtes Werk von Paul Klee verkaufen.

•••

Geduldig erläuterte Nathan seinem Nachnachfolger bei der Münchner Mordkommission alle Faltermeier belastenden Fakten.

»Das kann kein Zufall sein, Manfred. Was wir jetzt noch brauchen, sind ein paar hieb- und stichfeste Beweise. Und deshalb benötigen wir die Telefonüberwachung.«

Manfred verzog das Gesicht zu einer geschmerzten Grimasse. Dann nahm er den Hörer seines Telefons ab und drückte eine Kurzwahltaste.

»Könntest du zu mir ins Büro kommen?«, fragte er und zeigte gleich darauf Nathan einen nach oben gereckten Daumen. »Danke.« Er legte auf.

»Wohnisch?«

»Ja, Karl von der Organisierten. Wenn er zustimmt, kannst du zu Pfannerl gehen.«

»Nein, Manfred, so haben wir nicht gewettet. Wenn Wohnisch zustimmt, gehst du mit ihm zu Pfannerl. Mich zieh da bitte nicht rein, ich helfe dir schließlich nur inoffiziell.«

»Ist ja gut, mach ich.«

Gleich darauf kam ein Schrank von einem Mann in Manfreds Büro und zuckte zusammen, als er Nathan sah. »Was tust du denn hier?«, dröhnte er feindselig mit seinem Bass.

»Setz dich bitte«, lud Manfred den Kollegen ein. »Wir müssen etwas mit dir besprechen.«

Kriminalhauptkommissar Karl Wohnisch, der Leiter des Kommissariats für die Bekämpfung der organisierten Kriminalität, setzte sich widerwillig an den Besprechungstisch und hörte sich Nathans Vortrag an, dann entschied er: »Kommt nicht infrage. Die Hinweise sind gut, die nehmen wir auf, aber von einer offiziellen Telefonüberwachung lassen wir die Finger. Ich will niemanden, gar niemanden, kopfscheu machen, verstanden.« Sprach's, erhob sich und lief aus dem Zimmer.

»So ist er, der Karl.« Manfred Wirtz hob bedauernd die Hände. »Vermutlich rennt er jetzt zu Pfannerl und verpetzt uns.«

»Willst du den Fall Bunzel überhaupt aufklären?« Nathan war frustriert. Kaum hatte er die Frage gestellt, taten ihm seine

Worte leid. Er mochte Manfred und er hielt große Stücke auf seine Fähigkeiten als Ermittler. »Sorry, war nicht so gemeint.«

»Schon gut. Du weißt, wie das mit Pfannerl ist. Die meisten von uns gäben viel dafür, wenn er zum Teufel ginge.«

»Jedenfalls verpfuscht uns das einen möglichen Ermittlungserfolg«, resignierte Nathan. »Was geschieht jetzt mit Nina und Wolfgang?«

»Sie sollen heute Abend heimkommen. Tut mir leid, Nathan. Es wird nichts mit einem schnellen Erfolg.«

•••

Borrat und Wolfgang langweilten sich auf der Liegewiese des altehrwürdigen Grandhotels am Ufer von Bad Schachen, denn Al-Nejem verbrachte die ganze Zeit entspannt mit seiner Familie auf der Hotelterrasse, führte ab und zu ein kurzes Telefonat und genoss ansonsten das angenehme Klima am Bodensee. Schließlich beschlossen sie, die Beobachtung des Arabers zu beenden, schlenderten zurück zu ihrem Hotel und entschieden sich, Nina bei der Überwachung von Faltermeier abzulösen. Sie nahmen den Dienstwagen und fuhren auf die Insel, parkten am großen Parkplatz und liefen zum Brunnen vor Faltermeiers Büro. Dort saß Nina stoisch wie eine weibliche Buddha-Statue und bräunte sich das Gesicht.

»Hat sich was getan?«, fragte Wolfgang und gab ihr einen Kuss.

»Er weiß, dass ich hier sitze. Vorhin hat er mir sogar provokant zugewunken.«

»Er ist nervös geworden, glaub mir«, bemerkte Borrat. »Vielleicht sollte ich ihm auch noch einen Besuch abstatten. Brückners Visite dürfte ihn ziemlich verunsichert haben.«

In dem Moment stupste Nina Borrat an: »Schau, er kommt heraus.«

Borrat nahm den verärgerten Gesichtsausdruck von Faltermeier wahr und grinste in sich hinein. *Geschieht dir recht,* freute er sich. *Wir werden dich nicht in Ruhe lassen.*

Ohne mit der Wimper zu zucken, schritt Faltermeier betont langsam am Brunnen vorbei und würdigte sie keines Blickes. Als er zehn Meter entfernt war, standen sie auf und gingen ihm hinterher. Wolfgang machte Nina ein Zeichen; er wollte den Dienstwagen holen und sich auf telefonischen Abruf bereithalten.

Wenn es sich nicht um eine ernste und letztlich traurige Angelegenheit gehandelt hätte, hätte Borrat diese Farce von einer Beschattung amüsiert. So aber blieb er mit bitteren Gedanken jenes Dutzend Schritte hinter Faltermeier, das half, die Zielperson nicht aus den Augen zu verlieren. Faltermeier schien genau zu wissen, dass sie ihm folgten, denn er drehte sich kein einziges Mal nach ihnen um. Als er über die Bahngleise Richtung Reutiner Bahnhof ging, kannte Borrat sein Ziel.

»Er geht zu seiner Freundin, der Malerin Nägele«, informierte er Nina, die soeben nach ihrem Handy kramte.

Nach wenigen Worten klang die Kommissarin ungehalten und beendete das Gespräch mit einem barschen »Jawohl!«.

»Ist was passiert?«

»Befehl vom Chef: Wir müssen unsere Arbeit hier beenden«, schäumte Nina regelrecht.

»Ihr werft also die Flinte ins Korn?«

»Wir nicht, die Chefs schon.«

»Schade. Aber im Augenblick ist hier auch nicht viel zu holen. Letztlich haben wir gegen Faltermeier nichts in der Hand.«

»Du redest wie mein Chef.«

»Na ja, ich bin Jurist.«

•••

Kurz bevor Faltermeier in die Straße zu Sophies Haus einbog, drehte er sich doch noch um und war erstaunt, weder die Kommissarin noch Borrat zu sehen. *Haben sie es aufgegeben, und wenn ja, warum,* rätselte er und lief erleichtert weiter. Es hatte ihn Kraft gekostet, sich nicht umzuschauen, und es hatte ihn mehr als zappelig gemacht, sich beobachtet zu wissen.

Er atmete auf und klingelte bei Sophie. Sie empfing ihn mit einem fröhlichen Gesicht. Er umarmte sie und drückte sie heftig an sich. Das tat gut. Er spürte die Sehnsucht nach einem Halt und wunderte sich einmal mehr über sich selbst. *Wo*, fragte er sich, *ist meine Coolness geblieben?*

Sophie strich ihm über den Hinterkopf, fasste ihn an der Hand und zog ihn ins Atelier. »Setz dich«, bat sie ihn, holte zwei Gläser aus der Küche und einen Prosecco aus dem Kühlschrank, goss den Perlwein ein, erhob ihr Glas und prostete ihm zu: »Heute hat meine Zukunft begonnen.«

Was meint sie damit? Faltermeier trank in kleinen Schlucken und schaute Sophie erwartungsvoll an. Er wusste nicht, was er sagen sollte. Obwohl er schon mehr als zwei Jahre mit ihr zusammen war, war ihm Sophie manches Mal ein Rätsel.

Sie ging in die hintere Ecke des Ateliers, wo sie in einem halbhohen Schrank einen Teil ihrer Gemälde aufbewahrte, und kam mit einem kleinen Blatt zu ihm zurück. Sie stellte sich vor ihn, räusperte sich und drehte das Blatt um. Das Aquarell gefiel ihm sofort.

»Wer hat das gemalt?«, fragte er spitzbübisch.

»Paul Klee«, antwortete sie stolz.

»Super«, lobte er und freute sich, denn jetzt wusste er, was er Al-Nejem schenken würde: dieses Aquarell. Das war wertvoll genug. Dann würden sie Freunde bleiben.

Er atmete tief durch und fühlte, wie eine Last von ihm abfiel. *Na also*, beruhigte er sich, *es besteht kein Grund zur Beunruhigung. Schön locker bleiben, alter Knabe.*

•••

Mit einem fernen Grollen kündigte sich ein Gewitter an. Nathan und Borrat saßen in der geschützten Ecke der Hotelterrasse und ließen sich das leichte Sommermenü schmecken. Sie waren bereits beim vierten Gang angelangt, eine zarte Putenbrust als Saltimbocca mit mediterranem Gemüse aus Schachen und Risotto, dazu ein feinherber badischer Riesling. Borrat zeigte sich als Feinschmecker und Nathan musste zugeben, dass ihm die Küche des Hoteliers und Chefkochs ebenfalls sehr behagte. Brückner hatte ohne jeden Zweifel eine hervorragende Unterkunft gebucht, und auch deshalb bedauerte Nathan es, Lindau am nächsten Morgen zu verlassen. Aber es gab hier zunächst nichts mehr für ihn zu tun.

Seit über einer Stunde diskutierte er mit Borrat die Situation, drehte mit dem versierten Juristen alle ihnen vorliegenden Erkenntnisse hin und her, ob sich daraus ein überzeugender Beweis für Faltermeiers Schuld ableiten ließe, und pflichtete letztlich dem Rechtsanwalt bei: Trotz aller gravierender Verdachtsmomente konnten sie Lorenz Faltermeier nicht nachweisen, an der Ermordung Roland Kundls beteiligt gewesen zu sein.

»Also müssen wir warten, bis er einen gravierenden Fehler begeht oder der Täter ergriffen wird«, stellte Nathan enttäuscht fest, tunkte den letzten Rest von der leckeren Soße mit einem Stück Brot vom Teller und spülte mit einem Schluck Weißwein nach.

»Darf ich Ihnen etwas verraten, ehe die Pannacotta aufgetragen wird?«

»Natürlich, gern.«

»Als mir Professor Brückner mitteilte, Sie mit den Nachforschungen zu Rolands Tod beauftragt zu haben, konnte ich nicht anders, als mich über Sie zu erkundigen. Sie genießen unter Deutschlands Mordermittlern einen hervorragenden Ruf und haben eine unfassbare Aufklärungsquote vorzuweisen. Soweit ich es herausfinden konnte, haben Sie lediglich zwei Ihrer Fälle nicht aufklären können.«

»Bitte«, knurrte Nathan, aber es war ein gutmütiges Knurren, denn er hatte diese beiden Niederlagen mittlerweile verdaut. »Bitte, erinnern Sie mich nicht an meine Fehlschläge.«

»Das ist nicht meine Absicht, im Gegenteil: Sie haben bewiesen, was Sie können, und Sie haben trotzdem die Erfahrung gemacht, dass es manchmal nicht reicht. Außerdem sind aller guten Dinge drei. Grämen Sie sich also nicht, wenn Sie nachher Brückner darlegen müssen, warum es für eine Anklage gegen Faltermeier nicht reicht.«

»Den juristischen Part dürfen gern Sie übernehmen«, erwiderte Nathan und leerte sein Weinglas.

•••

Der Wind frischte auf und von Westen her schoben sich die dunklen Wolken immer näher. Die Pannacotta wurde serviert und von einer Riesling-Spätlese begleitet, ein Wein, den Borrat schon kannte, weil er selber einige Flaschen davon im Keller liegen hatte. Die zurückhaltende Süße des Dessertweines würde gut zur Nachspeise passen und vielleicht ein wenig über den bitteren Geschmack hinweghelfen, den das ernüchternde Ergebnis ihrer Analyse hinterließ.

Derzeit war Faltermeier nicht beizukommen, und der einzige Trost in dieser Situation war, dass Weiß mindestens ebenso enttäuscht war wie er selbst. Aber als Anwalt durfte man niemals den Blick für die Realität verlieren. Im Prozess entschieden harte Fakten. Mit Mutmaßungen, und seien sie noch so schlüssig, führte man keinen Beweis. Egal um was es ging, dem Angeklagten musste man die Tat beweisen. Gelang das nicht, griff die Unschuldsvermutung. *In dubio pro reo* – nach allem, was sie bisher zusammengetragen hatten, mussten sie Faltermeier freisprechen. Das würde er Brückner gleich erläutern und der Wirtschaftsprofessor würde es verstehen.

Aber er wollte die Hoffnung nicht aufgeben, Faltermeier in

der Zukunft noch an den Wickel zu bekommen, und so sagte er zu Weiß: »Wie viele *cold cases* haben Sie in Ihrer Laufbahn gelöst?«

Weiß schien kurz nachzudenken, ehe er antwortete: »Soweit ich mich erinnere, zwei.«

Borrat klatschte in die Hände. »Sagte ich nicht, aller guten Dinge sind drei?«

»Wie meinen Sie das?«

»Lassen wir Rolands Fall ein wenig abkühlen – und dann klären Sie ihn auf.«

»Schön wär's«, brummte Weiß. »Darauf trinken wir.«

Jetzt war das Gewitter da und es regnete in Strömen. Borrat und Weiß waren von der Terrasse an die Bar umgezogen und beim Digestif angelangt, als Brückner zur Tür hereinkam.

»Haben die Herren noch einen Platz in ihrer Mitte?« Brückner zog sich einen Barhocker heran und fragte: »Wie schaut's aus?«

Weiß referierte den aktuellen Sachstand, Borrat erläuterte die ernüchternde Rechtslage.

Brückner kratzte sich hinter dem Ohr und meinte: »Nicht gut, aber noch nicht aller Tage Abend. Lassen Sie uns zunächst die Aktion beenden. Wenn ich Sie richtig verstehe, lieber Weiß, hat das Kommissariat für das organisierte Verbrechen einen Blick auf die Gesamtangelegenheit. Warten wir ab, ob sich hieraus etwas ergibt. Ich für mein Teil werde für Faltermeier ein Stachel im Fleische bleiben.«

10

Werner Brückner saß neben seiner Tochter vor dem Bildschirm und lauschte der Eröffnungsrede zum Lindauer Kongress, der aufgrund der Pandemiebestimmungen als reine Online-Veranstaltung stattfand. Brückner vermisste das Flair einer lebendigen Tagung und fühlte sich in dem kleinen Kongressraum unwohl, aber angesichts wieder steigender Infektionszahlen und entsprechend nach oben zeigender Inzidenzen musste man froh sein, wenigstens mittels Videoschaltungen den wichtigen Themen moderner gesellschaftlicher Herausforderungen ein Forum bieten zu können.

Nach der Eröffnungsrede und einer unter Beachtung aller Coronaregeln im Festsaal stattfindenden Podiumsdiskussion, zu der mehrere Teilnehmer über die Bildschirme zugeschaltet wurden, würde er gemeinsam mit Barbara die Abteilung zu *Hate Speech* eröffnen.

Mit viel Aufwand und Mühe war es ihnen gemeinsam gelungen, mehr als 40 junge Menschen aus Bosnien und Herzegowina, Albanien, Serbien und Kroatien zusammenzubringen, um über deren Erfahrungen aus den zurückliegenden Jahren zu berichten. In den Sitzungen dieser Abteilung würden in den nächsten beiden Tagen viele ermutigende Beispiele zur Sprache kommen, wie trotz des Leids von Bürger- und Bruderkrieg nach dem Zerfall Jugoslawiens in diesen Ländern Hass und Ausgrenzung überwunden wurden.

Brückner sah den kommenden Diskussionen mit großer Freude entgegen. Seine Tochter in diesen Tagen neben sich zu wissen, machte ihn glücklich. Wenn die Tagung ein Erfolg wurde, würden sich danach gewiss Projekte in den Balkanländern und darüber hinaus anschließen, um den interkulturellen und den interreligiösen Diskurs zu stärken. Wenn das langsam, aber sicher auf das Verhalten der jungen Leute im Internet ausstrahlte, könnte so nach und nach ein Bollwerk gegen *Hate Speech* in den sozialen Medien entstehen.

Hierfür noch einen Grundstein gelegt zu haben war Brückners größter und letzter Wunsch. Na ja, vielleicht abgesehen davon, dass er immer noch hoffte, Faltermeier möge für den Mord an Roland zur Rechenschaft gezogen werden. Aber jetzt verscheuchte er den Gedanken an Faltermeier und konzentrierte sich auf die letzten Sätze der Bildungsministerin, die zum Schluss den gesellschaftlichen Wert einer umfassenden Bildung herausstrich.

Zwei Stunden später verließ er mit seiner Tochter die Inselhalle und schlenderte in der lauen Septemberluft quer durch die Altstadt zu ihrem am Hafen liegenden Hotel. Auch das war ungewohnt für Brückner, denn üblicherweise gab es nach der Eröffnung eines Kongresses ein gemeinsames Galadinner, das diesmal der Pandemie zum Opfer gefallen war.

»Bist du zufrieden, Papa?«

»Selbstverständlich, der Auftakt ist geglückt. Hoffen wir morgen auf gute Diskussionen und regen Zuspruch.«

»Ja«, sagte Barbara. »Und danke, Papa, dass du das alles ermöglicht und mitgestaltet hast.«

Sie erreichten den Hafen und schauten auf die beleuchtete Einfahrt, rechts der Leuchtturm, links der steinerne Löwe, ein Anblick, der ihn immer wieder berührte. Er nahm seine Tochter bei der Hand und ging auf das Hafenbecken zu. Dann stand er vor der Bank, auf der Roland seine letzten Lebensminuten verbracht hatte.

»Wollen wir uns kurz setzen?«, fragte er seine Tochter.

Barbara nickte.

»Hier ist mein Lieblingsschüler gestorben«, flüsterte Brückner, während ihm eine Träne über die Wange lief. *Und sein Tod ist noch nicht gesühnt,* dachte er, faltete die Hände und sprach ein stilles Gebet.

•••

Mit einer gehörigen Portion Wut im Bauch parkte Faltermeier seinen Wagen in der Tiefgarage seines Büros und lief dann hinüber zum Bahnhof. Dort lümmelte Jonas Beuthen im Halbschatten einer Säule und wirkte keineswegs wie der schüchterne Student, dem er vor knapp zwei Monaten in seinem Bootshaus gegenübergesessen war.

Was bildet sich dieser Rotzlöffel ein, echauffierte sich Faltermeier, während er den Studenten zu sich winkte, *mich so spät abends zu stören und drohend um ein Gespräch zu bitten.* Langsam trat Beuthen auf die Straße und streckte Faltermeier die Faust zum Corona-Gruß entgegen.

»Gut, dass Sie sich Zeit genommen haben«, bemerkte der Student. »In einer Stunde geht mein Zug zurück nach Friedrichshafen. Das sollte uns genügen.«

»Genügen für was?«, bellte Faltermeier. »Was wollen Sie?«

»Wir müssen Honorarverhandlungen führen«, erwiderte Beuthen mit einem windschiefen Lächeln. »Sie müssen über eine Prämie nachdenken.«

Faltermeier zuckte zusammen und ballte die Fäuste. »Lassen Sie uns zum Hafen gehen«, knirschte er und schlug, ohne Beuthens Reaktion abzuwarten, den Weg zum Bootsanleger der großen Motorschiffe ein. Der Student folgte ihm. Am Wasser angelangt, schritten sie nebeneinander her. Faltermeier lenkte seine Schritte auf den Leuchtturm zu; dort waren keine Menschen mehr zu sehen.

»Wie kommen Sie darauf, eine Prämie zu verlangen?«

»Wassily hat mir einen Tipp gegeben. Sie verstehen?«

Was soll der Quatsch, willst du mich verarschen, regte sich Faltermeier auf und fragte sich zugleich, was Beuthen damit sagen wollte. Wer war Wassily? Fieberhaft ging Faltermeier die Namen durch, die ihm über seinen Mittelsmann bekannt vorkamen, aber ein Wassiliy befand sich nicht darunter, wie es überhaupt selten zu Namensnennungen kam. Nein, mit seinem besonderen Netzwerk konnte das nichts zu tun haben. Was wollte der kleine Klugscheißer?

»Sie verstehen mich nicht?«, setzte Beuthen nach. »Dann muss ich deutlicher werden: Sie lösen die Kunstsammlung von Benjamin Hotterer senior auf, nicht wahr?«

»Das geht Sie gar nichts an«, blaffte Faltermeier. Er spürte, wie seine Fußsohlen zu brennen anfingen. War das tatsächlich ein Erpressungsversuch? Er mochte es gar nicht glauben. *Das ist doch nicht zu fassen,* ärgerte er sich, *da will dieser kleine Scheißer tatsächlich Geld herauskitzeln.*

»Ein schöner Kandinsky hat vor einigen Wochen den Besitzer gewechselt. Beinahe wie im Märchen ist da ein Werk aufgetaucht, von dem die Kunstwelt bislang keine Ahnung hatte. Und Sie haben einen ordentlichen Preis aufgerufen.«

Sie hatten zwischenzeitlich den Leuchtturm erreicht, stiegen die wenigen Treppen zum Umgang am Fuß des Leuchtturms hinauf und standen sich nun auf der Hafeninnenseite unter dem Turm gegenüber.

»Na und?«, schnauzte Faltermeier und trat einen Schritt zurück. In seinem Rücken spürte er die Wand des Leuchtturms.

Beuthens Gesicht wirkte angriffslustig im Licht der Hafenbeleuchtung. »Das war ein schöner Reibach für einen Kandinsky, der kein Kandinsky ist. Aber die Geschichte dazu, echt poetisch, muss ich schon sagen. Jedenfalls berührt das meine Urheberrechte.«

»Ich weiß wirklich nicht, was Sie meinen«, wehrte Faltermeier ab, aber er hörte es seiner eigenen Stimme an, wie lahm diese Antwort war. Das steigerte seine zunehmende Wut.

»Ihr Käufer würde sich das Geld schnell zurückholen, wenn er von der Fälschung wüsste«, flüsterte Beuthen jetzt. »Das wollen Sie doch nicht. Da ginge Ihr Geschäftsmodell kaputt.«

»Unsinn, blanker Unsinn«, fauchte Faltermeier jetzt. »Kommen Sie mir nicht mit so was. Sie haben Ihre Zeit vergeudet. Gehen wir zurück. Sie können im Bahnhof auf Ihren Zug warten.«

Mit jedem Wort gewann Faltermeier ein Stück von seiner gewohnten Coolness zurück. Er würde sich doch nicht von so einem Pimpf erpressen lassen. Und woher sollte Beuthen wissen, wem er den Kandinsky verkauft hatte? Das Geschäft war schließlich als Handverkauf gegen Bargeld, beinahe anonym, über die Bühne gegangen, und sein Käufer, ein Stuttgarter Professor, wusste genau, warum er zu diesem Erwerb schweigen musste.

»Ferdinand Weidenbusch«, flüsterte Beuthen.

Der Name wirkte wie ein kräftiger Schwinger in die Magengrube. Wie ein angezählter Boxer sprang Faltermeier einen Schritt vor und packte den Studenten am Hemdkragen. »Wage es ja nicht, Bürschchen«, keuchte er und stieß den Studenten zornig von sich.

Beuthen taumelte zwei Schritte zurück, und ehe Faltermeier begriff, was geschah, stürzte Beuthen rücklings ins Hafenbecken. Es gab einen dumpfen Ton, Beuthens schlug mit dem Kopf gegen einen aus dem Wasser ragenden Holzpfahl, dann platschte er ins Wasser.

Faltermeier sprang an die Balustrade und blickte hinunter. Dunkel lag das Wasser unter ihm. Beuthen schwamm zwischen zwei Holzpfählen – aber nein, er bewegte sich nicht, sank wie in Zeitlupe in die Tiefe. Wie gelähmt schaute Faltermeier zu. Dann blickte er sich um: Weit und breit war niemand zu sehen, auch an der Hafenpromenade entdeckte er keine Menschen mehr.

Da tauchte der Kopf des Studenten aus dem Wasser auf. *Also doch,* beruhigte sich Faltermeier, *er schwimmt zur Mauer.* Doch der Student schwamm nicht. Wenige Augenblicke später verschwand er im Nachtschwarz des Hafenbeckens, ein paar Luftblasen ließen sich noch erahnen, dann lag das Wasser reglos. Beuthen war untergegangen.

Faltermeier hielt den Atem an und starrte hinunter. Minutenlang tat sich nichts.

»Verdammt«, fluchte er leise. »Verdammt. Was mach ich jetzt?«

Unruhig lief er einige Schritte zurück, kehrte um, schaute noch einmal hinunter zu der Stelle, an der Jonas Beuthen untergegangen war, sah nichts außer einer spiegelglatten schwarzen Oberfläche und ging zurück zum Bahnhof und von dort in seine Tiefgarage. Er bestieg sein Auto und fuhr nach Hause.

11

»Das ist der Preis für den Urlaub«, gähnte Gudrun und wuschelte Nathan durchs Haar. »Aufstehen und Kaffeekochen, mein Lieber, ich muss in die Klinik.«

Das hat man davon, wenn man eine Frau zu sehr verwöhnt, nahm sich Nathan selbst auf den Arm und wälzte sich aus dem warmen Bett.

Gudrun küsste ihn auf die Nasenspitze und flüsterte: »Lieb von dir. Ich habe mich einfach ans gemeinsame Frühstück gewöhnt.«

»Ich mich auch, Engelchen«, brummte Nathan, schaltete das Licht an und schlurfte in die Küche. Er fühlte sich zerschlagen von der langen Autofahrt gestern. 974 Kilometer von der Provence nach München waren kein Pappenstiel gewesen, aber es hatte ihnen in L'Isle-sur-la-Sorgue zu gut gefallen, da hatten sie ihren Aufenthalt bis zum letzten Tag ausgekostet und waren statt mit Zwischenübernachtung lieber in einem Rutsch nach Hause gefahren. Auf der zehnstündigen Fahrt hatten sie sich am Steuer abgewechselt und sich dabei gegenseitig die Höhepunkte dieser drei Wochen erzählt.

Nathan hatte von den kleinen Restaurants in den Städtchen geschwärmt, die sie rundherum besucht hatten, Gudrun hatte in den Erinnerungen an die Wanderungen in den Alpilles und am Mont Ventoux geschwelgt, und beide waren voll des Lobes über die herrlichen Rotweine von bodenständigen Winzern gewesen, die sie auf der Terrasse ihrer Ferienwohnung genossen hatten. So war die Heimfahrt erstaunlich kurzweilig, aber eben trotzdem anstrengend gewesen. Während die Kaffeemaschine brummte, dankte Nathan noch einmal dem Spender dieses Urlaubs und nahm sich vor, nach dem Frühstück Werner Brückner anzurufen, dessen großzügiges Honorar dieses »Leben wie Gott in Frankreich« ermöglicht hatte. Erstaunlicherweise hatte Nathan in den letzten drei Wochen kaum einen Gedanken an die unbefriedigenden Ermittlungen zum Mord an Roland Kundl verschwendet. Jetzt aber, zurück in München, juckte ihn wieder der Jagdtrieb. Mit dem Ergebnis ihrer letzten gemeinsamen Besprechung mochte er sich nicht zufriedengeben. Er musste Mittel und Wege finden, Faltermeier die Beteiligung an der Ermordung Kundls nachzuweisen.

•••

Draußen war es noch düster, in einer langsam aufziehenden Dämmerung konnte Sophie den See eher ahnen als sehen. Sie stand an der Fensterfront ihres Ateliers und wartete gebannt auf den Moment, in dem sich das Grau in Grau zu einem differenzierten Spiel der Grautöne mit Silberschimmer verwandelte. Leise zählte sie bis 100, und schließlich kam dieser Augenblick, den sie so gern gültig auf die Leinwand bannen wollte. Dieses eine Gemälde der grauen Welt zu ihren Füßen, das alles umfassen sollte an Grautönen, die es gab. Auf dieses eine Gemälde war ihre schöpferische Sehnsucht gerichtet.

So sehr sie seit Monaten in den Farben schwelgte, welche sie den großen Meistern so nahebrachten, und so sehr sie in den letzten Wochen ihre innere Befreiung in der Therapie erlebte, so sehr blieb dennoch dieser Wunsch lebendig, die graue Düsterheit ihres Lebens zu malen. Sollte ihr dies gelingen, hätte sie endlich etwas völlig Eigenständiges geschaffen. Dieses Gemälde würde Lorenz nicht als unbekannten Meister der Sammlung Hotterer verkaufen, dieses Werk würde sie behalten und eines Tages in einer großen Ausstellung zeigen können.

Inzwischen hatte sie auf eigene Kosten neun Sitzungen bei ihrer jungen Psychologin absolviert. Eine lohnende Ausgabe, denn ihr Selbstvertrauen wuchs und damit der Wunsch, als eigenständige Künstlerin wahrgenommen zu werden. Lorenz verstand das nicht, und vor einigen Tagen hatten sie sich über der Frage zerstritten, ob sie demnächst wieder einmal eine Ausstellung machen sollte. Lorenz hatte das entschieden abgelehnt. Jetzt, da ihre »Meisterproduktion« perfekt lief, musste sie seiner Meinung nach im Verborgenen arbeiten und durfte keinesfalls Aufmerksamkeit auf sich ziehen. Sophie sah das anders, und sie wollte nicht klein beigeben. In der Therapie hatte sie schon gelernt, sich nicht von den Ansichten eines Mannes abhängig zu machen, und auch wenn ihre Befreiung vom Vatertrauma noch ein langer Weg war, so wollte sie ihn bewusst gehen. Daher hatte sie in ihrem Streit nicht nachgegeben und sie waren unversöhnlich auseinandergegangen. Seitdem hatte sich Lorenz nicht mehr bei ihr gemeldet, und allmählich machte sich Sophie Sorgen um ihren Liebhaber.

•••

Mit Interesse hatte Michael Borrat die Eröffnung der Tagung zu den gesellschaftlichen Problemen des 21. Jahrhunderts am Livestream verfolgt und anschließend die Einführung von Werner und Barbara Brückner in die *Hate-Speech*-Abteilung angeschaut. So bedauerlich es war, diese Tagung nicht im üblichen Kongressformat, sondern nur virtuell durchführen zu können, so sehr freute es Borrat trotzdem, dass so eine Veranstaltung in seiner Heimatstadt Lindau durchgeführt wurde. Immerhin wurde auf diese Weise die neue Inselhalle international ins Bild gesetzt und konnte sich Lindau wieder einmal für ein Wochenende als Schaufenster Bayerns in die Welt präsentieren.

Borrat blickte auf die Uhr und stellte fest, dass es Zeit war, sich anzuziehen, denn in einer halben Stunde war er mit Brückner und dessen Tochter im Hotel am Hafen zum Frühstück verabredet. Brückner wollte sich bei ihm für die zügige Abwicklung des Vermächtnisses von Roland bedanken, was der Ines-Früchtle-Stiftung die Finanzierung der Tagung erleichtert hatte.

Darüber hinaus lag Brückner aber, ebenso wie ihm selbst, die Frage am Herzen, wie sie künftig mit Faltermeier umgehen sollten, der in den letzten Wochen zu ihrem beiderseitigen Bedauern keine Angriffsfläche geboten hatte.

Nach wie vor empfand Borrat es als äußerst unbefriedigend, Faltermeier trotz gravierender Verdachtsmomente nichts nachweisen zu können, was ihn mit Roland Tod in Verbindung brachte. *Vielleicht müssen wir ihn noch einmal gewaltig provozieren,* überlegte er, und vermutlich wäre Brückner nach der Tagung auch bereit, Faltermeier eine weitere Falle zu stellen. *Jedenfalls könnte unser gemeinsames Frühstück interessant werden,* freute sich Michael und machte sich auf den Weg.

•••

Heinrich erwartete ihn bereits und schmetterte ihm ein fröhliches »Guten Morgen« entgegen. »Zeit, mal wieder zu arbeiten. Ist viel liegen geblieben in den letzten drei Wochen.«

»Erst mal einen Tee«, konterte Nathan und hielt Heinrich die Faust der rechten Hand hin. »Hat sich unser Karl Denke gemeldet?«

»Sogar dreimal. Die Mails habe ich in dein Postfach gezogen; sie klingen harmlos. Und dort liegen drei Manuskripte für dich. Dein Ratschlag ist begehrt.«

»Spannend?«

»Wie man's nimmt. Setz dich.«

Nathan genoss diese lockere Stimmung von Normalität, die Heinrich verbreitete. Er konnte es sich kaum ohne diese gemeinsamen Tage im *Lesertraum* vorstellen, dabei lag es noch nicht einmal ein halbes Jahr zurück, dass sie sich kennengelernt hatten. *Aber wenn's passt, dann passt's,* dachte Nathan und nippte an dem Lapsang Souchong, den ihm Heinrich servierte. Nathan hatte im Urlaub wenig vermisst, den feinwürzigen chinesischen Rauchtee schon.

»Ein Dr. Sander hat auch nach dir gefragt«, setzte Heinrich seinen Bericht fort. »Nächstes Mal nimmst du dein normales Handy mit in den Urlaub und nicht nur das private Telefon, dessen Nummer ich nicht weitergeben darf.«

Nathan wiegte den Kopf. Mit voller Absicht hatte er nur sein altes Handy mit der uralten Nummer mitgenommen; er hatte die drei Wochen mit Gudrun ungestört genießen und Abstand von Kundls Fall gewinnen wollen. Jeder Anruf, egal ob von Brückner, Nina oder Dr. Sander, hätte die Beschaulichkeit des romantischen Provence-Aufenthalts zerstören können.

Nathan kannte sich zu gut: Wäre eine spannende Neuigkeit eingetroffen, hätte ihn in Südfrankreich das Jagdfieber gepackt. Dann wäre es vorbei gewesen mit gelassener Zweisamkeit. Besser war es, erst jetzt wieder an Faltermeier zu denken.

Nach einer halben Stunde Plauderei machte sich Heinrich im Verkaufsraum zu schaffen und Nathan öffnete sein Postfach am Computer, um die E-Mails zu lesen. In der Tat klangen die Nachrichten von Karl Denke an sich harmlos:

»Sind Sie beindruckt? Dann lassen Sie es mich wissen«, lautete die erste.

»Kommt Ihnen irgendetwas bekannt vor?«, fragte der Möchtegernautor in der zweiten Mail.

»Ach ja: Wenn Sie mit mir reden wollen, müssen Sie mich finden«, bezog sich der Absender in seiner dritten Nachricht auf Nathans E-Mail, in der Nathan den Verfasser von *FUROR* gebeten hatte, sich doch wegen eines Gesprächs zu melden.

Nathan rieb sich die Nasenwurzel. Dieser Text barg Sprengstoff. Heinrich hatte recht – Karl Denke wollte ein Spiel mit Nathan spielen. Vermutlich kein lustiges.

»Sie stören mich am Wochenende«, begrüßte ihn Dr. Sander am Telefon. »Wo haben Sie denn die letzten Wochen gesteckt?«

»Provence.«

»Typisch Rentner«, lästerte der altgediente Rechtsmediziner. »Sind wohl nicht mehr an meinen neusten Erkenntnissen interessiert, was?«

»Richtig, ich bin jetzt endgültig im Ruhestand. Kann ich Ihnen empfehlen«, witzelte Nathan, um seine Neugierde zu verbergen.

»Darüber sollten wir bei einem Glas Wein sprechen, lieber Weiß. Aber nun im Ernst: Ihr Lindauer Freund ist hochprofessionell vergiftet worden, mit einer Mischung aus Kobragift und Botox, eine eigenartige Kombination, zudem schwer nachweisbar.«

»Wie sind Sie darauf gekommen?«

»Ich habe im Labor alle möglichen Kombinationen durchprüfen lassen. Man findet das nur, wenn man ganz gezielt danach sucht. Ehrlich, diese Kombination ist mir noch nie untergekommen und ich denke, es gibt nicht viele, die so einen Cocktail herstellen können. Vielleicht hilft Ihnen das.«

»Möglich. Jedenfalls lässt sich damit der Täterkreis weiter eingrenzen.«

»Dann legen Sie endlich los, sie Faulpelz«, sagte Dr. Sander und legte auf.

• • •

Werner Brückner trat auf die Hotelterrasse, um frische Luft zu schnappen und auf Borrat zu warten, der jeden Augenblick zum Frühstück vorbeikommen musste, und blickte erstaunt auf eine Reihe von Blaulichtern am Hafenbecken. Neben einem Notarztwagen mit rundum blinkendem Einsatzlicht standen zwei Polizeifahrzeuge mit Blaulicht, ein Streifenwagen und ein Zivilfahrzeug. Am Hafenkai nahe des Anlegestegs der großen Bodenseeschiffe sah er eine Menschentraube von Uniformierten und Zivilisten. *Was ist da los,* fragte sich Brückner und ging langsam in die Richtung der Einsatzfahrzeuge.

»Da hab'n s' a Leich' aus'm Becken g'fischt«, raunte ihm eine ältere Frau zu, die offensichtlich schon länger in der Nähe stand und das Geschehen beobachtete. Nach und nach kamen mehr Menschen herbeigelaufen und näherten sich den Blaulichtfahrzeugen.

Da löste sich ein Polizist von den Einsatzkräften, kam auf die Neugierigen zu und bat mit lauter Stimme: »Bitte gehen Sie zurück, bitte stören Sie den Polizeieinsatz nicht. Es gibt nichts zu sehen.«

Brückner drehte sich um und sah Borrat auf die Hotelterrasse zukommen. Brückner ging ihm entgegen.

»Guten Morgen, Herr Professor. Was ist denn hier los?«, fragte Borrat und streckte Brückner den Ellbogen entgegen.

»Angeblich eine Wasserleiche«, antwortete Brückner. »Kommen Sie, gehen wir frühstücken.«

• • •

»Wir kennen jetzt das Gift, Nina«, gab Nathan der ehrgeizigen Kommissarin Bescheid. »Es ist eine besondere Mischung aus Kobragift und Botox. Meinst du, ihr könnt damit den Täterkreis weiter eingrenzen?«

»Ach Nathan«, antwortete Nina und klang noch schlaftrunken. »Wir ermitteln gar nicht mehr im Fall Bunzel.«

»Wie das?«

»Pfannerl hat es wegen des Sachzusammenhangs an die Organisierte gegeben und Wohnisch behandelt das jetzt als Geheimsache.«

»Habt ihr dann auch nichts zu den beiden verdächtigen Telefonnummern herausgefunden?«

»Nein. Es ist echt eine Schande, aber Pfannerl ruiniert die Stimmung in der Kriminaldirektion komplett.«

»Muss man nicht verstehen, oder?«

»Nein, muss man nicht. Aber dir als Ruheständler fällt das leichter als uns. Wie war dein Urlaub?«

»Super. Wenn ihr mal Lust habt, erzähl ich's euch bei einem Bier.«

Fassungslos saß Nathan am Schreibtisch und ließ Ninas Worte nachklingen. Wann unternahm endlich jemand etwas gegen diesen inkompetenten Kriminaldirektor? Nahm der Mordkommission eine heikle Mordermittlung weg, ließ die Kollegen von der organisierten Kriminalität ihr Geheimsüppchen kochen ... *Verdammt, das ist ein Skandal,* regte sich Nathan auf und überlegte, ob er sich mit dem Vizepräsidenten Singer, zu dem er einen guten persönlichen Draht hatte, kurzschließen sollte. *Andererseits hackt in den oberen Etagen keine Krähe der anderen ein Auge aus,* dachte er frustriert und war plötzlich froh, nicht mehr im aktiven Dienst zu sein. *Dann bleibt mir aber nichts anderes, als auf eigene Faust über die verdächtigen Telefonnummern zu recherchieren und herauszufinden, welcher Personenkreis für die Komposition dieses ungewöhnlichen Giftcocktails infrage kommen könnte,* stellte Nathan fest und spürte, wie sein Adrenalinspiegel stieg. Er ballte die Faust: Es war Zeit für die Jagd!

• • •

Längst waren die Farben über Sophie hereingebrochen, und auch wenn sich in den Bergen Kumuluswolken türmten und für später ein Gewitter androhten, lag der sich im Wind kräuselnde See im satten Grün seiner Ufer. Heute Morgen war ihr der Sinn nach etwas Großem gestanden, und so hatte sie eine Leinwand von 90 Zentimeter Breite und 130 Zentimeter Höhe in die Staffelei gespannt, vorsichtig grundiert und begonnen, eine wohltemperierte Farborgie mit weiblich-weicher Tänzerin zu erschaffen.

Ja, heute hatte sie wieder einmal Lust auf einen Gauguin. Was für eine Dynamik lag in der Pirouette, welche die Frau drehte, was für eine Anmut auch! *Lorenz wird begeistert sein, wenn er meinen neuesten Gauguin sieht,* sah Sophie voraus. *Gott sei Dank haben wir unseren Streit beigelegt,* freute sie sich auf das Wiedersehen mit ihrem Geliebten. Zögerlich legte sie den Pinsel aus der Hand, als es an der Tür schellte. Wenn das Lorenz war, käme er viel zu früh – noch war der neue Gauguin unvollendet.

Die Störung durch einen Spendensammler des Roten Kreuzes hatte ihren Flow zerstört, und so legte sie die Pinsel zur Seite, zog die Turnschuhe an und lief dem See entgegen. Seit Tagen hatte sie ihren Lieblingsplatz im Schilf nicht mehr aufgesucht und freute sich mit jedem Schritt, der sie dem Ufer näher brachte, mehr auf die Kraft, die dieser Ort auf sie ausstrahlte. Kraft tanken tat ihr gut, nicht nur, um im Streit mit Lorenz gewappnet zu sein und ihre eigenen Vorstellungen durchzusetzen, sondern auch, um die bedrückenden Erkenntnisse aus ihrer Therapie besser aushalten zu können. Bei jeder Sitzung tauchte ein zusätzliches Puzzleteil aus der Erinnerung auf, welches das Bild von Demütigung und Enttäuschung erhellte und aus der Verschwommenheit des Gestern in die Klarheit des Heute überführte. Dabei war es weniger die Erinnerung an ihren Vater, die schmerzte, sondern zunehmend mehr die Rolle ihrer Mutter, die in den Fokus geriet.

Wie wenig Rückhalt sie als Mädchen von ihrer Mutter erfahren und wie sehr sie das letztlich auch gekränkt hatte, dessen war sich Sophie bisher nicht bewusst gewesen. Jetzt aber begann sie, über ihre Mutter nachzudenken und an Mamas bedingungsloser Liebe zu zweifeln. Das machte sie traurig. *Wie viele Wurzeln hat das Gefühl, nichts wert zu sein,* fragte sich Sophie und setzte sich in den feuchten Sand. Sie schaute den Wellen dabei zu, wie sie ihre Schaumkrönchen bildeten, und ließ ihre Gedanken frei. Bilder aus der Vergangenheit kamen und gingen, Sophie hielt keines dieser Bilder fest, sondern überließ sich einem sanften Fluss der Erinnerungen und spürte eine zunehmende Leere, bis sie schließlich mit den Händen im Sand nur noch die Wellen spürte, das

Schilf rascheln hörte und das leicht brackige Wasser roch. Von überall her strömte eine sanfte Energie auf sie ein. Ihr Atem ging regelmäßig. Ihr Herz schlug langsam. Ihr Körper verlor seine Schwere, beinahe war es, als würde sie schweben.

•••

Er läutete an der Tür, aber sie öffnete nicht. Schließlich nahm Faltermeier seinen Schlüssel, sperrte auf und trat ein. Er ging durch alle Räume; Sophie war nicht zu Hause. Die Staffelei zierte eine frische Arbeit von einer zauberhaften Tänzerin, unschwer als Malerei von Paul Gauguin zu erkennen, unfertig noch an einigen Stellen, trotzdem bereits umwerfend und virtuos.

Er schnalzte mit der Zunge, verließ Atelier und Wohnung wieder und sperrte die Tür zweimal ab, so, wie er sie vorgefunden hatte. Er wollte nicht, dass Sophie sein Eindringen bemerkte, zumal sie seit einigen Wochen sehr empfindlich und eigensinnig war. Trotzdem fehlte sie ihm jetzt.

Er hatte die ganze Nacht nicht geschlafen, hatte immer wieder das Bild des versinkenden Studenten vor Augen und fragte sich voller Angst, ob ihn vielleicht doch jemand beobachtet hatte oder ob er mit Beuthen zusammen auf den Aufnahmen einer Überwachungskamera zu sehen war. Zu gern hätte er sich des Standorts der Kameras am Hafen vergewissert, aber er wagte sich nicht in die Stadt und zum Hafen. Hieß es nicht stets, es zöge die Täter an den Tatort zurück? Dort konnte und wollte er sich nicht blicken lassen, hatte er doch vor einer halben Stunde im Lokalradio gehört, dass im Hafenbecken eine Leiche geborgen worden sei. Vermutlich wimmelte es am Hafen von Polizei.

Ob es eine Spur zu ihm gab? *Wem hat Beuthen erzählt, dass er sich mit mir trifft? Hat er eine Person ins Vertrauen gezogen? Er wollte mich erpressen,* beruhigte sich Faltermeier selbst, *da erzählt man keinem, was man vorhat. Woher wusste Beuthen, wer Sophies ersten Kandinsky gekauft hat? Warum wusste er von der*

Fälschung? Fragen, auf die er keine Antworten geben konnte. Das beunruhigte ihn, und seine Situation machte ihm Angst. Niemals in seinem Leben hatte er sich selber die Finger schmutzig gemacht, und jetzt das! Dabei hatte er das gar nicht gewollt. Es war ein Unfall gewesen. Was ihm aber niemand glauben würde.

Ein feines Zittern lief durch seinen Körper und das Atmen fiel ihm so schwer wie auf einem hohen Berg. Er sehnte sich danach, in den Arm genommen und beruhigt zu werden, sehnte sich nach Sophie, vielleicht gerade deshalb, weil er seit Wochen nicht mehr mit ihr geschlafen hatte. Sie war ihm so etwas wie eine mütterliche Freundin geworden, seit er so versagt hatte.

Diese Niederlage saß tief. Er schämte sich heute noch dafür, und er ärgerte sich, dass er sich selbst peinlich war. Dabei schien es Sophie zu gefallen, ihn wie ein Bübchen zu behandeln, ihm über den Hinterkopf zu streicheln oder mit den Fingerspitzen seine Wange zu kosen, mütterlich eben, unerotisch. Dafür wurde sie selbstbewusster und wollte sich plötzlich selbst in Szene setzen. Über ihre Idee, wieder eine eigene Ausstellung zu machen, hatten sie sich vor einigen Tagen heillos zerstritten. Seitdem hatte er sie nicht mehr besucht. *Ein Fehler,* grämte er sich, setzte sich in seinen Wagen und fuhr aus der Stadt hinaus Richtung Allgäu.

•••

Eine dunkle Stimme meldete sich mit einem schlichten: »Ja!«

Nicht sehr gesprächig, stellte Nathan fest und fragte: »Können wir uns über einen Auftrag unterhalten?«

»Wer schickt Sie?«

»Lorenz Faltermeier.«

Das Gespräch wurde beendet. Nathan drückte die Wahlwiederholung, aber da ertönte bereits die Ansage, der gewünschte Teilnehmer sei derzeit nicht erreichbar. *Volltreffer*, freute sich

Nathan. Wer immer sich hinter dieser Nummer verbarg, der hatte etwas zu verbergen. Immerhin war das ein weiterer Hinweis, dass Faltermeier mit dubiosen Menschen Kontakt hielt. Mit wem, das musste er noch herausfinden. Wem gehörte diese Nummer? Wie kam er an weiterführende Informationen? Innerlich fluchte Nathan auf den Leiter der Münchner Kriminalpolizei, der die Ermittlungen erschwerte und sich gegen vernünftige Anträge an Staatsanwaltschaft und Gericht aussprach. Wieder überlegte Nathan, ob er sich an den Vizepräsidenten wenden sollte, verwarf diese Idee jedoch fürs Erste. Das wäre *Ultima Ratio.* Vielleicht fand er vorher noch etwas auf eigene Faust heraus.

Wie hatte die Stimme geklungen? War das ein Muttersprachler am Telefon gewesen? Nathan hatte den kurzen Dialog aufgenommen und spielte die Audio-Datei seines Handys nun ab. Aus dem knappen »Ja« ließ sich kein Honig saugen, aber das »Wer schickt Sie?« versprach Ertrag. Die Worte waren mit Akzent gesprochen worden. Mit was für einem? Da schwang eine Melodie mit, die Nathan nicht kannte. Also ziemlich sicher weder osteuropäisch noch vom Balkan, auch Türkisch schloss Nathan nach dem dritten Abspielen aus. Der K-Laut in »schickt« klang ein wenig kehlig, beinahe so, wie Tiroler ihr »K« aussprechen, mit etwas »ch« dabei, aber keinesfalls tirolerisch. Viel melodischer, irgendwie exotisch.

Nathan nahm sich vor, die Aufnahme abends Gudrun vorzuspielen. Vielleicht hatte sie eine Idee. Jetzt aber schaute er nach vorne in den Verkaufsraum. Heinrich war gerade in ein Kundengespräch vertieft. Nathan machte ihm ein Zeichen. Heinrich nickte. Er würde nach hinten kommen, wenn er frei war.

Nathan setzte sich an den Computer und überprüfte seine E-Mails. Neben einigen Werbesendungen gab es eine neue Nachricht von Karl Denke.

»Noch nichts Bekanntes entdeckt? Lesen Sie auch gründlich? Oder muss ich ein wenig nachhelfen?«

»Sie sollten Geduld haben«, antwortete Nathan. »Zurzeit bin ich sehr beschäftigt.«

Er schickte die E-Mail mit einem mulmigen Gefühl und einer unheilvollen Vorahnung ab, sich bald intensiver mit dem Möchtegernautor befassen zu müssen. Trotzdem wollte er sich nun auf den Fall Kundl konzentrieren. Er lauschte ein weiteres Mal der Stimme, blieb aber unschlüssig. Konnte es der Akzent eines Arabers sein? Immerhin war er nach wie vor davon überzeugt, dass Faltermeier Al-Nejem nicht nur legale Dienste leistete. Aber bisher hatte sich nichts Beweiskräftiges ergeben, und Faltermeier schien nicht so leicht aus der Ruhe zu bringen zu sein.

Endlich war es etwas ruhig im *Lesertraum*. Heinrich kam nach hinten, ließ aus der Kaffeemaschine eine Tasse Americano und fragte Nathan, was er für ihn tun könne.

»Hör dir einfach mal das da an«, bat Nathan und spielte Heinrich die drei Worte vor. »Was hat der Mann für einen Akzent?«

Heinrich überlegte einen Moment, ehe er antwortete: »Einen französischen, aber auf eigenartige Weise. Irgendwie wie ein ...« Er hielt inne, überlegte und forderte Nathan auf, ihm die Sequenz noch mal vorzuspielen. »Ja«, sagte er schließlich, »irgendwie wie ein Marokkaner.«

»Sicher?«

»Da ist was Arabisches dabei, ja, so klingt das.«

Nathan klatschte in die Hände, bedankte sich und rief noch mal bei Nina an.

»Die verdächtige Nummer führt zu einem Araber, der viel Französisch spricht«, teilte er der Kommissarin mit. »Könntest du damit etwas anfangen? Vielleicht spricht Wohnisch ja doch mit dir über seinen Fall.«

»Ach, du bist ein hoffnungsloser Optimist«, sagte Nina. »Ich versuch's, aber erst am Montag.«

Nathan dankte ihr und beendete das Gespräch. Es war, wie es immer gewesen war: Ermittler brauchen Geduld.

•••

Werner Brückner verließ die Inselhalle vor der Abschlussdiskussion, die von den Leitern der einzelnen Abteilungen in Videokonferenz moderiert wurde. Barbara würde das hervorragend leisten, da konnte er sie allein lassen und seinen Kopf auslüften, der von den zurückliegenden sechs Stunden vor dem Bildschirm schmerzte. Er spürte sein Alter, grämte sich jedoch nicht. So lange Videokonferenzen waren eben kein Zuckerschlecken, und auch seiner Tochter hatte er in der letzten Stunde die Anstrengung angesehen.

Langsam bewegte er sich in die Altstadt hinein. Dort traf er auf die samstäglichen Menschenmassen, die Lindaus fotogene Straßen und Gassen bevölkerten, heute beinahe so wie in früheren Jahren. Im Tourismus machte die Pandemie noch Pause, im Veranstaltungsbetrieb leider nicht. Ein Kongress unter normalen Bedingungen war nicht möglich, Gedränge in der Altstadt schon. *Na ja,* winkte Brückner ab, *es ist eben, wie es ist.*

Als er den Hafen erreichte, waren die Terrassen der Hotels und Cafés gut besetzt, und vor dem Mangturm jonglierte eine junge Frau in einem knallengen Sportdress mit fünf Keulen. *Gekonnt, gekonnt,* spendete Brückner leise Beifall und ließ die Künstlerin links liegen. Magisch angezogen ging er auf die Bank zu, die Rolands Schicksal geworden war. Doch heute war kein Platz darauf frei. Er schlenderte weiter zum Bootsanleger der großen Schiffe und sah an einem Geländer noch ein Stück rotes Absperrband. Wen die Polizei da heute Morgen wohl gefunden hatte? Zwei Tote am Hafen binnen zweier Monate hielt Brückner durchaus für bemerkenswert und fragte sich, ob die Polizei diesmal gründlicher ermittelte.

Du siehst schon Gespenster, tadelte er sich sofort. Schließlich konnte der Mensch, den sie aus dem Wasser gezogen hatten, schlicht und einfach ertrunken sein. Aber nun war er neugierig, und als er an der Rezeption seines Hotels den Zimmerschlüssel verlangte, fragte er die Empfangsdame, was denn heute am Hafen los gewesen sei.

»Also im Vertrauen, Herr Professor«, beugte sie sich vor und flüsterte: »Da war eine Wasserleiche und es soll kein Unfall gewesen sein.«

»Was denn dann?«

»Man hört, es könnt' ein Mord g'wesen sein, stell'n Sie sich das vor.«

Brückner hätte nicht erklären können, was ihn an diesem Gerücht elektrisierte, aber so war es: Seine Sinne waren schlagartig angespannt und er war hellwach; die Kopfschmerzen waren verschwunden.

Er ging auf sein Zimmer, machte sich frisch und wählte die Nummer von Nathan Weiß. »Stellen Sie sich vor«, berichtete er nach der Grußformel, »am Lindauer Hafen wurde heute eine Leiche geborgen und es geht das Gerücht, da sei ein Mord geschehen. Ist das nicht eigenartig?«

»Zwei Morde innerhalb von zwei Monaten«, erwiderte Weiß. »Für so ein kleines Städtchen ungewöhnlich. Aber ansonsten ...«

»Sie haben ja recht. Aber ich habe da so ein komisches Gefühl.«

»Weiß man etwas über den Toten?«

»Dazu kann ich nichts sagen«, antwortete Brückner. »Mir hat nur die Rezeptionistin etwas zugeflüstert.«

»Nun, ich werde heute Abend die Lokalnachrichten im Internet heraussuchen; mal sehen, was da zu lesen ist.«

»Das ist gut, lieber Herr Weiß. Man weiß nie, wie manche Dinge miteinander zusammenhängen.«

12

Sie trafen sich auf der Sonnenterrasse des vor allem bei Studenten beliebten Cafés am Eingang zum Englischen Garten. Es war sonnig und trocken, aber bereits herbstlich kühl, und jeder von ihnen hatte eine warme Jacke an. Nathan stand von seinem Platz auf, als seine Besucher auf ihn zukamen.

»Fein, dass du uns ein Frühstück spendierst«, begrüßte Wolfgang ihn.

»Schön, dass ihr zwei Turteltäubchen am Sonntagvormittag mit mir zusammenkommt«, antwortete Nathan und lud Wolfgang und Nina ein, an dem Tisch in der Sonne Platz zu nehmen, den er sich bereits vor einer halben Stunde gesichert hatte. Wolfgangs geschmerzten Gesichtsausdruck bei dem Wort »Turteltäubchen« nahm Nathan heimlich schmunzelnd zur Kenntnis, schließlich war ihm bewusst, dass Wolfgang auch wegen seines Verhältnisses mit seiner früheren Mitarbeiterin auf die Leitung des Kommissariats K11 verzichtet hatte. Völlig verdaut hatte der altgediente Hauptkommissar diese Entscheidung offenbar noch nicht.

»Gibt es etwas Neues?«, fragte Nina, ehe sie in die Speisekarte schaute.

»Du solltest das italienische Frühstück nehmen«, erwiderte Nathan. »Das ist echt lecker, die haben hier eine ausgezeichnete Mortadella.«

»Jetzt rück schon raus mit der Sprache«, quengelte Nina ungeduldig. »Wegen der Mortadella hast du uns nicht eingeladen.«

»Ist ja gut«, beschwichtigte Nathan. »In Lindau ist gestern ein junger Mann tot aus dem Hafenbecken gezogen worden und die Polizei geht wohl von einer Fremdeinwirkung aus. Professor Brückner hört das Gras wachsen und meint, das könnte etwas mit unserem Fall zu tun haben.«

»Kennen wir das Opfer?«, fragte Wolfgang und tippte auf der Speisekarte auf das Lachsfrühstück. »Das nehm ich.«

»Gut, ich nehm das Italienische«, folgte Nina Nathans Empfehlung.

»Nein, ich weiß nichts über das Opfer und ich halte Brückners Ahnung auch für unberechtigt. Trotzdem würde ich der Sache gern nachgehen. Aber ihr wisst ja, einem Rentner erzählt die Lindauer Polizei nichts zu laufenden Ermittlungen«, bemerkte Nathan und winkte die Bedienung herbei, um die Bestellung aufzugeben.

»Das können wir nicht machen«, wehrte Wolfgang ab. »Wir können uns nicht in die Arbeit der Lindauer Kollegen einmischen. Oder willst du uns Pfannerl auf den Hals hetzen?«

»Pfannerl muss ja nicht alles erfahren, zumindest nicht sofort. Es wäre doch einen Versuch wert, mit den Kollegen zu reden«, wandte Nathan ein. Ihm war klar, wie sehr gerade Wolfgang die Konfrontation mit dem Kriminaldirektor scheute, und setzte seine Hoffnung auf Nina. Die junge Kommissarin war unerschrocken und tatendurstig. Er blickte sie aufmunternd an.

»Ein Telefonat könnte man wagen«, meinte sie. »Und wenn was dran ist, was dann?«

Nathan zuckte mit den Schultern.

»Klar, dann fahren wir an den Bodensee«, gab sich Nina die Antwort selbst.

»Vorher musst du mit Manfred sprechen«, gab Wolfgang zu bedenken. »Du darfst deinen Kommissariatsleiter nicht übergehen.«

»Am Sonntag will der nicht gestört werden. Okay, ich rufe die Lindauer an«, rief Nina und zückte ihr Handy. Sie tippte ein wenig auf dem Display herum. »Da haben wir die Kollegen: Kriminalpolizeistation Lindau, Ludwig-Kick-Straße. Mit Telefonnummer.«

»Nina, warte«, wollte Wolfgang bremsen, doch Nina hatte

bereits auf die Telefonnummer getippt. Kurz darauf hatte sie einen Beamten in der Leitung.

»Nina Lutz, Kriminalkommissariat K11 München hier. Guten Morgen, Herr Kollege. Wir haben mitbekommen, dass Sie gestern eine Wasserleiche im Lindauer Hafen hatten und eine Fremdeinwirkung vermuten. Sie können das nicht wissen, aber wir ermitteln hier in drei Tötungsfällen und haben einen Bezug nach Lindau, daher eine Frage: Was können Sie mir über das Opfer sagen?«

Nina lauschte angestrengt.

»Aha, danke. Haben Sie einen Verdächtigen oder Kontaktpersonen?«

Wieder hörte sie konzentriert zu, ehe sie sagte: »Interessant. Da könnte es einen Zusammenhang zu unseren Fällen geben. Wissen Sie was? Ich werde mit einem Kollegen zu Ihnen kommen. Könnten Sie den Ermittlungsführer informieren, dass wir uns besprechen können? Sagen wir um drei Uhr?«

Wolfgang beobachtete seine Freundin mit offenem Mund.

Nathan musste seine Neugier zügeln, am liebsten hätte er das Telefonat selbst weitergeführt, doch er durfte Nina nicht ins Handwerk pfuschen. Außerdem war er seit mehr als einem Jahr nicht mehr im aktiven Dienst. Doch als Nina das Gespräch beendete, beugte er sich sofort vor und fragte: »Was war das denn?«

Nina bekam vor Aufregung kleine rote Flecken am Hals. »Stell dir vor, eine der letzten bekannten Kontaktpersonen des Toten war Lorenz Faltermeier!«

•••

Schon kurz nach Mitternacht war er aufgewacht und hatte stundenlang kein Auge mehr zugemacht. Die Angst, zu viele und zu eindeutige Spuren hinterlassen zu haben, schnürte Faltermeier die Kehle zu. *Warum*, warf er sich wieder und wieder vor, *bin ich nicht auf die Forderungen des Rotzlöffels eingegangen und habe mich dann an meinen Verbindungsmann gewandt?* Es gab einfach Dinge, die musste man von Profis erledigen lassen! Aber nein, er war vorgestern Abend emotional geworden und hatte die Beherrschung verloren. Jetzt saß er im Schlamassel. Wenn die Polizei erst die Identität des Toten kannte, würde es nicht lange dauern, bis sie kämen, ihn zu befragen. *Wie viel Zeit bleibt mir noch,* kalkulierte Lorenz. *Und was soll ich tun? Mich den Fragen stellen, cool alles abstreiten und die Sache aussitzen? Oder gibt es etwas, womit sie mich festnageln können?*

Inzwischen war es Vormittag geworden. Keine der drängenden Fragen hatte er beantworten können, und auch, wie er sich verhalten sollte, wenn die Polizei vor der Tür stand, wusste er nicht. Was geschehen war, war ungeplant geschehen, und so stand er auch jetzt ohne Plan da. Das ängstigte ihn, denn das kannte er nicht. Solange er zurückdenken konnte, hatte er sich stets für sein Handeln eine Strategie zurechtgelegt und war er nie unvorbereitet in eine kritische Lage geraten. Gänzlich fremd war ihm, sich in einer ihm völlig unbekannten Situation zu befinden.

Jetzt hätte er einen Ratgeber benötigt, einen Menschen, mit dem er sich über die nächsten Schritte austauschen konnte. Was für eine Ironie des Schicksals, dass das bis vor zwei Monaten kein anderer als Roland Kundl gewesen war, Roland Kundl, von dem er dann hatte annehmen müssen, dass er Verrat begehen würde.

Verzweifelt lief Faltermeier in seinem Wohnzimmer auf und ab, hin und her wie eine Raubkatze in einem viel zu kleinen Käfig. Dann beschloss er, nicht in seiner Wohnung zu bleiben. Er packte einen Reisekoffer und machte sich auf den Weg in sein kleines Seehaus bei Wasserburg.

•••

Sophie steckte voller Schaffensdrang, und dabei wurden ihre Schöpfungen immer extravaganter. Zufrieden blickte sie auf ihr neuestes Werk, ein wild hingezaubertes Pferd mit vielen pointilistischen Elementen, das nur noch fern an Kandinskys »Reitendes Paar« erinnerte, eine Orgie in Blau. Kühn, diesen berauschenden Wurf als verschollenes Werk Kandinskys zu verkaufen, aber genau das würde Lorenz in den nächsten Wochen tun.

Sophie spürte Wehmut aufkommen. Je länger sie das Pferd betrachtete, desto stärker wurde der Wunsch, dieses Gemälde mit ihrem Namen zu signieren und selbst auszustellen. Aber wie sollte das gelingen? Jetzt, da Lorenz mit ihren Fälschungen in das große Geschäft mit den verschwiegenen Kunstsammlern eingestiegen war, die ihr Schwarzgeld mit Kunstwerken vor dem Finanzamt versteckten, oder, schlimmer noch, Drogengeld und sonstige kriminelle Gewinne in Kunst investierten, um später mit dem Verkauf an sauberes Geld zu gelangen. Während sie in den Sitzungen mit ihrer Therapeutin lernte, sich von den Fesseln der Vergangenheit zu befreien, rutschte sie wegen ihrer Gemälde und Lorenz' Verkaufsgeschick immer tiefer in die Abhängigkeit von Lorenz hinein. *Und er hat recht,* sagte sie sich, *wenn ich mit einer eigenen Ausstellung Aufmerksamkeit auf mich ziehe, enttarnt mich das möglicherweise als die Urheberin der falschen Monets, Gauguins und Kandinskys, die Lorenz bereits verkauft hat.* Immerhin sieben Gemälde waren das in den letzten sechs Wochen gewesen.

Wo steckt Lorenz eigentlich, fragte sich Sophie und rückte die Leinwand mit Kandinskys pointilistischem Pferd ins beste Licht. Sie nahm ihr Smartphone zur Hand, fotografierte ihr neuestes Werk und rief dann bei Lorenz an, doch er meldete sich nicht.

Da schrieb sie ihm mit Telegram eine Nachricht: »Möchtest du mal wieder mit Pinselchen plaudern ... und mehr? Melde dich, ich vermisse dich.« Klang das zu anhänglich oder zu fordernd? Sie setzte das Foto als Anhang dazu, zögerte aber, die Nachricht abzusenden.

In manchen Punkten war Lorenz ihr zuletzt fremd geworden, besonders seit jener Nacht, da er sich genommen hatte, wonach ihm der Sinn gestanden hatte, ohne auf sie Rücksicht zu nehmen. Dass er bald danach ihr eindeutiges Angebot verschmäht hatte, war ebenso ernüchternd wie trennend gewesen. Seitdem fühlte sich Sophie nicht mehr von ihm begehrt, seitdem führten sie eine unerotische Beziehung, die sie einander ganz langsam weiter entfremdete. *Vielleicht,* dachte Sophie, *haben wir bald nur noch eine Geschäftsbeziehung – und dann,* rebellierte es in ihr, *kann ich auch aufhören, meine Werke mit falschen Signaturen zu versehen.* Sie wusste definitiv nicht, zu welchen Preisen Lorenz ihre Schöpfungen verkaufte, ging jedoch davon aus, dass er ein Vielfaches von dem erzielte, was er ihr als Honorar auszahlte. Bei diesem Gedanken stampfte sie mit dem Fuß auf. *Ich will nicht länger ein »lukratives Geschäftsmodell« sein.*

Da schellte es an ihrer Haustür. *Ist er das,* schoss es ihr durch den Kopf. Sie schloss die Tür zur Abstellkammer und ging nachschauen, wer jetzt etwas von ihr wollte.

Sie erschrak, als sie die beiden Polizisten vor sich stehen sah, und es fuhr ihr heiß und kalt über den Rücken. Waren die wegen ihrer Gemälde hier? War auf dem Kunstmarkt etwas schiefgegangen? Wollten die jetzt zu ihr herein, und was, wenn sie im Atelier die alten Meister entdeckten, die in der Ecke im Regal standen?

»Frau Nägele?«, fragte der Kleinere der beiden.

»Ja.«

»Dürfen wir hereinkommen? Wir müssten etwas mit Ihnen besprechen.«

Sophies Beine begannen zu zittern. *Ich bin aufgeflogen,* schoss es ihr in den Sinn und ein Schraubstock klemmte ihren Oberkörper ein. Sie nickte und wies in die Richtung des Wohnzimmers. *Hoffentlich schauen die nicht ins Atelier und entdecken den Kandinsky,* flehte sie und versuchte, ruhig zu atmen. Die Polizisten schauten so ernst. Was war los?

Sophie ging voran ins Wohnzimmer, bot den Polizeibeamten Sitzplätze am Tisch an und setzte sich auf den Sessel, der mit dem Rücken zum Atelier zeigte. Sie suchte Blickkontakt mit dem größeren der beiden Polizisten. Der wirkte sympathischer. »Was wollen Sie mit mir besprechen?«, fasste sie sich ein Herz. Ihre Stimme klang zaghaft.

»Sie sind mit Herrn Lorenz Faltermeier befreundet?«

Oje, also doch, wir wurden erwischt. Wie konnte das passieren? Sophie zitterte, als sie die Frage bejahte.

»Wir haben leider keine gute Nachricht«, eröffnete ihr der Kleinere der beiden.

»Wir suchen Herrn Faltermeier überall und finden ihn nicht. Haben Sie eine Ahnung, wo er sich aufhalten könnte?«

Sophie atmete tief ein und aus, dann schüttelte sie den Kopf. »Tut mir leid, ich habe ihn vor fünf oder sechs Tagen das letzte Mal gesehen. Was ist denn vorgefallen, dass Sie ihn so dringend suchen? Ist ihm etwas geschehen?«

»Das wissen wir nicht. Nein, wir müssten dringend mit ihm sprechen, weil er uns vielleicht zu einem tragischen Vorfall im Hafen vor zwei Tagen Auskunft geben könnte. Haben Sie eine Idee, wo wir ihn antreffen können?«

»Was für ein Vorfall?«, fragte Sophie. Ihr Puls schnellte hoch.

»Gestern Morgen haben wir einen Studenten tot aus dem Hafen geborgen. Der Student war mit Herrn Faltermeier verabredet. Können Sie uns zu dieser Verabredung etwas sagen?«

»Keine Ahnung«, antwortete Sophie schnell. »Ich habe Lorenz, wie gesagt, seit fünf oder sechs Tagen weder gesehen noch gesprochen. Ein toter Student, sagen Sie? Das ist ja schrecklich. Aber was sollte Lorenz damit zu tun haben?«

»Das würden wir ihn gern fragen. Also, Sie wissen nicht, wo wir ihn antreffen könnten?«

»Tut mir leid, nein«, antwortete Sophie. Ihr Herz schlug bis zum Hals. Lorenz' Seehaus in Wasserburg fiel ihr ein, beinahe nur eine Hütte mit Bootshaus in der Nähe des Hafens. Sie hatten das Häuschen manchmal als Liebesnest benutzt. Falls er sich dort aufhielt ... Aber nein, das durfte sie den Polizisten nicht verraten.

»Danke – und entschuldigen Sie die sonntägliche Störung«, bemerkte der Kleinere der beiden. Die Beamten nickten mit dem Kopf und verließen die Wohnung.

Sophie schaute ihnen von der Tür aus nach, bis sie um die Ecke verschwanden. Dann ging sie mit weichen Knien zurück in ihr Atelier, setzte sich vor das große Fenster und blickte hinaus auf den See. Was war geschehen? Was hatte Lorenz mit einem Studenten zu tun?

•••

Nathan parkte seinen Wagen im Innenhof des Polizeigebäudes neben einem Streifenwagen. Sie stiegen aus und Nina übernahm die Führung hinein zu den Amtsräumen. Das gefiel Nathan an der jungen Kommissarin. Sie entwickelte Initiative und übernahm Verantwortung, und mit ihrem Elan riss sie andere mit. *Solche Frauen braucht die Polizei,* dachte Nathan und war ein wenig auf sich selbst stolz, denn er hatte Nina zwei Monate vor seiner Pensionierung zum Kommissariat K11 geholt. Am Tresen zückte sie ihren Dienstausweis und verlangte nach Kommissar Hülter.

»Gehen Sie einfach in den ersten Stock, dritte Tür rechts«, wies ihr die junge Polizeimeisterin den Weg, griff zum Telefon und kündigte Hülter den Besuch aus München an. Der kam ihnen oben auf dem Flur bereits entgegen.

»Grüß Gott, Frau Kollegin – die Herren Kollegen.«

Er hatte eindeutig nur Augen für Nina, stellte Nathan fest und wunderte sich einmal mehr über die Wirkung, die sie auf Männer hatte. Zu dritt folgten sie dem Lindauer Kriminaler in dessen kleines Büro.

»Wie kommt es«, fragte Kommissar Hülter, »zu Ihrem Interesse an Herrn Faltermeier?«

Knapp und präzise berichtete Nina von den Ermittlungen zum Tod von Roland Kundl und den Zusammenhängen mit den Morden an August Bunzel und Roger Kleffner.

Hülter war überrascht. »Wir haben die Ermittlungen wegen Herrn Kundl im Einvernehmen mit der Staatsanwältin in Kempten eingestellt. Haben wir etwas übersehen?«

»Wahrscheinlich nicht«, beschwichtigte Nina. »Die Kemptener Staatsanwaltschaft wollte keine weiteren Ermittlungen durchführen, und wir in München stießen zufällig auf einen möglichen Zusammenhang. Wie gesagt, wir gehen nur gewissen Hinweisen nach. Aber wie kommt es, dass Sie an Lorenz Faltermeier wegen des toten Studenten Interesse haben?«

»Nachdem wir die Identität von Jonas Beuthen festgestellt hatten, baten wir die Kollegen in Konstanz darum, Angehörige zu verständigen und in Beuthens Freundeskreis zu erfragen, was der Student in Lindau zu tun hatte. Heute Morgen teilten uns die Konstanzer Kollegen mit, Beuthen sei am Freitagabend mit Lorenz Faltermeier verabredet gewesen und von diesem Treffen nicht mehr zurückgekehrt.«

»Hat sich Herr Faltermeier dazu geäußert?«, fragte Nina.

»Nein. Wir konnten ihn heute weder bei sich zu Hause noch bei seiner Lebensgefährtin antreffen. Derzeit wissen wir nicht, wo er sich aufhält.«

Interessant, aber für Faltermeier ziemlich ungewöhnlich, analysierte Nathan, der wie im Fall Kundl davon ausging, dass Faltermeier als Strippenzieher im Hintergrund wirkte und dabei seine Spuren professionell verwischte. Warum also sollte er sich bewusst der Befragung durch die Polizei entziehen? Entweder war es einfach Zufall, ihn gerade nicht erreichen zu können, oder es war irgendetwas Unvorhergesehenes geschehen.

»Was ist das Ergebnis der Obduktion?«, wollte Nina wissen.

»Genickbruch«, antwortete Hülter. »Der Student starb an einem Genickbruch. Er war tot, ehe er ins Wasser fiel.«

Das passt ins Muster, stellte Nathan fest und war gespannt auf Ninas Reaktion. Die kam prompt. »Könnte natürlich ein Unfall oder dummer Zufall sein. Aber ich glaube ungern an Zufälle. Irgendwie spricht das für einen professionellen Killer. Wie bei unseren Fällen. Herr Kollege, ich vermute da einen Zusammenhang, allerdings dürfte Herr Faltermeier als Täter ausscheiden.«

»Er könnte jedoch der Anstifter sein«, meldete sich Wolfgang zu Wort.

»Umso wichtiger, Herrn Faltermeier rasch zu befragen«, brachte sich Hülter ein. »Wir müssen ihn nur finden.«

»Vielleicht sollten wir uns seine Lebensgefährtin genauer anschauen«, schlug Nina vor.

Du bist echt gut, freute sich Nathan über Ninas Einfall.

•••

Nach langem Zögern hatte Sophie die Telegram-Nachricht samt Foto von ihrem fulminanten Kandinsky-Pferd gesendet. Bisher gab es jedoch noch keine Lesebestätigung. *Wo steckt Lorenz,* fragte sie sich und nahm ihre jüngste Schöpfung von der Staffelei. Eine innere Unruhe wühlte sie auf und sie beschloss, ihren Lieblingsplatz unten am See aufzusuchen. Draußen waren die Temperaturen schon etwas herbstlich, so schlüpfte sie in eine warme Leggins und zog sich einen kuscheligen Kapuzenpullover über. Als sie in die Turnschuhe schlüpfte, schellte es an der Tür. *Wer stört denn jetzt schon wieder,* ärgerte sie sich. Sie lugte durch den Spion. Vor der Tür standen eine junge Frau und zwei ältere Männer. Sophie beschloss, nicht zu öffnen, da klopfte die Frau gegen die Tür, hielt eine silberne Marke ans Guckloch und rief: »Polizei. Machen Sie auf.«

Sophie rutschte das Herz in die Hose. Was war passiert? Sollte sie öffnen? Oder sich tot stellen? Was wollte die Polizei? Und gleich zu dritt? Ging es um Lorenz? Um diesen Studenten, mit er sich angeblich am Freitag hatte treffen wollen?

Mit einem flauen Gefühl und sehr verunsichert öffnete sie die Tür und sah sich den drei Kriminalbeamten gegenüber.

»Nina Lutz, Kriminalpolizei München«, stellte sich die junge Frau vor. »Das hier sind meine Kollegen Stöhrl und Weiß. Dürfen wir hereinkommen?«

»Was wollen Sie?«, wehrte Sophie ab, aber sie spürte selbst, wie zögerlich ihre Stimme klang.

»Wir hätten einige Fragen zu Herrn Faltermeier. Bitte, Sie müssen uns helfen«, erläuterte die Kommissarin mit sanfter Stimme.

Sophie gab ihren Widerstand auf und bat die drei ins Wohnzimmer, wo sie ihnen Sitzplätze auf Couch und Sessel anbot. Dann setzte sie sich mit übergeschlagenen Beinen in den letzten freien Sessel und sah der Kommissarin in die Augen.

Diese beugte sich leicht vor, ehe sie ihre erste Frage stellte. »Sie sind die Lebensgefährtin von Herrn Faltermeier, oder?«

»Wir führen eine Beziehung«, schwächte Sophie, ohne weiter nachzudenken, ab.

»Eine Liebesbeziehung, nehme ich an?«

Sophie war sofort alarmiert. *Diese Frau ist gefährlich,* warnte sie eine innere Stimme. »Ja.«

»Wie lange schon?«

»Seit gut zwei Jahren.«

»Dann kennen Sie Herrn Faltermeiers Gewohnheiten gewiss recht gut, oder?«

»Wie meinen Sie das?«, antwortete Sophie mit einer Gegenfrage. Sie wollte sich nicht aufs Glatteis führen lassen. Worauf wollte die Polizistin hinaus? »Um was geht es überhaupt?«

»Um Mord«, knurrte der Kriminaler, der neben der Kommissarin saß und schnellte mit einem grimmigen Gesichtsausdruck nach vorne. »Das hier ist keine Sonntagsunterhaltung. Wir müssen wissen, wo sich Faltermeier aufhält, und Sie«, dabei deutete er aggressiv mit dem Zeigefinger auf Sophie, »Sie wissen es und werden es uns sagen!«

Sophie zuckte vor Schreck zusammen. Mord? *Um Gottes willen,* schoss es ihr durch den Kopf, und zugleich fingen ihre Hände zu zittern an. Was hatte Lorenz getan? Fieberhaft suchte sie eine plausible Antwort, forschte nach einem Anknüpfungspunkt, blickte schließlich verwirrt in die zornigen Augen des Kriminalkommissars und wusste keine Antwort.

»Frau Nägele«, sprach sie nun die Kommissarin mit einfühlsamer Stimme an. »Wenn Sie wissen, wo wir Herrn Faltermeier finden können, wir benötigen seine Zeugenaussage. Jede Minute zählt.«

»Zeugenaussage?«, stammelte Sophie. *Also hat Lorenz gar nichts angestellt?*

»Fahren Sie nach Wasserburg. Im Paradies gibt es ein kleines Haus mit Bootshütte. Da spannt Lorenz manchmal am Wochenende aus. Dort fühlt er sich ungestört.«

»Danke, Sie haben uns sehr geholfen«, sagte die Kommissarin und gab den beiden Männern ein Zeichen.

Diese standen auf und verließen mit knappem Gruß Sophies Wohnung.

»Was geschieht jetzt?«, fragte Sophie mit zittriger Stimme.

»Die Kollegen fahren nach Wasserburg. Ich würde mich gern noch mit Ihnen unterhalten.«

»Ich verstehe das nicht, und ich weiß nicht, wie ich Ihnen noch helfen könnte«, murmelte Sophie und wünschte, allein zu sein.

»Herr Faltermeier ist ein sehr erfolgreicher Geschäftsmann«, fing die Kommissarin im Plauderton an. »Was wissen Sie über seine Arbeit?«

»Wenig. Wir haben eigentlich nie über sein Geschäft gesprochen. Lorenz ist da sehr diskret. Es geht bei *IFP* um viel Geld und sensible Kunden. Es hat mich auch nie interessiert.«

»Kannten Sie Roland Kundl?«

Warum fragt sie mich das? Sophie erkannte keinerlei Zusammenhang. Aber in ihrem Magen breitete sich ein flaues Gefühl aus. *Irgendetwas läuft gerade gewaltig schief,* argwöhnte Sophie. *Hoffentlich hat es nichts mit meinen Gemälden zu tun.*

»Das war ein guter Mitarbeiter von Lorenz. Der ist leider gestorben. Aber ich kannte ihn nicht näher.«

»Sie selbst, haben Sie mit Ihrem Lebensgefährten auch Geschäfte gemacht?«

Sophie zuckte zusammen und schüttelte heftig den Kopf.

»Nun, dann lasse ich Sie jetzt in Ruhe. Wenn sich Herr Faltermeier bei Ihnen meldet, geben Sie mir Bescheid? Bitte.« Die Stimme der Kommissarin war ganz sanft. Sie legte eine Visitenkarte auf den Tisch, stand auf und verließ die Wohnung.

Gott sei Dank, jetzt bin ich allein, atmete Sophie auf und ging hinüber ins Atelier. Lange schaute sie hinab auf den See, in ihrem Kopf schwirrten viele ungeordnete Fragen. Antworten hatte sie keine, aber Angst.

•••

Lukas Ruedi saß wieder an einem Tisch neben dem Bootsanleger, schlürfte einen eisgekühlten Long Island Ice Tea, blickte über den Vierwaldstätter See zu den Gipfeln der Urner Berge und wartete auf Claudia. Dabei philosophierte er über das Schicksal und vor allem, welche Rolle der Mord an Roger Kleffner in seinem Leben gespielt hatte. Obwohl er es lange nicht für möglich gehalten, wenngleich oft befürchtet hatte, war seine Karriere wegen dieses nach wie vor ungelösten Falls in der Sackgasse gelandet.

Denise war am 1. September zur Oberleutnantin befördert

und zur Stellvertreterin des Hauptmanns ernannt worden und hatte ihn überholt. Zudem war ihr die Leitung der Ermittlung im Fall Kleffner übertragen worden, wobei eine weitere Zusammenarbeit mit den Kollegen in München für untunlich bezeichnet worden war. Das hatte einen weiteren Kontakt von Ruedi mit der netten Münchner Kommissarin verhindert. Inzwischen bedauerte er das nicht mehr, denn weil er in seiner Neugier noch einmal mit den beiden Bedienungen vom Seerestaurant gesprochen hatte, die den Todesschützen gesehen hatten, war er der Schüchternen der beiden nähergekommen. Seit zwei Wochen waren Claudia und er ein Paar, und das machte ihn so glücklich, dass ihm der Karriereknick egal war.

»Kleffner, bist wenigstens nicht ganz umsonst gestorben«, murmelte er und blickte Claudia entgegen, die soeben in ihrer feschen Tracht auf die Terrasse trat und ihm entgegenkam.

•••

Es war ein Unfall gewesen und notfalls müsste er das eben plausibel erklären, versuchte Faltermeier seine Nerven zu beruhigen. Er saß auf der schmalen Veranda seines Seehauses und überlegte immer noch, wie er reagieren sollte, falls ihn die Polizei zu Jonas Beuthen befragte. Am einfachsten schien es zu sein, jegliches Treffen mit dem Studenten abzustreiten, vielleicht nach dem Motto, ein Unbekannter hätte sich möglicherweise Lorenz' Identität zunutze gemacht für Wer-weiß-was-für-Dinge.

Aber wie glaubhaft war das und, vor allem, was, wenn irgendjemand die Stellenanzeige aufgehoben oder fotografiert hatte, über die der Kontakt mit Beuthen zustande gekommen war? Sollte ihn die Polizei erst einmal einer Lüge überführt haben, würde jede seiner weiteren Aussagen in Zweifel gezogen. Also zu dem Treffen mit dem Studenten stehen. Warum dieses Treffen? Das wäre die logische Anschlussfrage, und da würde Lorenz ins

Schleudern geraten. Keinesfalls konnte er den wahren Grund angeben, dann wäre die Spur zu seinem inzwischen perfekt angelaufenen Kunsthandel gelegt, und das wäre ein gefundenes Fressen für jeden Polizisten.

Was dann? Ihm fehlte die Fantasie, und so hoffte er weiterhin, dass niemand eine Verbindung zwischen ihm und Beuthen herstellen konnte.

•••

Nathan saß gemeinsam mit Nina bei Kommissar Hülter im Zivilfahrzeug der Lindauer Kriminalpolizei, Wolfgang fuhr mit den beiden Streifenbeamten im Einsatzfahrzeug.

»Sie müssen Faltermeier unter Druck setzen«, riet Nathan dem Kommissar. »Am besten, Sie nehmen ihn mit auf die Polizeistation. Er darf keinen Heimvorteil haben.«

»Wo ist die Rechtsgrundlage?«

»Brauchen Sie keine. Er wird freiwillig mitkommen. Sie bitten ihn darum, erklären, dass es wichtig ist, gleich ein Protokoll zu fertigen – das geht nur auf der Wache.«

»Und wenn er sich weigert?«

»Wer nicht kooperiert, macht sich verdächtig. Dann nehmen Sie ihn vorläufig fest.«

»Ich sehe schon«, antwortete Hülter, »Ihr kämpft in München mit härteren Bandagen als wir. Okay, ich versuch's mit Ihrer Methode.«

Ohne Hast legten sie die kurze Strecke nach Wasserburg zurück, bogen von der Hauptstraße in eine schmale Straße Richtung Bodenseeufer ein und hielten an einem Wendeplatz. Kein Mensch weit und breit. Hinter einer dichten Hecke konnte Nathan ein flaches Dach erkennen; das musste das Seehaus von Faltermeier sein. Ein mit Grassteinen gepflasterter Weg führte um die Hecke. Das schien der einzige Zugang zu dem Häuschen zu sein. Die beiden uniformierten Beamten betraten den Weg und näheren sich dem Grundstück. Hülter und Nina folgten, Nathan blieb mit Wolfgang am Wendeplatz stehen und wartete.

• • •

Der Blick über den See ließ Faltermeier nach und nach zur Ruhe kommen. In den letzten Minuten hatte der Wind aufgefrischt, die Wellen fingen an, Schaumkrönchen zu tragen, die Segler nahmen Fahrt auf und lagen teilweise sportlich fotogen am Wind. *Alles wird gut,* redete sich Faltermeier ein, und versuchte sich an der autosuggestiven Technik, die ihm bisher immer geholfen hatte, in Krisensituationen gelassen zu bleiben. Beuthen war dumm von der Balustrade am Leuchtturm gestürzt, mehr war nicht geschehen. Wer wollte ihm dafür einen Vorwurf machen? Niemand konnte ihm aus diesem Unfall einen Strick drehen.

»Herr Faltermeier?«

Wer mochte das sein? Ein Nachbar? Zu den Nachbarn hatte er kaum Kontakt, und wer wusste schon, dass er hier war? Sein Wagen parkte hinter der Hecke, den konnte von außen niemand sehen. Faltermeier stand auf, und da sah er sie: Zwei Polizisten kamen um die Ecke geradewegs auf ihn zu.

»Herr Faltermeier?«, fragte der Kleinere der beiden.

»Ja, was kann ich für Sie tun?«

Hinter den beiden Uniformierten tauchten nun ein Mann in Zivil und eine rotblonde Frau auf. *Die Münchner Kriminalkommissarin,* schoss es ihm durch den Kopf. Was hatte das zu bedeuten? Seine Kehle wurde trocken und er spürte, wie seine Beine zitterten. *Cool bleiben,* befahl er sich und versuchte ein gewinnendes Lächeln.

»Grüß Gott, Herr Faltermeier, mein Name ist Hülter«, grüßte der Mann in Zivil und zückte eine silberne Marke. »Kriminalpolizei Lindau. Wir möchten Sie gern zu Ihrem Treffen mit Herrn Jonas Beuthen befragen. Hätten Sie eine Stunde für uns Zeit?«

»Ich verstehe nicht recht«, krächzte er hilflos.

»Es wäre gut, wenn Sie uns zur Dienststelle begleiten könnten«, fuhr der Kriminalbeamte höflich fort. »Dann könnten wir gleich das Protokoll anfertigen und die Angelegenheit wäre für Sie erledigt.«

Du musst da nicht mitgehen, regte sich Widerstand in ihm. *Aber wie schaut es aus, wenn ich mich weigere,* fragte er sich. *Wenn sie mich nur kurz befragen wollen und danach ist die Angelegenheit erledigt, dann haben sie keinen Verdacht.*

»Eigentlich wollte ich diesen Nachmittag ausspannen«, antwortete Lorenz und seine Stimme klang immer noch kratzig. »Aber wenn ich Ihnen behilflich sein kann ... Lassen Sie mich nur kurz meine Sachen aufräumen.«

Er nahm die Kaffeetasse und trug sie ins Haus. Seine Gedanken kreisten fieberhaft um die Frage, was die Polizisten wussten, was sie ihn fragen, was sie ihm vorwerfen könnten. Scharf durchfuhr ihn der Gedanke zu fliehen, doch ihm war klar, wie dumm ein Davonlaufen wäre. Er griff nach seiner Jacke, sperrte die Tür zu und lief dem Kommissar entgegen.

»Dann beende ich meinen gemütlichen Nachmittag. Ich nehme meinen Wagen und fahre hinter Ihnen her.«

»Wir wissen Ihre Kooperationsbereitschaft zu schätzen.«

Ein höflicher Polizist, dachte Faltermeier, stieg in seinen Wagen und rollte langsam vom Grundstück. Am Wendeplatz stand ein ziviler VW-Passat, auf der Straße ein Polizeieinsatzfahrzeug. Der Streifenwagen setzte sich in Bewegung, hinter Faltermeier reihte sich der Passat ein.

»Sie eskortieren mich also«, murmelte Lorenz. Das war kein gutes Zeichen. Sein Puls beschleunigte sich. Alles in ihm schrie: *Flucht!*

•••

»Ihre Taktik scheint zu funktionieren«, bemerkte Hülter, als sie hinter Faltermeiers Wagen auf die Hauptstraße einbogen. »Vermutlich hat Herr Faltermeier aber nichts zu verbergen. Hoffentlich bekommen wir keinen Ärger.«

»Warum, sagten Sie, wollte sich der Student mit Faltermeier treffen?«, fragte Nathan und überging Hülters letzte Bemerkung.

»Dazu sagte ich gar nichts. Die Kollegen in Konstanz wussten es nicht. Fest steht bloß, dass Beuthen mit Faltermeier am Freitagabend verabredet war.«

»Dann dürfen wir gespannt sein, was uns Faltermeier für eine Geschichte auftischt.«

Nathan hörte die Aufregung in Ninas Stimme. *Fein*, freute er sich, *sie ist auch vom Jagdfieber gepackt.* Er selbst jedenfalls war mehr als neugierig, was den Finanzjongleur mit dem Studenten verband. Warum hatten sich die beiden abends am Bahnhof treffen wollen? Noch hatte Nathan keine zündende Idee. *Auf jeden Fall,* war er sich sicher, *steckt dahinter eine Geschichte, von der Faltermeier wünscht, dass sie sein Geheimnis bleibt.*

»Wenn wir ihn befragen, warum er sich mit Beuthen getroffen hat«, brachte Nathan seine Gedanken laut vor, »wird er uns anlügen. Haben Sie einen spanischen Spiegel auf der Dienststelle?«

»Ja. Für eine kleine Kriminalpolizeistation haben wir einen echt guten Vernehmungsraum.«

»Führen Sie die Befragung gemeinsam mit Kollegin Lutz durch. Die Regie liegt bei Ihnen. Ich werde hinter dem Spiegel zuschauen und Ihnen zu gegebener Zeit Bescheid geben lassen, wenn ich denke, dass Sie abgelöst werden sollten. Egal was für eine Geschichte er Ihnen auftischt: Tun Sie so, als würden Sie ihm alles glauben.«

»Okay«, antwortete Hülter lahm.

»Kein Druck, viel Verständnis, ganz höflich – und Kollegin Lutz wird mit der einen oder anderen Frage für Verwirrung sorgen. Wir müssen ihn weichkochen. Das ist ein harter Brocken, glauben Sie mir.«

»Sie denken wirklich, Faltermeier hat etwas mit Beuthens Tod zu tun?« Die Frage des Lindauer Kommissars klang zweifelnd.

»Haben Sie gesehen, wie seine Hand gezittert hat, als er die Tür zu seinem Wagen geöffnet hat?«, teilte Nathan seine Beobachtung mit.

»Ehrlich gesagt, nein.«

»Für mich ein untrügliches Zeichen, dass er Einiges zu verbergen hat.«

Hülter wirkte etwas hilflos.

Was nehmen die auf dem Land nur für Leute zur Kripo, wunderte sich Nathan. Für ihn war die möglichst exakte Beobachtung der Menschen das A und O jeder Ermittlungstätigkeit. »Übrigens«, ergänzte er, »haben Sie die Videoaufnahmen der Kameras am Lindauer Hafen gesichert?«

»Das haben wir gestern veranlasst«, antwortete Hülter. »Aber wir haben sie noch nicht ausgewertet.«

»Tja, dann steht uns heute Abend noch eine Fleißarbeit bevor«, brummte Nathan missmutig, schließlich kannte er die schlechte Qualität der Aufnahmen bereits.

»Wenn er ausbüxen will, hat er da vorne die letzte Gelegenheit«, unkte Hülter und tippte nervös mit den Fingern der rechten Hand auf das Lenkrad.

»Keine Bange«, beruhigte ihn Nathan. »Faltermeier ist ein rationaler Mensch, der neigt nicht zu Kurzschlusshandlungen. Nein, Sie werden sehen, der ist nachher eine harte Nuss.«

•••

Die letzte Kreuzung, an der er abbiegen und dann mit hoher Geschwindigkeit davonfahren könnte, kam näher. Der Passat hinter ihm würde ihm nicht folgen können, der Streifenwagen sowieso nicht, und bis die Polizisten andere Einsatzfahrzeuge in Position bringen konnten, hatte er vermutlich die verschlungenen Sträßchen im Allgäu erreicht. Mit etwas Glück wäre er in einer knappen Stunde unbeschadet in Möggers und könnte sich hintenherum durch den Bregenzer Wald schlagen und die Schweizer Grenze erreichen. Wäre er erst in St. Gallen, befände er sich vorerst in Sicherheit.

Sein rechter Fuß spielte mit dem Gaspedal, die Hand lag am Schalthebel. *Ich könnte runterschalten, dann Vollgas,* überlegte er. Bei den Beschleunigungswerten seines Wagens hätten die Polizisten das Nachsehen. Die Überlegung war verlockend und sein Bauch mahnte mit jedem Meter, den die entscheidende Straßenkreuzung näher kam, heftiger: *Flieh!* Aber der Verstand sagte: *Bleib cool.*

Der Streifenwagen fuhr in Richtung der Polizeidienststelle und Lorenz Faltermeier folgte ihm.

•••

Nathan saß hochkonzentriert hinter der Scheibe des spanischen Spiegels und beobachtete das Minenspiel Faltermeiers. Da zuckte ab und zu die linke Augenbraue und manchmal zog er die Brauen so zusammen, dass oberhalb der Nasenwurzel eine tiefe Furche entstand, doch in den ersten zehn Minuten der Befragung wirkte er souverän. Ohne mit der Wimper zu zucken räumte er ein, Beuthen letzten Freitag am Bahnhof getroffen und mit ihm über sein Masterstudium gesprochen zu haben. Er habe den Studenten über die Finanzierung eines interessanten Rechercheprojekts unterstützt und Beuthen habe ihn um eine kleine Aufstockung des Honorars gebeten. Sie hätten sich ungefähr eine Viertelstunde über Beuthens Pläne unterhalten, er habe ihm weitere Unterstützung zugesagt, dann sei der Student zum Hafen geschlendert und er, Faltermeier, sei nach Hause gegangen.

Nathan nickte; bis hierher ein überzeugender Auftritt. Allerdings zappelte Faltermeier unter dem Tisch permanent mit den Füßen. *Wer die Füße nicht stillhalten kann, dem ist der Boden zu heiß,* folgerte Nathan und näherte sich der Scheibe bis auf einige Millimeter. Nun begann der interessante Teil der Befragung.

»Damit ich es verstehe«, schaltete sich Nina erstmals mit einer Frage ein. »Sie trafen Jonas Beuthen am Freitagabend gegen 20 Uhr, um mit ihm über eine Honorarerhöhung wegen eines Rechercheprojekts zu sprechen?«

»Korrekt.«

»Nach einer Viertelstunde waren Sie mit ihm handelseinig und gingen nach Hause?«

»So ist es.«

»Wieso haben Sie das nicht einfach am Telefon besprochen?«

»Beuthen wollte mich persönlich sprechen.«

»Um wie viel ging es denn bei der Honorarerhöhung?«

»500 Euro.«

»Deswegen nimmt der Student den Weg von Konstanz nach Lindau auf sich und am selben Abend wieder zurück?«

Faltermeier zuckte mit den Achseln.

»Um was geht es bei dem Rechercheprojekt? Ist das so wichtig, dass Sie sich am Freitagabend extra Zeit dafür nehmen?«, übernahm nun Kommissar Hülter die nächste Frage.

»Sehen Sie, ich wollte den jungen Mann unterstützen und ihm diese Bitte nicht abschlagen. Außerdem war am Freitag mein Terminkalender dicht gedrängt. Früher hätte ich keine Zeit für ihn gehabt.«

Nathan merkte auf; die Frage nach dem Rechercheprojekt wollte Faltermeier nicht beantworten.

»Wie kam es dazu, dass Sie Herrn Beuthen unterstützten?«, wechselte Hülter geschickt den Fokus der Fragestellung.

»Er hat sich darum beworben. Er war mir sympathisch, sein Ansatz erschien mir vielversprechend.«

Es kam Nathan so vor, als würde Faltermeier erstmals etwas unsicher in seinen Antworten.

»Sie haben also eine Förderung ausgeschrieben?«, hakte Nina nach.

Faltermeier rutschte auf seinem Stuhl hin und her, die Füße trippelten sichtlich nervös. Hatte er bisher unaufgeregt geantwortet, dauerte es nun, bis er zögerlich zugab: »Ich habe das Projekt ausgeschrieben. Am schwarzen Brett. Habe jemand gesucht, der die Recherche durchführt.«

»Was für eine Recherche?«

Die Frage von Hülter kam wie ein Peitschenknall. Faltermeier zuckte zusammen.

»Es geht um die Unternehmerfamilie Hotterer aus dem Badischen. Wir versuchen bei *IFP*, unseren Kunden in jeder Hinsicht gerecht zu werden.«

Nathan stutzte. Faltermeier log, aber über was log er? Der erste Satz klang überzeugender als der zweite. Allmählich wurde Faltermeiers Geschichte unlogisch. Nathan gab Wolfgang ein Zeichen; er sollte in den Verhörraum gehen und Hülter herausholen. Sie mussten die Zügel anziehen und anfangen, Faltermeier weichzuklopfen.

• • •

Bisher läuft es gut, munterte sich Faltermeier auf und versuchte, weiterhin hilfsbereit zu antworten. Den Namen Hotterer preiszugeben hatte ihn etwas Überwindung gekostet, aber nach kurzem Überlegen hatte er sich entschieden, möglichst nahe an der Wahrheit zu bleiben. Er musste vermeiden, sich in Widersprüche zu verwickeln. Aber lang konnte diese Befragung eigentlich nicht mehr dauern.

Da öffnete sich die Tür und dieser andere Münchner Polizist winkte den Lindauer Kommissar zu sich. Hülter verließ den Vernehmungsraum. Faltermeier blieb allein mit Nina Lutz zurück. Die starrte ihn unverwandt an, sagte jedoch nichts. Das verunsicherte ihn.

»Verraten Sie mir eines?«, versuchte er, ein Gespräch in Gang zu bringen. »Warum sind Sie an meinem Treffen mit Jonas Beuthen so interessiert? Ist etwas nicht in Ordnung?«

»Das wissen Sie doch am besten«, entgegnete die Kommissarin und durchbohrte ihn mit ihren blaugrünen Augen.

Was meinte sie damit? Von seinem Magen breitete sich eine plötzliche Hitzewelle aus. Hatte er gerade den dümmsten aller Fehler gemacht?

»Keine Ahnung«, erwiderte er und spürte, wie unglaubwürdig das klang.

Die Tür ging auf. Mit federnden Schritten betrat Nathan Weiß den Raum.

Was will denn der hier? Dieser Terrier hatte ihm gerade noch gefehlt.

»Schön, Sie zu sehen«, knurrte Weiß und setzte sich ihm gegenüber. »Danke für Ihre Mitarbeit. Wir wissen das zu schätzen.« Weiß beugte sich halb über den Besprechungstisch, verschränkte die Hände ineinander, formte mit den Lippen so etwas Ähnliches wie einen Kussmund, schmatzte unappetitlich, lehnte sich zurück und schlug unvermittelt mit der flachen Hand auf den Tisch, dass es knallte. »Wissen Sie überhaupt, wo überall im Lindauer Hafen Überwachungskameras hängen?«, bellte er.

Faltermeier erschrak. Gab es am Leuchtturm eine Kamera? *Verdammt, ich hätte das überprüfen sollen,* ärgerte er sich.

»Sie wissen es nicht und das beunruhigt Sie. Weil Sie nicht wissen, was wir wissen. Ihre Geschichte ist erstunken und erlogen!« Weiß knallte die Hand noch mal auf den Tisch. »Erzählen Sie die Wahrheit oder ...« Er stand auf, beugte sich über den Tisch und flüsterte: »... wir verhaften Sie wegen Mordes.«

• • •

Sophie hatte alle Schöpfungen der letzten Monate aus der Kammer geholt und nebeneinander ringsum im Atelier gegen die

Wand gelehnt. Mit zitterndem Stolz betrachtete sie zwei Monet, einen Max Ernst, drei Kandinsky, drei Gauguin, einen Van Gogh, einen Picasso und einen Campendonk. Keines dieser Gemälde war signiert, jedes konnte sie völlig unschuldig als eigene Schöpfung ausstellen. Sophie begann schallend zu lachen. »Ihr seid mein dreckiges Dutzend«, rief sie und begann zu tanzen.

• • •

Werner Brückner saß mit seiner Tochter auf der Terrasse des größten Hotels am Hafen und blickte auf die berühmte Hafeneinfahrt mit Leuchtturm und Löwe. Sie tranken beide einen alkoholfreien Fruchtcocktail, der dem Bartender eine Spur zu süß geraten war, und prosteten sich mehrmals auf die gelungene Tagung zu. Mit dieser Freude im Herzen konnte Brückner nun auch auf die Bank neben dem Mangturm blicken, ohne sofort wehmütig zu werden. Trotzdem saß sein alter Schüler Roland auf geheimnisvolle Weise mit am Tisch, und als die Vorspeise aufgetragen wurde, faltete Brückner die Hände und sprach ein stilles Gebet, in das er Roland einschloss. Später, wenn Barbara in den Zug nach München eingestiegen war, würde er sich auf die Bank setzen und Roland noch fünf Minuten seiner Gedanken schenken. Jetzt aber wünschte er seiner Tochter einen guten Appetit und biss beherzt in das kross angebratene Toastbrot; der zerlaufene Ziegenkäse dazu schmeckte wunderbar.

• • •

»Sie sollten sich einen Anwalt nehmen, Herr Faltermeier«, riet Nathan und erhob sich. »Was Sie uns in den letzten Stunden aufgetischt haben, ist noch nicht einmal gut erfunden. Von der Wahrheit sind Ihre Schilderungen meilenweit entfernt.« Nathan verließ den Vernehmungsraum, ging ins Nebenzimmer, wo Kommissar Hülter hinter dem spanischen Spiegel stand. »Für heute ist es genug«, bemerkte Nathan und riet Hülter: »Nehmen Sie ihn vorläufig fest und beantragen Sie über die Kemptener Staatsanwaltschaft einen Haftbefehl wegen Totschlags. Die Fluchtgefahr liegt auf der Hand.«

»Gehen wir damit nicht zu weit?«

»Nein. Er hat mittlerweile eingeräumt, mit Beuthen am Leuchtturm gewesen zu sein. Dort haben sie sich gestritten, er ist drohend auf den Studenten zugegangen, der ist zurückgewichen und hintüber gestürzt. Dann ist er untergegangen. Selbst wenn wir diese Version glauben: Das ist Totschlag durch Unterlassen. Aber ich sage Ihnen, Faltermeier ist nicht nur drohend auf Beuthen zugegangen, nein, Faltermeier hat ihn hinuntergestoßen. Das ist Totschlag. Wurde die Kleidung des Studenten von der Spusi abgesucht? Vielleicht finden sich Kontaktspuren. Aber egal: Totschlag durch Unterlassen ist wahrlich ein hinreichender Grund für die vorläufige Festnahme.«

»Sie sind der erfahrene Mordermittler«, gab Hülter klein bei. »Okay, dann verständigen wir jetzt die Staatsanwaltschaft.«

Nathan nickte und ging zurück ins Vernehmungszimmer. »Wollen Sie Ihren Anwalt anrufen?«

»Nein, ich will jetzt nach Hause«, antwortete Faltermeier gereizt.

»Daraus wird nichts. Daraus wird sehr lange nichts mehr, Herr Faltermeier. Glauben Sie mir: Wir sind mit Ihnen längst noch nicht fertig!«

•••

Es scheint Bewegung in die Sache zu kommen, überlegte Borrat, während er sich mit seinem Alltagsrad auf den Weg nach Bad Schachen machte. Dort trafen alle im Nebenzimmer des Hotels zusammen, in dem Nathan Weiß, Nina Lutz und Wolfgang Stöhrl wieder spontan zwei Zimmer hatten buchen können.

Fasziniert lauschte er Ninas Bericht über die Ereignisse des zu Ende gehenden Tages.

»Worüber wir noch rätseln«, fügte Weiß an, »ist, warum sich Faltermeier mit dem Studenten getroffen hat. Irgendetwas passt da nicht zusammen. Diese Geschichte mit der Recherche über die Industriellendynastie der Hotterer klingt so an den Haaren herbeigezogen.«

»Welche Industriellen?« Brückner klang ganz aufgeregt.

»Die Hotterer«, antwortete Weiß. »Das sind die mit den Chemie- und Pharmafabriken.«

»Ich weiß, ich weiß«, winkte Brückner ab. »Sie sollen Kunstmäzene gewesen sein.« Brückner stockte, schaute in die Runde, räusperte sich und erzählte von seiner letzten Begegnung mit Faltermeier. »Ich wollte ihm noch einmal eine Falle stellen, ihn dazu bringen, illegal Geld in die Schweiz zu transferieren, aber er ging nicht darauf ein. Da drohte ich damit, mein letztes Investment – immerhin knapp eine Million Euro – bei *IFP* abzuziehen. Plötzlich bot er mir ein lukratives Geschäft an – und jetzt passt auf! Er würde mir zu einem fantastisch günstigen Preis ein Gemälde von Max Ernst verkaufen. Es handle sich um ein bisher nicht bekanntes Werk aus der Privatsammlung von Benjamin Hotterer.«

»Interessant!«, rief Weiß.

Wo ist der Zusammenhang, was stimmt hier nicht, grübelte Borrat und blickte der Reihe nach alle am Tisch an.

»Ist Faltermeier denn mit der Kunstszene vertraut?«, wollte Nina wissen.

»*IFP*-Deutschland tritt ab und zu als Förderer von Ausstellungen in Erscheinung, das ja«, teilte Brückner mit. »Aber Faltermeier als Kunstsammler oder gar Händler? Nein, das wäre mir völlig neu.«

»Allerdings ist der Handel mit Luxusobjekten und wertvollen Gemälden ein beliebtes Instrument der Geldwäscher«, ergänzte Weiß.

Borrat sah plötzlich die Malerin Sophie Nägele vor dem

Schaufenster der Galerie Liebler am Buttlerhügel. Da ging ihm ein Licht auf. Sophie sei auf ihre Weise eine postmoderne Impressionistin, hatte die Galeristin Möhwald gesagt.

»Nägele«, rief er und sprang von seinem Stuhl hoch. »Die Malerin, seine Lebensgefährtin. Leute, der Faltermeier und die Nägele, die drehen ein Ding. Das muss es sein.«

»Setz dich wieder«, bat Wolfgang, »und erklär mir, was du meinst.«

»Die Nägele kopiert Gemälde berühmter Maler und Faltermeier verhökert sie. Dazu benötigt er eine Legende. Die hat ihm der Student geliefert. Die Hotterer. Nach allem, was ich weiß, ist diese Familie ziemlich öffentlichkeitsscheu. Würde einer seine Privatsammlung auflösen, ginge das geräuschlos über die Bühne.«

»Genial«, applaudierte Weiß.

»Wir müssen mit Sophie Nägele sprechen«, forderte Borrat aufgeregt. »Am besten sofort.«

•••

Sophie kuschelte im Wohnzimmer im Sessel und las einen spannenden Roman über eine fürchterliche Pandemie, der im Jahr 2017 erschienen war und beinahe prophetisch gewisse Ereignisse dieses Corona-Frühjahres vorwegnahm. *Zum Glück war es bei uns nicht gar so schlimm,* tröstete sich Sophie und las mit einem leicht gruseligen Schauder weiter, als es schellte. *Lorenz kommt,* dachte sie, öffnete die Tür, ohne durch den Spion zu schauen, und erschrak: Vor ihr stand dieser Freund des verstorbenen Mitarbeiters von Lorenz, und zwar nicht allein, sondern in Begleitung von drei weiteren Menschen, die sie inzwischen beinahe zu gut kannte.

»Frau Nägele, wir würden uns gerne mit Ihnen unterhalten. Es geht um Herrn Faltermeier. Dürfen wir hereinkommen?«

»Um Gottes willen, ist etwas passiert?«, wollte Sophie wissen.

»Das möchten wir Ihnen in Ruhe erzählen«, antwortete Borrat und trat halb durch die Tür.

Überrumpelt, wie sie war, ging Sophie voraus ins Wohnzimmer. Ihre Gedanken rasten. Lorenz hatte sich nicht gemeldet. War ihm etwas zugestoßen? Aufgeregt ging sie im Zimmer auf und ab. »Spannen Sie mich nicht auf die Folter. Was ist mit Lorenz?«

»Er wurde verhaftet«, antwortete der ältere Mann, an dessen Namen sie sich nicht mehr erinnerte.

Ihre Knie wurden weich. Sie musste sich hinsetzen. »Warum?«

»Er ist vermutlich für den Tod eines Studenten verantwortlich. Jonas Beuthen. Sagt Ihnen das etwas?«

Sophie schüttelte den Kopf.

»Kennen Sie einen Benjamin Hotterer?«, stellte die Kommissarin die nächste Frage.

Sophie zuckte zusammen. Ihr Atem ging plötzlich flach, ihr wurde schummrig vor Augen. *Wir sind aufgeflogen!*

• • •

Nina sprang auf, als die Malerin umkippte und von ihrem Sessel fiel. Sie tätschelte ihr die Wange und rief: »Hol einer ein Glas Wasser.«

Nathan bewunderte Nina für ihre Geistesgegenwart und Tatkraft. Ja, auf Nina war er inzwischen richtig stolz. *Gut, dass ich sie ins Kommissariat geholt habe,* lobte er sich selbst und sah, wie Nägele wieder zu sich kam. Sie schien sich erst allmählich zu erinnern, wo sie war. Ihr Gesicht war kalkweiß. Mühsam richtete sie sich auf. Wolfgang kam mit einem Glas Wasser.

»Erleichtern Sie Ihr Gewissen«, flüsterte Nina der Malerin ins Ohr. »Erzählen Sie uns alles.«

»Hotterer«, stammelte Nägele. »Er wollte die Gemälde mit Sammlungsaufklebern von Benjamin Hotterer versehen. Es sollte glaubwürdig ausschauen. Lorenz ist seit Monaten besessen davon, unentdeckte Meisterwerke an den Mann zu bringen.«

Sie brach in Tränen aus, schluchzte minutenlang hemmungslos. Dann stand sie auf und führte sie in ihr Atelier. An den Wänden angelehnt sahen sie zwölf Gemälde. Lauter Meisterwerke ohne Signatur.

13

Um acht Uhr morgens setzte die Kemptener Staatsanwältin gemeinsam mit Kommissar Hülter die Vernehmung von Lorenz Faltermeier fort. Nathan saß hinter dem spanischen Spiegel im Nebenraum und verfolgte die Vernehmung gebannt, aber auch entspannt. Schließlich wusste er, dass es eine zwar sehr grobkörnige, aber aussagekräftige Sequenz auf dem Video der Überwachungskamera gab. Die Körperhaltung von Faltermeier hatte sich verändert. Jetzt saß da kein selbstsicherer, souveräner Finanzhai am Vernehmungstisch, sondern ein verunsicherter, ängstlicher Mann, der seine besten Jahre hinter sich zu haben schien. *Was eine Nacht in der Arrestzelle aus einem Menschen machen kann,* sinnierte Nathan und studierte weiter Faltermeiers Mimik.

»Sie haben sich mit Beuthen getroffen. Sie sind mit ihm zum Leuchtturm gegangen. Sie haben sich mit ihm gestritten. Er ist ins Wasser gefallen. Sie sind nach Hause gegangen.« Im Stakkato hielt die Staatsanwältin Faltermeier seine bisherige Aussage vor.

Faltermeiers Anwalt saß schweigend neben seinem Mandanten und legte beruhigend eine Hand auf Faltermeiers Arm.

»Es war kein Unfall. Sie haben ihn gestoßen, geben Sie es zu!« Die Staatsanwältin war angriffslustig.

»Mein Mandant wird sich hierzu nicht äußern. Sie haben keine Beweise«, konterte der Anwalt selbstbewusst. »Lassen Sie uns diese Farce beenden.«

Die Staatsanwältin ignorierte den Verteidiger. Sie würde ihn erst später mit den Aufnahmen der Leuchtturmkamera konfrontieren. Zunächst fokussierte sie sich ganz auf Faltermeier, der hinter dem Vernehmungstisch versinken wollte. »Warum haben Sie sich mit Beuthen gestritten?«

Nathan sah, wie Faltermeiers Füße tänzelten.

»Sophie Nägele!« Fünf Silben, beinahe tonlos gesprochen. Die Staatsanwältin starrte Faltermeier an.

Der wich ihrem Blick aus und rutschte auf seinem Stuhl hin und her. Nathan sah den Zusammenbruch kommen.

»Ein Wald von Max Ernst, der beste Wald, den Max Ernst jemals gemalt hat! Aus der Sammlung von Benjamin Hotterer. Geschaffen von Sophie Nägele. Von Ihnen verkauft an Professor Weidenbusch in Stuttgart. Manchmal ist das Schicksal grausam«, betonte die Staatsanwältin nun jede Silbe und wurde gefährlich leise. »Professor Weidenbusch ist der Taufpate von Jonas Beuthen. Das konnte keiner ahnen. So ist Ihnen Beuthen auf die Schliche gekommen. Er hat Sie erpresst. Deshalb musste er weg!«

»Unterstellungen, pure Unterstellungen«, protestierte der Verteidiger.

Aber Lorenz Faltermeier nickte, ehe er flüsterte: »Es war trotzdem ein Unfall.«

Dann begann er, zunächst stockend, schließlich immer flüssiger, zu erzählen.

• • •

Sie saßen zu dritt im Büro des *Lesertraums*, Heinrich, Gudrun und Nathan, und nippten jeder von dem köstlichen Lagavulin 16, während Nathan vom furiosen Finale in Lindau berichtete. Fasziniert hörten Heinrich und Gudrun zu, wie Lorenz Faltermeier unter dem Druck der Vernehmung auseinandergebrochen war und seine sämtlichen Tatbeteiligungen gestanden hatte.

»Plötzlich saß da ein zerstörter Mann«, beendete Nathan seine Schilderung.

»Es ist gut«, sagte Gudrun und erhob ihr Glas. »Roland Kundls Tod wird gesühnt, und du hast deinen Auftrag erfüllt.«

»Außerdem«, ergänzte Heinrich, »wäre es ein interessanter Stoff für einen Kriminalroman.«

»Manuskripte zu verfassen, überlasse ich anderen.« Nathan prostete den beiden zu.

Da ertönte vom Computer ein lautes *Pling*.

»Ah, noch eine E-Mail«, bemerkte Heinrich.

»Ich geh und schau, ob es wichtig ist«, erhob sich Nathan und ging zum Computer. Er öffnete die Mail und runzelte die Stirn.

»Was ist?«, fragte Heinrich.

»Sie müssen sich mehr Mühe geben«, las Nathan vor. »Legen Sie los, bevor ich loslege. Ihr Karl Denke.«

Epilog

Die Verhaftung des international tätigen Finanzmaklers Lorenz Faltermeier sorgte regional und überregional für Schlagzeilen und erschütterte das Vertrauen in die Finanzwelt. Zugleich löste die Entlarvung des angeblich einer Privatsammlung entstammenden Gemäldes von Max Ernst ein Erdbeben in der Welt der Kunsthändler und Kunstsammler aus: Wenn es einer bis dahin unbekannten Malerin gelungen war, den besten Max-Ernst-Wald aller Zeiten zu erschaffen, wie viele sonstige Neuschöpfungen, die fälschlicherweise großen Malern zugeschrieben wurden, mochten dann in privaten und öffentlichen Sammlungen hängen?

Lorenz Faltermeier befand sich in Untersuchungshaft und wartete auf seinen Prozess. Das Verfahren gegen Sophie Nägele wurde wegen geringer Schuld mit einer empfindlichen Geldauflage eingestellt. Ihre zwölf Gemälde im Stile von Monet, Max Ernst, Kandinsky, Gauguin, Van Gogh, Picasso und Campendonk wurden in einer renommierten Galerie in Zürich ausgestellt. Die Ausstellung war ein voller Erfolg – das »dreckige Dutzend« war am Abend des zweiten Ausstellungstages verkauft.

Seitdem gilt Sophie Nägele mit ihren Neuschöpfungen im Stile der Impressionisten und Expressionisten als kommender Shooting-Star der internationalen Kunstszene. Demnächst soll sie angeblich neue Werke in einer berühmten Galerie in New York ausstellen.

Danksagung

Mein erster Dank gilt Ihnen, liebe Leserinnen und liebe Leser. Sie sind es schließlich, für die ich Romane schreibe – ohne Sie wäre ich als Erzähler tot. Dabei fühle ich mich noch recht lebendig und würde Sie herzlich einladen, demnächst den 3. Fall von Nathan zu lesen. Einen Appetithappen habe ich Ihnen in diesem Roman angereicht – Sie wissen, was ich meine? Bestimmt! Schließlich sind Sie versierte Krimileserinnen und -leser. Dabei kann ich Ihnen versprechen: Nathans 3. Fall wird ein echter Thriller.

Einmal mehr gilt mein Dank meiner Lektorin Johanna Gerhard. Sie ist die engagierte, gründliche und einfühlsame »Textdoktorin«, die jeder Autor braucht. Als Meisterin ihres Fachs heilt sie alle Wehwehchen des Manuskripts und macht aus der Geschichte den Roman, den Sie mit Genuss zu lesen bekommen.

Der »Zauberer wider den Fehlerteufel« heißt Andreas März. Sein Korrekturstift findet die kleinen Schreibunfälle, die jedem Autor mal unterlaufen. Daher danke ich meinem Korrektor herzlich.

Ohne das Team im Verlag und den unternehmerischen Mut des Verlegers gäbe es keine Nathan-Romane. Danke, ihr guten Geister von Bookspot, für das Vertrauen, die Begleitung und die Veröffentlichung meiner Krimis.

Die Widmung ist ein Dank an Professor Dr. Wolfgang Schürer für so vieles, das er Gutes bewirkt hat – vor allem für junge Menschen. Aber er hat, und daher danke ich ihm ganz persönlich so herzlich, von Anfang an mein Krimi-Schreiben begleitet und unterstützt. Es tut gut, wenn man spüren darf, dass ein Freund an einen glaubt.

Von meinen Probeleserinnen und -lesern will ich heute niemanden namentlich nennen, weil die Liste sonst zu lang werden würde. Ihr Lieben, ihr wisst, wie sehr ich eure Meinung schätze, und ihr habt beim Lesen gemerkt, wo überall ich eure Anregungen aufgegriffen habe. Danke! Mit jedem von euch trinke ich demnächst noch ein Tässchen Lapsang Souchong.

Meinen Eltern danke ich, dass sie mir, ob sie wollten oder nicht, ein wenig Talent zum Erzählen mitgegeben haben. Dem Schicksal danke ich, dass meine Mutter und mein Vater in ihrem hohen Alter noch mit ungebrochener Neugier und humorvoll-kritischem Blick meine Romane lesen können.

Es klingt wie ein Ritual und ist doch bei jedem Roman aufs Neue etwas Besonderes: Danke, liebe Jeannie, dass du als meine Frau meinen neuen Beruf als Krimi-Autor so tatkräftig unterstützt. Ist ja nicht immer einfach mit so einem Schriftsteller wie mir … wenn ich hadere, zweifle, die Flinte ins Korn werfen will … und so weiter. Oder gar, wenn mich die Schreibbegeisterung an nichts anderes mehr denken lässt als den aktuellen Fall.

Danke euch allen, die ihr mir freundschaftlich gesonnen seid. Hoffentlich kann ich es mit meinen Geschichten, die euch Spaß machen sollen, ein wenig zurückgeben.

München, im Oktober 2023
Georg Brun

Georg Brun

Spüre meinen Zorn

Edition 211, ein Imprint des
Bookspot Verlags
ISBN 978-3-95669-188-1
336 Seiten, Taschenbuch
15,95 Euro
Auch als E-Book erhältlich!

Von zahlreichen Messerstichen zerfetzt und in Blut getränkt: So findet die Polizei einen auf grausame Weise getöteten Mann vor. Der frischgebackene Leiter der Mordkommission Wolfgang Stöhrl erkennt sofort, dass dieser das Opfer ungezügelter Raserei wurde. Zunächst vermutet er eine Beziehungstat, doch als ein weiterer Mord geschieht, werden die Ermittlungen kompliziert.

Beide Toten nutzten Dating-Plattformen, um nach unverbindlicher Lustbefriedigung mit einem speziellen Kick zu suchen. Trotzdem glaubt Stöhrl weiterhin an seine ursprüngliche Fährte. Als er sich immer mehr verrennt, stellt sein pensionierter Vorgänger auf eigene Faust Nachforschungen an. Denn Nathan Weiß hat ohnehin noch eine Rechnung offen: Seinen letzten Fall konnte er nicht lösen. Bald offenbart sich ihm eine Welt voller Hass und Begierde, die ihn auf die Spur einer Serienmörderin bringt. Doch woher stammt ihre blinde Wut? Und wie kann sie gestoppt werden?

»Spüre meinen Zorn« blickt tief in die Abgründe einer gequälten Seele – düster, verstörend und packend bis zur letzten Seite!

Das ist der erste spannende Fall des pensionierten Kommissars Nathan Weiß!

Die junge Rechtsanwältin Olga Swatschuk steht vor bisher ungekannten Herausforderungen.

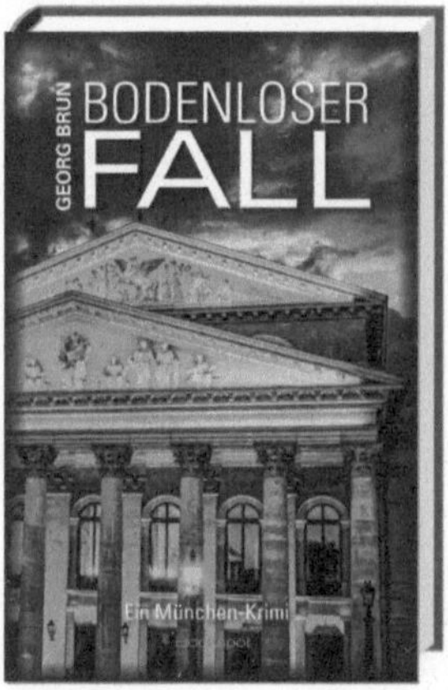

Dieser Krimi hat es in sich: Das faszinierende Verwirrspiel beruht auf einem wahren Fall.

Fall 1

Georg Brun

Bodenloser Fall

Ein München-Krimi

Edition 211, ein Imprint des Bookspot Verlags
ISBN 978-3-95669-164-5
288 Seiten, Klappenbroschur mit Lesezeichen
14,80 Euro

True Crime vom Feinsten: Dubiose Geschäftsmodelle rund um illegale Organtransplantationen beschäftigen Olga in ihrem zweiten Fall.

Fall 2

Georg Brun

Gewissenlose Wege

Ein München-Krimi

Edition 211, ein Imprint des Bookspot Verlags
ISBN 978-3-95669-178-2
304 Seiten, Taschenbuch
14,80 Euro

Ein fesselndes Geflecht aus Täuschung, Verrat, Intrigen und der Gier nach Macht und Manipulation!

Fall 3

Georg Brun

Grenzenlose Gier

Ein München-Krimi

Edition 211, ein Imprint des Bookspot Verlags
ISBN 978-3-95669-195-9
296 Seiten, Taschenbuch
15,95 Euro

Alle Titel sind auch als E-Book erhältlich.